카린 포숨 Karin Fossum

1954년 노르웨이에서 태어나, 스무 살에 시집을 내면서 문단에 등단했다. 1995년에 발표한 범죄소설 『이브의 눈Evas øye』으로 베스트셀러 작가가 되었고 1996년에 발표한 『돌아보지 마Se deg ikke tilbake』로 전 세계에 이름이 알려졌다. "눈부신 글 솜씨가 돋보이는 추리"라는 찬사를 받으며 여러 나라에서 번역, 출간되었다. 포숨은 이 작품으로 리베르톤상과 북유럽 최고의 추리소설에 수여하는 글래스 키를 받았다. 1997년에는 『누가 사악한 늑대를 두려워하는가Den som frykter ulven』를 발표해 북셀러 상을 받았다. 그녀의 다른 작품으로는 『악마가 양초를 붙들고 있다Djevelen holder lyset』 『광인의 집De gales hus』 『사랑스러운 푸나Elskede Poona』 『검은 시간Svarte sekunder』 『요나스 에켈Jonas Eckel』 『11월 4일 밤Natt til fjerde november』 등이 있다. 그녀의 소설들은 유럽과 미국 등 16개국에서 번역, 출간되었고 많은 작품이 영화와 드라마로 만들어졌다.

옮긴이 **김승욱**

성균관대학교 영문과를 졸업한 후 동아일보 문화부 기자로 재직했으며, 뉴욕 시립대학 대학원에서 여성학을 전공했다. 현재 전문번역가로 활동 중이다. 옮긴 책으로는 『장전된 총 앞에 서서』 『양치기 리더십』 『전설의 여기자 오리아나 팔라치』 『종교가 사악해질 때』 『영원한 어린아이 인간』 『포스트모던 신화 마돈나』 『TV, 광고, 아이들』 『누가 사악한 늑대를 두려워하는가』 등이 있다.

SE DEG IKKE TILBAKE! by Karin Fossum
ⓒ 2002 J. W. Cappelens Forlag A/S
Korean translation copyright ⓒ 2007 by Dulnyouk Publishing Co.
All right reserved.
The Korean language edition published by arrangement with
J. W. Cappelens Forlag A/S through MOMO Agency, Seoul.

이 책의 한국어판 저작권은 모모 에이전시를 통한 J. W. Cappelens Forlag A/S사와의 독점 계약으로 들녘에 있습니다. 저작권법에 의해 한국 내에서 보호를 받는 저작물이므로 무단 전재와 무단 복제를 금합니다.

카린 포숨 지음
김승욱 옮김

들녘

1

랑힐은 조심스레 문을 열고 밖을 내다보았다. 도로는 조용했고, 밤사이 건물들 사이를 노닐던 산들바람도 이제는 불지 않았다. 아이는 몸을 돌려 인형이 들어 있는 유모차를 끌고 문턱을 넘었다.

"아직 밥도 안 먹었잖아." 마르테는 툴툴거리면서도 유모차를 함께 밀어주었다.

"난 집에 가야 돼. 쇼핑 가기로 했어." 랑힐이 말했다.

"내가 나중에 갈까?"

"그러고 싶으면 그래도 돼. 우리가 쇼핑을 다 한 다음에."

이제 자갈이 깔린 마당으로 나온 랑힐은 대문을 향해 유모차를 밀기 시작했다. 하지만 유모차가 잘 굴러가지 않아서 방향을 돌려 유모차를 잡아당겨야 했다.

"나중에 보자, 랑힐."

나무와 금속으로 된 문이 날카롭게 쾅 하는 소리를 내면서 닫혔다. 랑힐은 대문을 쉽게 닫지 못해 애를 먹었지만 함부로 행동할 수는 없었다. 마르테의 개가 나올지도 모르니까. 녀석은 마당에 놓인 탁자 밑에서 랑힐을 지켜보고 있었다. 랑힐은 대문이 제대로 닫혔는지 확인하고 나서 차고들이 늘어서 있는 길 건너편으로 향했다. 건물들 사이의 지름길을 택할 수도 있었지만 그 길은 유모차를 끌고 지나가기가 너무 힘들었다. 바로 그때 동네 사람 하나가 자기 집 주차장 문을 닫고 나왔다. 그는 아이에게 미소를 지으며 한 손으로 다소 서투르게 외투의 단추를 잠갔다. 커다란 검은색 볼보가 경쾌하게 부릉거리면서 진입로에 서 있었다. "이런, 랑힐, 일찍 나왔구나. 마르테는 아직 안 일어났니?"

"어젯밤에 여기서 잤어요." 아이가 말했다. "바닥에 매트리스를 깔고."

"그래?" 그는 차고 문을 잠그고 손목시계를 보았다. 아침 8시 6분이었다. 잠시 후 그는 거리로 차를 몰고 나가 사라져버렸다.

랑힐은 양손으로 유모차를 밀었다. 약간 가파른 내리막길에 이르렀을 때에는 유모차를 놓치지 않으려고 손에 힘을 주었다. 아이가 자신의 이름인 랑힐 엘리제를 따서 엘리제라고 이름붙인 인형이 유모차 앞쪽으로 미끄러졌다. 그 모양이 보기 싫어서 아이는 한 손으로 인형을 제자리에 놓은 다음 담요를 토닥토닥 덮어주고 계속 걸었다. 아이는 운동화를 신고 있었다. 한 짝은 초록색 끈이 달린 빨간색이었고, 다른 한 짝은 빨간색 끈이 달린 초록색이었다. 원래 그런 운동화였다. 옷은 가슴에 사자 심바가 그려진 빨간색의 헐렁한 운동복과 초록색 파카였다. 랑힐의 머리카락은 유난히 가느다란 금발이었는데, 별로 길지도 않은 머리카락을 어찌어찌 쓸어 올려 고무줄로 묶어 놓았다. 플라스틱으로 만든 밝은 색 과일이 고무줄에 매달려 있었고, 고무줄 중간에는 머리카락이 돌보는 사람 없는 자그마한 야자수처럼 삐죽삐죽 삐져나와 있었다. 랑힐은 여섯 살 반이었지만 나이에 비해 몸집이 작았다. 아이가 입을 열기 전에는 이미 학교에 다닌다는 사실을 아무도 짐작하지 못했다.

언덕 위에는 아무도 없었지만 교차로 근처까지 왔을 때 자동차 소리가 들렸다. 아이는 걸음을 멈추고 벽에 바짝 붙어서 자동차가 지나가기를 기다렸다. 페인트가 벗겨진 승합차가 불안정하게 과속방지턱을 넘었다. 운전자는 빨간 옷을 입은 여자 아이가 시야에 들어오자 속도를 더욱 늦췄다. 랑힐은 길을 건너고 싶었다. 건너편에는 인도가 있었으니까. 항상 인도를 걸어야 한다고 엄마가 말한 적이 있었다. 랑힐은 승합차가 지나가기를 기다렸지만, 차가 멈추더니 운전자가 창문을 내렸다. "네가 먼저 가. 내가 기다릴게." 그가 말했다.

랑힐은 잠시 망설이다가 길을 건너고는 다시 방향을 돌려 유모차를 인도로 끌어올렸다. 승합차가 조금 앞으로 나아가더니 다시 멈춰 섰다. 이번에는 반대편 창문을 내렸다. 눈이 웃기게 생겼어. 공처럼 크고 동그랗잖아. 아이는 속으로 생각했다. 운전자의 눈은 양쪽으로 널찍하게 벌어져 있었으며, 살얼음처럼 연한 파란색이었다. 입은 작았지만 입술이 도톰했고, 물고기 입처럼 입꼬리가 아래로 처져 있었다. 그가 아이를 빤히 바라보았다. "그 유모차를 끌고 스키페르바켄으로 올라가는 거야?"

아이는 고개를 끄덕였다. "난 그라니트베이엔에 살아요."

"그거 진짜 무거울 텐데. 그 안에 뭐가 들었어?"

"엘리제요." 아이가 인형을 들어 올리며 대답했다.

"굉장하다." 그가 환한 미소를 지으며 말했다. 이제 그의 입이 아까보다 더 착하게 보였다.

그가 머리를 긁적였다. 그의 머리는 헝클어졌고, 파인애플 이파리처럼 두툼하게 뭉쳐서 삐죽삐죽 솟아 있었다. 그런데 그가 머리를 긁적이는 바람에 머리 모양이 훨씬 더 한심하게 변했다. "내가 널 태워줄게." 그가 말했다. "뒤에 네 유모차를 실을 수 있어."

랑힐은 잠시 생각을 해보았다. 그리고 길고 가파른 스키페르바켄을 올려다보았다. 남자가 사이드브레이크를 걸고 승합차 뒷좌석을 흘깃 바라보았다.

"엄마가 기다리고 있어요." 랑힐이 말했다. 머릿속에서 종이 울리고 있는 것 같았지만 그 종이 왜 울리는지 기억나지 않았다.

"이 차를 타면 집에 빨리 갈 수 있어." 그가 말했다.

이 말이 결정적이었다. 랑힐은 현실적인 아이였다. 아이가 유모차를 승합차 뒤쪽으로 몰고 가자 남자가 차에서 풀쩍 뛰어내려 승합차 뒷문을 열고 한 손으로 유모차를 들어 안으로 집어넣었다. "네가 뒤에 앉아서 유모차를 잡고 있어야 할 거야. 안 그러면 유모차가 이리저리 굴러다닐 테니까." 그가 이렇게 말하고서 랑힐을 안아 올려 차에 태웠다. 그는 뒷문을 닫고 운전석으로 돌아가서 사이드브레이크를 풀었다. "너 이 언덕을 매일 올라가?" 그가 백미러로 아이를 바라보며 물었다.

"마르테 집에 갔을 때만 그래요. 어젯밤에 거기서 잤어요." 아이는 인형 담요 밑에서 꽃무늬가 그려진 가방을 꺼내 열고 모든 것이 제자리에 있는지 확인했다. 날라의 그림이 그려진 잠옷, 칫솔, 머리빗이 다 있었다. 승합차가 또 다른 과속방지턱을 둔하게 넘었다. 남자는 여전히 백미러로 아이를 바라보고 있었다.

"이렇게 생긴 칫솔 본 적 있어요?" 랑힐이 칫솔을 들어 올려 보여주며 말했다. 칫솔에는 발이 달려 있었다.

"없어!" 그가 말했다. "어디서 산 거야?"

"아빠가 사줬어요. 아저씨는 이런 칫솔 없어요?"

"없어. 크리스마스 때 선물로 달라고 해야지."

마침내 마지막 과속방지턱을 넘은 그가 기어를 2단으로 바꿨다. 듣기 싫게 긁히는 소리가 났다. 아이는 승합차 바닥에 앉아 유모차를 붙들고 있었다. 진짜 귀여운 애야. 그는 속으로 생각했다. 빨간 옷을 입은 모습이 너무 귀여워. 잘 익은 딸기 같아. 그는 휘파람으로 노래를 불렀다. 기분이 무척 좋았다. 뒷좌석에 여자 아이를 태운 커다란 승합차를 운전하는 자신이 왕이 된 것 같았다. 세상 꼭대기에 올라앉은 기분이었다.

마을은 피오르드 해안이 끝나는 지점, 산기슭과 인접한 계곡에 있었다. 마치 물의 흐름이 거의 없는 강 한가운데의 웅덩이 같았다. 고인 물이 썩는다는 사실을 모르는 사람은 없다. 이 마을은 도시의 의붓자식이었고, 마을로 통하는 도로는 형언할 수 없을 만큼 형편없었다. 가끔 황송하게도 버스가 와서 버려진 낙농장 옆에서 사람들을 태우고 시내로 갔다. 마을로 돌아오는 야간 버스는 아예 없었다.

콜렌 산은 회색이었으며, 둥글둥글했다. 여기 사는 사람들은 이 산을 사실상 무시하다시피 했지만, 타지 사람들은 먼 곳에서 열심히 이 산을 찾아왔다. 이 산에 희귀한 광물과 꽃들이 있기 때문이었다. 조용한 날이면 산꼭대기에서 희미하게 딸랑거리는 소리가 들려왔다. 산에 귀신이 사는 것 아닌가 하는 생각이 들 정도였다. 하지만 사실 그 소리는 산 위에서 풀을 뜯는 양의 방울소리였다. 산 주위의 능선들은 안개 속에서 파란색으로 몽롱하게 보였다. 산은 부드러운 펠트 천 같았고, 여기저기 흩어져 있는 안개는 모직으로 만든 베일 같았다.

콘라드 세예르는 도로지도에서 중앙 고속도로를 따라 손끝을 움직였다. 로터리가 가까워지고 있었다. 운전대를 잡은 카를센 순경은 세예르의 지시에 따라 운전을 하면서 들판을 유심히 살펴보았다.

"이제 오른쪽으로 꺾어서 그네이스베이엔으로 들어선 다음에 스키페르바켄을 올라가서 펠트스파트베이엔에서 왼쪽으로 꺾어. 그라니트베이엔은 오른쪽에 있어. 막다른 길이지." 세예르가 생각에 잠긴 듯한 목소리로 말했다. "5번지는 틀림없이 왼쪽 세 번째 집일 거야." 그는 긴장하고 있었다. 그의 목소리가 평소보다 훨씬 더 무뚝뚝했다.

카를센은 자동차를 몰고 주택단지로 들어가서 여러 개의 과속방지턱을 넘었다. 타지에서 흘러들어온 사람들은 원래 주민들과 조금 떨어진 곳에서 자기들끼리 모여 사는 경우가 많았다. 이곳도 마찬가지였다. 세예르가 방향을 일러줄 때를 제외하고는 두 사람 모두 말이 없었다. 둘은 마음을 단단히 다잡으려고 애쓰면서 그 집으로 다가갔다. 어쩌면 아이가 이미 집으로 돌아왔을지도 모른다. 어쩌면 이 소란에 깜짝 놀란 아이가 당황한 표정으로 엄마 무릎에 앉아 있을지도 모른다. 지금이 오후 1시니까 아이가 실종된 지 다섯 시간째였다. 두 시간 정도라면 아이가 어디서 놀고 있을 것이라고 이해하겠지만, 다섯 시간은 길어도 너무 길었다. 불안감이 점점 커졌다. 가슴속 한 곳이 꽉 막혀서 피가 흘러들지 않는 것 같았다. 두 사람 모두 아이가 있었다. 카를센에게는 여덟 살짜리 딸이, 세예르에게는 네 살짜리 손자가 있었다. 두 사람은 말이 없었다. 둘의 머릿속에 갖가지 장면들이 떠올랐다. 어쩌면 이런 상상이 현실이 될지도 모른다. 차가 집 앞에 다다랐을 때 세예르는 바로 이런 생각을 하고 있었다.

5번지는 가장자리를 검푸른 색으로 두른 하얀색의 나지막한 집이었다. 개성이라고는 찾아볼 수 없는 전형적인 조립식 주택이지만, 장식이 들어간 덧문과 부챗살 모양의 지붕을 달아 마치 놀이방처럼 화려하게 꾸몄다. 마당은 잘 손질되어 있었고, 예쁜 난간이 있는 커다란 베란다가 집 전체를 감싸고 있었다. 집이 거의 능선 꼭대기에 있었기 때문에 마을 전체가 내려다보였다. 작은 마을이었다. 농가와 밭으로 둘러싸인 사랑스러운 마을. 두 사람보다 앞서 도착한 순찰차가 우편함 옆에 서 있었다.

세예르가 먼저 안으로 들어가 깔개에 세심하게 신발을 닦고 문틀에 머리가 닿지 않도록 고개를 숙이며 거실로 들어갔다. 상황을 파악하는 데는 1초밖에 걸리지 않았다. 아이는 여전히 행방이 묘연했고, 사람들은 안절부절못하고 있었다. 소파에는 아이 어머니가 앉아 있었다. 줄무늬 원피스를 입은 작은 여자였다. 여경이 그녀 옆에 앉아서 그녀의 팔을 잡고 있었다. 세예르는 방 안에 스며 있는 공포를 생생히 느낄 수 있었다. 아이 어머니는 있는 힘을 다해 눈물을 참고 있었다. 어쩌면 찢어지게 비명이라도 지르고 싶은 것을 참고 있는지도 모른다. 그녀가 자리에서 일어나 세예르와 악수를 할 때 보니 몸을 조금만 움직여도 숨이 가쁜 모양이었다.

"알붐 부인." 그가 말했다. "누가 나가서 아이를 찾고 있다던데, 맞습니까?"

"이웃사람들이요. 개를 데리고 갔어요." 그녀가 소파에 주저앉았다. "우린 서로 도우며 살아야 하니까요."

세예르는 그녀와 마주 보는 안락의자에 앉아 그녀의 눈에 시선을 고정시킨 채 몸을 앞으로 기울였다. "저희가 수색견 순찰대를 내보내겠습니다. 이제 랑힐에 대해 모두 말씀해주셔야 합니다. 어떤 아이인지, 어떻게 생겼는지, 무슨 옷을 입고 있는지."

그녀는 아무 말 없이 고집스럽게 고개만 끄덕일 뿐이었다. 입이 딱딱하게 얼어붙은 것 같았다.

"아이가 갈 만한 곳에 모두 전화를 걸어보셨습니까?"

"그럴 만한 곳이 많지 않아요." 그녀가 웅얼거렸다. "전부 전화해봤어요."

"마을에 혹시 친척이 살고 있습니까?"

"아뇨, 없어요. 저흰 이 근처 출신이 아니에요."

"랑힐이 유치원에 다닙니까?"

"자리가 없어서 못 들어갔어요."

"아이에게 오빠나 언니가 있나요?"

"그 아이 하나예요."

그는 숨을 쉴 때 소리를 내지 않으려고 애썼다.

"우선," 그가 말했다. "아이가 입고 있는 옷부터 말씀해주세요. 가능한 한 정확하게."

"빨간 운동복이에요." 그녀가 더듬더듬 말했다. "앞에 사자가 그려져 있어요. 후드가 달린 초록색 파카. 신발 한 짝은 빨갛고 한 짝은 초록색이에요." 그녀의 말이 중간중간 끊어졌다. 목소리가 금방이라도 부서질 것 같았다.

"그럼 아이 생김새는 어떻죠? 저한테 설명해보세요."

"키는 120센티미터쯤 되고요, 몸무게는 16킬로그램이에요. 머리 색깔이 아주 밝고, 얼마 전에 여섯 살이 돼서 건강진단을 받았어요."

그녀는 텔레비전 옆에 사진 여러 장이 걸려 있는 벽으로 갔다. 대부분의 사진이 랑힐의 것이었고, 한 장은 민속의상을 입은 알붐 부인의 것, 그리고 또 한 장은 국토방위군 제복을 입은 남자의 것이었다. 아이 아버지인 모양이었다. 그녀는 아이가 웃고 있는 사진을 골라 세예르에게 건네주었다. 아이의 머리는 거의 하얀색이었다. 아이 어머니의 머리는 새까만 색이었지만, 아버지의 머리가 금발이었다. 군모 밑으로 머리가 조금 보였다.

"랑힐은 어떤 아이입니까?"

"남을 잘 믿어요." 그녀가 숨을 몰아쉬며 말했다. "아무한테나 말을 잘 걸죠." 이 말을 하면서 그녀는 몸을 떨었다.

"이 세상에서 제일 잘 살아가는 아이들이 딱 그렇죠." 그가 단호하게 말했다. "이 사진을 저희가 가져가야 할 것 같습니다."

"저도 알아요."

"그건 그렇고," 그가 다시 의자에 앉으면서 말했다. "이 마을 아이들은 어디서 놉니까?"

"피오르드 해안에서요. 프레스테가르스 스트란이나 호르겐에도 가고, 콜렌 산 꼭대기에도 가요. 저수지까지 올라가거나 숲 속을 돌아다니는 애들도 있어요."

세예르가 창밖을 내다보니 검은 전나무가 보였다. "랑힐이 나간 후에 혹시 아이를 본 사람이 있습니까?"

"마르테 옆집 사람이 출근길에 차고 옆에서 아이를 만났대요. 그 사람 부인한테 전화해서 들은 얘기예요."

"마르테 씨는 어디 삽니까?"

"크리스탈렌이요. 여기서 겨우 몇 분 거리예요."

"아이가 인형 유모차를 갖고 나갔습니까?"

"예. 분홍색 브리오예요."

"그 이웃사람의 이름은 뭐죠?"

"발테르." 그녀가 깜짝 놀란 표정으로 말했다. "발테르 이사크센이에요."

"어딜 가면 그 사람을 만날 수 있습니까?"

"디노 산업 인사부에서 일해요."

세예르는 자리에서 일어나 수화기를 들고 전화번호 안내원에게서 번호를 알아낸 다음, 디노 산업의 번호를 누르고 신호가 가기를 기다렸다. "거기 직원하고 당장 통화를 하고 싶습니다. 발테르 이사크센이라는 사람입니다."

알붐 부인은 소파에서 걱정스러운 얼굴로 그를 바라보았다. 카를센은 창가에서 풍경을 유심히 바라보고 있었다. 푸른

색 능선들과 들판 그리고 저 멀리 교회당의 하얀 뾰족탑도 보였다.

"콘라드 세예르 경감입니다." 세예르가 무뚝뚝하게 말했다.

"저는 지금 그라니트베이엔 5번지에 있습니다. 제가 전화한 이유를 아시죠?"

"랑힐을 아직 못 찾았나요?"

"예. 오늘 아침에 아이가 마르테 씨 집에서 나올 때 아이를 보셨다고요?"

"막 차고 문을 닫을 때였어요."

"혹시 시계를 보셨습니까?"

"아침 8시 6분이었습니다. 제가 좀 늦게 집을 나섰거든요."

"시간이 확실합니까?"

"제 손목시계는 전자시계입니다."

세예르는 이곳으로 차를 몰고 오면서 지나온 길을 생각하느라 잠시 말이 없었다. "그러니까 선생께서는 아침 8시 6분에 차고 옆에서 아이와 헤어져 곧장 출근하신 건가요?"

"예."

"그네이스베이엔을 내려가서 중앙 고속도로로 나가셨나요?"

"그렇습니다."

"그때쯤이면 대부분의 사람들이 시내로 가니까 반대편에는 차가 거의 없었겠군요."

"예, 맞아요. 마을을 지나는 대로가 없습니다. 일자리도 없고요."

"출근길에 혹시 마을로 가는 차는 못 보셨습니까?"

남자는 잠시 말이 없었다. 세예르는 기다렸다. 방 안이 무덤 속처럼 조용했다.

"아, 그러고 보니 한 대 있었습니다. 로터리 바로 못 미쳐서 주택단지 옆을 지나갔죠. 승합차였을 겁니다. 페인트가 너덜너덜 벗겨져서 보기 흉한 차였어요. 아주 천천히 움직이고 있었습니다."

"운전자가 누구였습니까?"

"남자였습니다." 그가 머뭇거리며 말했다. "남자 한 명."

"내 이름은 라이몬이야." 그가 미소를 지었다.

랑힐이 고개를 들어 보니 백미러에 미소 띤 얼굴과 아침 햇살을 받은 콜렌 산이 보였다.

"나랑 드라이브할래?"

"엄마가 기다리고 있어요." 아이가 거만하게 말했다.

"콜렌 산 꼭대기에 올라가본 적 있어?"

"한 번이요. 아빠랑. 소풍 갔을 때."

"거기까지 차를 타고 올라갈 수 있어." 그가 차분하게 말했다. "그러니까 뒤쪽에서 올라가는 거지. 우리 거기까지 드라이브할까?"

"난 집에 갈래요." 아이가 약간 불안한 표정으로 말했다.

그가 기어를 내리더니 차를 세웠다. "그냥 잠깐만 갔다 오자." 그가 말했다. 가느다란 목소리였다. 너무 슬픈 목소리이기도 했다. 랑힐은 어른들을 실망시키는 아이가 아니었다. 아이가 일어나 앞좌석으로 걸어와서 몸을 앞으로 기울였다. "잠깐만 갔다 오는 거예요. 꼭대기까지 갔다가 곧장 집으로 가요."

그는 다시 펠트스파트베이엔으로 돌아가 언덕을 내려갔다.

"이름이 뭐야?" 그가 물었다.

"랑힐 엘리제예요."

그가 좌우로 살짝살짝 몸을 흔들면서 헛기침을 했다. 마치 아이에게 훈계를 하려는 듯이. "랑힐 엘리제. 이렇게 이른 시간에는 쇼핑을 갈 수 없어. 이제 겨우 8시 15분밖에 안 됐잖아. 가게들이 아직 문을 안 열었다고."

랑힐은 대답하지 않았다. 대신 엘리제를 유모차에서 들어 올려 무릎에 놓고 옷을 잘 펴주었다. 그러고는 인형 입에서 젖꼭지를 빼냈다. 인형이 즉시 비명 같은 가느다란 금속성의 아기 울음소리를 내기 시작했다.

"뭐야?" 그가 브레이크를 세게 밟으며 백미러를 보았다.

"엘리제예요. 내가 젖꼭지를 빼면 애가 울어요."

"난 그 소리 싫어! 젖꼭지 다시 물려줘!" 그는 운전석에서 안절부절못하고 있었다. 그 바람에 승합차가 앞뒤로 흔들거렸다.

"우리 아빠가 아저씨보다 운전 잘해요." 아이가 말했다.

"난 혼자 배웠어." 그가 골난 얼굴로 말했다. "다들 날 가르치기 싫다고 해서."

"왜요?"

그는 대답하지 않고 그냥 고개만 흔들었다. 이제 승합차는 중앙 고속도로를 달리고 있었다. 그는 기어를 2단에 놓고 거칠게 부릉 소리를 내며 교차로를 지나갔다.

"이제 호르겐이 나올 거예요." 아이가 기쁜 표정으로 말했다.

그는 아무 말도 하지 않았다. 10분 후 그는 왼쪽으로 방향을 꺾어 산허리에 있는 숲 속으로 올라갔다. 가는 길에 여기저기 주차되어 있는 트랙터와 빨간색 헛간이 있는 농가 두어 채를 지나쳤다. 길이 점점 좁고 울퉁불퉁해졌다. 랑힐은 유모차를 붙들고 있는 팔에서 점점 힘이 빠져나갔기 때문에 인형을 바닥에 내려놓고 한쪽 발을 브레이크처럼 유모차 바퀴 사이에 놓았다.

"여기가 내가 사는 데야." 그가 갑자기 이렇게 말하면서 차를 세웠다.

"부인이랑 같이요?"

"아니, 아버지랑. 아버지는 누워 계셔."

"아직 안 일어나셨어요?"

"아버지는 항상 누워 계셔."

랑힐은 호기심 어린 눈길로 창밖을 내다보았다. 기묘하게 생긴 집이 보였다. 원래는 오두막이었던 집에 이것저것을 덧대어 놓은 모양이었다. 부분마다 제각각 색깔이 달랐다. 집 옆에는 골판지 모양의 철판으로 지은 차고가 있었다. 마당에는 풀이 제멋대로 웃자라 있었고, 낡고 녹슨 흙손 하나가 가시 많은 쐐기풀과 민들레 줄기에 감겨 서서히 목이 졸리고 있었다. 하지만 랑힐은 집에 관심이 없었다. 그녀의 눈을 사로잡은 것이 따로 있었으니까. "토끼다!" 아이가 가냘픈 목소리로 말했다.

"맞아." 그가 기쁜 표정으로 말했다. "토끼를 보고 싶어?"

그가 차에서 뛰어내려 뒷문을 열고 아이를 안아 내려주었다. 그의 걸음걸이가 독특했다. 다리가 부자연스러울 정도로 짧은데다가 심한 안짱다리였다. 발도 작았다. 하지만 널찍한 코는 살짝 튀어나온 아랫입술에 거의 닿을 정도였다. 코 밑에는 맑은 콧물이 한 방울 매달려 있었다. 그가 노인처럼 몸을 흔들며 걷기는 하지만 랑힐이 보기에 나이가 그렇게 많은 것 같지는 않았다. 어쨌든 그의 몰골은 우스웠다. 노인의 몸에 아이의 얼굴이라니. 그가 몸을 흔들면서 토끼장으로 걸어갔다. 랑힐은 홀린 듯이 서 있었다.

"한 마리 안아 봐도 돼요?"

"그럼. 맘대로 골라."

"저기 갈색의 조그만 아이." 아이가 넋을 잃은 얼굴로 말했다.

"그 애는 포산이야. 제일 착해."

그는 토끼장을 열고 그 토끼를 꺼냈다. 귀가 늘어진 토실토실한 녀석이었다. 몸 색깔은 크림을 많이 넣은 커피 같았다. 녀석은 정신없이 버둥거렸지만 랑힐이 안아주자마자 얌전해졌다. 잠시 동안 아이는 꼼짝도 하지 않았다. 녀석의 귀 한쪽을 조심스레 쓰다듬다 보니 토끼의 두근거리는 심장이 손바닥에 느껴졌다. 손가락 사이에 닿는 귀가 벨벳처럼 부드러웠다. 녀석의 까만 코는 감초 물처럼 촉촉했다. 라이몬은 아이 옆에 서서 그 광경을 지켜보았다. 그는 지금 여자 아이와 단둘이 있었다. 그들을 본 사람은 아무도 없었다.

"이 사진을 인상착의와 함께 신문사로 보낼 겁니다." 세예르가 말했다. "다른 소식이 없으면 오늘 저녁 신문에 사진이 실릴 겁니다."

이레네 알붐이 흐느끼면서 탁자 위로 쓰러졌다. 다른 사람들은 아무 말 없이 자신의 손을 바라보다가 들썩이는 그녀의 등을 바라보았다. 여자 경찰관은 손수건을 준비하고 앉아 있었다. 카를센이 앉아 있던 의자를 살짝 밀치며 손목시계를 흘깃 보았다.

"랑힐이 개를 무서워합니까?" 세예르가 물었다.

"그건 왜 물으시는 건데요?" 여자가 놀란 표정으로 물었다.

"수색견을 데리고 아이들을 찾아다닐 때 아이들이 독일산 셰퍼드가 짖는 소리를 듣고 숨어버리는 경우가 있어서요."

"아뇨, 우리 애는 개를 무서워하지 않아요."

이 말이 세예르의 머릿속에서 메아리쳤다. '우리 애는 개를 무서워하지 않아요.'

"부군과는 연락이 되었습니까?"

"남편은 나르비크에서 작전 수행중이에요. 거기 어디 고원에 있을 거예요."

"병사들이 휴대전화를 안 쓰나요?"

"통화가 안 되는 지역이에요."

"지금 아이를 찾고 있는 사람들은 누굽니까?"

"낮에 집에 있는 이웃집 남자 아이들이에요. 그중 한 명이 휴대전화를 갖고 있어요."

"언제부터 찾기 시작했습니까?"

그녀가 벽에 걸린 시계를 쳐다보았다. "두 시간이 넘었어요."

이제는 떨리는 목소리가 아니었다. 약에 취한 것 같기도 하고, 잠에 취한 것 같기도 한 목소리였다. 세예르는 다시 몸을 앞으로 기울이고 가능한 한 부드럽고 선명한 목소리로 말했다.

"부인께서 가장 두려워하는 일은 십중팔구 일어나지 않았을 겁니다. 아시겠습니까? 대개 아이들이 사라지는 이유는 아주 사소한 것들이죠. 애들은 원래 항상 사라집니다. 애들이니까요. 시간감각도 없고 책임감도 없거든요. 게다가 이성을 잃을 정도로 호기심이 강해서 무조건 충동적으로 행동하고 봅니다. 애들이 원래 그래요. 그래서 자주 사라지는 것이고요. 하지만 대개는 갑자기 사라졌다가 갑자기 나타나기 마련입니다. 어디서 뭘 하다 왔는지 설명하지 못하는 경우도 많고요. 하지만 일반적으로," 그는 숨을 들이쉬며 말을 이었다. "아이들이 무사히 돌아오는 경우가 많습니다."

"저도 알아요!" 그녀가 그를 뚫어지게 바라보면서 말했다. "하지만 우리 애는 이렇게 사라진 적이 없어요!"

"아이가 자라서 그런 겁니다." 그가 그녀를 설득하려는 듯이 말했다. "자라면 모험심도 더 강해지니까요."

세상에, 말은 잘한다. 그는 속으로 생각했다. 그러고는 자리에서 일어나 한 번 더 시계를 보고 싶은 충동을 억누르며 전화번호를 눌렀다. 그가 시계를 본다면 시간이 계속 흐르고 있다는 사실을 일깨워주는 꼴이 될 것이다. 굳이 그럴 필요는 없었다. 당직 경찰관이 전화를 받자 그는 상황을 간단히 요약해서 설명해주고 자원 구조대에 연락을 부탁했다. 그리고 그라니트베이엔의 주소와 아이의 인상착의를 재빨리 설명해주었다. 옷은 빨간색이며, 머리는 거의 하얀색이고, 분홍색 인형 유모차를 끌고 있다고. 그가 혹시 그동안 연락 온 곳이 있었느냐고 묻자 당직 경찰관은 없다고 대답했다. 그는 다시 자리에 앉았다.

"랑힐이 최근에 부인이 들어본 적 없는 사람이나 이름을 말한 적이 있습니까?"

"없어요."

"아이가 돈을 갖고 있나요? 혹시 아이가 가게를 찾고 있는 게 아닐까요?"

"우리 애는 돈이 없어요."

"여긴 작은 마을입니다." 그가 말을 이었다. "아이가 길을 걷다가 이웃사람의 차를 얻어 탄 적이 있습니까?"

"예, 가끔 그런 적이 있어요. 이 언덕에 집이 100채쯤 되는데, 우리 애는 동네 사람들을 거의 다 알거든요. 차도 다 알고요. 가끔 마르테랑 같이 유모차를 끌고 교회까지 걸어갔다가 이웃사람 차를 타고 집으로 온 적이 있어요."

"둘이 교회에 가는 특별한 이유가 있습니까?"

"둘이 알던 남자 아이가 거기 묻혔거든요. 둘이서 꽃을 꺾어서 그 애 무덤에 놓아주고는 이리로 와요. 그 애들한테는 그게 신나는 일인 것 같아요."

"그럼 교회를 찾아보셨습니까?"

"제가 랑힐를 찾으려고 전화한 게 10시예요. 그런데 그 애가 8시에 그 집에서 나갔다고 하기에 저는 즉시 차를 몰고 아이를 찾아 나섰어요. 제가 나가 있는 동안 혹시 애가 돌아올지 몰라서 현관문을 열어뒀고요. 차를 몰고 교회로 갔다가 피나 주유소까지 내려갔어요. 자동차 정비소도 들여다보고 낙농장 뒤도 살펴보고 학교로 가서 운동장도 뒤졌어요. 거기 정글짐 같은 것들이 있으니까요. 그 다음에는 유치원에도 가봤어요. 아이가 학교 가는 걸 워낙 기대하고 있었으니까 아이가……."

또 다시 흐느낌이 터져 나왔다. 그녀가 우는 동안 다른 사람들은 꼼짝도 않고 앉아 있었다. 그녀의 눈이 부어올랐다. 그녀는 절망에 빠져 치맛자락을 꼭 쥐고 있었다. 얼마 후 흐느낌이 잦아들자 잠에 취한 듯한 모습이 되돌아왔다. 끔찍한 상상을 막아주는 방패처럼.

전화벨이 울렸다. 갑작스러운 따르릉 소리가 불길했다. 그녀가 깜짝 놀라서 전화를 받으려고 일어서다가 세예르가 가지 말라는 뜻으로 손을 쳐들고 있는 모습을 보았다. 그가 수화기를 들었다.

"여보세요? 이레네 아줌마 있어요?" 남자 아이의 목소리였다.

"실례지만 누구십니까?"

"토르비외른 하우겐이에요. 지금 랑힐을 찾고 있어요."

"나는 경찰관이다. 새로운 소식이라도 있니?"

"집집마다 돌아다니면서 물어봤어요. 전부. 집에 없는 사람들이 많았지만, 펠트스파트베이엔에서 어떤 아줌마를 만났는데, 어떤 차가 그 아줌마네 집 마당으로 후진해 들어왔다가 돌아나갔대요. 그 아줌마는 1번지에 살고 계세요. 무슨 승합차 같았다는데, 차 안에 초록색 겉옷을 입고 하얀 머리를 하나로 묶은 여자 아이가 있는 걸 보셨대요. 랑힐이 머리를 그렇게 묶고 다닐 때가 많거든요."

"그래서?"

"차가 언덕 중간까지 올라갔다가 다시 내려오더니 모퉁이를 돌아 사라졌대요."

"그때 시간이 몇 시인지 물어봤니?"

"아침 8시 15분이에요."

"지금 그라니트베이엔으로 올 수 있나?"

"금방 갈 수 있어요. 지금 로터리에 있거든요."

그는 전화를 끊었다. 이레네 알붐은 여전히 서 있었다.

"무슨 전화예요?" 그녀가 가냘픈 소리로 물었다. "뭐라는 거예요?"

"누가 아이를 봤답니다." 그가 느릿느릿하게 말했다. "아이가 승합차에 타고 있었다는군요."

이레네 알붐이 결국 비명을 질렀다. 그녀의 비명소리가 빽빽한 숲을 꿰뚫고 와서 랑힐의 마음을 살짝 움직인 것 같았다.
"배고파요." 아이가 느닷없이 말했다. "집에 갈래요."
라이몬이 시선을 들었다. 포산이 식탁 위를 돌아다니며 두 사람이 흩뿌려준 씨앗을 핥고 있었다. 두 사람 모두 자기들이 지금 어디 있는지 잊어버리고 있었다. 두 사람은 토끼들에게 모두 먹이를 주었다. 라이몬은 아이에게 사진들을 보여주었다. 잡지에서 오려내서 커다란 앨범에 정성들여 붙여 놓은 사진들이었다. 랑힐은 그의 우스꽝스러운 얼굴을 보며 계속 깔깔거렸다. 하지만 이제는 시간이 너무 늦었다는 생각이 들었다.
"빵을 줄게."
"집에 갈래요. 엄마랑 쇼핑 갈 거예요."
"그럼 먼저 콜렌 산에 올라갔다가 너희 집으로 가자."
"당장 갈래요!" 아이가 단호하게 말했다. "당장 갈 거예요."
라이몬은 아이를 붙들어둘 방법을 생각해내려고 필사적으로 머리를 쥐어짰다. "그래, 알았어. 그런데 그 전에 내가 나가서 아버지한테 드릴 우유를 사와야 돼. 호르겐 가게에서. 넌 여기서 기다려. 잠깐이면 돼." 그가 자리에서 일어나 아이를 바라보았다. 아이의 밝은 얼굴과 하트 모양의 조그마한 입을 보니 하트 모양의 계피 과자가 생각났다. 아이의 눈은 맑은 파란색이었고, 눈썹은 짙은 색이었다. 머리카락이 하얀색인 것을 생각하면 놀라운 일이었다. 그는 무거운 한숨을 내쉬면서 뒷문으로 가서 문을 열었다.

랑힐은 정말로 여기서 나가고 싶었지만 집으로 가는 길을 몰랐다. 그러니 기다리는 수밖에 없었다. 랑힐은 토끼를 품에 안고 자그마한 거실로 타박타박 걸어 들어가 소파 구석에 웅크리고 앉았다. 지난밤에 마르테와 노느라 잠을 못 잔데다가 따스한 짐승을 안고 있었기 때문에 금방 졸음이 몰려왔다. 얼마 되지도 않아서 아이의 눈이 감겼다.

그는 한참 뒤에 돌아왔다. 그리고 오랫동안 자리에 앉아서 아이를 바라보았다. 아이가 정말 조용하게 잔다고 감탄하면서. 아이는 몸도 전혀 움직이지 않았고, 나직하게 한숨을 쉬지도 않았다. 아이가 조금 더 커지고 더 따스해진 것 같았다. 마치 오븐 안에서 부풀어 오르는 빵처럼. 얼마 후 그는 점점 불안해져서 손을 어떻게 해야 할지 몰라 주머니에 넣고는 의자에 앉은 채 몸을 살짝살짝 앞뒤로 흔들었다. 그렇게 몸을 흔들면서 그는 바지를 손으로 주물럭거리기 시작했다. 몸을 흔드는 속도가 점점 빨라졌다. 그는 불안한 표정으로 창밖을 내다보고 아버지의 침실로 이어진 복도를 바라보았다. 그의 손은 계속 움직이고 있었다. 그는 내내 아이의 머리카락을 바라보고 있었다. 비단처럼 반짝이고, 토끼털과 거의 비슷한 머리카락. 그가 나지막한 신음소리를 내면서 몸 흔들기를 멈추고 일어서서 아이의 어깨를 가볍게 찔렀다. "이제 가도 돼. 포산을 이리 줘."

랑힐은 잠시 정신을 차릴 수가 없었다. 그래서 천천히 일어나 라이몬을 물끄러미 바라보다가 그를 따라 부엌으로 가서 파카를 입고 타박타박 집 밖으로 걸어 나갔다. 그동안 작은 갈색 공 같은 토끼는 토끼장 안으로 사라졌다. 인형 유모차는 여전히 승합차 뒤에 실려 있었다. 라이몬은 슬퍼 보였지만, 아이를 차에 태운 후 운전석에 앉아 열쇠를 돌렸다. 그런데 아무 반응이 없었다. "시동이 안 걸려." 그가 짜증스레 말했다. "왜 이러는 거지? 조금 전에도 걸렸는데. 이 쓰레기 같으니."

"난 집에 갈래요." 랑힐이 커다란 소리로 말했다. 그러면 뭔가 달라지리라 생각하는 것처럼.

그는 계속 시동을 걸면서 액셀러레이터를 밟았다. 시동 모터가 돌아가는 소리가 들렸지만, 모터에서는 불만에 가득 찬 소리가 날 뿐 시동이 걸리지 않았다. "걸어가야겠다."

"너무 멀어요!" 아이가 칭얼거렸다.

"아냐, 여기선 안 멀어. 우린 지금 콜렌 산 뒤쪽에 있어. 산꼭대기가 아주 가깝거든. 꼭대기에서 보면 너희 집이 훤히 보일 거야. 내가 유모차를 대신 끌어줄게."

그는 앞좌석에 있던 겉옷을 입고 밖으로 나와 아이를 위해 문을 열어주었다. 랑힐은 인형을 들었고, 그는 유모차를 끌었다. 울퉁불퉁한 도로 때문에 유모차가 살짝 튀어 올랐다. 저 앞에 콜렌 산이 보였다. 검은 나무들이 산을 둘러싸고 있었다. 두 사람은 길을 걷다가 어떤 자동차가 엄청난 속도로 빠르게 달려오는 바람에 길가로 몸을 피해야 했다. 먼지구름이 자동차 뒤에 짙은 안개처럼 매달려 있었다. 라이몬은 길을 알고 있었지만, 체력이 별로였다. 그래서 랑힐이 쉽사리 그와 보조를 맞출 수 있었다. 얼마 후 길이 점점 더 가팔라지더니 공터가 나왔다. 거기서 방향을 꺾어 콜렌 산 오른쪽으로 나 있는 오솔길은 부드럽고 흙먼지가 많았다. 이 오솔길을 이만큼 넓혀놓은 것은 양이었다. 양의 배설물이 눈처럼 수북이 쌓여 있었다. 랑힐은 그것을 일부러 밟으며 즐거워했다. 바싹 마른 배설물은 가루 같았다. 몇 분 후 나무들 사이로 뭔가가 아름답게 반짝였다.

"서펀트 호수야." 라이몬이 말했다.

랑힐은 그의 옆에 서서 호수 저편을 바라보았다. 호숫가에 뒤집어진 작은 배 한 척과 수련이 보였다.

"물 쪽으로 내려가지 마." 라이몬이 말했다. "위험해. 여기선 수영 못해. 그냥 모래 속으로 가라앉아서 사라져버릴 거야. 유사流砂거든." 그가 심각한 표정으로 이렇게 덧붙였다.

랑힐은 몸을 떨었다. 그리고 눈으로 호숫가를 더듬었다. 노란 골풀이 물결처럼 흔들거렸다. 딱 한 곳만 빼고. 그곳에는 둔치처럼 생긴 땅이 있어서 골풀 밭이 검은 톱니처럼 잘려 있었다. 두 사람은 그곳을 뚫어지게 바라보았다. 라이몬은 유모차를 놓쳤고, 랑힐은 입 속에 손가락을 집어넣었다.

토르비외른은 휴대전화를 만지작거리며 서 있었다. 열여섯 살쯤 되어 보였다. 어깨까지 기른 검은 머리에 무늬가 있는 머리띠를 하고 있었는데, 비듬이 조금 보였다. 관자놀이에 지어놓은 머리띠 매듭에서 머리띠 끝이 마치 두 개의 빨간 깃털처럼 튀어나와 있었다. 그는 랑힐의 어머니를 보지 않으려고 세예르를 뚫어지게 바라보며 계속 입술을 핥았다.

 "네가 중요한 걸 알아냈구나." 세예르가 말했다. "그 아주머니 주소를 여기 적어줄래? 이름을 기억하니?"

 "헬가 모엔. 1번지. 밖에 개집이 있는 회색 집." 그는 이렇게 중얼거리면서 세예르가 내민 종이에 커다란 글씨로 이 말을 옮겨 적었다.

 "너희들 그 일대를 다 뒤져봤니?" 세예르가 물었다.

 "저희는 먼저 콜렌 산으로 올라갔어요. 그 다음에는 서펀트 호수로 내려갔다가 거기 오솔길을 찾아봤고요. 꼭대기의 호수, 호르겐 가게, 프레스테가르스 스트란에도 가봤어요. 교회에서도 찾아봤고요. 마지막으로 농가 두어 군데랑 비에르 케루드랑 승마 스포츠센터에 가봤어요. 랑힐은 동물에 아주 관심이 많았…… 아니 많거든요."

 말실수 때문에 그의 얼굴이 붉어졌다. 세예르는 그의 어깨를 가볍게 두드려주었다. "앉아라, 토르비외른." 그는 고갯짓으로 소파를 가리켰다. 알뷤 부인 옆에 자리가 비어 있었다.

 알뷤 부인은 새로운 단계로 옮겨가 랑힐이 영원히 집에 돌아오지 않을지도 모른다는 생각을 하며 혼란스러워하고 있었다. 커다란 푸른 눈의 딸을 보지 못하고 평생을 살아야 할지도 모른다는 생각. 이런 생각을 하다 보니 칼에 찔린 것처럼 고통스러웠다. 마치 척추에 강철 막대를 꽂아놓은 것처럼 온몸이 뻣뻣해졌다.

집 안에 들어온 뒤로 거의 말을 하지 않은 여자 경찰관이 천천히 일어서서 처음으로 용기를 내 의견을 내놓았다. "알붐 부인." 그녀가 조용히 말했다. "여러분께 커피라도 대접하는 게 어떨까요?"

아이 어머니는 힘없이 고개를 끄덕이며 일어서서 경찰관을 따라 부엌으로 갔다. 수돗물이 나오는 소리, 잔들이 부딪히는 소리가 들렸다. 세예르는 카를센에게 복도로 따라 나오라고 손짓했다. 두 사람은 그곳에서 뭐라고 나지막히 이야기를 나누었다. 토르비외른이 볼 수 있는 것이라고는 세예르의 머리와 카를센의 구두코뿐이었다. 검은색 구두가 반들반들했다. 불빛이 희미했기 때문에 두 사람은 남의 눈치를 보지 않고 손목시계를 볼 수 있었다. 시계를 보고 나서 두 사람은 같은 생각이라는 듯이 고개를 끄덕였다. 랑힐의 실종이 점점 심각한 사건으로 변해가고 있었으므로 경찰서의 인력을 모두 동원해야 할 것 같았다. 세예르는 셔츠 소매 위에서 팔꿈치를 긁었다. "아이가 도랑에서 시체로 발견되는 건 생각하고 싶지도 않아." 그는 신선한 공기를 마시려고 문을 열었다. 그런데 거기 아이가 서 있었다. 빨간 옷을 입은 아이. 아이는 맨 아래 계단에 서서 작고 하얀 손으로 난간을 붙들고 있었다.

"랑힐?" 그가 대경실색한 얼굴로 말했다.

 행복한 30분이 흐르고, 경찰차가 스키페르바켄 거리를 달리고 있을 때 세예르는 만족스러운 표정으로 머리를 쓸어 넘겼다. 카를센은 어느 때보다 짧게 자른 그의 머리가 강철 솔처럼 보인다고 생각했다. 오래된 페인트를 벗겨낼 때 쓰는 솔 말이다. 세예르의 주름진 얼굴은 평화로워 보였다. 평소 때처럼 폐쇄적이고 진지한 표정이 아니었다. 언덕을 절반쯤 내려갔을 때 자동차가 회색 집을 지나쳤다. 두 사람은 개집과 창가에 나타난 얼굴을 보았다. 만약 헬가 모엔이 경찰의 방문을 기다리고 있는 거라면, 실망할 수밖에 없을 것이다. 랑힐은 두꺼운 빵 조각 두 개를 손에 들고 엄마의 무릎에 앉아 있으니까.

 아이가 거실로 들어오던 순간이 두 경찰관의 머릿속에서 떠나지 않았다. 아이의 가느다란 목소리를 들은 엄마가 부엌에서 달려 나와 번개처럼 아이에게 몸을 던졌다. 사냥감을 움켜쥐고 다시는 놓지 않으려는 맹수 같았다. 랑힐의 가느다란 팔다리와 하얀 머리가 엄마의 힘센 품속에서 삐죽 튀어나와 있었다. 다른 사람들은 그냥 가만히 서 있었다. 아무 소리도 나지 않았다. 아이도 엄마도 우는 소리 한 번 내지 않았다. 토르비외른은 손으로 전화기를 부숴버리려는 듯이 움켜쥐고 있었다. 여자 경찰관이 들고 있는 커피 잔이 달그락거렸다. 카를센은 기쁨에 겨워 활짝 미소를 지으며 계속 콧수염을 비틀고 있었다. 갑자기 태양이 광선을 쏘아 보낸 것처럼 방 안이 한층 밝아졌다. 그러더니 마침내 흐느낌이 섞인 웃음소리가 터져 나왔다. "이 못된 녀석!"

"생각을 해봤는데 말이야," 세예르가 헛기침을 하며 말했다. "1주일 동안 휴가를 얻을까 하고. 벌써 휴가를 쓸 때가 지났거든."

카를센은 과속방지턱을 넘었다. "휴가를 얻어서 뭘 하시려고요? 플로리다에서 스카이다이빙이라도 하실 거예요?"

"내 오두막에 환기를 좀 시킬까 했는데."

"브레빅 근처에 있죠?"

"그래, 산 섬에."

두 사람은 중앙로로 들어서서 속도를 올렸다.

"전 올해 레고랜드에 가야 돼요." 카를센이 투덜거렸다. "더 이상 미룰 수가 없어요. 딸아이가 어찌나 졸라대는지."

"무슨 벌이라도 받는 사람 같구먼. 레고랜드는 아주 아름다운 곳이야. 거길 나올 때쯤이면 자네는 틀림없이 레고 상자 무게에 눌려서 휘청거릴 거고, 온몸이 벌레 물린 자국투성이일걸. 그래도 가봐. 후회하지 않을 테니."

"그럼 경감님도 가보신 적이 있는 거예요?"

"마테우스를 데리고 가봤지. 거기 가면 순전히 레고 조각만으로 만든 '앉아 있는 황소' 조각상이 있다는 거 아나? 특별히 색깔을 맞춰서 제작한 레고 조각 140만 개로 만든 거야. 정말 대단해."

그는 왼쪽에 교회가 있는 것을 보고 입을 다물었다. 도로를 약간 벗어난 곳에서 초록색과 노란색 들판 사이에 푸르른 나무들로 둘러싸인 작은 하얀색 목조 교회였다. 작고 아름다운 교회로군. 그는 속으로 생각했다. 저런 곳에 아내를 묻었어야 했다. 비록 여기까지 오는 길이 멀다 해도. 물론 이미 때늦은 생각이었다. 아내는 8년 전에 죽었고, 아내의 무덤은 시내 한가운데의 공동묘지에 있었다. 배기가스와 자동차 소음으로 둘러싸인 분주한 거리 바로 옆에.

"아이가 괜찮은 것 같았어요?"

"그런 것 같던데. 마음이 좀 차분해지면 우리한테 전화를 해달라고 아이 어머니한테 말해뒀어. 아마 이번 사건의 전말을 이야기하고 싶다는 생각이 들겠지. 여섯 시간이라니." 그가 생각에 잠긴 표정으로 말했다. "상당히 긴 시간인데. 틀림없이 매력적이고 고독한 늑대 같은 녀석이었을 거야."

"적어도 운전면허가 있는 것만은 확실해요. 그러니 완전히 숨어 사는 녀석은 아닌 셈이죠."

"그건 아직 모르는 일이야, 안 그래? 그 녀석한테 운전면허가 있는지 어떤지는."

"맞아요, 경감님 말씀이 옳아요." 카를센은 이렇고 말하고 나서 갑자기 브레이크를 밟으며 주유소로 들어섰다. 차는 그들이 '시내'라고 부르는 곳에 이미 들어와 있었다. 우체국, 은행, 미용실, 피나 역이 있는 곳. '의약품 세일'이라고 적힌 포스터가 키위 할인점 창문에 붙어 있었고, 미용실에는 새 선탠

기계를 선전하는 유혹적인 광고지가 붙어 있었다.

"전 뭘 좀 먹어야겠어요. 경감님도 같이 가실래요?"

두 사람은 상점으로 들어갔다. 세예르는 신문과 사탕을 사고는 창문을 통해 저 아래 피오르드 해안을 바라보았다.

"저기, 잠깐만요." 계산대의 아가씨가 카를센의 경찰제복을 불안한 시선으로 바라보며 말했다. "랑힐은 무사한 거죠?"

"그 아이를 알아요?" 세예르가 계산대 위에 동전을 몇 개 놓으며 물었다.

"아뇨, 몰라요. 하지만 누군지는 알아요. 오늘 아침에 그 애 엄마가 아이를 찾으러 여기 왔거든요."

"랑힐은 무사해요. 집으로 돌아왔습니다."

아가씨는 안도의 미소를 지으며 그에게 거스름돈을 내주었다.

"이 근처 출신인가요?" 세예르가 물었다. "동네 사람들을 잘 알아요?"

"그럼요. 동네 사람이 많지도 않은데요 뭐."

"그러면, 승합차를 몰고 다니는 조금 이상한 남자 혹시 알아요? 페인트가 다 벗겨진 낡고 보기 흉한 승합차인데."

"라이몬 얘기를 하시는 모양이네요." 그녀가 고개를 끄덕이며 말했다. "라이몬 로케."

"어떤 사람이죠?"

"구직센터에서 일해요. 콜렌 산 뒤편에 있는 오두막에서 아버지랑 같이 살고요. 라이몬은 다운증후군 환자예요. 나이는 서른 살쯤이고, 아주 상냥해요. 라이몬 아버지가 옛날에

이 주유소를 운영했어요. 은퇴하기 전에."

"라이몬이 운전면허를 갖고 있나요?"

"아뇨. 그래도 그냥 운전하고 다녀요. 그 승합차는 라이몬 아버지 거예요. 그 아버지가 환자라서 아마 라이몬이 하는 짓을 말릴 수 없는 모양이에요. 보안관도 그걸 알고 있어서 가끔 라이몬의 차를 불러 세우죠. 그래도 별로 소용없어요. 라이몬은 기어를 2단 이상 올리는 법이 없어요. 라이몬이 랑힐을 태워준 거예요?"

"예."

"그럼 전혀 걱정할 필요가 없었네요." 그녀가 미소를 지었다. "라이몬은 길에 무당벌레 한 마리만 있어도 차를 멈출 사람이에요."

두 경찰관은 활짝 웃으며 밖으로 나왔다. 카를센이 초콜릿을 베어 물면서 주위를 둘러보았다. "좋은 동네네요." 그가 초콜릿을 씹으며 말했다.

옛날식으로 만든 과자를 사들고 나온 세예르도 카를센의 시선을 따라가며 말했다. "저기 피오르드 해안은 수심이 깊어. 300미터가 넘을걸. 온도도 17도 위로는 올라가는 법이 없어."

"혹시 이 동네에 아는 사람이라도 있어요?"

"아니. 내 딸 잉그리드가 알지. 옛날에 민담 탐사 도보여행을 하면서 여기 온 적이 있거든. 가을에 '우리 동네를 알자'는 주제로 열리는 행사 있잖아. 잉그리드는 그런 걸 아주 좋아해." 그는 사탕 포장지를 가늘게 돌돌 말아서 셔츠 주머니에 넣었다. "다운증후군 환자가 운전을 잘할 수 있을까?"

"저야 모르죠." 카를센이 말했다. "하지만 그 사람들은 염색체가 하나 더 많은 것만 빼면 전부 정상이에요. 제 생각에 제일 큰 문제는 그 사람들이 뭘 배우는 데 시간이 많이 걸린다는 점인 것 같아요. 게다가 심장도 별로 안 좋아요. 그래서 오래 살지 못하죠. 손도 조금 이상하고요."

"뭐가 이상한데?"

"손바닥에 손금이 하나 없다던가, 뭐 그래요."

세예르가 깜짝 놀라며 그를 바라보았다. "어쨌든, 랑힐이 그 친구한테 단단히 홀렸던 모양이야."

"아마 토끼도 한몫했을걸요." 카를센은 안주머니에서 손수건을 꺼내 입가를 닦았다. "어렸을 때 저희 동네에 다운증후군 아이가 있었어요. 우린 그 애를 '미친놈 군나르'라고 불렀죠. 지금 생각해보니 사실 우리는 그 애가 다른 별에서 왔다고 믿었던 것 같아요. 그 애는 이미 죽었어요. 겨우 서른다섯 살 때."

두 사람은 차에 올라 계속 도로를 달렸다. 세예르는 본부에 돌아가서 과장에게 할 말을 간단히 준비했다. 며칠 휴가를 내서 오두막 별장에 다녀오는 것이 갑자기 엄청나게 중요한 일처럼 느껴졌다. 시기도 적절했고, 당분간 큰 사건이 터질 것 같지도 않았다. 게다가 실종됐던 아이가 무사히 집으로 돌아와서 기분이 좋았다. 그는 들판과 목초지를 내다보다가 자동차 속도가 느려졌음을 깨달았다. 두 사람 앞에 트랙터가 있었다. 바퀴의 테는 노란색이고 몸체는 초록색인 트랙터가 달팽이처럼 느린 속도로 기어가고 있었다. 도무지 그 트랙터를 추월할 길이 없었다. 직선도로가 몇 번 나왔지만 매번 길이가 너무 짧았다. 정원사 모자를 쓰고 귀마개를 한 농부는 나무 그루터기처럼 앉아 있었다. 마치 그가 앉아 있는 좌석에서 위로 곧장 자라나온 것 같았다. 카를센이 기어를 바꾸며 한숨을 쉬었다. "트랙터에 새싹이 실려 있네요. 손을 뻗어서 저 상자를 하나 훔쳐 오실래요? 부엌에서 요리해 먹게요."

"우리도 이제 라이몬처럼 달리고 있구먼." 세예르가 투덜거렸다. "2단 기어로 굴러가는 삶이라. 그거 정말 굉장할 것 같은데. 안 그래?"

그는 흰머리가 희끗희끗한 머리를 등받이에 대고 눈을 감았다.

2

 조용한 시골길을 지나온 다음이라 그런지 시내의 거리가 더러워 보였다. 사람과 자동차들도 혼란스럽게 떼 지어 몰려다니는 것 같았다. 대부분의 자동차들은 여전히 시내 중심가를 통과하고 있었다. 시의회는 터널을 건설하는 문제를 놓고 죽어라 싸움을 벌이고 있었다. 터널 건설은 이미 청사진을 그리는 단계까지 와 있었지만, 이런저런 단체들이 계속 나타나서 갖가지 중요한 주장을 내세우며 터널 건설에 반대했다. 환기탑 때문에 강가의 풍경이 망가질 것이라는 사람들도 있었고, 건설공사 중의 소음과 환경오염을 문제 삼는 사람들도 있었고, 비용을 문제 삼는 사람들도 있었다.
 세예르는 과장실에서 거리를 내려다보았다. 휴가 신청서를 이미 제출하고 답변을 기다리는 중이었다. 하지만 이것은 그냥 형식적인 절차에 불과했다. 홀테만 과장은 꿈에서라도 콘라드 세예르의 요청을 거절하지 못할 사람이었다. 하지만 그는 모든 것을 원칙대로 하고 싶어 했다.

"근무 순번표를 확인해봤나? 팀원들하고 전부 얘기해봤어?"

세예르는 고개를 끄덕였다. "수트가 시벤과 함께 이틀 동안 제 자리를 메워주기로 했습니다. 시벤이 엉뚱한 짓을 안 하게 수트가 알아서 할 겁니다."

"그럼 거절할 이유가 없……."

전화벨이 울렸다. 두 번 짧게. 마치 굶주린 새의 울음소리처럼. 세예르는 종교가 없지만 그래도 기도를 드렸다. 휴가를 코앞에서 빼앗기지 않게 해달라고.

"콘라드가 내 방에 있냐고?" 홀테만이 말했다. "그래, 여기 있어. 전화 연결해." 그는 전화선을 잡아당겨 세예르에게 수화기를 건네주었다. 세예르는 잉그리드의 전화일지도 모른다고 생각하며 수화기를 받아 들었다. 나쁜 소식이 아니어야 할 텐데.

전화를 건 사람은 알붐 부인이었다.

"이제 랑힐은 괜찮습니까?" 그가 물었다.

"예, 괜찮아요. 아무 문제없어요. 그런데 사람들이 모두 가고 난 뒤에 아이가 이상한 소리를 해서요. 아주 이상한 얘기라는 생각은 들었지만, 애가 없는 얘기를 지어내는 버릇은 없거든요. 그래서 혹시 모르니까 경감님께 알려드려야 할 것 같아서 전화 드렸어요. 어쨌든 누구한테든 이 얘기를 하게 될 것 같아서요."

"아이가 뭐라고 하던가요?"

"아이랑 같이 있었던 남자가 집으로 가는 길을 가르쳐줬대요. 아 참, 그 사람 이름은 라이몬이에요. 아이가 나중에 기억해냈어요. 아이랑 그 남자는 콜렌 산 뒤편으로 올라가서 서펀트 호수를 지난 다음에 잠시 쉬었대요."

"그래서요?"

"랑힐 말로는 그 위에 어떤 여자가 누워 있대요."

그는 깜짝 놀랐다. "뭐라고요?"

"호수에 어떤 여자가 누워 있다고요. 꼼짝도 않고 있는데, 옷을 하나도 안 입었더래요." 불안감과 곤혹스러움이 동시에 배어 있는 목소리였다.

"아이의 말을 믿으십니까?"

"예, 믿어요. 아이가 그런 얘기를 지어내겠어요? 그런데 저 혼자서는 무서워서 못 올라가겠어요. 아이를 데리고 갈 수도 없고요."

"제가 한번 알아보죠. 다른 사람들한테는 얘기하지 마세요. 나중에 연락드리겠습니다."

그는 전화를 끊고는 머릿속에서 오두막의 문을 닫았다. 바다 냄새와 갓 잡은 대구의 냄새가 갑자기 사라졌다. 그는 홀테만을 바라보며 미소를 지었다.

"아무래도 먼저 처리해야 할 일이 생긴 것 같습니다."

카를센은 그날 경찰서에 유일하게 남아 있던 경찰차를 타고 순찰 중이었다. 그가 순찰해야 할 지역은 시내 중심부 전체였다. 그래서 세예르는 자기 나이의 절반쯤밖에 되지 않는 젊은 곱슬머리 후배 스카레를 데리고 나갔다. 스카레는 유쾌한 젊은이였으며, 성격이 온화하고 낙천적이었다. 그의 말투에는 율동적인 남부 사투리의 흔적이 조금 남아 있었다. 두 사람은 그라니트베이엔의 우편함 옆에 다시 차를 세우고 이레네 알붐과 잠시 이야기를 나눴다. 랑힐은 엄마의 옷자락을 꼭 붙들고 도무지 떨어지려고 하지 않았다. 엄마가 이 아이에게 틀림없이 여러 가지 훈계를 했을 것이다. 아이 어머니는 손가락으로 방향을 가리키며 자기 집과 마주보고 있는 숲 가장자리에서 이정표를 따라 오르막길을 올라가 콜렌 산을 지나 왼쪽으로 가야 한다고 설명했다. 두 사람처럼 활기 찬 남자들이라면 20분밖에 걸리지 않을 것이라고 했다.

　나무줄기에 표시된 파란색 화살표가 방향을 알려주었다. 두 사람은 해로운 것을 보듯이 양의 똥을 흘깃거리며 가끔 길을 벗어나 덤불 속으로 피하면서도 위로 올라가는 발걸음을 늦추지 않았다. 길이 점점 가팔라졌다. 스카레는 조금 숨을 헐떡이고 있었지만, 세예르는 편안히 걷고 있었다. 그는 중간에 한 번 걸음을 멈추고 주택단지 쪽을 돌아보았다. 저 멀리 눈에 보이는 것이라고는 갈색이 도는 분홍색과 검은색의 지붕들뿐이었다. 두 사람은 다시 걷기 시작했다. 이제 두 사람은 아까처럼 이야기를 나누지 않았다. 산을 오르기 위해 숨을 아껴야 할 필요도 있었지만, 산 위에서 무엇을 발견하게 될지 두렵기도 했기 때문이다. 숲이 워낙 울창해서 두 사람은 어둑어둑한 길을 걸어야 했다. 세예르는 본능적으로 오솔길에 시선을 고정시켰다. 발을 헛디뎌 넘어질까 봐 걱정스러워서가 아니라 만약 저 위에서 정말로 무슨 일이 일어났다면 모든 것을 관찰해둘 필요가 있기 때문이었다. 두 사람이 걷기 시작한 지 정확히 17분이 되었을 때 숲이 끝나고 공터가 나오면서 햇빛이 비쳤다. 이제 호수가 보였다. 거울처럼 맑은 호수는 겨우 커다란 연못만 한 크기였으며, 가문비나무들 사이에 비밀스럽게 자리 잡고 있었다. 두 사람은 잠시 주위를 둘러보다가 갈대가 그려놓은 노란색 선을 눈으로 따라갔다. 저 아래쪽에 둔치처럼 생긴 땅이 눈에 들어왔다. 두 사람은 물과 멀찌감치 떨어져서 그곳으로 향했다. 골풀이 꽤 넓게 퍼져 자라고 있는 데다가 두 사람 모두 시내에서나 신을 수 있는 신발을 신고 있었기 때문이다.

막상 도착해보니 그곳은 둔치라고 부르기 민망한 수준이었다. 커다란 바위 네댓 개가 있는 손바닥만 한 진흙땅에 불과했다. 바위들 때문에 갈대가 침입하지 못한 이 땅이 호수로 직접 다가갈 수 있는 유일한 통로인 것 같았다. 그곳의 진흙 속에 어떤 여자가 누워 있었다. 그녀는 그들에게 등을 돌리고 옆으로 누운 자세였는데, 어두운 색 파카가 그녀의 상체를 덮고 있었다. 그것만 빼면 그녀는 알몸이었다. 파란색과 하얀색 옷가지들이 그녀 옆에 쌓여 있었다. 세예르는 걸음을 멈추고 자동적으로 허리띠의 휴대전화를 향해 손을 뻗었다. 하지만 이내 생각을 바꿔 조심스레 여자에게 접근했다. 그의 신발 속에서 물이 절벅거렸다.

"움직이지 마." 그가 나지막하게 말했다.

스카레는 그의 명령에 따랐다. 세예르는 물가에 가 있었다. 그가 여자를 앞에서 보기 위해 호수 쪽으로 약간 나가 있는 바위 위에서 균형을 잡았다. 아직은 무엇이든 손으로 만질 수 없었다. 그녀의 눈이 조금 꺼져 있었다. 반쯤 뜨고 있는 눈은 호수 위의 어떤 지점에 고정되어 있었다. 각막은 탁하게 변했고 쭈글쭈글했다. 동공이 크게 열려 있었는데, 이미 둥근 모습과는 거리가 멀었다. 입도 벌어져 있었다. 입 위로는 구토를 한 것처럼 노르스름한 거품이 코까지 덮고 있었다. 그는 몸을 숙여 그 거품을 입김으로 불어보았지만 거품은 움직이지 않았다. 여자의 얼굴은 물에서 겨우 몇 센티미터 떨어져 있었다. 그는 손가락 두 개를 그녀의 경동맥에 대보았다. 피부는 탄력이 하나도 없었고, 예상대로 차가웠다.

"죽었어." 그가 말했다.

그녀의 귓불과 목 옆에 희미한 자주색 자국이 보였다. 다리의 피부에는 소름이 돋아 있었지만 별다른 상처는 없었다. 그는 왔던 길을 되돌아갔다. 스카레는 손을 주머니에 넣은 채 그를 기다렸다. 약간 당혹스러운 표정이었다. 그는 혹시라도 실수를 저지를까 봐 안절부절못하고 있었다.

"겉옷을 빼고는 완전히 알몸이야. 눈에 띄는 외상은 없어.

나이는 열여덟에서 스무 살쯤 되는 것 같네."

그는 본부에 전화를 걸어 구급차, 감식반, 사진사를 보내달라고 요청하고는 콜렌 산 뒤쪽에서 차로 올라올 수 있는 길을 설명해주었다. 또한 타이어 자국을 조사해야 하니까 경찰차를 조금 떨어진 곳에 세우라고 말했다. 통화를 끝낸 그는 앉을 만한 곳을 찾아 두리번거리다가 납작한 바위를 찾아냈다. 스카레가 그의 옆에 털썩 주저앉았다. 두 사람은 아무 말 없이 여자의 하얀 다리와 어깨까지 곧게 뻗은 금발을 바라보았다. 그녀는 거의 태아 같은 자세로 누워 있었다. 양팔은 가슴 위에 포개고, 무릎을 굽힌 자세. 몸통을 덮은 파카는 허벅지 중간까지 내려왔는데, 깨끗하고 물에 젖지 않았다. 그녀의 등 뒤에 쌓여 있는 나머지 옷가지들은 축축하고 더러웠는데 말이다. 허리띠가 달린 무명바지, 파란색과 하얀색 격자무늬의 블라우스, 브래지어, 고등학생들이 입는 짙은 파란색 스웨터, 리복 운동화.

"저 여자 입 위에 있는 게 뭐죠?" 스카레가 작은 소리로 물었다.

"거품."

"무슨…… 거품이요? 어디서 나온 걸까요?"

"곧 알아낼 수 있겠지." 세예르가 고개를 절레절레 저으며 말을 이었다. "꼭 자려고 누운 것 같아. 세상에 등을 돌리고."

"자살하는 사람들이 옷을 벗는 경우는 없죠?"

세예르는 대답하지 않았다. 그는 다시 그녀를 바라보았다.

검은 가문비나무에 둘러싸인 검은 물가의 하얀 시체. 폭력의 흔적을 전혀 찾아볼 수 없는 광경이었다. 아니 사실은 평화로워 보였다. 두 사람은 자리를 잡고 앉아 동료들을 기다렸다.

 남자 여섯 명이 쿵쿵거리며 숲에서 나왔다. 그들은 물가에 앉아 있는 두 남자를 보고 입을 다물었다. 가벼운 기침소리밖에 들리지 않았다. 잠시 후 죽은 여자가 눈에 들어왔다. 세예르가 일어서서 손짓을 하며 말했다. "그쪽에 있어!"
 그들은 그의 명령에 따랐다. 그들은 모두 그의 희끗희끗한 머리를 알아보았다. 그들 중 한 사람이 훈련된 눈으로 주위를 살피며 땅을 밟아보았다. 그가 서 있는 곳은 땅이 비교적 단단했다. 비가 많이 오지 않았군. 그가 중얼거렸다. 사진사가 가장 먼저 나섰다. 그는 시체 옆에서 그리 오래 머무르지 않고 대신 하늘을 바라보았다. 조명을 확인하려는 것처럼.
 "양쪽에서 모두 찍어." 세예르가 말했다. "주변에 있는 식물들도 같이 찍고. 그러고 나서 물속으로 들어가야 할 거야. 시체를 움직이기 전에 앞에서 찍은 사진이 필요하니까. 자네가 필름을 반쯤 쓰고 나면 우리가 겉옷을 치울 거야."
 "이렇게 산에 있는 호수는 바닥이 얼마나 깊은지 알 수 없다고요." 사진사가 의심 가득한 얼굴로 말했다.
 "수영 못하나?"
 잠시 침묵이 흘렀다.
 "저기 배가 있군." 세예르가 손가락으로 방향을 가리키며 말했다. "저걸 쓰면 되겠어."

"저 작은 배요? 다 썩은 것 같은데요."

"그건 타 보면 알겠지." 세예르가 무뚝뚝하게 말했다.

사진사가 작업을 하는 동안 다른 사람들은 가만히 서서 기다렸다. 감식반원 한 명은 이미 저 위쪽 물가에서 주위를 수색하고 있었다. 하지만 그곳에는 쓰레기가 별로 없었다. 이렇게 목가적인 곳에는 대개 병뚜껑, 쓰고 버린 콘돔, 담배꽁초, 사탕 포장지 등이 있게 마련이었다. 하지만 이곳에는 아무것도 없었다.

"믿을 수가 없네요. 쓰고 버린 성냥도 없어요."

"아마 범인이 범행을 저지른 후에 이곳을 치웠을 거야." 세예르가 말했다.

"제가 보기에는 자살 같은데요."

"여자가 벌거벗고 있잖아." 그가 대꾸했다.

"그거야 그렇지만, 자기가 스스로 벗었겠죠. 누가 옷을 억지로 벗긴 것 같지는 않아요. 그건 확실해요."

"옷이 더러워."

"어쩌면 그래서 저 여자가 옷을 벗었는지도 모르죠." 그가 미소를 지었다. "게다가 저 여자 토하기까지 했어요. 틀림없이 소화시킬 수 없는 걸 먹은 모양이에요."

세예르는 뭐라고 대꾸를 하려다가 말고 여자를 바라보았다. 감식반원이 왜 그런 결론을 내렸는지 알 것 같았다. 정말로 그녀가 스스로 누운 것처럼 보였다. 그녀의 옷가지는 아무렇게나 던진 것이 아니라 깨끗하게 개켜져 있었다. 옷에 진흙이 묻어 있기는 했지만 찢어진 곳은 없는 것 같았다. 상체를 덮고 있는 겉옷만이 물기가 없고 깨끗했다. 그는 진흙을 바라보다가 신발자국 같은 것을 발견했다. "저길 좀 봐." 그가 말했다.

작업복을 입은 사진사가 쪼그리고 앉아 모든 신발자국을 몇 번이나 유심히 살펴보았다. "소용없어요. 안에 물이 가득 차서."

"쓸 만한 게 하나도 없는 건가?"

"그건 것 같은데요."

두 사람은 눈을 가늘게 뜨고 물이 가득 찬 신발자국을 들여다보았다.

"그래도 사진을 찍어둬. 신발자국이 좀 작아 보이는데. 아마 발이 작은 사람인 모양이야."

"대략 220이나 230정도 되겠는데요. 발이 큰 사람이 아니에요. 어쩌면 저 여자 것일 수도 있어요."

사진사는 발자국을 여러 장 찍고 나서 낡은 배에 들어가 절벅거리며 배 안을 둘러보았다. 노가 보이지 않아서 그는 적당한 위치를 잡기 위해 계속 손으로 노를 저어야 했다. 그가 움직일 때마다 배가 위험하게 기울어졌다.

"물이 새요!" 그가 외쳤다.

"걱정 마! 여기 구조대가 있으니까." 세예르가 말했다.

사진사는 50장이 넘는 사진을 찍고서 일을 마쳤다. 세예르는 물가로 내려가 신발과 양말을 벗어 바위 위에 놓고 바짓부리를 걷어 올리고는 물속으로 들어갔다. 그는 여자의 머리에서 1미터쯤 떨어진 곳에서 걸음을 멈췄다. 여자의 목에 펜던트가 걸려 있었다. 그는 안주머니에서 펜을 꺼내 그것을 조심스레 건져 올렸다. "동그란 목걸이군." 그가 낮은 목소리로 말했다. "재질은 은인 것 같고, 여기 글자가 있는데. H랑 M. 증거물 봉투 하나 준비해." 그는 허리를 굽혀 목걸이를 목에서 풀어내고 겉옷을 치웠다. "목덜미가 빨갛게 변했어. 몸 전체가 유난히 창백한데 목덜미만 새빨개. 심한 얼룩이 남았군. 사람 손만 해."

검시의인 스노라손이 장화를 신고 물속으로 들어와 여자의 안구, 치아, 손톱, 흠 하나 없는 피부, 연한 빨간색 자국 등을 조사했다. 빨간색 자국들이 여러 개였는데, 여자의 목과 가슴에 아무렇게나 흩어져 있는 것 같았다. 그는 모든 것을 꼼꼼하게 살폈다. 여자의 다리는 길었고, 몸에는 특이하게 모반이 없었다. 또한 오른쪽 어깨에 있는 작은 점 몇 개를 제외하고는 피부가 깨끗했다. 그는 작은 나무 주걱으로 입 위의 거품을 조심스레 건드려보았다. 거품은 딱딱하고 진해서 거의 무스 같았다.

세예르가 여자의 입을 고갯짓으로 가리키며 물었다. "그건 뭔가?"

"지금 봐서는 허파에서 나온 액체 같아. 단백질을 함유한 액체."

"그게 무슨 뜻이야?"

"익사했다는 거지. 하지만 다른 걸 의미할 수도 있어." 그가 거품을 일부 긁어내자 금방 거품이 새로 흘러나왔다. "허파가 짜부라졌구먼."

세예르는 작업을 지켜보며 입을 꾹 다물었다. 사진사가 겉옷을 걷어낸 시체 사진을 몇 장 더 찍었다.

"이제 시체를 움직여도 되겠어." 스노라손이 여자를 조심스레 뒤집어 배가 바닥으로 향하게 하면서 말했다. "사후경직이 막 시작됐어. 특히 목에서. 몸집이 크고, 튼튼하고, 건강한 여자야. 어깨가 넓고, 팔뚝과 허벅지와 종아리에 근육이 잘 발달했군. 아마 운동을 했을 거야."

"폭행을 당한 흔적은 없나?" 세예르가 물었다.

스노라손이 여자의 등과 다리 뒤쪽을 살펴보았다. "목이 빨갛게 변한 걸 빼면 아무것도 없어. 누가 이 여자 목덜미를 잡고 바닥으로 밀친 모양이야. 분명히 여자가 아직 옷을 입고 있을 때 그랬을 거야. 그 다음에 여자를 다시 일으켜 세워서 조심스럽게 옷을 벗기고는 바닥에 눕히고 겉옷을 덮어준 거지."

"성폭행 흔적은?"

"아직 몰라." 그는 침착하게 시체의 체온을 재더니 그 결과를 보고 눈을 가늘게 떴다. "30도야. 피부 안쪽의 시반과 사후경직이 목에서만 조금 진행됐다는 점을 감안하면, 사망시각은 10에서 12시간 전일 거야."

"아냐." 세예르가 말했다. "이 여자가 여기서 죽은 게 아니라면 얘기가 달라져."

"내 일을 대신 하려고?"

세예르는 고개를 저었다. "오늘 아침에 이 일대를 수색한 사람들이 있어. 남자 아이들이 개를 데리고 실종신고가 들어온 여자 아이를 찾으러 다니면서 이 호수도 살펴봤어. 그 애들이 여길 왔다 간 게 틀림없이 정오에서 오후 2시 사이일 거야. 그때는 시체가 여기 없었어. 있었다면 그 애들이 봤겠지. 그건 그렇고, 여자 아이는 무사히 집으로 돌아왔네."

그는 주위를 둘러보다가 눈을 가늘게 뜨고 바닥의 진흙을 응시했다. 뭔가 작고 하얀 것이 그의 눈길을 끌었다. 그는 손가락 두 개로 그것을 조심스레 들어 올렸다. "이게 뭐지?"

스노라손이 그의 손 안을 들여다보았다. "알약이야."

"저 여자 뱃속에서 이 약이 더 나올까?"

"아마도. 하지만 근처에 약병은 없는데."

"저 여자가 약만 쏟아서 주머니에 넣고 다녔을 수도 있지."

"그렇다면 바지에서 약 가루가 나올 거야. 증거물 봉투에 담아둬."

"이게 무슨 약인지 알겠나?"

"그거야 모르지. 하지만 대개는 제일 작은 약이 제일 강해. 감식반에서 알아낼 거야."

세예르는 들것을 들고 온 사람들에게 고갯짓을 하고는 팔짱을 끼고 그들을 지켜보았다. 그는 오랜만에 처음으로 눈을 들어 위를 쳐다보았다. 하늘은 창백했고, 뾰족한 전나무들이 마치 추켜올린 창처럼 호수 주위에 서 있었다. 감식반원들이 당연히 약의 정체를 알아낼 것이다. 그는 자신에게 약속했다. 모든 것을 다 알아내겠다고.

기후가 온화한 남부의 쇵네에서 태어나 자란 야콥 스카레는 얼마 전에 막 스물다섯 살이 되었다. 그는 벌거벗은 여자를 수도 없이 보았지만, 호숫가의 이 여자처럼 적나라한 모습을 본 적은 없었다. 세예르와 함께 차에 타고 있는 지금에야 비로소 이 시체가 지금까지 보았던 그 어떤 시체보다 더 강한 인상을 남길 것이라는 생각이 들었다. 아마도 여자가 알몸을 숨기려는 듯이 오솔길에 등을 돌리고, 고개를 숙이고, 무릎을 끌어올린 자세로 누워 있었기 때문일 것이다. 그래도 여자의 시체는 발견되었고, 그들은 그녀의 알몸을 보았다. 그녀를 돌려 눕히기도 하고, 치아를 보려고 입술을 젖히기도 하고, 눈꺼풀을 들어 보기도 했다. 여자를 땅 위에 배를 깔고 다리를 벌린 채 엎어져 있게 하고 체온도 쟀다. 마치 그녀가 경매에 나온 암말이라도 되는 것처럼.

"상당히 예쁜 여자예요, 그렇죠?" 그가 멍한 얼굴로 말했다.

세예르는 대답하지 않았지만, 그가 그런 말을 해준 것이 반가웠다. 지금까지 그는 젊은 여자들의 시체를 많이 보았고, 지금과는 다른 말도 들었다. 두 사람은 한동안 침묵 속에서 차 앞의 도로만 바라보았다. 하지만 벌거벗은 그녀의 모습이 저 멀리 앞쪽에 계속 보였다. 잔물결처럼 뻗어 있는 등뼈, 약간 붉은 기운을 띠고 있던 발바닥, 황금빛 털이 자라고 있던 종아리, 이런 것들이 아스팔트 위에서 신기루처럼 어른거렸다. 세예르는 기분이 이상했다. 지금까지 이런 시체를 본 적이 없었다. "오늘 야간 당직인가?"

스카레가 헛기침을 하며 말했다. "자정까지만요. 링스타 대신 몇 시간 근무해주는 거예요. 그건 그렇고 1주일 동안 휴가를 내실 작정이라는 얘길 들었는데…… 이젠 물 건너간 건가요?"

"그런 것 같아."

그는 그동안 휴가 이야기를 까맣게 잊고 있었다.

실종자 명단이 그의 탁자 위에 놓여 있었다.

실종자는 네 명이었다. 남자 두 명, 여자 두 명. 여자 둘 다 1960년 이전에 태어났으니 서펀트 호수에서 발견된 여자일 리가 없었다. 한 사람은 중앙병원 정신병동에서, 또 한 사람은 옆 도시의 은퇴자 시설에서 실종되었다. "키 152센티미터, 몸무게 45킬로그램, 눈처럼 하얀 은발."

지금은 오후 6시였다. 어쩌면 몇 시간이 지나야 비로소 누군가가 불안에 떨면서 그녀의 실종신고를 하게 될지도 몰랐다. 현장 사진과 부검 보고서가 나올 때까지 기다리는 것 외에는 여자의 신원을 파악하기 전까지 할 수 있는 일이 별로 없었다. 그는 의자 등받이에 걸쳐 놓은 가죽 재킷을 들고 엘리베이터를 타고 1층으로 내려갔다. 접수대를 지키는 브레닝

겐 부인에게 정중하게 고개를 숙여 인사하는데 그녀가 미망인이며 어쩌면 자신과 거의 똑같은 생활을 할지도 모른다는 생각이 들었다. 그녀도 그의 아내 엘리제처럼 금발 머리의 예쁜 여자였지만, 엘리제보다 더 통통했다.

그는 주차장에 세워둔 자기 차로 향했다. 오래된 담청색의 푸조 604였다. 화장기 하나 없는 건강하고 둥그런 시체의 얼굴이 머릿속에 떠올랐다. 그녀의 옷가지는 깨끗하고 얌전했다. 금발 생머리는 훌륭한 솜씨로 다듬어져 있었고, 리복 운동화도 값비싼 물건이었다. 손목에는 비싼 세이코 스포츠 시계를 차고 있었다. 그녀가 괜찮은 집안의 사람이라는 얘기였다. 질서가 있고 잘 정돈된 집안. 다른 환경에서 살아온 여자들이 시체로 발견되었을 때는 그 분위기도 확연히 달랐다. 물론 그의 추측이 빗나간 적도 있었다. 여자가 술에 취했는지, 약을 먹었는지, 아니면 온갖 불행을 겪으며 살아왔는지 아직은 알 수 없었다. 모든 가능성이 열려 있었다. 겉으로 보이는 것과는 다른 사정이 있는 경우도 있으니까.

그는 천천히 차를 몰아 시장이 있는 광장과 소방서를 지났다. 스카레는 여자의 실종신고가 들어오는 대로 전화를 해주겠다고 약속했다. 목걸이에는 H. M.이라고 새겨져 있었다. 헬레네겠지. 그는 속으로 생각했다. 아니면 힐데인지도 모르고. 그는 오래지 않아 누군가가 경찰에 연락할 것이라고 생각했다. 여자는 약속을 잘 지키는 단정한 사람 같았으니까.

그가 아파트 문을 열려고 열쇠를 돌리는 동안 개가 안락의자에서 쿵 하고 뛰어내리는 소리가 들렸다. 안락의자에 올라가면 안 된다고 일러두었는데. 세예르는 아파트에 살고 있었다. 31층짜리 아파트가 이것밖에 없었기 때문에 도무지 주위 풍경과 어울리지 않았다. 아파트는 거대한 바이킹 기념탑처럼 주위 건물들 위로 불쑥 솟아 있었다. 그는 20년 전에 엘리제와 함께 이 아파트에 입주했다. 내부 구조가 워낙 훌륭한데다 전망이 아주 좋았기 때문이다. 그는 집 안에서 도시 전체를 바라볼 수 있었다. 거기에 비하면 다른 아파트들은 너무 답답해 보였다. 안에 들어가면 건물 전체의 모습을 쉽사리 잊어버릴 수 있었다. 아파트 내부는 나무로 마감되어서 아늑하고 따스했다. 일부러 표면을 거칠게 만든 단단한 떡갈나무로 짠 낡은 가구들은 원래 그의 부모님이 쓰던 것이었다. 벽은 대부분 책으로 뒤덮여 있었고, 얼마 안 되는 나머지 공간에는 그가 좋아하는 사진들이 몇 점 걸려 있었다. 한 장은 엘리제의 사진이었고, 나머지는 손자와 잉그리드의 사진이었다. 캐테 콜비츠의 목탄화 「무릎에 앉은 여자와 함께 한 죽음」도 도록에서 오려내어 검은 래커를 칠한 액자에 넣어 걸어두었다. 공항 상공에서 자유낙하 중인 그의 모습을 담은 사진과 제일 좋은 옷을 차려입고 엄숙하게 자세를 취한 부모님의 사진도 있었다. 그는 아버지의 사진을 볼 때마다 자기도 이제 늙어가고 있다는 사실을 깨닫고 마음이 불편해졌다. 아버지의 사진을 보면 나중에 자기 빰이 어떻게 홀쭉해질지 알 수 있었다. 또한 귀와 눈썹이 계속 자라서 자기도 아버지처럼 텁수룩한 모습이 될 것이라는 생각도 들었다.

이 아파트는 사람들이 층층이 차곡차곡 쌓여서 사는 곳이었다. 그래서 서로 대단히 엄격한 규칙을 정해놓고 있었다. 발코니에서 깔개를 터는 것은 금지되었다. 그래서 주민들은 매년 봄마다 깔개를 세탁소에 맡겼다. 올해도 조금 있으면 깔개를 세탁해야 할 것이다. 세예르가 기르는 개 콜베르크의 몸에서는 털이 엄청나게 많이 빠졌다. 아파트 반상회에서 이 문제가 토의된 적이 있지만, 어찌된 영문인지 다들 슬그머니 넘어가 버렸다. 아마 세예르가 경찰관이기 때문일 것이다. 주민들은 그가 여기 살고 있기 때문에 이곳이 안전할 것이라고 믿었다. 그는 맨 꼭대기 층에 살고 있었으므로 집 안이 갑갑하다고 생각하지는 않았다. 아파트는 깔끔해서 질서와 소박함을 추구하는 그의 성격을 그대로 보여주었다. 개의 자리는 부엌의 한쪽 구석이었는데, 그곳에는 마른 개먹이가 항상 엎질러진 물과 함께 바닥에 흩어져 있었다. 세예르의 약점을 보여주는 부분이 바로 이곳이었다. 그가 개에게 몹시 애착을 느끼고 있다는 것. 욕실은 이 집에서 유일하게 마음에 안 드는 부분이었지만, 그는 언젠가 이 문제를 해결할 생각이었다. 지금은 죽은 여자와 거리를 마음대로 돌아다니는 위험한 살인범을 생각해야 했다. 지금 상황이 마음에 들지 않았다. 길이 꺾어지는 지점에 서 있기 때문에 모퉁이 너머에 무엇이 있는지 전혀 볼 수 없을 때와 똑같았다.

그는 개가 반갑다며 달려들 거라 예상하고 다리에 힘을 주었다. 개의 환영인사는 정말이지 굉장했다. 그는 녀석을 데리고 나가 건물 뒤편에서 잠깐 산책을 시키고, 신선한 물을 주었다. 그러고는 신문을 반쯤 읽었을 때 전화벨이 울렸다. 그는 전축의 소리를 줄이고 약간의 긴장감을 느끼면서 수화기를 들었다. 누가 이미 실종신고를 해서 피해자의 신원이 밝혀졌는지도 모르는 일이었다.

"할아버지!" 수화기에서 이런 말이 흘러나왔다.

"마테우스?"

"저는 이제 자야 돼요. 밤이니까."

"이는 닦았어?" 그는 전화기 옆에 있는 긴 의자에 앉으며 물었다. 아이의 모카 빛깔 얼굴과 진주처럼 하얀 이가 눈에 보이는 듯했다.

"엄마가 닦아줬어요."

"불소 약도 먹었어?"

"응."

"기도도 했고?"

"엄마가 안 해도 된대요."

그는 손자와 오랫동안 수다를 떨었다. 그 생기 있는 목소리 속의 작은 한숨과 쾌활한 재잘거림을 하나라도 놓치지 않으려고 수화기를 귀에 꼭 댄 채. 아이의 목소리는 봄날의 버들피리처럼 나긋나긋하고 부드러웠다. 마침내 그는 딸과 몇 마디 말을 주고받을 수 있었다. 그가 시체를 발견했다는 이야기를 하자 딸이 체념의 한숨을 쉬었다. 아버지가 이런 직업을 선택한 것이 마음에 들지 않는 모양이었다. 딸의 한숨소리가 엘리제의 한숨소리와 똑같았다. 그는 딸이 내전으로 난장판이 된 소말리아 문제에 관여하고 있는 것에 대해 아무 말도 하지 않았다. 대신 시계를 보며 어디선가 누군가가 자신과 똑같은 행동을 하고 있을 거라는 생각을 했다. 또 다른 어디에서는 누군가가 창문과 전화기를 바라보며 하염없이 기다리고 있을 터였다. 기다려도 오지 않을 사람을.

경찰본부는 11만 5,000명의 주민들이 사는 다섯 개 구역으로 이루어진 한 지역을 책임지고 있었으며, 24시간 동안 쉬지 않고 돌아갔다. 주민들 중에는 좋은 사람도 있고 나쁜 사람도 있었다. 법원과 교도소 업무를 담당하는 직원들은 모두 합해 200명이 넘었는데, 그들 중 150명이 경찰본부에서 일했다. 그중 서른 명은 수사관들이었지만, 휴가 중이거나 법무부의 명령으로 교육을 받거나 세미나에 참석한 직원들이 항상 몇 명씩 있었기 때문에 사실 본부에서 일하는 사람이 스무 명을 넘는 경우는 한 번도 없었다. 너무 적은 숫자였다. 홀테만에 따르면, 경찰은 이제 시민들에게 초점을 맞추고 있지 않았다. 시민들은 시야에서 벗어난 것이나 마찬가지였다.

사소한 사건들은 수사관 한 명이 담당했지만, 까다로운 사건은 수사팀이 맡았다. 매년 1만 4,000에서 1만 5,000건의 사건이 쏟아졌다. 낮에는 비단으로 만든 꽃이나 찰흙으로 만든 인형을 시장에서 팔고 싶어서 노점 허가 신청서를 제출한 사람이나 터널 신축공사 같은 일에 반대하는 시위를 열고 싶어 하는 사람들을 상대하는 것이 주된 업무였다. 그밖에 자동 과속감시카메라를 살펴보는 일도 있었다. 화가 나서 붉으락 푸르락한 얼굴로 경찰서를 찾아온 사람들은 자신이 중앙선을 넘거나 빨간 신호를 무시하고 달리는 모습이 분명히 찍힌 사진을 받아들었다. 대기실에서 코웃음을 치며 화난 표정으로 겉옷 속의 지갑을 쥐고 부들부들 떠는 그런 사람들이 하루에 서른 명에서 마흔 명쯤 되었다. 홍보용 차량인 펠레 경찰차를 몰 사람도 필요했다. 하지만 이 중요한 임무가 경찰관들에게 선망의 대상이라고 할 수는 없었다. 유치장에 수감된 사람들을 공판에 데려가는 것도 경찰관들의 임무였다. 경찰본부의 직원들도 휴가신청서 등 갖가지 신청서를 제출했으므로 그런 것을 처리할 사람도 필요했다. 게다가 경찰본부에서는 하루 종일 회의가 끊이지 않았다. 경찰본부 4층에 있는 검찰부에서는 검사 다섯 명이 경찰과 긴밀하게 협조하며 일하고 있었다. 5층과 6층은 유치장이었다. 지붕에는 유치장에 수감된 사람들이 잠깐이나마 하늘을 볼 수 있는 뜰이 있었다.

당직 경찰관은 외부인들에게 경찰본부를 대표하는 역할을 했다. 유연성과 인내심이 아주 많이 필요한 자리였다. 시민들은 24시간 내내 쉬지 않고 전화를 걸어 온갖 문제들을 한도 끝도 없이 늘어놓았다. 자전거를 도둑맞았다, 개를 잃어버렸다, 집에 누가 침입했다, 괴롭힘을 당했다 등등. 고급 주택가의 학부모들은 작은 일에도 쉽게 발끈해서 경찰서에 전화를 걸어 아이들이 제멋대로 차를 몰고 동네를 돌아다닌다고 불평을 늘어놓았다. 숨이 넘어가는 듯한 소리가 전화기에서 들려오는 것은 아주 가끔 있는 일이었다. 대개 있는 힘을 다해 폭행이나 강간을 신고하려고 간신히 전화를 건 그 사람들의 목소리는 절망감과 뚜뚜 거리는 신호음만 남긴 채 끊어져버리기 일쑤였다. 살인이나 실종자 신고는 그보다 더 드물었다. 스카레는 이런 불평불만의 홍수 속에 앉아 실종자 신고전화를 기다리고 있었다. 그는 결국 전화가 걸려 오리라는 것을 알고 있었다. 시간이 째깍거리며 흐를수록, 저녁을 지나 밤이 되어갈수록 긴장감이 더 높아졌다.

세예르의 전화기가 두 번째로 울린 것은 자정이 거의 다 된 시각이었다. 그는 무릎에 신문을 펼쳐놓고 안락의자에 앉아 꾸벅꾸벅 졸고 있었다. 위스키로 묽어진 피가 혈관을 타고 부드럽게 흘렀다. 그는 전화로 택시를 불러 20분 만에 경찰본부 안에 있는 자기 방에 도착했다.

"낡은 도요타 자동차를 타고 왔어요." 스카레가 말했다. "제가 밖에 나가서 그 사람들을 기다렸죠. 그 여자 부모예요."

"그 사람들한테 뭐라고 했나?"

"아무래도 말을 잘못한 것 같아요. 제가 좀 스트레스를 받아서. 그 사람들은 전화를 먼저 하고 나서 30분 만에 차로 도착했어요. 지금은 여기 없고요."

"시체 안치소로 간 건가?"

"예."

"자기 딸이 확실하대?"

"그 사람들이 사진을 가져왔어요. 그 여자가 입은 옷을 어머니가 정확히 알고 있던데요. 모든 게 맞아 떨어졌습니다. 허리띠 버클에서부터 속옷까지. 그 여자가 스포츠 브래지어라고 좀 특수한 걸 하고 있었거든요. 운동도 많이 했대요. 하지만 파카는 그 여자 것이 아니라고 하던데요."

"무슨 소리야?"

"믿을 수 없는 얘기죠?" 스카레의 눈이 반짝였다. "범인이 공짜로 단서를 남겨두고 간 거죠. 주머니에 설탕 한 봉지랑 올빼미처럼 생긴 반사경이 있었어요. 그게 다예요."

"자기 겉옷을 남겨두고 가다니…… 믿을 수가 없구먼. 그건 그렇고 그 여자는 도대체 누구야?"

스카레가 메모를 들여다보았다. "아니 소피 홀란드예요."

"아니 홀란드? 그럼 그 목걸이는 뭐지?"

"남자 친구 거랍니다. 이름은 할보르고요."

"어디 살던 여자래?"

"루네비에 살았대요. 크리스탈렌 20번지. 사실 랑힐 알붐이 어젯밤에 잠을 잤던 집이랑 같은 거리에 있어요. 조금 위쪽에 있는 집이죠. 참 기막힌 우연의 일치예요."

"그럼 그 부모는? 어떻던가?"

"제정신이 아니죠 뭐." 스카레가 낮은 목소리로 말했다. "친절하고 예의 바른 사람들이에요. 여자는 입을 잠시도 쉬지 않고, 남자는 사실상 벙어리나 마찬가지던데요. 시벤이 두 사람이랑 같이 갔어요. 경감님도 봐서 아시겠지만, 제가 좀 놀라서 어질어질해요."

세예르는 마름모꼴의 과자를 입에 넣었다.

"그 여자 이제 겨우 열다섯 살이랍니다. 고등학생이에요."

"그럴 리가!" 세예르가 고개를 절레절레 저었다. "나이가 더 많은 줄 알았는데. 사진은 나왔나?" 그는 손으로 머리를 쓸어 넘기고 자리에 앉았다.

스카레가 그에게 서류철을 하나 넘겨주었다. 사진은 8×10 크기로 확대한 것이었는데, 그중 두 장은 그보다 더 컸다.

"성범죄를 다뤄본 적 있나?" 세예르가 물었다.

스카레는 고개를 저었다.

"이건 성범죄 같지는 않아. 좀 다르거든." 세예르는 사진을 훑어보며 말을 이었다. "시체가 누워 있는 모양이 너무 깔끔하고 보기가 좋아. 누가 아이를 침대에 눕히고 이불을 덮어준 것처럼. 멍 자국이나 긁힌 자국도 없고, 반항한 흔적도 없어. 심지어 머리도 잘 빗어놓은 것 같은 모양이니까. 성범죄자들은 이렇게 안 하지. 그놈들은 제 힘을 자랑하려고 드니까. 피해자는 뒷전이야."

"그래도 시체가 알몸이잖아요."

"그래, 나도 알아."

"그럼 사진에서 우리가 뭘 알아낼 수 있을 것 같으세요? 그냥 얼핏 보기에."

"나도 잘 모르겠어. 겉옷이 꼭 이 아이를 지켜주려는 것처럼 어깨에 놓여 있거든."

"애정이 담겨 있는 것 같다는 말씀이죠?"

"이 사진을 한번 봐. 자네가 보기에도 그렇지 않나?"

"예, 맞아요. 그럼 도대체 어떤 사건이죠? 무슨 안락사 같은 건가요?"

"글쎄, 적어도 감정이 들어간 사건인 건 분명해. 그러니까 다른 건 몰라도 범인이 이 아이한테 어떤 감정을 품고 있다는 얘기야. 긍정적인 감정이지. 그렇다면 범인은 피해자와 아는 사이였는지도 몰라. 대개 그렇거든."

"검시 보고서가 언제쯤 들어올까요?"

"내가 스노라손을 닦달해보지. 사건현장에 쓰레기가 너무 없어서 유감이야. 쓸모없는 발자국 몇 개랑 알약 하나밖에 없잖아. 담배꽁초 하나, 아이스크림 막대 하나 없으니." 그는 과자를 씹어 먹으며 개수대로 가서 종이컵에 물을 채웠다. "내일 그라니트베이엔에 다시 가보자고. 랑힐을 찾아다녔던 아이들하고 얘길 해봐야겠어. 우선 토르비외른이라는 녀석부터. 그 애들이 정확히 언제 서펀트 호수에 갔는지 알아야 돼."

"라이몬 로케는요?"

"그 녀석도 만나봐야지. 랑힐도. 애들은 이상한 걸 잘 보거든. 틀림없어. 다 경험에서 하는 이야기니까." 그가 말을 이었다. "홀란드 부부는 어떤가? 자식이 또 있대?"

"딸이 하나 더 있대요. 죽은 아이 언니."

"다행이군."

"그걸로 위안을 삼으라고요?" 스카레가 말했다.

"우리한테는 위안이 되지." 세예르가 우울하게 말했다.

스카레가 주머니를 툭툭 치며 물었다. "담배 좀 피워도 될까요?"

"피워."

"서펀트 호수로 올라가는 길은 두 개예요." 스카레가 연기를 내뿜으며 말했다. "우리가 올라간 길은 이정표가 있는 길이고, 또 하나는 랑힐과 라이몬이 올라갔던 반대편 길이죠. 그쪽 길가에 사는 사람을 내일쯤 찾아가 봐야 하지 않을까요?"

"그 길 이름은 콜레베이엔이야. 그 길에는 집이 그리 많지 않을 거야. 집에서 지도를 찾아봤거든. 그냥 농가만 몇 채 있어. 그래도 만약 피해자가 자동차로 호수까지 끌려갔다면 그 길로 갔겠지."

"그 애 남자 친구가 안됐어요."

"어떤 녀석인지 우리가 알아봐야지."

"만약 남자가 피해자의 머리를 물속에 집어넣고 눌러서 죽인 다음에 다시 피해자를 꺼내 시체를 그렇게 눕혀 놓았다면, 그건 대충 이런 뜻일 거예요. '사실 널 죽일 생각은 없었다. 나도 어쩔 수 없었다.' 범인이 피해자를 그렇게 눕히면서 마치 용서를 구한 것 같아요. 그렇지 않아요?"

세예르는 물을 마시고 나서 종이컵을 납작하게 짜부라뜨렸다. "내가 아침에 홀테만과 이야기를 해보지. 자네가 이번 수사에 참여했으면 좋겠다고."

"과장님은 저더러 저축은행 사건을 맡으라고 하시던데요." 스카레가 깜짝 놀란 얼굴로 더듬거렸다. "괴란하고 같이."

"이 사건에 관심 없어?"

"살인사건에 관심이 없냐고요? 이건 크리스마스 선물 같은 사건이에요. 그러니까, 제 말은, 저한테 커다란 도전이라고요. 당연히 관심 있죠." 그는 얼굴을 붉히며 시끄럽게 울려대는 전화를 받았다. 그는 상대방의 이야기에 귀를 기울이다가 고개를 끄덕이더니 수화기를 내려놓았다. "시벤이에요. 피해자 신원을 확인했대요. 아니 소피 홀란드, 1980년 3월 3일생. 하지만 내일까지는 피해자 부모와 얘기를 할 수 없을 것 같다는데요."

"링스타가 지금 근무 중인가?"

"방금 출근했어요."

"그럼 자네는 집에 가봐. 내일 힘들게 뛰어다녀야 할 테니까. 사진은 내가 가지고 가지."

"침대에 누워서 그 아이를 자세히 살펴보시게요?"

"생각 중이야." 그가 슬픈 미소를 지으며 말했다.

"사실은 나중에 그냥 서랍 속에 넣어버릴 수 있는 사진이 더 좋은데."

그라니트베이엔처럼 크리스탈렌도 막다른 길이었다. 거리의 끝은 빽빽하게 웃자란 덤불로 막혀 있었고, 덤불에는 몇몇 주민들이 밤을 틈타 몰래 갖다 버린 쓰레기가 쌓여 있었다.

이 거리에는 모두 합해 21채의 주택이 다닥다닥 늘어서 있었다. 멀리서 보면 집들이 서로 붙어 있는 것처럼 보였지만, 세예르와 스카레가 직접 거리를 걸어보니 건물들 사이마다 좁은 통로가 나 있었다. 한 사람이 간신히 지나갈 만큼 좁은 골목이었다. 집들은 3층 높이였고, 모두 똑같은 모양이었으며, 머리 위에는 경사진 지붕을 이고 있었다. 베르겐의 부두가 생각나는 군. 세예르는 속으로 생각했다. 집들은 각각 보색으로 칠해져 있었다. 짙은 빨강, 어두운 초록, 갈색, 회색. 한 집만 유독 색깔이 달랐다. 오렌지색.

많은 주민들이 차고 옆에 세운 경찰차를 틀림없이 본 모양이었다. 제복을 입은 스카레도 물론 봤을 것이다. 주민들은 조금 있으면 폭탄이 터지듯 큰일이 벌어질 거라고 예상하고 있을 터였다. 거리는 손에 잡힐 듯 생생한 침묵에 잠겨 있었다.

아다 홀란드와 에디 홀란드는 20번지에 살고 있었다. 세예르는 자기 목덜미에 쏟아지는 이웃들의 시선을 느끼며 그 집 현관 앞에 서 있었다. 주민들은 20번지에서 무슨 일이 일어났다고 생각할 것이다. 홀란드 부부가 딸 둘과 함께 사는 20번지에서. 세예르는 숨소리를 차분하게 가라앉히려고 애썼다. 곧 이 집 문턱을 넘어야 한다는 생각에 호흡이 자꾸만 빨라졌다. 이런 일이 너무 힘들었기 때문에 그는 오래전에 이미 이런 경우를 대비한 구절들을 마련해두었다. 그동안 그 구절들을 연습할 기회가 많았으므로 이제 그는 자신 있게 그 말을 할 수 있었다.

아니의 부모는 전날 밤 집에 돌아온 뒤에 아무것도 하지 않은 모양이었다. 잠도 자지 않은 것 같았다. 시체안치소에서 받은 충격이 날카로운 심벌즈 소리처럼 두 사람의 머릿속을 여전히 울려대고 있었다. 피해자의 어머니는 소파 구석에, 아버지는 의자 팔걸이에 앉아 있었다. 멍한 표정이었다. 어머니는 아직 딸의 죽음이 실감나지 않는 듯 어리둥절한 표정으로 세예르를 바라보았다. 경찰관 두 명이 왜 자기 집 거실까지 찾아왔는지 알 수 없다는 얼굴이었다. 그녀는 지금 이것이 악몽이고 조금 있으면 잠에서 깨어날 것이라고 생각하는 듯했다. 세예르가 무릎에 놓여 있는 그녀의 손을 잡았다.

"저는 아니를 살려낼 수 없습니다." 그가 나지막하게 말했다. "하지만 아니가 왜 죽었는지 밝혀내려고 합니다."

"이유 같은 건 소용없어요!" 어머니가 비명처럼 소리를 질렀다. "누가 그런 짓을 했는지 알아내야 돼요! 범인을 찾아내서 감옥에 보내야 한다고요! 분명히 미친놈일 거예요."

그녀의 남편이 어색한 몸짓으로 그녀의 팔을 토닥거렸다.

"범인이 미친놈인지 아닌지는 아직 모릅니다." 세예르가 말했다. "반드시 미친놈들만 살인을 저지르는 건 아니니까요."

"정상적인 사람이 어린 여자애를 죽인다는 건 말이 안 돼요!" 그녀가 가쁘게 숨을 몰아쉬며 헐떡거렸다. 그녀의 남편은 몸을 단단히 말고 돌처럼 꼼짝도 하지 않았다.

"그렇다 해도 살인에는 항상 이유가 있습니다. 비록 우리가 이해할 수 없는 이유라 해도 말입니다. 하지만 먼저 누군가가 정말로 아니의 목숨을 빼앗은 건지 확인해야 합니다."

"그 애가 자살했다고 생각하는 거라면, 다시 생각하는 게 좋을 거예요." 어머니가 말했다. "그런 건 절대 말이 안 돼요. 아니는 그럴 애가 아니에요."

다들 그렇게 말하지. 세예르는 속으로 생각했다.

"두 분께 몇 가지 여쭤볼 것이 있습니다. 가능한 한 정확하게 대답해주세요. 그리고 나중에 답변을 바꾸고 싶거나 잊었던 것이 생각나면 제게 전화를 주십시오. 뭔가 다른 게 생각나도 역시 전화를 주시고요. 밤이든 낮이든 아무 때나 괜찮습니다."

아다 홀란드가 스카레와 세예르를 지나 그 뒤로 시선을 옮겼다. 마치 머릿속에서 울려대는 심벌즈 소리에 귀를 기울이며 그 소리가 도대체 어디서 나는 건지 궁금해하는 것 같았다.

"아니가 어떤 아이였는지 먼저 알아야 합니다. 뭐든 생각나는 대로 말씀해주세요."

무슨 질문이 이래? 저 사람들더러 무슨 말을 하라고. 저 사람들은 당연히 딸이 세상에서 제일 뛰어나고, 제일 다정하고, 제일 착한 애였다고 말할 것이다. 아주 특별한 아이였고, 자기들한테는 세상에서 가장 소중한 아이였다고. 세상에 아니 같은 애는 없다고 할 것이다.

두 사람이 모두 흐느끼기 시작했다. 어머니는 목구멍 깊은 곳에서부터 고통스럽고 애처롭게 울부짖었고, 아버지는 눈물도 흘리지 못한 채 소리 없이 울었다. 세예르는 아버지와 딸이 닮았다고 생각했다. 두 사람 모두 얼굴과 이마가 널찍했다. 아버지는 키가 그리 큰 편이 아니었지만 몸이 건장했다. 스카레는 펜을 꽉 움켜쥔 채 수첩만 들여다보고 있었다.

"다시 시작해볼까요?" 세예르가 말했다. "두 분을 괴롭히는 것 같아서 죄송하지만, 저희한테는 시간이 중요합니다. 아니가 정확히 몇 시에 집을 나갔습니까?"

어머니가 무릎을 뚫어져라 바라보며 대답했다. "낮 12시 30분이에요."

"어디 간다고 하던가요?"

"아네트의 집에 간다고 했어요. 학교 친구인데, 다른 친구까지 세 명이서 숙제를 하기로 했다고. 학교에서 숙제를 함께 하라고 조퇴를 허락해줬다고 했어요."

"그런데 친구 집에 안 나타난 겁니까?"

"저희가 어젯밤 11시에 그 집에 전화를 해봤어요. 아무래도 아이가 너무 늦는 것 같아서요. 아네트는 벌써 잠자리에 들었더라고요. 그 애 말이 다른 친구만 왔다고 했어요. 저는 도저히 믿을 수가……" 그녀는 손에 얼굴을 묻었다. 하루가 다 지나도록 딸이 없어졌다는 사실을 모르고 있었다니.

"그 아이들은 왜 이 집으로 전화해서 아니를 찾지 않은 걸까요?"

"아니가 오고 싶지 않은 모양이라고 생각했대요." 그녀가 울음을 참으면서 말했다. "마음이 바뀌었나 보다 한 거죠. 걔들이 그런 생각을 한 걸 보니 아니를 잘 모르는 애들이에요.

아니는 숙제를 등한시한 적이 없어요. 그 어떤 일도 등한시한 적이 없어요."

"아니가 거기까지 걸어간다고 하던가요?"

"예. 거기까지 4킬로미터쯤 되니까 대개는 자전거를 타고 가는데, 자전거가 고장 났거든요. 거기까지 가는 버스도 없고요."

"아네트의 집은 어디죠?"

"호르겐 근처예요. 그 아이 아버지가 농사를 지으면서 잡화점을 해요."

세예르는 고개를 끄덕였다. 스카레의 펜이 종이를 긁는 소리가 들렸다.

"아니한테 남자 친구가 있었나요?"

"할보르 문츠라는 아이예요."

"둘이 오래 사귀었습니까?"

"2년쯤 됐어요. 할보르가 아니보다 나이가 위예요. 둘이 만났다 헤어졌다 했지만, 요즘은 둘 사이가 좋았어요. 적어도 제가 아는 한은." 아다 홀란드는 손을 어떻게 해야 할지 알 수 없는 모양이었다. 손을 폈다 쥐었다 하면서 더듬거리고 있었다. 그녀는 키가 남편과 거의 같았고, 몸이 억세고 마른 편이었으며, 혈색이 좋았다.

"둘 사이에 혹시 성관계도 있었나요?" 그가 가벼운 말투로 물었다.

어머니가 기가 막힌다는 얼굴로 그를 노려보았다. "아니는 겨우 열다섯 살이에요!"

"제가 아니를 잘 모르니까 여쭤보는 겁니다."

"그런 일은 없었어요."

"그런 일이 있었다 해도 우리는 몰랐을 것 같은데." 마침내 그녀의 남편이 입을 열었다.

"할보르는 열여덟 살이야. 이젠 아이가 아니라고."

"내가 모르긴 왜 몰라." 그녀가 남편의 말을 잘랐다.

"아니가 당신한테 모든 얘기를 다 하지는 않을 거야."

"내가 모를 리가 없어!"

"당신은 그런 얘기를 잘 못하잖아!"

긴장감이 감돌았다. 세예르는 나름대로 집안 분위기를 짐작할 수 있었다. 스카레의 수첩을 보니 그도 나름대로 짐작한 것이 있는 모양이었다.

"만약 아니가 숙제를 하러 간 거라면 가방을 가져갔을 텐데요."

"갈색 가죽가방이에요."

"가방은 어디 있습니까?"

"못 찾았어요."

그럼 잠수부를 불러서 물속에서 찾아보라고 해야겠군.

"아니가 혹시 약을 먹고 있었습니까?"

"아뇨. 그 애는 아픈 적이 없어요."

"어떤 아이였습니까? 성격이 밝았나요? 말이 많은 편이었나요?"

"옛날엔 그랬죠." 남편이 말했다.

"무슨 뜻입니까?"

"사춘기라서 그래요." 어머니가 말했다. "지금 한창 힘들 때라서."

"아니가 변했다는 말씀입니까?" 세예르가 어머니의 말을 자르려고 다시 아버지에게 시선을 돌리며 물었다. 하지만 소용없었다.

"그 나이 때 여자애들은 다 변해요. 그러면서 크는 거예요. 옛날에 쉴비도 그랬어요. 아니의 언니 말이에요."

남편은 아무 말도 하지 않았다. 여전히 멍한 표정이었다.

"그러니까 아니가 활달하지도 않고, 말도 없는 아이였단 말씀입니까?"

"아니는 조용하고 얌전했어요." 어머니가 말했다. "꼼꼼하고 편견이 없었죠. 자제력도 있었고요."

"하지만 옛날에는 더 활달했다는 거죠?"

"어렸을 때는 애들이 더 소란을 피우기 마련이에요."

"제가 알고 싶은 건, 아니가 언제부터 변하기 시작했나 하는 겁니다."

"다른 애들이랑 같은 시기예요. 열네 살쯤 됐을 때. 사춘기 때요."

세예르는 고개를 끄덕이며 다시 아버지를 바라보았다. "아이가 변한 데에 다른 이유는 없었습니까?"

"무슨 이유가 있겠어요?" 어머니가 재빨리 말했다.

"저도 모르겠습니다." 세예르가 짧게 한숨을 쉬면서 등을 뒤로 기댔다. "전 그저 아니가 죽은 이유를 밝혀내고 싶을 뿐입니다."

아니의 어머니가 이 말을 듣고 아주 격렬하게 몸을 떨기 시작했기 때문에 그녀의 말을 거의 알아들을 수 없었다. "아니가 죽은 이유요? 하지만 틀림없이 어떤……." 그녀는 차마 말을 맺지 못했다.

"아직은 모릅니다."

"하지만 아니는……." 어머니가 또다시 말을 멈췄다.

"아직은 모릅니다, 홀란드 부인. 아직은. 이런 일에는 시간이 걸립니다. 하지만 지금 아니의 사건을 맡고 있는 사람들이 꼭 밝혀낼 겁니다."

그는 방을 둘러보았다. 깔끔하고 깨끗한 방이었다. 아니의 옷처럼 파란색과 하얀색으로 치장된 방. 말린 꽃으로 만든 화환이 각 방의 문 위에 걸려 있고, 창에는 레이스 커튼이 있었다. 사진, 뜨개질로 짠 장식용 냅킨. 편안하고, 깔끔하고, 품위가 있었다. 그는 자리에서 일어나 벽에 걸린 커다란 사진을 보러 갔다.

"작년 겨울에 찍은 거예요." 어머니가 그에게 다가왔다. 그는 사진을 조심스럽게 내려서 뚫어지게 바라보았다. 생명이나 욕망이 모두 빠져나간 얼굴을 보고 나서 그 사람의 이전 모습을 이렇게 다시 볼 때마다 항상 놀라움을 금할 수 없었다. 똑같은 사람인데도 똑같지 않았다. 아니의 얼굴은 넓적했고, 입은 컸으며, 커다란 눈은 회색이었다. 눈썹도 짙었다. 사진 속의 아니는 수줍은 미소를 짓고 있었다. 사진 맨 아래쪽에 그녀의 셔츠 깃과 남자 친구의 목걸이가 살짝 보였다. 예쁘군. 그는 속으로 생각했다.

"아니가 운동을 했습니까?"

"옛날에요." 아버지가 낮은 목소리로 말했다. "핸드볼을 했어요."

어머니가 슬픈 표정으로 말했다. "하지만 그만뒀죠. 요즘은 달리기를 많이 해요. 1주일에 30킬로미터 넘게 달려요."

"왜 핸드볼을 그만뒀습니까?"

"요즘 숙제가 워낙 많아서요. 애들이 다 그렇잖아요. 뭔가를 해보다가 포기하곤 하죠. 학교 밴드에서 코넷을 연주하기도 했어요. 그것도 그만뒀지만."

"실력이 좋았나요? 핸드볼 팀에서?" 그는 사진을 다시 벽에 걸었다.

"실력이 아주 좋았죠." 아버지가 부드러운 목소리로 말했다. "아니는 골키퍼였어요. 그만두지 말았어야 하는데."

"골 앞에 서 있는 게 재미없다는 생각이 든 모양이에요." 어머니가 말했다. "그래서 그만뒀을 거예요."

"그렇지 않을 수도 있어." 남편이 대꾸했다. "우리한테 그만둔 이유를 얘기한 적이 없잖아."

세예르는 다시 자리에 앉았다.

"그럼 두 분 다 아니의 결정에 같은 생각을 하셨나요? 조금…… 이상하다고?"

"예."

"공부는 잘했습니까?"

"상위권이었어요. 자랑하는 게 아니라 사실이 그래요." 아버지가 말했다.

"아이들이 하기로 했다는 숙제 말인데, 어떤 숙제였습니까?"

"시그리드 운세트(노르웨이의 소설가. 1928년에 노벨 문학상 수상 - 옮긴이)에 관한 거였어요. 한여름에 제출하기로 되어 있었죠."

"아니의 방을 볼 수 있을까요?"

어머니가 일어나서 종종걸음으로 앞장섰다. 남편은 의자 팔걸이에 꼼짝도 않고 앉아 있었다.

방은 작았지만, 아니만의 은신처였다. 침대 하나, 책상 하나, 의자 하나가 딱 들어갈 공간밖에 없었다. 세예르는 창문을 통해 거리 맞은편 이웃집의 베란다를 바라보았다. 오렌지색 집이었다. 새 모이로 내놓았던 귀리 다발의 부스러기가 창문 밑에 잔뜩 흩어져 있었다. 그는 십 대들이 우상으로 여기는 연예인의 사진이 있는지 벽을 살펴보았지만, 벽은 깨끗했다. 대신 방을 채우고 있는 것은 트로피, 자격증, 메달이었다. 아니의 사진도 몇 장 있었다. 그녀가 골키퍼 유니폼을 입고 다른 팀원들과 찍은 사진이 한 장, 윈드서핑 보드 위에 그럴듯한 자세로 서 있는 사진이 한 장. 침대 머리맡의 벽에는 어린 아이들의 사진들과 그녀가 유모차를 미는 사진, 젊은 남자의 사진이 붙어 있었다. 세예르가 그 사진을 가리키며 물었다.

"아니의 남자 친구인가요?"

어머니가 고개를 끄덕였다.

"아니가 아이들을 돌보는 일을 했습니까?" 그는 아니가 금발의 아기를 무릎 위에 안고 있는 사진을 가리켰다. 사진 속의 그녀는 자랑스럽고 행복해 보였다. 그녀는 마치 트로피처럼 아이를 카메라 앞으로 들어 올리고 있었다.

"이 동네 애들을 전부 봐줬어요."

"그럼 아이들을 좋아했겠군요?"

어머니가 다시 고개를 끄덕였다.

"아니가 일기를 썼습니까, 홀란드 부인?"

"안 썼을 거예요. 저도 찾아봤는데." 그녀가 털어놓았다. "밤새 찾아봤어요."

"그런데 아무것도 못 찾으신 건가요?"

그녀가 고개를 끄덕였다. 거실에서 나지막하게 중얼거리는 소리가 들려왔다.

"명단을 좀 작성해주세요." 세예르가 잠시 후에 말했다. "저희가 만나봐야 하는 사람들의 명단이요."

그는 벽에 붙어 있는 사진들을 다시 바라보며 아니의 유니폼을 유심히 살폈다. 가슴에 초록색 팀 로고가 붙은 검은 유니폼이었다.

"저건 무슨 용 같은데요."

"바다뱀이에요." 어머니가 조용히 설명해주었다.

"왜 바다뱀을 선택한 겁니까?"

"저기 피오르드에 바다뱀이 있대요. 옛날부터 전해 내려오는 전설이에요. 바다에서 노를 젓다 보면 배 뒤에서 첨벙거리는 소리가 들리는데, 그게 바다뱀이 저 깊은 곳에서 올라오는 소리래요. 그럴 때는 뒤를 돌아보면 안 돼요. 무조건 계속 노를 저어야죠. 바다뱀을 계속 무시하면서 건드리지 않으면 아무 일도 없지만, 뒤를 돌아보다가 바다뱀하고 눈이 마주치면 바다뱀이 사람을 끌고 깊은 어둠 속으로 들어간대요. 전설에 따르면, 바다뱀의 눈은 빨간색이래요."

두 사람은 거실로 돌아왔다. 스카레는 여전히 메모를 하고, 남편은 여전히 의자 팔걸이에 앉아 있었다. 금방이라도 쓰러질 것 같은 모습이었다.

"큰따님은 어디 있습니까?"

"오늘 아침에 집으로 오는 비행기를 탔어요. 트론헤임에 있는 제 여동생 집에 놀러갔거든요."

홀란드 부인이 소파에 주저앉아 남편에게 몸을 기댔다. 세예르는 창가로 갔다가 그만 옆집 부엌 창가에 서 있는 사람을 정면에서 마주보는 꼴이 되었다.

"집들이 서로 아주 가깝군요." 그가 말했다. "동네 사람들끼리 잘 아는 편입니까?"

"아주 잘 알죠. 다들 말을 트고 지내니까요."

"그럼 다들 아니를 알겠군요?"

그녀가 아무 말 없이 고개를 끄덕였다.

"집집마다 다니면서 이야기를 나눠봐야겠습니다. 신경 쓰지 말라고 미리 말씀드리는 겁니다."

"저희는 이웃들한테 부끄러울 것이 하나도 없어요."

"제가 사진을 몇 장 빌려가도 되겠습니까?"

아버지가 일어서서 텔레비전 밑에 있는 선반으로 다가갔다. "비디오테이프가 있어요." 그가 말했다. "작년 여름에 찍은 거죠. 크라게뢰의 오두막에서."

"비디오테이프는 필요 없다잖아." 어머니가 말했다. "사진만 몇 장 있으면 된대."

"비디오테이프도 있으면 좋죠." 세예르가 아버지에게서 테이프를 받으며 고맙다고 말했다. "아니가 1주일에 30킬로미터를 달렸다고요? 혼자 달렸습니까?"

"그 아이를 따라갈 수 있는 사람이 하나도 없었어요." 아버지가 말했다.

"그러니까 학교 숙제가 많은데도 1주일에 30킬로미터씩 달릴 시간은 있었다는 거로군요. 어쩌면 아니가 핸드볼을 그만둔 건 숙제가 아니라 다른 이유 때문 아닐까요?"

"아니는 아무 때나 달리고 싶을 때 달렸어요." 어머니가 말했다. "어떤 때는 아침식사 전에 나가기도 했죠. 하지만 핸드볼을 할 때는 반드시 게임에 나가야 하니까 혼자서 무슨 계획을 세울 수가 없었어요. 제 생각에는 그렇게 매여 있는 게 싫었던 것 같아요. 아주 독립적인 애였거든요, 우리 아니는."

"달리기를 어디서 했습니까?"

"아무 데서나요. 날씨가 어떻든 상관없었어요. 고속도로변을 달리기도 하고, 숲 속을 달리기도 했죠."

"그럼 서펀트 호수에도 갔습니까?"

"예."

"아니가 뭔가 불안해하는 눈치는 없었나요?"

"조용하고 차분한 애였어요." 어머니가 부드럽게 말했다.

세예르는 다시 창가로 갔다. 서둘러 길을 건너가는 여자가 보였다. 그녀는 고무젖꼭지를 문 아기를 한 팔로 단단히 안고 있었다.

"다른 취미는 없었습니까? 달리기 외에?"

"영화, 음악, 책, 그런 걸 좋아했어요. 애들도 좋아하고." 아버지가 말했다. "특히 어렸을 때 그랬어요."

세예르는 아니와 아는 사이였던 사람들의 이름을 모두 적어달라고 부탁했다. 친구, 이웃, 교사, 가족 등. 만약 다른 남자 친구가 있었다면 그 이름도. 두 사람은 모두 마흔두 명의 이름을 적었다. 그들이 주소를 일부나마 알고 있는 사람들이었다.

"여기 이 사람들을 전부 만나보실 거예요?" 어머니가 물었다.

"예, 그럴 겁니다. 이건 시작에 불과해요. 수사 진전 상황을 계속 알려드리겠습니다." 그가 말했다.

"먼저 토르비외른 하우겐을 만나봐야겠어. 어제 랑힐를 찾으러 나섰던 애니까, 우리가 주목해야 하는 시간대를 알아낼 수 있을 거야."

차가 길가에 늘어선 집들의 차고를 지나갔다. 스카레는 자신이 메모한 것을 읽었다. "제가 아니의 아버지한테 핸드볼 팀에 대해 물어봤어요. 경감님이 아니의 방에 가 계신 동안."

"그래서?"

"아버지 말로는 아니가 아주 유망한 선수였대요. 팀 성적도 끝내줬고요. 핀란드에서 결승까지 올랐대요. 아니가 왜 핸드볼을 그만뒀는지 도저히 이해할 수가 없다고 하던데요. 혹시 무슨 일이 있었던 것 아닌가 싶다고."

"감독을 만나봐야겠군. 남잔지 여잔지 모르겠지만. 어쩌면 거기서 실마리를 찾을 수 있을지도 몰라."

"감독은 남자예요." 스카레가 말했다. "몇 주 동안 계속 전화를 걸어서 아니더러 다시 돌아오라고 설득했대요. 아니가 그만둔 다음에 팀이 아주 어려워져서요. 아니를 대신할 사람이 없었거든요."

"본부로 돌아가서 전화로 감독 이름을 알아내지."

"이름은 크누트 옌스볼이에요. 주소는 그네이스베이엔 8번지고요. 저기 언덕 아래쪽이에요."

"고맙네." 세예르가 한쪽 눈썹을 치켜 올리며 말했다. "내가 지금 생각하는 게 있는데 말이야. 우리가 그라니트베이엔에 있을 때 아니가 살해됐을지도 모른다는 생각이 들어. 우리가 겨우 몇 분 거리에서 랑힐을 걱정하고 있을 때. 필레스트레뎃한테 전화해서 스노라손을 바꿔달라고 하게. 스노라손더러 일을 좀 빨리 해줄 수 있느냐고 물어봐. 되도록 빨리 검시 보고서를 받아봐야 해."

스카레는 휴대전화를 꺼내 번호를 누르고 스노라손을 바꿔 달라고 하더니 잠시 기다리다가 뭐라고 중얼거리기 시작했다.

"스노라손이 뭐래?"

"시체실이 꽉 찼대요. 원인이 무엇이든 죽음은 모두 비극적이고, 수많은 사람들이 사랑하는 사람을 땅에 묻으려고 기다리고 있다는데요. 하지만 상황이 급하다는 걸 아니까 사흘 후에 경감님이 오시면 구두로 1차 보고를 하겠대요. 서면 보고서는 좀 더 있어야 하고요."

"그렇다면 뭐." 세예르가 말했다. "스노라손치고는 괜찮군."

3

 라이몬은 얄팍한 빵에 버터를 발랐다. 그는 커다란 혀를 입 밖으로 빼문 채 빵을 부러뜨리지 않으려고 정신을 집중하고 있었다. 이미 빵 네 조각에 버터와 설탕을 발라 차곡차곡 쌓아놓았다. 그의 최고 기록은 여섯 조각이었다.

 부엌은 작고 아늑했지만, 그가 요리를 하느라 잔뜩 어질러진 상태였다. 그는 아버지에게 드릴 빵도 준비했다. 껍질을 잘라낸 흰 빵에 프라이팬으로 구운 베이컨을 얹은 것이었다. 그는 아버지와 식사를 마친 후에 설거지를 하고 나서 부엌 바닥을 닦을 작정이었다. 아버지의 요강은 이미 비웠고, 물 잔도 채워놓았다. 오늘은 해가 나오지 않아서 회색으로 잔뜩 찌푸린 날씨였다. 바깥 풍경도 황량하고 활기가 없었다. 커피는 이미 세 번 끓어올랐다. 그것이 정석이었다. 그는 다섯 번째 빵 조각을 쌓아올리고서 혼자 흡족해했다. 그가 아버지에게 드릴 커피를 막 잔에 따르려고 하는 순간 정문 옆에 차가 와서 서는 소리가 들렸다. 그는 그것이 경찰차라는 것을 알아보고 겁에 질려 몸이 뻣뻣해졌다. 그는 창문에서 뒷걸음질 치다가 거실 구석으로 뛰어 들어갔다. 저 사람들, 나를 감옥에 집어넣으려고 온 걸까? 그럼 아버지는 누가 돌보지?

마당에서 자동차 문이 쾅 하고 닫히는 소리가 나더니 사람들이 중얼거리는 소리가 들렸다. 자기가 무슨 잘못을 했는지 알 수가 없었다. 그걸 알아내기가 항상 그렇게 쉽지만은 않았다. 사람들이 문을 두드렸을 때, 그는 무슨 일이 생길지 모른다는 생각에 꼼짝도 하지 않았다. 하지만 그 사람들은 포기할 생각이 없는지 계속 문을 두드리면서 그의 이름을 불렀다. 아버지가 저 소리를 들을 수도 있었다. 그는 그 소리를 묻어버리려고 커다란 소리로 기침을 하기 시작했다. 얼마간 시간이 흐르자 조용해졌다. 그는 여전히 거실 구석에 있는 벽난로 옆에서 꼼짝하지 않았다. 그런데 그때 창문에 사람 얼굴이 나타났다. 키가 크고 머리가 희끗희끗한 남자가 그를 향해 손짓을 하고 있었다. 아마 나를 밖으로 꾀어내려고 저러는 걸 거야. 라이몬은 이런 생각을 하다가 고개를 마구 저었다. 그는 방화문에 매달려 구석으로 더 깊이 파고 들어갔다. 밖에 서 있는 남자는 상냥해 보였지만, 그렇다고 해서 그가 착한 사람일 거라고 믿을 수는 없었다. 라이몬은 이미 오래전에 그 점을 깨달았다. 게다가 그는 멍청하지도 않았다. 얼마 후 그는 거실 구석에 서 있는 것을 더 이상 참을 수가 없어서 부엌으로 뛰어갔다. 그런데 거기에도 사람 얼굴이 있었다. 피부가 하얗고 곱슬머리에 어두운 색 제복을 입은 사람이었다. 라이몬은 자루에 든 고양이가 된 것 같은 기분이 들었다. 자루 속에서 찬물을 뒤집어쓰고 있는 고양이. 오늘은 승합차를 몰고 나가지도 않았다. 여전히 시동이 걸리지 않았기 때문이었다. 그러니 저 사람들이 자동차 때문에 찾아왔을 리는 없었다. 틀림없이 저 호숫가의 그 일 때문일 거야. 그는 절박한 심정이었다. 그는 살짝살짝 몸을 흔들면서 그대로 서 있다가 복도로 나가 불안한 시선으로 자물쇠에 꽂힌 열쇠를 바라보았다.

"라이몬!" 그를 찾아온 사람들 중 한 명이 소리쳤다. "그냥 이야기가 하고 싶어서 그래. 우린 널 해치지 않아."

"난 랑힐한테 나쁜 짓 안 했어요!" 그가 소리쳤다.

"우리도 알아. 그래서 온 게 아냐. 그냥 너한테 도움을 좀 얻을 게 있어."

그래도 그는 망설이다가 결국 문을 열어주었다.

"들어가도 돼?" 키가 큰 사람이 말했다. "너한테 몇 가지 물어볼 게 있어."

"좋아요. 아저씨가 왜 왔는지 몰라서 그랬어요. 아무한테나 문을 열어줄 수는 없잖아요."

"그럼, 그러면 안 되지." 세예르가 주위를 둘러보며 말했다. "하지만 경찰이 왔을 때는 문을 열어주는 게 좋아."

"그럼 거실에 앉아서 얘기해요." 라이몬이 앞장서 걸어가서 소파를 가리켰다. 묘하게 수제품처럼 보이는 소파였다. 소파 위에는 낡은 격자무늬 담요가 깔려 있었다. 두 경찰관은 소파에 앉아 방을 살펴보았다. 다소 작은 듯한 정사각형 방에 소파, 식탁, 의자 두 개가 있었다. 벽에는 동물 그림과 사내아이를 무릎에 앉힌 나이 지긋한 여자의 사진이 있었다. 라이몬의 어머니인 모양이었다. 세예르가 보기에 무릎 위의 아이는 다운증후군 환자 같았다. 어머니의 나이가 많아서 라이몬이 이런 운명을 만나게 된 것 같기도 했다. 두 사람이 앉은 자리에서는 텔레비전도 전화기도 눈에 띄지 않았다. 세예르는 텔레비전이 없는 거실을 본 것이 얼마 만인지 기억도 나지 않았다.

"아버지는 집에 계시니?" 그가 라이몬의 티셔츠를 바라보며 물었다. 하얀색이었는데, '결정은 내가 한다'는 말이 적혀 있었다.

"침대에 누워 계세요. 이젠 못 일어나요. 걷지도 못해요."

"그럼 누가 아버지를 돌보지?"

"내가 음식을 만들고 집을 청소해요. 그냥 알고 계시라고 말하는 거예요!"

"네가 옆에 있으니 네 아버지는 정말 운이 좋구나."

라이몬이 활짝 웃었다. 다운증후군 환자들 특유의 매력적인 웃음이었다. 튼튼하고 건장한 몸에 깃들인 순수한 아이. 그의 손은 억세고 널찍했으며, 손가락이 유난히 짧았다. 어깨는 크고 두툼했다.

"네가 어제 랑힐한테 아주 잘해줬지? 랑힐을 집에 데려다 줬잖아." 세예르가 말했다. "랑힐이 혼자 걸어가지 않게. 정말 좋은 일을 했어."

"랑힐은 크지 않잖아요!" 그가 어른처럼 보이려고 애쓰면서 말했다.

"그래, 맞아. 그러니까 네가 그 애 옆에 있었던 게 다행이야. 네가 그 애 유모차도 밀어줬다면서? 그런데 랑힐이 집에 와서 해준 얘기가 있어. 그래서 너한테 한번 물어봐야 할 것 같아, 라이몬. 너희 둘이 서펀트 호수에서 본 걸 말하는 거야."

라이몬이 불안한 시선으로 그를 빤히 바라보며 아랫입술을 쑥 내밀었다.

"어떤 여자를 봤지?"

"내가 안 그랬어요!" 그가 불쑥 말했다.

"네가 했다고 안 그랬어. 그래서 온 게 아냐. 다른 걸 하나 물어보자. 보아하니 손목시계를 갖고 있는 모양인데."

"예, 손목시계 있어요." 그가 두 사람에게 시계를 보여주었다. "아버지가 쓰던 낡은 시계예요."

"시계를 자주 보니?"

"아뇨, 거의 안 봐요."

"왜?"

"일할 때는 사장님이 시간을 알아요. 집에 있을 때는 아버지가 알고."

"오늘은 왜 일하러 안 갔지?"

"저는 1주일씩 번갈아가면서 일해요."

"그렇구나. 지금 몇 시인지 알아?"

라이몬이 손목시계를 보았다. "오전 11시 10분 조금 넘었어요."

"맞았어. 하지만 시계를 자주 안 본다고 했지?"

"꼭 봐야 할 때만 봐요."

세예르는 고개를 끄덕이며 스카레를 흘깃 바라보았다. 스카레는 열심히 메모를 하고 있었다.

"랑힐을 집에 데려다줄 때 시계를 봤니? 아니면 예를 들어서 서펀트 호숫가에 서 있을 때라든가."

"아뇨."

"그때가 몇 시쯤이나 됐는지 대충 한번 말해볼래?"

"그건 너무 어려워요." 그가 말했다. 생각을 너무 많이 해서 이미 지친 기색이었다.

"모든 걸 기억하는 게 쉽진 않지. 네 말이 맞다. 이제 거의 끝났어. 호숫가에서 다른 건 못 봤니? 혹시 사람을 보지는 않았어? 그 여자 말고."

"아뇨. 그 여자가 아픈가요?" 그가 의심스러운 표정으로 말했다.

"죽었어, 라이몬."

"너무 이른 것 같네요."

"우리도 같은 생각이야. 혹시 낮에 차 같은 것이 이 집 앞을 지나가지는 않았어? 산으로 올라가는 차나 내려오는 차. 아니면 걸어가는 사람들은? 랑힐이 여기 있을 때 말이야."

"이 길로 관광객들이 많이 다녀요. 하지만 어제는 없었어요. 여기 사는 사람들만 있었어요. 저 길은 콜렌 산에서 끝나요."

"그럼 아무도 못 봤어?"

그는 오랫동안 생각에 잠겼다. "음, 봤어요. 차 한 대. 우리가 막 나가려고 할 때. 붕 하고 지나갔어요. 자동차 경주를 할 때처럼."

"너희가 나가려고 할 때?"

"예."

"올라갔어, 내려갔어?"

"내려갔어요."

붕 하고 여길 지나갔단 말이지. 기어를 2단 이상 올리는 법이 없는 사람이 '붕 하고 지나갔다'고 말한다면 도대체 속도가 얼마라는 뜻일까?

"네가 아는 차였어? 저 위에 사는 사람 차였니?"

"아뇨. 그 사람들은 그렇게 빨리 안 다녀요."

세예르는 머릿속으로 잠시 계산을 해보았다. "랑힐이 2시 조금 전에 집에 왔으니까, 아마 오후 1시 30분쯤이었겠구나, 그렇지? 너희가 호수까지 올라가는 데는 시간이 많이 안 걸렸지?"

"예."

"차가 빨리 지나갔다고?"

"먼지가 구름처럼 일어났어요. 하지만 뭐 요즘 비가 안 왔으니까."

"어떤 차였지?" 그는 숨을 죽였다. 차가 목격되었다는 것이 사건을 해결하는 데 실마리가 될 수도 있었다. 범죄현장 근처에서 특정한 시간에 빠르게 달린 자동차라.

"그냥 차예요." 라이몬이 기쁜 표정으로 말했다.

"그냥 차?" 세예르가 말했다. "그게 정확히 무슨 뜻이지?"

"트럭도 아니고, 승합차도 아니고, 아무것도 아니라고요. 그냥 평범한 차요."

"그렇구나. 평범한 승용차. 너 차종을 잘 알아보는 편이야?"

"그렇지는 않아요."

"네 아버지가 갖고 있는 차는 어떤 거야?"

"하이에이스 차예요." 그가 자랑스럽게 말했다.

"저기 밖에 경찰차 보이지? 저게 어떤 차인지 알겠어?"

"저거요? 아저씨가 금방 말했잖아요. 경찰차죠." 라이몬이 의자에 앉은 채 몸을 꿈틀거리다가 갑자기 불편한 표정을 지었다.

"색깔은, 라이몬? 색깔을 봤니?"

그는 열심히 기억을 더듬다가 고개를 저으며 포기해버렸다. "먼지투성이였어요. 색깔을 볼 수 없었어요." 그가 중얼거렸다.

"그래도 어두운 색인지 밝은 색인지는 알 수 있잖아." 세예르는 포기할 생각이 없었다. 스카레는 계속 두 사람의 말을 메모했다. 그는 세예르의 부드러운 말투에 감탄하고 있었다. 평소에 그는 퉁명스러운 편이었다.

"중간쯤이에요. 갈색이나 회색이나 초록색쯤. 더러운 색이었어요. 먼지투성이라서. 랑힐한테 물어보세요. 걔도 봤으니까요."

"벌써 물어봤어. 그 애도 회색이나 초록색일 거라고 했어. 그런데 차가 낡았는지 새 것인지는 모르겠대."

"낡은 고물은 아니에요." 그가 단호하게 말했다. "중간쯤이에요."

"그래, 알았다."

"지붕에 뭐가 있었어요." 그가 느닷없이 말했다.

"그래? 뭐가 있었는데?"

"긴 상자요. 납작하고 검은색이었어요."

"혹시 스키 상자야?" 스카레가 물었다.

라이몬은 잠시 주저하다가 대답했다. "예, 스키 상자인지도 몰라요."

스카레가 미소를 지으며 메모를 했다. 라이몬이 열심히 대답하려고 애쓰는 모습을 보니 기뻤다.

"관찰력이 좋구나, 라이몬. 잘 받아 적었나, 스카레? 그래, 네 아버지는 누워 계신다고?"

"지금 식사를 기다리고 계실 거예요."

"널 이렇게 붙들 생각은 없었어. 우리가 가기 전에 잠시 들여다보고 인사를 해도 될까?"

"그럼요. 절 따라오세요."

그는 거실을 가로질렀다. 두 경찰관도 그 뒤를 따랐다. 라이몬은 복도 끝에서 걸음을 멈추고 어떤 문을 아주 조심스레 열었다. 마치 경의를 표하는 것 같았다. 침대에는 노인이 누워서 코를 골며 자고 있었다. 침대 옆 탁자 위에 놓인 컵 속에 틀니가 들어 있었다.

"아버지를 방해하면 안 되겠다." 세예르가 뒤로 물러나며 말했다. 두 사람은 라이몬에게 고맙다고 말하고 마당으로 나갔다. 라이몬이 종종걸음으로 따라 나왔다.

"우리가 다시 올지도 몰라. 토끼들이 귀여운데." 스카레가 말했다.

"랑힐도 그랬어요. 안아보고 싶으면 안아보세요."

"다음에."

두 사람은 손을 흔들어주고는 울퉁불퉁한 길 위로 덜컹덜컹 차를 몰았다. 세예르가 짜증을 내며 손가락으로 운전대를 두드렸다. "그 차가 중요해. 그런데 우리가 들은 대답이라고는 '중간쯤'밖에 없으니. 그래도 지붕에 스키 상자가 있었다니, 스카레! 랑힐은 그런 말을 안 했잖아."

"누구나 다 차에 스키 상자를 싣고 다녀요."

"난 안 그래. 저 농가 앞에 차 세워."

두 사람은 농가로 올라가 빨간색 마즈다 자동차 옆에 차를 세웠다. 모자를 쓰고, 바지에 고무장화를 신은 여자가 헛간에서 두 사람을 보고 마당을 가로질러 다가왔다.

"경찰입니다." 세예르가 정중하게 말하면서 빨간 자동차를 고갯짓으로 가리켰다. "이 집에 저것 말고 다른 차가 있습니까?"

"두 대 더 있어요." 그녀가 깜짝 놀라며 말했다.

"남편이 벤츠를 몰고, 아들이 골프를 몰아요. 왜요?"

"무슨 색이죠?" 그가 물었다.

그녀는 기가 막힌다는 듯이 그를 빤히 바라보았다.

"벤츠는 흰색이고 골프는 빨간색이에요."

"저 옆집은 어떤가요? 그 집에는 어떤 차가 있죠?"

"블레이저예요. 검푸른 색 블레이저. 무슨 일이라도 났나요?"

"예. 그 얘기는 나중에 말씀드리죠. 어제 한낮에 집에 계셨습니까?"

"밭에 나가 있었어요."

"자동차 한 대가 산에서 빠르게 내려오는 걸 보셨나요? 지붕에 스키 상자를 실은 회색이나 초록색 차인데요."

그녀는 어깨를 으쓱했다. "본 기억이 없네요. 어차피 트랙터를 몰 때는 소리를 잘 못 들어요."

"그때쯤 혹시 근처에서 사람을 보지는 않았습니까?"

"도보여행자들이죠. 사내아이들이 개를 데리고 왔어요. 다른 사람은 못 봤어요."

토르비외른 일행이겠군. 그는 속으로 생각했다.

"도와주셔서 감사합니다. 이웃집에 지금 사람이 있습니까?"

그는 그녀를 바라보면서 도로 저 아래쪽의 농가를 고갯짓으로 가리켰다. 그녀의 얼굴은 들판에서 자주 일하는 사람답게 건강하고 매력적이었다.

"그 집 주인은 집에 없고, 관리인만 있어요. 관리인이 오늘 아침에 어딜 나가던데, 아직 안 온 것 같아요." 그녀는 손으로 햇빛을 가리며 그 집이 있는 쪽을 바라보았다. "차가 안 보이네요."

"관리인을 아십니까?"

"아뇨. 별로 말이 없는 사람이라서요."

세예르는 고맙다고 인사를 하고 나서 스카레와 함께 다시 차에 올랐다.

"관리인이 범인이라면 산으로 올라가는 게 먼저였을 거예요." 스카레가 말했다.

"그럼 그 사람은 범인이 아냐. 어쩌면 아주 천천히 차를 몰았는지도 모르지. 그래서 아무도 그 사람을 못 봤는지도 몰라."

두 사람은 기어를 2단에 놓고 고속도로까지 내려갔다. 고속도로에 들어서자마자 도로 왼쪽에 작은 구멍가게가 보였다. 두 사람은 차를 세우고 안으로 들어갔다. 머리 위에서 자그마한 벨이 울리더니 청록색 나일론 작업복을 입은 남자가 뒷방에서 나왔다.

몇 초 동안 그는 가만히 서서 경악을 금치 못하겠다는 듯이 두 사람을 바라보기만 했다.

"아니 때문에 오셨나요?"

세예르가 고개를 끄덕였다.

"아네트가 난리예요." 그가 말했다. 목소리를 들어보니 충격이 큰 모양이었다. "아네트가 오늘 아니한테 전화를 했거든요. 그런데 전화기에서 비명소리밖에 못 들었대요."

십 대 소녀 한 명이 문간에 나타나서 꼼짝도 않고 서 있었다. 아버지가 딸의 어깨를 감싸 안았다. "아이더러 오늘은 집에 있으라고 했어요."

세예르가 다가가서 악수를 했다. "가게 옆에 사십니까?"

"집은 여기서 50미터쯤 떨어져 있어요. 저기 해안 쪽에. 이런 일이 생기다니, 믿을 수가 없어요."

"어제 이 근처에서 수상한 사람을 못 봤습니까?"

그는 잠시 생각해보았다. "사내아이들이 들어와서 각자 콜라를 샀어요. 그 애들 말고는 라이몬밖에 없었는데요. 라이몬은 한낮에 와서 우유랑 빵을 샀어요. 라이몬 로케 말이에요. 저 위 콜렌 산 근처에서 아버지랑 같이 살고 있죠. 여긴 손님이 별로 없어요. 곧 가게 문을 닫아야 할 것 같아요." 그는 말을 하면서 계속 딸의 어깨를 토닥거렸다.

"로케가 빵과 우유를 사는 데 시간이 얼마나 걸렸습니까?"

"글쎄요, 몇 분쯤? 그러고 보니 오토바이도 한 대 왔어요. 12시 반에서 1시 사이였을 거예요. 일이 분 동안 서 있다가 갔어요. 커다란 안장주머니가 달린 큰 오토바이였는데, 관광객이었을 거예요. 그 외에는 아무도 못 봤어요."

"오토바이라고요? 어떻게 생겼던가요?"

"글쎄요, 뭐라고 할까…… 짙은 색이었던 것 같아요. 번쩍번쩍하는 게 굉장하더라고요. 오토바이 주인은 헬멧을 쓰고 나한테 등을 돌리고 앉아 있었어요. 뭔가를 들고 읽으면서."

"번호판을 보셨습니까?"

"아이고, 그걸 못 봤네요."

"지붕에 스키 상자를 실은 회색이나 초록색 차를 보신 적이 있습니까?"

"아뇨."

"너는 어떠니, 아네트?" 세예르가 아이에게 시선을 돌리며 말했다. "뭐든 우리한테 이야기할 만한 것 없어?"

"내가 아니한테 전화를 할 걸 그랬어요." 그녀가 말했다.

"그건 네 잘못이 아냐. 네가 무슨 짓을 했어도 그 일을 막을 수는 없었을 거야. 아무래도 누가 아니를 길에서 차에 태운 모양이야."

"아니는 다른 사람들의 기분을 거스르지 못했어요. 우리가 너무 다그치면 아니가 속상해할까 봐 그런 건데."

"아니랑 친한 사이였니?"

"아주 친했어요."

"그럼 아니가 이리로 오는 길에 혹시 누구를 만났을지 짐작 가는 사람 없어? 아니가 혹시 새로 사귄 사람이 있다는 말 없었니?"

"아뇨. 할보르가 있었는데요."

"그렇구나. 어쨌든, 뭐든 생각나면 전화해줄래? 우린 이리로 두 번 걸음 하는 것쯤 아무렇지도 않으니까."

두 사람은 고맙다고 인사하고 밖으로 나왔다. 그 사이에 가게 주인 호르겐이 뒷방으로 사라졌다. 세예르의 눈에 입구 옆 창가에 그가 구부정하게 서 있는 모습이 얼핏 보였다. "저 사람은 사무실에 앉아서 도로를 볼 수 있어."

12시 30분에서 1시 사이에 이 앞에 멈췄다가 간 오토바이라. 조사해볼 필요가 있어. 그는 속으로 생각했다.

그는 자동차 문을 세게 닫았다. "토르비외른 말로는 자기들이 랑힐을 찾으러 돌아다니다가 서펀트 호수를 지나간 게 낮 12시 45분경이라고 했어. 그때는 거기에 시체가 없었지. 라이몬과 랑힐이 시체를 본 건 대략 오후 1시 30분경이야. 그렇다면 45분 동안 사건이 벌어졌다는 얘긴데. 이렇게 시간을 알 수 있는 경우는 거의 없지. 두 사람이 집을 나서기 직전에 어떤 차가 빠른 속도로 지나갔는데, 중간쯤 되는 평범한 차라. 더러운 색깔에 밝은 색도 아니고 어두운 색도 아니고 낡은 차는 아니고 새 차도 아니고." 그는 손으로 대시보드를 후려쳤다.

"사람들이 전부 자동차를 잘 아는 건 아니에요." 스카레가 미소를 지으며 말했다.

"그놈이 스스로 나서게 해야 돼. 누군지는 모르겠지만, 어제 1시부터 1시 30분 사이에 라이몬의 집 앞을 빠른 속도로 지나간 사람 말이야. 지붕에 스키 상자를 싣고. 오토바이에도 수배령을 내려야겠어. 만약 아무도 나서지 않는다면 자동차에 대해 그 애들을 닦달하는 수밖에 없어."

"어떻게 닦달하실 건데요?"

"몰라, 아직은. 뭐, 그림을 그리라고 해도 되겠지. 애들은 항상 그림을 그리니까."

두 사람은 법원 구내식당에서 식사를 했다.

"오믈렛에 물기가 없어요." 스카레가 말했다.

"프라이팬에 너무 오래 있었나 봐요."

"그래?"

"달걀이 접시에 옮겨진 다음에 굳어져야 하는데. 프라이팬에서 꺼낼 때는 달걀이 부드러워야 돼요."

세예르는 할 말이 없었다. 요리에는 문외한이었으니까.

"게다가 여기에 우유를 넣었어요. 그러면 색깔이 안 좋아요."

"요리학원에라도 다녔나?"

"딱 한 강좌만 들었어요."

"나 참, 세상에는 내가 모르는 일이 너무 많다니까." 그는 접시에 마지막으로 남은 음식을 빵으로 쓸어 입에 넣고는 냅킨으로 꼼꼼히 입가를 닦았다. "먼저 크리스탈렌부터 시작하지. 자네와 내가 각각 길 오른쪽과 왼쪽을 맡는 거야. 한 사람이 열 집씩. 다섯 시에 그리로 가보자고. 그때쯤이면 사람들이 퇴근해서 집에 있을 테니."

"거기서 제가 뭘 찾아봐야 하는 거죠?" 스카레가 시계로 시간을 확인하며 물었다. 오후 2시 이후에는 식당에서 담배를 피울 수 있었다.

"뭔가 어긋나는 것. 평범하지 않은 것. 옛날에 아니가 어땠는지도 물어봐. 아니가 변한 것 같은지. 뭐든 자네가 갖고 있는 매력을 좀 발휘해서 입을 열게 만들어. 이야기를 끌어내란 말이야."

"에디 홀란드랑 단 둘이 이야기를 해봐야 할 것 같은데요."

"나도 생각해봤어. 내가 며칠 후에 그 사람더러 이리로 오라고 할 거야. 하지만 아니 어머니가 지금 충격을 받은 상태라는 걸 잊으면 안 돼. 그 여자도 조금 지나면 차분해지겠지."

"두 사람이 아니에 대해서 아주 다른 얘기를 했어요, 그렇죠?"

"원래 그런 거야. 자넨 아이가 없나, 스카레?"

"예." 그는 담배에 불을 붙여 경감과는 멀리 떨어진 곳으로 연기를 내뿜었다.

"아니의 언니가 지금쯤이면 집에 와 있을 거야. 트론헤임에 갔다는 언니 말이야. 그 아이하고도 이야기를 해봐야 돼."

식사를 끝내고 나서 두 사람은 법의학연구소에 들렀지만, 시체를 덮고 있던 파란색 파카에 대해 뭔가 의미 있는 이야기를 전혀 들을 수 없었다.

"수입품입니다. 중국산이죠. 어디든 할인점에 가면 다 있습니다. 수입업자 말로는 2천 벌을 들여왔다더군요. 오른쪽 주머니에 버터캔디 한 통이 있고, 반사경, 밝은 색 털 몇 개가 있습니다. 어쩌면 개털인지도 모릅니다. 품종이 뭔지는 묻지 마세요. 그것 말고는 아무것도 없습니다."

"크기는?"

"엑스라지입니다. 그런데 소매가 너무 길었던 모양이에요. 소매단이 접혀 있었습니다."

"옛날에는 사람들이 자기 옷에 이름을 수놓아서 입고 다녔는데." 스카레가 말했다.

"그럼요. 그게 중세 때 얘기죠, 아마?"

"약에 대해서는 뭐 없어요?"

"별 것 없습니다. 그냥 박하 과자예요. 요즘 유행하는 거. 아주 작고 엄청나게 향이 강하죠."

세예르는 실망감을 감출 수 없었다. 박하 과자에서는 건질 것이 전혀 없었다. 다들 주머니에 그런 것을 넣어가지고 다니니까. 심지어 그도 어부의 친구라는 상표가 붙은 과자를 항상 가지고 다녔다.

두 사람은 차를 몰고 다시 돌아왔다. 크리스탈렌에 더 많은 차들이 돌아다니고 있었다. 삼륜차, 트랙터 등 갖가지 차량에 아이들이 가득했다. 인형 유모차를 미는 사람도 있었고, 집에서 만든 유모차를 끌고 나온 사람도 있었다. 거기에 꽂아 놓은 초라한 깃발이 바람에 펄럭였다. 경찰차가 우편함 옆에 멈춰 서자 색색가지 옷을 입은 사람들이 얼음처럼 얼어붙었다. 스카레는 자기도 모르게 장난감 같은 트랙터의 브레이크 등을 확인해보았다. 그가 파란색과 분홍색이 섞인 그 트랙터 주인에게 후미등이 나갔다고 말해주자 그는 깜짝 놀랐다. 너무 놀라서 바지에 오줌을 지린 것 같았다.

거의 모든 사람들이 뭔가 일이 일어났다고 짐작하고 있었지만, 정확히 무슨 일인지는 몰랐다. 감히 홀란드의 집에 전화를 걸어 물어볼 수는 없었으니까.

두 사람은 각각 거리의 오른편과 왼편을 맡아 집집마다 들러서 질문을 던졌다. 사람들은 매번 믿을 수 없는 이야기에 경악하며 겁먹은 표정을 지었다. 여자들은 대부분 울음을 터뜨렸고, 남자들은 얼굴이 창백해지며 침묵에 잠겼다. 두 사람은 잠시 가만히 있다가 질문을 던지는 방법을 썼다. 다들 아니를 잘 알고 있었다. 여자들 중 일부는 아니가 집을 나서는 모습을 보았다고 했다. 홀란드 일가는 막다른 길의 끝에 살고 있었으므로 아니가 밖으로 나가려면 동네의 모든 집 앞을 지나가야 했다. 아니는 오래전부터 작년까지 동네 사람들의 아이를 봐주었다. 하지만 작년부터는 아니도 다 컸기 때문에 아이 봐주는 일을 할 수 없었다. 거의 모든 사람들이 아니의 핸드볼 선수시절을 이야기하면서 아니가 핸드볼을 그만뒀을 때 깜짝 놀랐다고 말했다. 아니는 지역 신문에 종종 이름이 실릴 정도로 뛰어난 선수였다. 한 노부부는 아니가 옛날에는 더 활달하고 붙임성 좋은 성격이었다면서 한창 자라는 중이라 성격이 변한 것 같다고 말했다. 노부부의 말에 따르면, 아니가 몰라보게 커버렸다고 했다. 전에는 키도 작고 마른 편이었는데, 어느 날 갑자기 키가 쑥쑥 자라버렸다는 것이다.

스카레는 순서대로 사람들의 집을 찾아가지 않고 오렌지색 집을 가장 먼저 들렀다. 그 집에는 프리츠너라는 40대 후반의 독신남자가 살고 있었다. 거실 한가운데에는 돛을 다 올린 작은 배가 한 척 있었다. 배 바닥에는 매트리스 하나와 쿠션 여러 개가 있었으며, 뱃전 가장자리에 병받침이 매달려 있었다. 스카레는 흥미로운 시선으로 배를 뚫어지게 바라보았다. 배는 밝은 빨간색이었고, 돛은 흰색이었다. 특별한 가구라고는 하나도 없는 자기 아파트의 모습이 머릿속을 스치고 지나갔다.

프리츠너는 아니를 잘 모르지만 가끔 시내로 가는 길에 태워주었다고 말했다. 아니는 날씨가 안 좋은 날이면 그의 차를 타고, 날씨가 좋은 날이면 괜찮다고 손사래를 쳤다. 그는 아니를 좋아했다. 정말 실력 좋은 핸드볼 골키퍼였어요. 그가 말했다.

세예르는 거리를 따라 내려가다가 6번지에 사는 터키인의 집에 들렀다. 그가 초인종을 눌렀을 때 이 이르마크 일가는 막 식사를 하려던 참이었다. 식구들이 식탁에 앉아 있었고, 식탁 한가운데에 놓인 커다란 냄비에서 김이 피어올랐다. 수를 놓은 셔츠를 입은 위엄 있는 가장이 갈색 손을 내밀었다. 세예르는 이르마크 일가에게 아니 홀란드가 죽었으며, 누군가가 그녀를 살해한 것 같다고 말했다.

"세상에!" 그들이 아연실색한 표정으로 말했다. "말도 안 돼요. 20번지에 사는 그 예쁜 애가, 에디의 딸이!"

홀란드 일가는 그들이 이사 왔을 때 그들을 따뜻하게 맞아준 유일한 사람들이었다. 그들은 전에 다른 곳에서 살 때에도 그만한 환영을 받아본 적이 없었다. 말도 안 돼요! 가장이 세예르의 팔을 붙들고 소파 쪽으로 끌어당겼다.

세예르는 소파에 앉았다. 이르마크에게는 이민자들에게서 자주 볼 수 있는 얌전하고 고분고분한 분위기가 없었다. 그는 위엄과 자신감이 넘쳐흘렀다. 신선했다.

그의 아내는 아니가 나가는 모습을 보았다고 했다. 틀림없이 12시 30분쯤이었다. 아니는 가방을 들고 차분하게 걸어갔다. 그들은 이곳으로 이사 온 지 이제 겨우 넉 달밖에 안 되었기 때문에 아니가 어렸을 때는 어땠는지 알지 못했다.

"착한 아이예요." 이르마크의 부인이 머리에 쓴 숄을 바로잡으면서 말했다. "몸집이 커요! 근육도 많고요." 그녀가 눈을 내리깔았다.

"아니가 이 댁 따님을 돌봐준 적이 있습니까?" 세예르는 어린 여자 아이가 참을성 있게 기다리는 식탁 쪽을 고갯짓으로 가리켰다. 말이 없고 속눈썹이 짙은 무척 예쁜 아이였다. 아이는 갱도처럼 깊은 눈으로 상대를 꿰뚫는 듯이 바라보았다.

"안 그래도 부탁하려고 했습니다." 남편이 빠르게 말했다. "그런데 이웃들 말이 아니가 이제는 나이를 먹어서 그런 일을 안 한다고 하더군요. 그래서 괜히 아니를 귀찮게 하고 싶지 않았습니다. 게다가 아내가 하루 종일 집에 있으니까 그럭저럭 해나갈 수 있거든요. 저도 오전에만 집을 비우고요. 저희 차는 라다입니다. 이웃들은 차가 영 아니라고 하지만, 우린 괜찮아요. 매일 그 차가 고장 한 번 없이 포펠스 가텐까지 저를 실어다주니까요. 저는 그곳에서 향신료 가게를 하고 있습니다…… 경감님 이마에 난 그 발진도 향신료로 없앨 수 있어요. 리미 가게에서 파는 향신료가 아니라 이르마크의 가게에서 파는 진짜 향신료 말입니다."

"그래요? 그런 것도 가능한가요?"

"향신료는 몸을 정화해줍니다. 땀을 빨리 빼주죠."

세예르는 고개를 끄덕였다. "그러니까 아니하고 접촉한 적이 한 번도 없다는 말씀입니까?"

"그런 셈입니다. 몇 번, 아니가 달리기를 할 때 제가 아니를 멈춰 세우고 손가락을 흔들면서 넌 지금 네 영혼으로부터 달아나는 거라고 말한 적이 있기는 합니다. 그랬더니 아니가 웃음을 터뜨리더군요. 그래서 제가 대신 명상을 가르쳐주겠다고 했습니다. 달리기는 평화를 찾는 방법치고는 아주 서투른 거라고요. 그랬더니 아니가 더 크게 웃더군요. 그러고는 모퉁이를 돌아서 가버렸습니다."

"아니가 이 집에 온 적이 있습니까?"

"예. 저희가 이사 온 날 에디가 보낸 화분을 들고 왔습니다. 저희를 환영하는 선물이었죠. 니흐멧은 그날 울음을 터뜨렸습니다."

그가 이렇게 말하고 나서 아내를 흘깃 바라보았다. 그녀는 지금도 울고 있었다. 그녀가 숄로 어깨를 덮고 다른 사람들에게 등을 돌렸다.

세예르가 그 집을 나설 때 이르마크 부부는 찾아와줘서 고맙다며 언제든 다시 와도 환영이라고 말했다. 두 사람은 좁은 복도에 서서 세예르를 지켜보았다. 아이는 엄마의 옷자락에 매달려 있었다. 그 아이의 검은 눈과 검은 곱슬머리를 보니 마테우스가 생각났다. 거리로 나온 그는 잠시 멈춰 서서 9번지에서 막 나오고 있는 스카레를 똑바로 바라보았다. 두 사람은 서로에게 고개를 끄덕이고 각자 다음 집을 찾아 나섰다.

"문이 잠긴 집이 많던가요?" 스카레가 물었다.
"두 집밖에 없었어. 4번지의 요나스하고 7번지의 루드."
"전 제가 맡은 집에서 전부 진술을 받았어요."
"그래서 그 결과는?"
"아니가 이 동네에 모르는 사람이 없었고, 오래전부터 이웃들 집을 드나들었다는 것 외에는 없어요. 동네 사람들이 전부 아니를 아주 좋아했다는 것도 있네요."

두 사람은 홀란드의 집 앞에서 초인종을 울렸다. 어떤 아가씨가 문을 열어주었다. 아니의 언니가 분명했다. 그런데 아니와 많이 닮았으면서도 왠지 달랐다. 그녀의 머리도 아니처럼 금발이었지만 뿌리 부분은 어두운 색이었다. 눈은 주위를 에워싼 마스카라 속에 갇혀 있었다. 아주 연한 푸른색 눈에 불안한 기색이 엿보였다. 그녀는 아니처럼 몸집이 크거나 키가 크지도 않았고, 운동선수처럼 보이거나 근육질도 아니었다. 그녀는 솔기에 일부러 바늘땀을 드러낸 라벤더 색깔의 신축성 있는 바지와 단추를 절반쯤 풀어헤친 하얀 블라우스를 입고 있었다.

"쉴비?" 세예르가 말했다.

그녀는 고개를 끄덕이며 나긋나긋한 손을 내밀었다. 그러고는 앞장서서 안으로 들어가 곧장 어머니 옆을 피난처로 삼았다. 홀란드 부인은 지난번과 똑같이 소파 구석에 앉아 있었다. 지난 몇 시간 동안 그녀의 얼굴이 조금 바뀌어 있었다. 이제는 고통스러울 정도로 절망적인 표정이 아니라, 우울하고 경직된 표정이었으며 훨씬 더 늙어 보였다. 아버지의 모습은 보이지 않았다. 세예르는 쉴비를 조심스럽게 살펴보았다. 그녀의 얼굴과 몸은 동생과 달랐다. 아니처럼 광대뼈가 넓거나, 턱이 단단하지 않았으며, 눈도 커다란 회색 눈이 아니었다. 아니보다 약하고 약간 통통하군. 그는 속으로 생각했다.

30분 동안 이야기를 해본 결과 두 자매는 그리 가까운 사이가 아니었다. 두 사람은 각자 자기만의 삶을 살았다. 쉴비는 미용실에서 청소를 했으며, 다른 집 아이들에게 한 번도 흥미를 보인 적이 없었고, 운동을 한 적도 없었다. 세예르는 그녀가 자기 자신과 외모에만 관심을 쏟는 사람인 것 같다고 생각했다. 동생이 죽은 지금도 그녀는 어머니와 함께 소파에 앉아서 습관적으로 일부러 매력적인 자세를 취하고 있었다. 한쪽 무릎을 세우고 고개를 약간 갸웃한 채 양손을 깍지 껴서 무릎을 감싼 자세였다. 그녀의 손가락에서 지나치게 화려한 반지 여러 개가 반짝였다. 긴 손톱은 빨간색이었다. 몸매는 모난 구석이나 분명한 선이라고는 전혀 없이 부드러웠다. 마치 뼈대나 근육이 없이 그냥 분홍색 진흙으로 만든 모형 위에 피부를 씌워 놓은 것 같았다. 쇨비는 아니보다 훨씬 나이가 많았지만 얼굴에는 순진해 보이는 구석이 있었다. 어머니는 딸을 보호하려는 듯이 쇨비의 팔을 계속 토닥거렸다. 마치 쇨비를 위로하는 것처럼. 아니, 어쩌면 꾸짖는 것일 수도 있었다. 세예르는 어느 쪽인지 판단할 수가 없었다. 쇨비와 아니는 아주 많이 달랐다. 사진 속 아니의 얼굴이 더 성숙해 보였다. 그녀는 지친 표정으로 카메라를 응시했다. 사진 찍는 것이 싫지만 순전히 예의 때문에 그냥 뜻을 굽힌 사람처럼. 쇨비는 거의 항상 의식적으로 자세를 잡았다. 쇨비는 어머니를 더 닮고 아니는 아버지를 더 닮은 것 같았다.

"아니가 혹시 최근에 새로 사귄 친구가 있나? 새로 만난 사람은? 아니가 그런 얘길 한 적 없어?"

"아니는 사람 만나는 데 관심이 없었어요." 쇨비가 블라우스를 매끈하게 펴면서 말했다.

"혹시 아니가 일기를 썼나?"

"아뇨, 아니는 그런 거 하는 애가 아니에요. 다른 여자애들이랑 달랐어요. 사내아이 같았어요. 화장도 한 번 안 한걸요. 옷을 차려입는 것도 싫어하고. 할보르의 목걸이를 걸고 다니기는 했지만, 그건 순전히 할보르가 졸라댔기 때문이에요. 사실 달리기를 할 때는 목걸이가 거치적거리잖아요."

그녀의 목소리는 밝고 귀여웠다. 아니보다 여섯 살 많은 언니가 아니라 어린 소녀 같았다. 제발 친절하게 대해주세요. 그녀의 목소리는 이렇게 간청하고 있었다. 내가 얼마나 작고 약한지 당신 눈에도 보이죠?

"아니의 친구들 중에 아는 사람이 있나?"

"다들 저보다 어려서요. 하지만 누군지는 알아요." 그녀는 반지를 만지작거리며 잠시 머뭇거렸다. 자신이 처하게 된 이 새로운 상황을 이해하려고 애쓰는 것 같았다.

"아니를 제일 잘 아는 친구가 누구인 것 같아?"

"아네트랑 같이 다니기는 했는데, 특별히 할 일이 있을 때만 그랬어요. 그냥 수다를 떨려고 만난 적은 없을 거예요."

"넌 여기서 좀 떨어진 곳에 살지. 아니가 혹시 지나가는 차를 얻어 탄 적이 있을 것 같나?"

"절대 없어요. 그건 나도 마찬가지고요. 하지만 길을 걷다가 다른 사람 차를 얻어 탈 수 있는 경우는 많아요. 동네 사람들을 거의 다 아니까."

거의 다 안단 말이지. 그가 속으로 생각했다.

"아니한테 뭔가 힘든 일이 있었던 것 같아?"

"힘들어 보이지 않았어요. 그렇다고 즐거워서 폴짝폴짝 뛴 것도 아니지만. 아니는 뭐든 별로 관심이 없었어요. 그러니까, 여자애들이 하는 일 말이에요. 그냥 학교랑 달리기뿐이었어요."

"혹시 할보르는 어때?"

"잘 모르겠어요. 할보르한테도 조금 무관심한 것 같았어요. 끝내 마음을 정하지 못했나 봐요."

세예르는 회의적인 얼굴을 하고 살짝 몸을 돌린 여자 아이의 모습을 머릿속으로 그려보았다. 자신이 원하는 일을 하고 자기만의 길을 가면서 모든 사람과 거리를 유지했던 아이. 왜 그랬을까?

"어머니 말씀으로는 아니가 옛날에는 더 명랑했다고 하던데." 그가 말했다. "너도 같은 생각인가?"

"그럼요. 옛날에는 말이 더 많았어요."

세예르는 헛기침을 하며 목을 가다듬었다. "네가 보기에 갑작스럽게 변한 것 같아? 아니면 오랫동안 조금씩 변했나?"

"아뇨."

어머니와 딸이 서로를 흘깃거렸다.

"잘 모르겠어요. 아니는 그냥 달라졌어요."

"아니가 언제 변했지, 쉴비?"

그녀는 어깨를 으쓱했다. "작년쯤이에요. 할보르랑 헤어지더니 금방 핸드볼을 그만뒀어요. 게다가 키가 엄청 자랐고요. 예전 옷을 입을 수 없을 만큼 커지더니 아주 조용해졌어요."

"화가 나거나 뚱해졌다는 거야?"

"아니에요. 그냥 조용해졌어요. 뭔가에 실망한 것 같기도 했고요."

실망이라.

세예르는 고개를 끄덕이며 쉴비를 바라보았다. 몸에 딱 붙는 바지가 눈이 부셨다. 그가 어렸을 때 보던 라일락 색깔이었다.

"아니와 할보르가 성관계를 맺었는지 혹시 아나?"

그녀의 얼굴이 빨개졌다. "잘 몰라요. 그런 건 할보르한테 물어보세요."

"그럴 거야."

"그 언니 말인데," 세예르가 스카레와 함께 다시 차에 올랐을 때 말했다. "대개 피해를 당하는 입장이 되는 아이 같아. 그러니까, 나쁜 생각을 품은 남자한테 말이야. 너무 자기밖에 모르고 외모에 너무 신경을 써서 위험 신호를 알아차리지 못할걸. 쇨비 말일세. 아니 말고. 아니는 말이 없고 운동을 좋아했지. 사람들한테 잘 보이는 것 따위에는 신경도 안 썼고. 모르는 사람의 차를 얻어 타지도 않았고, 새로 사람을 사귀는 데도 관심이 없었어. 만약 아니가 누군가의 차에 탔다면, 틀림없이 아는 사람 차였을 거야."

스카레가 그를 바라보았다. "우리 둘 다 이미 생각하고 있던 거잖아요."

"나도 알아."

"경감님 따님도 옛날에 사춘기를 겪었죠?" 그가 호기심 어린 얼굴로 말했다. "어땠어요?"

"아," 세예르가 창밖을 내다보며 말했다. "그런 일은 대개 엘리제가 알아서 했어. 그래도 기억은 나. 사춘기는 정말 힘든 시절이지. 우리 딸은 열세 살 때까지 햇살 같은 애였는데, 갑자기 으르렁거리기 시작하더라고. 열네 살 때까지 그러다가 그 다음부터는 고함을 지르기 시작했어. 그러다가 잠잠해졌지."

그는 딸이 열다섯 살이 되고, 젊은 아가씨가 됐을 때를 기억하고 있었다. 그때는 딸한테 무슨 말을 해야 할지 알 수가 없었다. 홀란드도 그랬을 것이다. 아이가 더 이상 아이가 아닐 때, 그래서 아이와 대화하는 법을 새로 찾아내야 할 때. 힘들다.

"그럼 일이 년쯤 걸린 거예요? 끝날 때까지?"

"그래." 그가 생각에 잠긴 채로 말했다. "그랬던 것 같아."

"경감님은 아니의 변화에 계속 마음을 쓰시는 것 같아요."

"틀림없이 뭔가 일이 있었을 거야. 그게 뭔지 꼭 알아야겠어. 아니가 어떤 사람이었는지, 누가 왜 아니를 죽였는지도. 이제 할보르 문츠를 찾아갈 때가 된 것 같군. 그 녀석도 틀림없이 우리를 기다리고 있겠지. 지금 그 녀석 기분이 어떨 것 같은가?"

"저야 모르죠. 차 안에서 담배 피워도 돼요?"

"안 돼. 그건 그렇고, 자네 머리가 좀 텁수룩해 보이는데. 안 그래?"

"경감님 말씀을 듣고 보니 그런 것 같아요. 자요, 박하사탕이나 드세요."

두 사람은 각자 도로를 바라보았다. 스카레는 목 뒤의 머리카락을 더듬어서 쭉 폈다. 하지만 그가 손을 놓자 머리카락은 마치 뜨거운 접시 위의 벌레처럼 재빨리 다시 오그라들었다.

4

그가 왠지 낯익다는 생각이 들었다. 그래서 그녀는 의자를 가까이 끌어당겨 주름진 얼굴을 텔레비전에 바짝 갖다 댔다. 화면에서 나오는 빛이 얼굴에 떨어졌기 때문에 그는 그녀의 턱에 난 수염을 볼 수 있었다. 그 수염은 지금도 계속 자라고 있었다. 면도를 좀 할 일이지. 그는 속으로 생각했다. 하지만 그녀에게 이 말을 어떻게 해야 할지 알 수가 없었다.

"요한 올라브 코스야!" 그녀가 날카롭게 소리쳤다. "우유를 마시고 있어."

"흠."

"세상에, 어쩜 저렇게 잘생겼는지. 저 녀석도 그걸 알고 있을까? 조각 같아. 정말로. 살아 있는 조각이야!"

코스가 콧수염에 묻은 우유를 닦아내며 미소를 지었다. 하얀 치아가 드러났다.

"아이고, 저 이빨 좀 봐라! 이빨이 분필처럼 하얘! 저게 다 우유를 마셔서 그런 거야. 너도 마셔야 돼. 우유를 좀 더 마셔야 된다고. 하긴 저 녀석이 다니는 학교에는 치과의사도 있겠지. 네가 다니는 학교에는 없는데." 그녀는 격자무늬 담요로 무릎을 감쌌다. "우린 치과에 갈 돈이 없었다. 이가 하나씩 썩어 가는데 그걸 뽑을 돈도 없었으니. 그래도 요즘은 학교에 치과의사가 있고, 우유며, 비타민이며, 건강식단이며, 치약이며, 불소며 온갖 것들이 있지." 그녀가 무겁게 한숨을 내쉬었다. "너 그거 아냐? 내가 수업 중에 울음을 터뜨렸다. 정말 그랬어. 수업 내용을 알아들을 수 없어서가 아니라 너무 배가 고파서. 물론 너도 잘생겼지. 요즘 젊은 것들은 다 그러니까. 네가 얼마나 부러운지! 너 내 말 듣고 있는 거냐, 할보르? 네가 부럽다고!"

"예, 할머니."

노란색 코닥 봉투에서 사진을 꺼내는 그의 손이 떨리고 있었다. 어깨가 좁고 몸이 호리호리한 그는 텔레비전 광고에 나온 스케이트 선수와 별로 비슷해 보이지 않았다. 그의 입은 여자 입처럼 자그마했고, 한쪽 입꼬리가 팽팽하게 당겨져 있었다. 그가 아주 드물게 미소를 지을 때에도 그쪽 입꼬리는 위로 올라가지 않았다. 가까이서 들여다보면 꿰맨 자국이 보였다. 흉터는 입술 오른쪽에서 관자놀이까지 뻗어 있었다. 갈

색에 가까운 머리는 부드럽고 짧았으며, 구레나룻은 듬성듬성했다. 사람들이 멀리서 그를 보고 열다섯 살로 착각하는 경우가 많았기 때문에 그는 얼마 전까지만 해도 극장에 갈 때 신분증을 보여주어야 했다. 그래도 그는 그걸 가지고 소란을 피우지 않았다. 그는 말썽쟁이가 아니었으니까.

그는 천천히 사진을 뒤적였다. 이미 헤아릴 수도 없을 만큼 많이 본 사진들이었다. 하지만 이제 이 사진들이 새로운 차원의 의미를 띠고 있었다. 그는 사진 속에서 나중에 일어난 일, 사진을 찍을 당시에는 알지 못했던 일들의 징후를 찾고 있었다. 나무메를 들고 천막의 말뚝을 엄청난 힘으로 두드려 박고 있는 아니. 다이빙대 위에서 검은 수영복을 입고 기둥처럼 똑바로 서 있는 아니. 초록색 침낭 속에서 자고 있는 아니. 금발 머리 속에 얼굴을 감추고 자전거에 탄 아니. 그가 프리무스 스토브와 씨름하는 사진도 있었다. 옆 텐트 사람이 둘을 같이 찍어준 사진도. 그녀는 그가 끈질기에 졸라댄 후에야 비로소 사진을 찍겠다고 했다. 그녀는 사진 찍는 것을 참을 수 없을 만큼 싫어했다.

"할보르!" 창가에서 할머니가 소리쳤다. "밖에 경찰차가 있어!"

"예." 그가 낮은 목소리로 말했다.

"경찰이 여긴 왜 온 거야?" 할머니가 갑자기 불안해하며 그를 바라보았다. "왜 온 거야?"

"아니 때문이에요."

"아니가 뭘 잘못했는데?"

"죽었어요."

"뭐라고?" 할머니는 깜짝 놀라서 휘청거리며 의자로 돌아가 팔걸이에 몸을 기댔다.

"죽었어요. 그래서 경찰이 저를 심문하러 온 거예요. 경찰이 올 줄 알았어요. 벌써부터 기다리고 있었다고요."

"왜 아니가 죽었다는 말을 하는 거야?"

"정말로 죽었으니까요!" 그가 소리를 질렀다.

"아니는 어제 죽었어요! 걔 아버지가 전화로 알려줬어요."

"도대체 왜?"

"그걸 내가 어떻게 알아요! 나도 몰라요. 내가 아는 거라고는 아니가 죽었다는 것뿐이에요!"

그는 손에 얼굴을 묻었다. 할머니는 마치 밀가루 부대처럼 의자 위로 허물어졌다. 평소 때보다 훨씬 더 창백한 얼굴이었다. 아주 오랫동안 세상은 평화로웠다. 하지만 그런 평화가 계속될 수는 없는 법이었다. 그럴 수는 없는 법이고말고.

누군가가 문을 세게 두드렸다. 할보르는 화들짝 놀라더니 사진들을 식탁보 밑으로 밀어 넣고 문을 열러 나갔다. 경찰관은 두 명이었다. 그들이 현관 앞 베란다에 잠시 서서 그를 바라보았다. 그 사람들이 무슨 생각을 하고 있는지 쉽게 짐작할 수 있었다.

"네가 할보르 문츠인가?"

"예."

"몇 가지 물어볼 게 있어서 왔어. 이유는 알고 있나?"

"아니 아버지가 어젯밤에 전화하셨어요."

할보르는 자꾸만, 자꾸만 고개를 끄덕였다.

세예르는 의자에 앉아 있는 노파를 보고 인사를 건넸다.

"네 친척이신가?"

"예."

"우리가 조용히 이야기할 곳이 있을까?"

"제 방밖에 없어요."

"뭐, 네가 괜찮다면야……."

할보르가 앞장서서 거실을 나가 비좁은 부엌을 지나 자기 침실로 들어갔다. 아주 오래된 집인 것 같은데. 세예르는 속으로 생각했다. 요즘은 이런 구조로 집을 짓지 않지. 두 사람은 소파 위를 치우고 앉을 자리를 만들었다. 문츠는 침대에 앉았다. 벽은 초록색이고 창턱이 넓어서 방이 구식으로 보였다.

"저분은 네 할머니신가? 거실에 계신 분 말이야."

"예, 친할머니세요."

"그럼 부모님은?"

"이혼하셨어요."

"그래서 네가 여기 사는 건가?"

"저더러 어디서 살고 싶은지 선택하라고 하셔서요." 말이 간결하면서도 왠지 덜그럭거렸다. 자갈이 떨어질 때 나는 소리처럼.

세예르는 주위를 둘러보며 아니의 사진이 있는지 찾아보았다. 침대 옆 탁자에 작은 사진 하나가 황금색 액자에 끼워져 있었다. 그 옆에는 자명종과 성모자상이 있었다. 아마도 지중해에서 사 온 기념품인 모양이었다. 벽에는 포스터가 한 장 붙어 있었는데, 록 가수의 사진인 듯했다. 사진에 '미트 로프'라는 말이 가로로 적혀 있었다. 그밖에는 스테레오와 시디 플레이어, 옷장, 아니의 것만큼 좋지는 않은 운동화 한 켤레가 있었다. 옷장 손잡이에는 오토바이 헬멧이 걸려 있고, 침대는 흐트러져 있었다. 창문 옆에는 컴퓨터가 놓인 좁은 책상이 있고, 그 옆에는 디스켓 상자가 있었다. 맨 위의 디스켓에 적힌 글자가 세예르의 눈에 띄었다. '초보자를 위한 체스.' 그는 창가에서 마당을 내다보았다. 헛간 앞에 서 있는 볼보자동차, 빈 개집, 비닐로 덮어 놓은 오토바이가 보였다.

"오토바이를 타나?" 그가 질문을 시작했다.

"오토바이가 제대로 작동될 때만요. 시동이 안 걸릴 때도 있거든요. 저걸 고쳐야 하는데 지금은 그럴 돈이 없어요." 그는 불안한 듯 옷깃을 만지작거렸다.

"직장이 있나?"

"아이스크림 공장에서 일해요. 2년 됐어요."

아이스크림 공장이라. 2년. 그렇다면 틀림없이 중학교를 졸업 직전에 그만두고 일을 시작했을 것이다. 어쩌면 그것도 괜찮은 선택이었다. 직장 경험을 쌓고 있으니까. 할보르가 운동을 잘하는 편이 아니라는 사실은 금방 알 수 있었다. 몸이 너무 말랐고, 안색이 창백했다. 그에 비해 아니는 훨씬 더 건강했다. 꾸준하게 운동하고, 학교에서 열심히 공부했으니까. 반면 이 청년은 아이스크림을 포장하는 일을 하면서 할머니와 함께 살고 있었다. 세예르가 보기에는 앞뒤가 맞지 않는 것 같았다. 하지만 오만한 판단이라는 생각이 들어서 그 생각을 접었다.

"너한테 여러 가지를 물을 거야. 괜찮겠나?"

"예."

"그럼 이것부터 물어보지. 아니를 마지막으로 본 게 언제지?"

"금요일이요. 같이 영화를 보러 갔어요. 7시 걸로."

"무슨 영화를 봤는데?"

"「필라델피아」. 아니가 울었어요."

"왜?"

"슬픈 영화니까요."

"그래, 그렇지. 그 다음에는?"

"키노 주점에서 식사를 하고 아니의 집까지 버스를 타고 왔어요. 그리고 아니 방에 앉아서 음악을 듣다가 11시에 버스를 타고 집으로 왔어요. 아니가 메이에리엣에 있는 버스 정류장까지 저를 배웅했어요."

"그러고는 아니를 못 본 건가?"

그가 고개를 끄덕였다. 팽팽하게 당겨진 입꼬리 때문에 뚱해 보였다. 안 됐군. 저것만 아니라면 꽤 잘생긴 얼굴인데. 눈도 초록색이고 이목구비도 균형이 잡혔잖아. 꾹 다문 입술 때문에 마치 그가 썩은 이빨을 감추려고 하는 것처럼 보였다.

나중에 알게 된 사실이지만, 할보르의 치아는 완벽하기 그지없었다. 윗니 네 개와 아랫니 두 개가 사기로 만들어진 의치였으니까.

"그 후로는 아니랑 전화도 안 했어?"

"했어요." 그가 곧장 대답했다. "아니가 다음 날 저녁에 저한테 전화를 걸었어요."

"특별한 용건이 있었나?"

"아뇨."

"아니는 아주 조용한 아이였지, 안 그래?"

"예. 하지만 전화로 얘기하는 건 좋아했어요."

"그러니까 특별한 용건도 없으면서 너한테 전화를 했단 말이지. 둘이서 무슨 얘기를 했어?"

"꼭 아셔야 한다면, 뭐…… 그냥 이런저런 얘기를 했어요."

세예르는 미소를 지었다. 할보르는 말을 하는 동안 내내 창밖을 물끄러미 바라보고 있었다. 세예르와 시선을 마주치고 싶지 않은 것처럼. 어쩌면 죄책감 때문일 수도 있고, 그냥 수줍은 성격 때문일 수도 있었다. 두 사람은 할보르의 심정을 알 것 같아서 슬퍼졌다. 여자 친구가 죽었는데, 그가 말을 할 수 있는 상대라고는 아마 할머니밖에 없을 것이다. 거실에서 기다리고 있는 할머니. 그리고 어쩌면 이 아이가 범인인지도 모르지.

"어제는 여느 때처럼 직장에 있었나? 아이스크림 공장?"

할보르는 잠시 망설이다 대답했다. "아뇨, 집에 있었어요."

"집에 있었다고? 왜?"

"몸이 좀 안 좋아서요."

"병가를 자주 내나?"

"아뇨, 자주 안 내요." 그가 목소리를 높였다. 두 사람은 할보르에게서 처음으로 분노한 기색을 보았다.

"할머니가 그 이야기를 확인해줄 수 있겠지, 물론?"

"예."

"그럼 너는 어제 하루 종일 밖에 안 나간 거야?"

"잠깐 나갔다 왔어요."

"몸이 아픈데도?"

"밥은 먹어야죠! 할머니는 가게에 가시기 힘들어요. 몸이 좋은 날 간신히 걸을 수 있는 정도니까요. 그런 날이 많지도 않고요. 관절염이 있거든요."

"그래, 그렇군. 어제 어디가 아팠는지 간단히 얘기해줄 수 있나?"

"꼭 말해야 하나요?"

"지금 당장 말할 필요는 없지만, 나중에는 그래야 할지도 몰라."

"뭐, 알았어요. 가끔 잠을 잘 못 자요."

"그래? 그러면 직장에 안 나가는 거야?"

"머리가 맑지 않으면 기계를 못 다뤄요."

"듣고 보니 그렇군. 왜 밤에 잠을 못 자는데?"

"그냥 어렸을 때부터 그랬어요. 다들 그렇게 말하지 않나요?" 그가 쓸쓸한 미소를 지었다. 갑자기 그의 앳된 얼굴이 묘하게 성숙해 보였다.

"밖에 나간 게 대략 몇 시쯤이지?"

"오전 11시 30분쯤일 거예요."

"걸어갔나?"

"오토바이를 탔어요."

"어떤 가게에 갔는데?"

"시내에 있는 키위 가게요."

"어제는 오토바이에 시동이 잘 걸렸던 모양이지?"

"사실 한참 실랑이하다 보면 시동이 걸려요."

"밖에 얼마나 있었지?"

"모르겠어요. 누가 이런 걸 물어볼 줄 제가 어떻게 알았겠어요?"

세예르는 고개를 끄덕였다. 스카레는 대화 속도를 따라가느라 정신없이 펜을 놀리고 있었다.

"그래도 대략 얼마나 돼?"

"아마 한 시간쯤 될 거예요."

"그것도 자네 할머니가 확인해줄 수 있나?"

"아마 안 될걸요. 할머니는 그런 것에 별로 신경을 안 쓰세요."

"운전면허 갖고 있나?"

"아뇨."

"아니하고는 언제부터 만났지?"

"오래됐어요. 2년쯤." 그가 코를 손으로 훔치고는 계속 마당을 내다보았다.

"둘 사이가 좋았다고 생각해?"

"몇 번 헤어졌어요."

"아니가 헤어지자고 한 건가?"

"예."

"아니가 이유를 말했어?"

"그렇지는 않아요. 하지만 아니가 항상 열정적인 건 아니었어요. 친구 같은 사이를 유지하고 싶어 했죠."

"너는 아니고?"

그가 얼굴을 붉히며 자신의 손을 내려다보았다.

"성적인 관계였나?"

그가 얼굴을 한층 더 붉히며 다시 마당으로 시선을 돌렸다.

"꼭 그렇지는 않아요."

"꼭 그렇지는 않아?"

"아까 말씀드렸잖아요. 아니가 항상 열정적인 건 아니었어요."

"그래도 시도는 해봤겠지? 안 그래?"

"예, 뭐. 두어 번이요."

"그런데 그다지 성공적이지 못했어?" 세예르는 지극히 상냥한 목소리로 이 질문을 던졌다.

"성공적이라는 게 무슨 뜻인지 모르겠어요."

이제는 그의 얼굴이 하도 경직되어 있어서 표정이 하나도 없었다.

"아니가 혹시 다른 사람하고 섹스를 한 적이 있나?"

"몰라요. 하지만 아니가 그랬을 거라고는 생각하기 힘들어요."

"그러니까 아니하고 2년 동안 사귀었다는 건 아니가 열세 살 때부터라는 얘기군. 아니가 여러 번 헤어지자고 했고, 너랑 섹스를 하는 데 그다지 관심이 없었다. 그런데도 너는 아니를 계속 만났다? 너는 어린애가 아냐, 할보르. 정말로 그렇게 인내심이 많은 건가?"

"그런 것 같아요." 그의 목소리는 나지막하고 사무적이었다. 감정이 드러날까 봐 항상 신경을 곤두세우고 있는 것 같았다.

"아니를 잘 안다고 생각하나?"

"다른 사람들보다는 잘 알아요."

"아니가 힘들어하는 것 같지는 않았어?"

"꼭 그렇지는 않았어요. 그보다는…… 글쎄요. 그보다는 슬퍼 보였다고나 할까요?"

"그게 다른 건가? 슬프다는 게?"

"예." 그가 시선을 들며 말했다. "힘들다는 건 아직 나아질 희망이 있다는 뜻이죠. 하지만 희망을 포기하고 나면 슬픔이 찾아와요."

세예르는 이 말을 듣고 깜짝 놀랐다.

"2년 전에 저랑 처음 만났을 때 아니는 달랐어요." 그가 느닷없이 말했다. "누구하고나 농담을 주고받으며 웃음을 터뜨리곤 했죠. 저랑은 정반대였어요."

"그런데 아니가 변했다?"

"갑자기 키가 너무 커졌어요. 그러더니 말수가 줄어들었죠. 옛날처럼 장난도 잘 안 치고요. 저는 저러다 금방 나아질 거라고 생각하면서 기다렸어요. 아니가 다시 옛날 모습을 찾을 거라고요. 그런데 이제는 기다릴 필요가 없어졌네요."

그가 양손을 꽉 잡고 바닥을 물끄러미 내려다보았다. 그러더니 힘들게 시선을 들어 세예르와 눈을 마주쳤다. 그의 눈이 젖은 돌처럼 반짝였다.

"지금 경감님이 무슨 생각을 하시는지 모르겠지만, 저는 아니를 해치지 않았어요."

"우린 지금 아무 생각도 안 해. 이 사람 저 사람을 찾아다니면서 이야기를 나눌 뿐이지. 알겠나?"

"예."

"아니가 술을 마시거나 마약을 하지는 않았어?"

스카레가 잉크를 펜 끝으로 모으려고 펜을 흔들었다.

"웃기는 소리 마세요! 그건 빗나가도 한참 빗나간 얘기예요."

"뭐, 난 아니가 어떤 사람이었는지 모르니까."

"죄송해요. 너무 웃기는 얘기라서요."

"너는 어때?"

"그런 생각은 절대 안 할 거예요."

세상에. 일정한 직장이 있는 착실하고 성실한 청년이로군. 전도가 아주 유망해.

"아니의 친구들 중에 아는 사람이 있나? 아네트 호르겐은 어때?"

"조금 알아요. 하지만 저희는 대개 단 둘이서만 만났어요. 아니가 우리끼리만 있고 싶어 했거든요."

"왜?"

"저도 몰라요. 하지만 결정을 내리는 건 아니였으니까."

"그럼 너는 아니가 원하는 대로 하고?"

"별로 힘들지도 않았는걸요. 저도 사람 많은 데는 별로예요."

세예르가 공감한다는 듯이 고개를 끄덕였다. 아니와 할보르가 서로 잘 어울리는 것 같기도 했다.

"아니가 혹시 일기를 썼나?"

할보르는 잠시 망설이다가 마지막 순간에 충동을 억누르고 고개를 저었다.

"맹꽁이자물쇠가 달린 분홍색 하트 모양의 일기장 같은 것 말씀이세요?"

"꼭 그런 건 아니지만, 그런 것일 수도 있겠지."

"안 썼을 걸요." 그가 중얼거렸다.

"하지만 확실히는 모른다?"

"확실할 거예요. 아니는 일기 얘기를 한 번도 안 했어요." 간신히 들릴 만큼 작은 목소리였다.

"네가 얘기하고 싶을 때 이야기할 사람이 있나?"

"할머니가 계시잖아요."

"할머니랑 친해?"

"괜찮은 편이에요. 여긴 조용하고 평화로워요."

"파란 파카를 갖고 있나, 할보르?"

"아뇨."

"밖에 나갈 때 어떤 옷을 입지?"

"데님 재킷이요. 추운 날에는 패딩 재킷을 입기도 해요."

"혹시 하고 싶은 얘기가 생기거든 나한테 전화해주겠나?"

"제가 왜 그래야 하는데요?" 그가 깜작 놀라며 시선을 들었다.

"그럼 말을 좀 바꾸지. 아니의 죽음과 관련해서 혹시 생각나는 게 있으면, 그게 무엇이든 경찰서로 전화해주겠나?"

"예."

세예르는 방의 모습을 기억해두려고 주위를 둘러보았다. 그의 시선이 성모자상에 머물렀다. 처음 보았을 때보다 더 좋아 보였다.

"아주 아름다운 조각이군. 남쪽에 갔을 때 산 건가?"

"마르틴 신부님이 주신 선물이에요. 전 가톨릭 신자예요." 그가 말했다.

세예르는 더욱 강렬한 시선으로 그를 바라보았다. 왠지 냉담하고 긴장된 분위기가 느껴졌다. 그가 그들에게 뭔가를 보여주지 않으려고 숨기고 있는 것 같았다. 어쩌면 조개를 끓는 물에 넣어 입을 열게 만들 듯이 강제로 그의 입을 열게 만들어야 할지도 몰랐다. 아주 매혹적인 생각이었다.

"가톨릭 신자란 말이지?"

"예."

"그냥 궁금해서 묻는 건데, 왜 그 종교에 끌리게 된 거지?"

"뻔하잖아요. 죄사함이죠. 용서."

세예르가 고개를 끄덕였다. "하지만 그런 생각을 하기에는 조금 젊지 않은가?" 그가 자리에서 일어서며 미소를 지었다. "아직은 죄를 많이 저지르지 않았을 것 같은데 말이야."

이 질문이 허공에서 맴도는 것 같았다.

"사악한 생각을 몇 번 한 적이 있어요."

세예르는 자기가 했던 생각들을 재빨리 되짚어 보았다. "우린 네가 한 말을 전부 확인해볼 거야. 누구한테나 다 그러니까. 또 연락하지."

그는 청년의 손을 굳게 쥐고 악수했다. 그에게 밝은 생각들을 불어넣고 싶어서. 두 사람은 다시 부엌으로 나왔다. 부엌에서는 야채 삶은 냄새가 희미하게 났다. 거실에서는 노파가 담요로 따뜻하게 몸을 감싼 채 흔들의자에 앉아 있었다. 그녀가 겁먹은 시선으로 두 사람을 바라보았다. 집 밖에는 비닐로 덮어놓은 오토바이가 있었다. 검은색 스즈키였다.

"지금 저랑 같은 생각을 하고 계세요?" 스카레가 차를 몰고 그 집을 떠나면서 물었다.

"아마 그럴걸. 저 녀석은 우리한테 단 한 번도 질문을 하지 않았어. 누군가가 자기 여자 친구를 죽였다는데, 궁금한 게 전혀 없는 것 같았다고. 하지만 그게 아무 의미 없는 일일 수도 있지."

"그래도 여전히 이상해요."

"지금까지는 실감이 나지 않았던 건지도 모르지. 우리가 차를 몰고 떠날 때까지."

"아니면 아니가 어떤 일을 당했는지 이미 다 알고 있는 건지도 모르죠. 그래서 뭘 물어볼 생각을 안 했을 거예요."

"우리가 찾은 파카 말인데, 할보르가 입기에는 너무 커. 안 그런가?"

"소매가 접혀 있었잖아요."

오후가 거의 저물었으므로 두 사람도 조금 쉴 필요가 있었다. 두 사람은 충격에 잠겨 저마다 생각에 빠진 주민들과 마을을 뒤로 하고 차를 몰았다. 크리스탈렌의 주민들은 사방을 뛰어다니고 있었다. 문이 열렸다 닫히고, 전화벨이 울려댔다. 주민들은 옛날 사진을 찾으려고 서랍을 뒤졌다. 모두들 아니의 이름을 입에 올렸다. 처음에는 촛불 속에서 아주 하찮은 소문이 만들어지더니 곧 잡초처럼 무성하게 줄기를 뻗어 이 집 저집으로 번져나갔다. 식탁에 술병이 등장하고, 그 짧은 거리에 비상사태가 벌어진 것 같은 분위기가 감돌았다.

그동안 라이몬은 다른 일에 정신을 쏟고 있었다. 그는 부엌 식탁에 앉아 사진들을 풀로 붙여 토미와 타이거, 핍과 실베스터에 관한 책을 만들고 있었다. 천장에 매달린 전구에는 불이 들어와 있었고, 아버지는 낮잠을 자고 있었으며, 라디오에서는 청취자들의 신청곡이 흘러나왔다. "이번에는 클렌 카레 씨를 위한 노래입니다. 할머님이 생일을 축하하신다는군요."

라이몬은 노래를 들으며 막대 풀의 냄새를 맡았다. 풀에서 나는 아몬드 향이 아주 좋았다. 창밖에서 어떤 남자가 강렬한 시선으로 그를 바라보고 있었지만, 그는 알아차리지 못했다.

할보르는 부엌으로 통하는 문을 닫고 컴퓨터를 켰다. 그리고 하드 드라이브를 불러내 시름에 잠긴 표정으로 파일들을 바라보았다. 게임, 세금신고서, 예산, 주소록, 자신이 갖고 있는 시디 목록, 그리고 그밖의 사소한 것들이 거기 담겨 있었다. 하지만 색다른 파일이 하나 있었다. '아니'라는 이름이 붙은 파일. 그 안에 무슨 내용이 있는지는 그도 몰랐다. 그는 가만히 앉아서 그 파일을 물끄러미 바라보며 한동안 생각에 잠겼다. 마우스를 두 번 누르면 파일들을 하나씩 차례로 열 수 있을 것이고, 그 안의 내용물이 금방 화면에 뜰 것이다. 하지만 예외도 있었다. '개인 파일'이라는 이름이 붙은 파일이 그랬다. 그 파일을 열려면 암호를 입력해야 했다. 아니의 파일도 마찬가지였다. 그녀에게 파일을 보호하는 법을 가르쳐준 사람이 바로 그였다. 방법은 아주 간단했다. 그녀가 어떤 암호를 선택했는지, 그 파일 안에 어떤 자료를 넣어두었는지 그는 전혀 몰랐다. 그녀는 굳이 비밀을 고집하면서 그의 실망한 표정을 보고 살짝 웃었다. 그래서 그는 그녀에게 방법을 알려주고는 밖으로 나가 그녀가 암호를 입력하는 동안 거실에 앉아 있었다. 그가 마우스를 두 번 누르자 즉시 이런 문구가 떴다.

'접근 불가. 암호를 입력하시오.'

이제 그는 이 파일을 열어볼 작정이었다. 그에게 남은 그녀의 흔적은 이것뿐이었다. 이 안에 그에 관한 이야기가 들어 있다면? 위험한 이야기가 들어 있다면? 어쩌면 이것이 일종의 일기인지도 모른다. 이건 불가능한 일이야. 그는 곤혹스러운 표정으로 자판을 바라보며 속으로 생각했다. 자판에 있는 열 개의 숫자, 스물아홉 개의 글자, 그리고 온갖 기호들을 조합할 수 있는 방법이 몇 개나 될지 상상조차 할 수 없었다. 그는 긴장을 풀려고 애쓰다가 자신의 암호가 사람 이름이라는 사실을 갑자기 깨달았다. 말뚝에 묶여 화형당했지만 나중에 성녀로 인정받은 전설적인 여자의 이름. 그것은 최고의 암호였다. 아니도 그 암호를 알아내지 못했을 것이다. 어쩌면 아니가 날짜를 암호로 선택했을지도 모른다. 친한 친구의 생일 같은 것을 암호로 쓰는 것은 흔한 일이었다. 그는 잠시 그대로 앉아서 파일을 뚫어지게 바라보았다. 그것은 그녀의 이름이 적힌 단순한 회색 사각형에 지나지 않았다. 그녀는 그가 이 파일을 열어보는 것을 원하지 않았다. 그래서 비밀을 지키려고 암호를 걸어놓았다. 하지만 이제는 그녀가 가버렸으므로, 더 이상 그 규칙이 적용되지 않았다. 어쩌면 그 안에는 그녀의 행동과 생각을 설명해주는 무언가가 들어 있을지도 몰랐다. 정말이지 수수께끼 같았던 그녀의 행동과 생각을.

그가 지금까지 지켜왔던 조심성이 산산이 부서져 방 귀퉁이에 먼지처럼 내려앉았다. 이제 그는 혼자였고 시간은 한없이 많았다. 달리 시간을 보낼 일도 없었다. 그는 침침한 불빛 아래 앉아서 빛을 발하는 컴퓨터 화면을 바라보며 아니와 아주 가까워진 듯한 느낌을 받았다. 그는 우선 숫자를 시도해보기로 했다. 생일이나 사회보장번호 같은 것들. 그가 기억하는 숫자가 몇 가지 있었다. 아니의 생일, 자신의 생일, 할머니의 생일. 다른 숫자들도 알려면 알 수 있었다. 어쨌든 알고 있는 숫자들부터 입력해보면 될 일이었다. 물론 그녀가 단어를 암호로 선택했을 가능성도 있었다. 아니면 속담이나 유명한 구절, 이름 같은 것을 선택했을지도 모른다. 지루한 작업이 될 터였다. 암호를 찾아낼 수 있을지 확신할 수 없었지만, 그는 시간도 많고 끈기도 강했다.

그는 먼저 그녀의 생일을 입력했다. 물론 그것은 그녀가 선택한 암호가 아니었다. 1980년 3월 3일, 03031980. 그 다음에는 같은 숫자를 거꾸로 입력해보았다.

'접근 불가'라는 문구가 화면에 반짝 떠올랐다. 그때 할머니가 갑자기 문간에 나타났다.

"경찰이 뭐라던?" 할머니가 문틀에 몸을 기댄 채 물었다.

그는 깜짝 놀라서 허리를 똑바로 세웠다. "별 얘기 없었어요. 그냥 저한테 몇 가지 물어봤을 뿐이에요."

"너무 끔찍한 일이다, 할보르! 아니가 왜 죽었다니?"

그는 말없이 할머니를 바라보았다. "아니의 아버님 말씀으로는 아니가 숲 속에서 발견됐대요. 서펀트 호수 옆에서."

"그러니까 아니가 왜 죽었냐고."

"못 들었어요." 그가 속삭이듯 말했다. "제가 깜빡 잊고 안 물어봤거든요."

세예르와 스카레는 법원 강당을 점령하고 있었다. 두 사람은 커튼을 닫아 빛을 거의 차단했다. 비디오는 처음으로 다시 감아놓았다. 스카레는 리모컨을 들고 있었다.

서둘러 세워진 이 별관의 방음시설은 영 신통치가 않았다. 전화벨 울리는 소리, 문 여닫는 소리, 사람들 목소리, 웃음소리, 부르릉거리며 거리를 지나가는 자동차 소리, 바깥에서 주정뱅이가 고래고래 고함치는 소리가 다 들려왔다. 하지만 적어도 원래 소리보다 조금 작게 들리기는 했다. 하루가 저물고 있음을 알려주는 소리이기도 했고.

"도대체 저건 뭐야?"

스카레가 앞으로 몸을 기울였다. "누가 달리고 있는데요. 그레테 바이츠 같아요. 뉴욕 마라톤인가 봐요."

"아무래도 그 사람이 우리한테 엉뚱한 테이프를 준 모양이군."

"그런 것 같지는 않아요. 잠깐 멈춰보세요. 금방 바위섬들이 보였어요."

화면이 잠시 정신없이 바뀌다가 다시 원래 속도로 돌아오면서 비키니를 입고 바위 위에 누워 있는 두 여자의 모습이 나타났다.

"쉴비와 어머니잖아." 세예르가 말했다.

쉴비는 반듯이 누워서 한쪽 무릎을 구부리고 있었다. 선글라스를 머리 위에 쓰고 있었는데, 아마 눈가에 하얀 자국이 생기는 게 싫어서 선글라스를 밀어올린 모양이었다. 어머니는 신문으로 몸을 덮고 있었다. 크기를 보아하니 〈아프텐포스텐〉지 같았다. 그녀 옆에는 잡지와 선탠로션, 보온병, 그리고 커다란 수건 여러 개와 휴대용 라디오가 놓여 있었다.

카메라는 이 두 명의 태양숭배족을 오랫동안 비추었다. 이제 카메라 렌즈가 저 멀리 해안을 향해 움직였다. 키가 큰 금발의 소녀가 오른쪽에서 걸어 들어왔다. 그녀는 머리에 윈드서핑 보드를 이고서 카메라 반대쪽으로 얼굴을 돌리고 있었다. 그녀의 걸음걸이는 전혀 도발적이지 않았다. 오로지 계속 앞으로 나아가는 것만이 그녀의 목표인 것 같았다. 물이 무릎까지 차올라도 그녀는 걸음을 늦추지 않았다. 파도소리가 상당히 크게 울려 퍼지다가 느닷없이 아버지의 목소리가 들려왔다. "웃어, 아니!"

그녀는 아버지의 말을 무시한 채 물속으로 계속 걸어 들어가다가 마침내 뒤로 돌아섰다. 보드의 무게 때문에 돌아서기가 조금 힘이 들었는데도 말이다. 그녀는 몇 초 동안 세예르와 스카레를 똑바로 바라보았다. 금발머리가 바람에 붙들려 귀 주위에서 펄럭거리고, 미소가 재빨리 입술을 스치고 지나갔다. 스카레는 그녀의 회색 눈을 들여다보고 그녀가 긴 다리로 파도를 향해 성큼성큼 걸어 들어가는 모습을 지켜보면서 팔에 소름이 돋는 것을 느꼈다. 그녀는 검은 수영복과 파란색 구명조끼를 입고 있었다. 어깨끈이 어깨뼈 위에서 교차하는, 수영선수들이 입는 것 같은 수영복이었다.

"저 보드는 초보자용이 아니에요." 스카레가 말했다.

세예르는 아무 말도 하지 않았다. 아니는 여전히 물속으로 걸어 들어가고 있었다. 이윽고 그녀가 걸음을 멈추더니 보드 위로 올라가서 힘센 손으로 돛을 붙들고 몸의 균형을 잡았다. 보드가 180도 회전하면서 속도를 높였다. 두 사람은 아니가 보드를 타고 바다로 나아가는 모습을 말없이 지켜보았다. 그녀는 전문 선수처럼 파도를 넘었다. 아버지가 카메라로 그녀의 뒤를 쫓아갔다. 세예르와 스카레는 이제 아버지의 눈이 되어 렌즈를 통해 딸을 지켜보고 있었다. 그는 카메라를 똑바로 들고 있으려고 안간힘을 썼다. 카메라가 너무 흔들리면 안 되니까. 윈드서핑을 하고 있는 딸에게 최대한 경의를 표해야 하니까. 화면에 나타나는 모습들을 보면서 두 사람은 아버지가 딸을 얼마나 자랑스러워하는지, 딸을 얼마나 생각하는지 느낄 수 있었다. 그녀는 물 만난 고기처럼 움직였다. 보드에서 떨어져 물에 빠지는 것을 전혀 겁내지 않았다.

그러다가 그녀가 사라졌다. 두 사람의 눈앞에 꽃무늬 식탁보가 덮여 있는 식탁, 접시, 유리잔, 반짝거리는 은식기, 화병에 담긴 야생화가 나타났다. 폭찹, 핫도그, 베이컨이 커다란 쟁반에 담겨 있었다. 근처에서는 바비큐가 지글거렸다. 콜라와 음료수 병에서 햇빛이 반짝였다. 쉴비와 어머니가 다시 나타나 저 뒤에서 수다를 떨고 있었다. 사각형 얼음들이 부딪히는 소리가 났다. 아니는 콜라를 따르고 있었다. 그녀는 병을 손에 든 채로 다시 한 번 천천히 돌아서서 카메라를 향해 물었다. "콜라 드실 거예요, 아빠?"

놀라울 정도로 묵직한 목소리였다. 순식간에 화면이 바뀌면서 오두막 안의 풍경이 나타났다. 홀란드 부인이 부엌 조리대 옆에 서서 케이크를 자르고 있었다.

'콜라 드실 거예요, 아빠?' 그녀의 목소리는 야무지고 부드러웠다. 아니는 아버지를 사랑했다. 세예르와 스카레는 그 짧은 말 속에서 그것을 느낄 수 있었다. 거기에는 따스함과 존경심이 배어 있었다. 유리잔에 든 주스와 적포도주가 확연히 구분되는 것처럼 분명하게. 그녀의 목소리는 묵직하면서도 생기가 있었다. 아니는 아빠를 사랑하는 딸이었다.

비디오의 나머지 부분이 빠르게 지나갔다. 아니와 어머니가 강한 바람 속에서 숨을 몰아쉬며 배드민턴을 쳤다. 윈드서핑을 하기에는 좋지만 셔틀콕에게는 무자비한 바람이었다. 식구들이 탁자에 둘러앉아 트리비얼 퍼수트 게임을 했다. 점수판을 가까이에서 촬영한 화면 덕분에 누가 이기고 있는지 분명히 알 수 있었다. 아니는 승자가 아니었다. 그녀는 말을 많이 하지 않았다. 반면에 쇨비와 어머니는 쉴 새 없이 떠들었다. 쇨비는 달콤하고 연약한 목소리로, 어머니는 더 묵직하고 거친 목소리로. 스카레는 무릎을 향해 담배연기를 내뿜으면서 오랜만에 아주 늙어버린 것 같은 기분이 되었다. 화면이 잠시 깜박거리더니 혈색 좋은 사람이 입을 쩍 벌리고 있는 모습이 나타났다. 인상적인 테너의 목소리가 방 안을 가득 채웠다.

"아무도 잠들지 않는다." 세예르가 영어로 말하고서 힘겹게 몸을 일으켰다.

"뭐라고 하셨어요?"

"루치아노 파바로티야. 푸치니의 아리아를 부르고 있어. 테이프를 자료철에 넣어두게."

"아니가 윈드서핑을 아주 잘하던데요." 스카레가 감탄하며 말했다.

세예르가 뭐라고 대꾸하기 전에 전화벨이 울렸다. 스카레가 수화기를 들면서 동시에 메모지와 연필을 잡았다. 일종의 자동반응이었다. 그가 이 세상에서 믿는 것은 세 가지였다. 철저함, 열성, 유머. 세예르는 스카레가 받아 적는 글자를 읽었다. 헤닝 요나스, 크리스탈렌 4번지, 낮 12:45, 호르겐의 가게, 오토바이.

"경찰서로 오실 수 있습니까?" 스카레가 물었다. "안 돼요? 그럼 저희가 가죠. 이건 아주 중요한 정보입니다. 전화 주셔서 감사합니다. 그건 괜찮습니다." 그가 전화를 끊었다. "그 동네 사람이에요. 헤닝 요나스. 4번지에 사는 사람인데 방금 집에 와서 아니 소식을 들었대요. 어제 교차로에서 아니를 차에 태워 호르겐의 가게 근처에 내려줬다는데요. 거기서 오토바이가 아니를 기다리고 있었대요."

세예르는 탁자 가장자리에 올라앉았다. "또 오토바이 얘기가 나오는군. 호르겐이 봤다고 했던 거. 그런데 할보르한테 오토바이가 있지. 왜 이리로 못 온대?"

"개가 새끼를 낳으려고 한대요." 스카레가 메모지를 주머니에 넣었다. "할보르는 자기가 오토바이를 타고 밖에 나가 있던 시간이 얼마나 되는지 확실히 모를 거예요. 할보르가 범인이 아니었으면 좋겠어요. 마음에 들었거든요."

"살인자는 살인자야." 세예르가 말했다. "때로는 사람 좋아 보이는 살인자도 있지."

"그렇죠. 하지만 너무 추악해서 도저히 참아줄 수 없는 사람을 감옥에 가두는 편이 마음은 더 편해요."

요나스는 개의 배 밑에 손을 집어넣어 부드럽게 눌렀다. 개는 힘겹게 숨을 쉬면서 축축한 분홍색 혀를 빼물고 있었다. 개는 그가 몸을 만져도 그냥 가만히 누워 있었다. 이제 금방 새끼가 나올 것 같았다. 그는 출산이 빨리 끝났으면 좋겠다고 생각하면서 창밖을 내다보았다.

"착하지, 헤라." 그가 개를 쓰다듬으면서 말했다.

개는 그의 칭찬에 아랑곳하지 않고 그의 등 뒤의 허공을 바라보았다. 그래서 그는 조금 떨어진 바닥에 주저앉아 개를 지켜보았다. 그는 조용하고 참을성이 많은 이 개에게 온 신경을 집중하고 있었다. 헤라는 말썽을 피운 적이 한 번도 없었다. 녀석은 항상 말을 잘 들었고 천사처럼 착했다. 산책을 나갈 때면 그의 곁을 결코 떠나지 않았고, 그가 주는 음식을 먹었으며, 그가 밤에 자려고 2층으로 올라갈 때면 조용히 타박타박 제자리로 향했다. 그는 출산이 끝날 때까지 이렇게 가까이 앉아서 개의 숨소리에 귀를 기울이고 싶었다. 어쩌면 새벽까지 아무 변화가 없을지도 모른다. 그는 피곤하지 않았다. 그때 초인종이 울렸다. 짧고 날카로운 소리였다. 그는 일어서서 문을 열었다.

세예르가 건조하고 단단한 손으로 그와 악수했다. 그의 온몸에 권위가 배어 있었다. 젊은 경찰관은 그와 달랐다. 그의 손은 소년처럼 홀쭉했으며 손가락이 가늘었다. 요나스는 두 사람에게 안으로 들어오라고 말했다.

"개는 좀 어떻습니까?" 세예르가 물었다. 잘생긴 도베르만 한 마리가 검은색과 진홍색이 섞인 동양 양탄자 위에서 꼼짝도 않고 누워 있었다. 설마 임신한 개를 진짜 동양 양탄자 위에 눕힌 건 아니겠지. 그는 속으로 생각했다. 개는 힘겹게 숨을 몰아쉴 뿐 꼼짝도 하지 않았다. 방에 낯선 사람들이 들어온 것조차 모르는 것 같았다.

"이 녀석한테는 첫 출산이에요. 강아지가 세 마리인 것 같아요. 제가 세어봤거든요. 하지만 잘될 겁니다. 헤라는 말썽을 피운 적이 없으니까." 그가 두 사람을 바라보며 고개를 절레절레 저었다. "아니 소식을 듣고 너무 놀라서 도무지 정신을 집중할 수가 없어요."

요나스는 말을 하면서 개를 흘깃 바라보고 머리카락이 하나도 없는 자신의 정수리를 손으로 쓸어내렸다. 곱슬곱슬한 갈색 머리카락이 요나스의 머리 주위에 빙 둘러 텁수룩하게 나 있었다. 눈은 유난히 까맸다. 몸집은 평범한 수준이었지만, 상체가 튼튼했고, 허리 주위에 살이 조금 붙어 있었다. 30대 후반쯤 되는 것 같았다. 젊었을 때는 피부가 거무스름한 스카레처럼 보였을 것 같았다. 그의 얼굴은 잘생겼고, 혈색도 좋았다. 최근에 남부로 여행을 다녀온 사람처럼.

"혹시 강아지 살 생각 없죠?" 그가 호소하는 듯한 눈빛으로 두 사람을 바라보았다.

"난 레온베르거를 한 마리 기르고 있습니다." 세예르가 말했다. "만약 내가 강아지를 데리고 들어가면 그 녀석이 날 용서하지 않을 겁니다. 아주 응석받이라서요."

요나스는 두 사람에게 소파를 권하고는 두 사람과 부딪치지 않도록 조심스럽게 커피 탁자를 꺼냈다.

"오늘 저녁에 우리 집 차고 옆에서 프리츠너를 만났습니다. 오슬로에서 열린 무역박람회에 다녀오는 길이었죠. 프리츠너가 사건 이야기를 해줬습니다. 아직도 실감이 잘 안 나기는 하지만. 아니를 차에서 내려주는 게 아니었는데. 그러지 말았어야 하는데." 그가 눈을 비비며 다시 개를 흘깃 바라보았다. "아니는 여기 자주 왔습니다. 우리 애를 봐줬거든요. 저는 쇨비도 잘 압니다. 만약 쇨비였다면," 그가 나지막한 목소리로 말했다. "훨씬 이해하기 쉬웠을 겁니다. 쇨비는 잘 모르는 사람이더라도 자기를 불러주면 그냥 같이 가버릴 아이거든요. 머릿속에 남자들밖에 없어요. 하지만 아니는……." 그가 두 사람을 바라보았다. "아니는 그런 일에 별로 관심이 없었습니다. 그리고 아주 신중했죠. 게다가 남자 친구도 있었던 것 같은데."

"맞습니다. 그 남자 친구를 아십니까?"

"아뇨, 아뇨, 전혀 모릅니다. 하지만 거리에서 두 사람을 본 적이 있습니다. 먼발치에서. 서로 수줍어하는 것 같더군요. 손도 안 잡고 있었어요." 그가 그때를 회상하며 슬픈 듯한 미소를 지었다.

"아니를 태웠을 때 선생은 어디로 가던 길이었습니까?"

"출근하는 중이었습니다. 헤라가 새끼를 낳을 것 같아서 집에 있었는데, 아무래도 새끼를 금방 낳을 것 같지 않아서요."

"가게 문은 언제 여십니까?"

"오전 11시입니다."

"좀 늦군요. 그렇지 않습니까?"

"예. 뭐 사람들이 아침에 우유와 빵은 반드시 먹어야 하지만 페르시아산 카펫은 그리 급한 물건이 아니니까요. 더 기본적인 욕구를 해결한 다음에나 차례가 오죠." 그가 얄궂은 미소를 지었다. "저는 카펫 가게를 하고 있습니다. 시내에서요. 카펠렌스 가텐에서."

세예르가 고개를 끄덕였다. "아니는 학교 숙제 때문에 아네트 호르겐의 집으로 가던 중이었습니다. 아니가 그런 이야기를 하던가요?"

"학교 숙제요? 아뇨, 그런 말은 없었습니다."

"하지만 책가방은 들고 있었죠?"

"예. 하지만 뭔가 다른 일을 감추려고 책가방을 들고 나온 건지도 모르죠. 제가 어찌 알겠습니까? 제가 말씀드릴 수 있는 건, 아니가 호르겐의 가게로 가는 길이었다는 것밖에 없습니다."

"정확히 뭘 보셨습니까?"

"아니가 로터리의 가파른 길을 뛰어내려 오기에 제가 버스 정류장에 차를 대고 타겠느냐고 물었습니다. 아니는 어쨌든 호르겐의 가게로 가던 길이었으니까요. 거기까지는 거리가 상당하죠. 아니는 게으른 아이가 아닙니다. 아주 활동적인 아이였어요. 항상 밖으로 나가 뛰어다녔죠. 틀림없이 몸이 아주 튼튼했을 겁니다. 그래도 어쨌든 아니가 제 차에 타더니 가게 앞에서 내려달라고 하더군요. 저는 아니가 뭘 사러 가는 줄 알았습니다. 아니면 누굴 만나러 가는 길이거나. 저는 아니를 차에서 내려주고 떠났습니다. 하지만 오토바이를 보기는 했죠. 가게 옆에 서 있었는데, 제가 마지막으로 봤을 때 아니는 곧바로 오토바이를 향해 걸어가고 있었습니다. 그러니까, 그 녀석이 아니를 기다리고 있었는지는 잘 모르겠다는 겁니다. 남자 얼굴도 못 봤고요. 그냥 아니가 오토바이를 향해 곧장 걸어가는 걸 봤을 뿐입니다. 뒤도 한 번 돌아보지 않더군요."

"어떤 오토바이였습니까?" 세예르가 물었다.

요나스는 모르겠다는 듯이 양손을 들어 올렸다. "경감님께서 반드시 물어봐야 하는 질문이겠죠. 하지만 저는 오토바이를 잘 모릅니다. 완전히 다른 일을 하고 있으니까요. 저한테 오토바이는 그냥 크롬과 강철로 된 물건일 뿐입니다."

"그럼 색깔은요?"

"원래 오토바이는 전부 검은색 아닙니까?"

"그럴 리가 있나요."

"어쨌든 밝은 빨간색은 아니었습니다. 그랬다면 제가 기억했을 테니까요."

"크고 힘 좋은 오토바이였습니까, 아니면 작은 오토바이였습니까?" 스카레가 말했다.

"컸던 것 같습니다."

"오토바이 운전자는요?"

"자세히 보지 못했습니다. 헬멧을 쓰고 있었거든요. 헬멧에 뭔가 빨간 것이 있었던 건 기억납니다. 녀석이 성인 남자 같지 않았다는 것도요. 십중팔구 젊은 애였을 겁니다."

세예르는 고개를 끄덕이며 몸을 앞으로 숙였다. "아니의 남자 친구를 본 적이 있다고 하셨죠? 그 녀석도 오토바이를 갖고 있습니다. 혹시 그 녀석이었을까요?"

요나스는 마치 두 사람을 경계하듯이 인상을 찌푸렸다. "저는 먼발치에서 걸어가는 모습만 봤을 뿐입니다. 그런데 이 오토바이 운전자는 멀리 떨어져 있었고, 헬멧까지 쓰고 있었어요. 그 녀석이 아니의 남자 친구였는지는 모르겠습니다. 혹시 그럴지도 모른다는 말도 못하겠어요."

"반드시 그 녀석이었을 거라는 얘기가 아닙니다." 세예르가 눈을 가늘게 떴다. "혹시 그 녀석이었을지도 모른다는 거죠. 오토바이 운전자가 어렸다고 하셨죠? 혹시 몸이 호리호리한 편이었습니까?"

"가죽옷을 입고 있으면 몸매를 알아보기가 쉽지 않죠." 그가 말했다.

"그럼 왜 그 친구가 어린 사람이라고 생각하셨습니까?"

"아." 그가 혼란스러운 표정으로 말했다. "제가 어떻게 알겠습니까? 아마 아니가 어리니까 그냥 그렇게 생각했던 것 같습니다. 아니면 그 친구가 앉아 있는 모습이 그렇게 보였던 건지도 모르고요." 그는 당황하고 있었다. "이게 그렇게 중요한 일인 줄 몰랐습니다." 그가 자리에서 일어나 개 옆에 무릎을 꿇고 앉았다. "여기서 사는 게 어떤 건지 이해해주셔야 합니다. 소문이 아주 빨리 퍼지죠. 게다가 제 생각에는 아니의 남자 친구가 그런 짓을 할 것 같지 않습니다. 그 애는 아직 어려요. 아니랑 오래 사귀기도 했고요."

"그런 판단은 저희에게 맡겨주십시오." 세예르가 말했다. "그 오토바이는 당연히 중요합니다. 그걸 본 사람이 또 있으니까요. 만약 그 녀석이 무죄라면 기소되지 않을 겁니다."

"그래요?" 요나스가 믿을 수 없다는 듯이 말했다. "하지만 용의자가 되는 것만으로도 안 좋은 일 같은데요. 만약 제가 그 오토바이 운전자가 아니의 남자 친구 같다고 말한다면, 두 분은 그 아이를 엄청 괴롭히시겠죠. 사실 저는 그 사람이 누구였는지 모르는데 말입니다." 그가 거칠게 고개를 가로저었다. "제가 본 건 가죽옷을 입고 헬멧을 쓴 사람입니다. 누구든 그런 차림을 할 수 있죠. 제 아들이 열일곱 살인데, 어쩌면 그 녀석이 제 아들이었을 수도 있습니다. 그렇게 차리고 나서면 저도 제 아들을 못 알아볼 테니까요. 무슨 말인지 아시겠습니까?"

"예, 알겠습니다." 세예르가 말했다. "어쨌든 제 질문에 대한 답변은 된 것 같군요. 그 녀석일 수도 있다는 거죠. 그리고 아까 괴롭힌다는 말씀을 하셨는데, 아마 그 녀석은 이미 괴로워하고 있을 겁니다."

요나스가 침을 꿀꺽 삼켰다.

"차 안에서 아니하고 무슨 얘기를 하셨습니까?"

"아니는 별로 말이 없었습니다. 가는 내내 제가 헤라와 강아지들 이야기를 했죠."

"아니가 불안하거나 걱정스러운 기색이었습니까?"

"전혀요. 여느 때랑 똑같았습니다."

세예르는 거실을 둘러보다가 가구가 별로 없다는 사실을 알아차렸다. 마치 요나스가 실내장식을 아직 덜 끝낸 것 같았다. 하지만 카펫은 아주 많았다. 바닥에도, 벽에도. 값비싸 보이는 커다란 동양 카펫이었다. 벽에는 사진 두 장이 걸려 있었다. 하나는 두 살쯤 되어 보이는 담황색 머리의 사내아이 사진이었고, 나머지 하나는 십 대 아이의 사진이었다.

"선생 아드님입니까?" 세예르가 화제를 바꾸기 위해 사진을 가리키며 물었다.

"예. 하지만 요즘 찍은 사진은 아닙니다." 그는 다시 비단처럼 부드러운 개의 검은색 귀와 축축한 콧잔등을 쓰다듬기 시작했다. "지금은 혼자 삽니다. 얼마 전에야 비로소 시내에 아파트를 구했습니다. 오스카르스가텐에요. 이 집은 제가 살기에 너무 큽니다. 최근에는 아니를 자주 보지 못했습니다. 제 아내가 떠났을 때 아니가 조금 당황하는 것 같더군요. 게다가 아니가 돌봐줄 애들도 없어졌고요."

"동양 카펫을 판매하십니까?"

"주로 터키와 파키스탄의 카펫을 취급합니다. 가끔 이란 것도 취급하고요. 하지만 이란 것은 값이 너무 비싸요. 저는 1년에 두어 번 남유럽으로 가서 몇 주씩 있다 옵니다. 천천히 시간을 들이는 거죠. 거기 사람들이 이제 저와 친해지기 시작했습니다." 그가 만족스러운 얼굴로 말했다. "좋은 거래선을 몇 군데 확보했죠. 신뢰를 쌓는 게 중요합니다. 그 사람들은 서구인들을 대하면서 좋은 일, 나쁜 일을 다 겪었으니까요."

스카레는 커피 탁자를 피해서 빠져나와 반대편 벽으로 갔다. 커다란 카펫이 바닥에서부터 천장까지 벽을 거의 전부 덮고 있었다.

"그건 터키산 스미르나입니다." 요나스가 말했다. "제가 갖고 있는 것 중에서 가장 아름답죠. 너무 비싸서 저도 엄두를 못 내는 물건입니다. 매듭이 250만 개나 돼요. 정말 굉장하지 않습니까?"

스카레가 카펫을 바라보며 물었다. "이런 걸 애들이 만든다는 게 사실입니까?"

"그런 경우가 많죠. 하지만 제 물건은 아닙니다. 그런 소문이 퍼지면 사업에 안 좋아요. 마음에 들지 않으시겠지만, 사실 아이들이 만든 카펫의 품질이 가장 좋습니다. 어른들은 손가락이 너무 굵거든요."

그들은 카펫의 기하학적인 문양들을 바라보며 서 있었다. 무늬 안에 또 다른 무늬가 들어가는 식으로 무늬가 점점 작아졌고, 색채의 변화가 거의 무한했다.

"아이들이 베틀에 사슬로 묶여 있다는 게 사실입니까?" 세예르가 물었다.

요나스가 체념한 듯이 고개를 끄덕였다. "그런 식으로 말씀하시니까 아주 끔찍하게 들리는군요. 카펫 짜는 일을 하는 아이들은 그래도 운이 좋은 편입니다. 솜씨가 좋은 녀석은 음식과 옷과 따스한 집을 구할 수 있으니까요. 생활을 할 수 있는 거죠. 아이들이 사슬에 묶여 있다 해도, 그건 부모들의 간절한 부탁 때문입니다. 어린 카펫 직공이 대여섯 명의 식구들을 모두 먹여 살리는 경우가 많아요. 어머니와 누이들은 몸을 팔지 않아도 되고, 아버지와 형제들은 구걸을 하거나 도둑질을 할 필요가 없죠."

"그래봤자 그런 일들을 뒤로 미루는 것에 불과하다고 들었습니다." 세예르가 말했다. "아이들이 자라서 손가락이 굵어질 때쯤이면, 그동안 했던 노동 때문에 눈이 멀거나 시력이 약해지는 경우가 많다면서요? 아예 일을 할 수 없게 돼서 결국은 거지가 된다고 들었습니다."

요나스가 미소를 지었다. "텔레비전을 너무 많이 보셨군요. 직접 가서 한번 보세요. 카펫 직공들은 행복하게 잘 살고 있습니다. 사람들도 그 아이들을 아주 존중해주고요. 단순하게 생각하십시오. 그래도 우리 같은 사람들은 부자들이 도덕적 기준을 지키게 도와줘야 합니다. 그 사람들만큼 이런 일에 민감한 사람이 없으니까요. 그래서 제가 아이들이 만든 제품을 피하는 겁니다. 혹시 카펫을 사고 싶으시면 카펠렌스 가텐에 한번 들러주세요." 그가 열성적으로 말했다. "제가 싸게 해드리겠습니다."

"내 능력으로 그런 물건을 살 수 있을지 모르겠군요."

"이건 왜 색깔이 변했죠?" 스카레가 물었다.

너무나 무지한 질문이었기 때문에 요나스는 미소를 짓지 않을 수 없었다. 그러면서도 그는 눈에 띄게 활기를 띠었다. 자기가 무척이나 좋아하는 일에 대해 이야기하는 것이 꺼져가는 불에 불어넣는 공기 같은 역할을 하는 모양이었다. 그가 한껏 신이 나서 말했다. "그건 유목민들의 카펫입니다."

하지만 스카레는 이 말을 도무지 이해할 수 없었다.

"유목민들은 항상 이동하죠? 그 사람들이 이렇게 커다란 카펫을 짜는 데는 아마 1년쯤 걸릴 겁니다. 그 다음에는 식물 염료로 모직을 염색해야죠. 그런데 그 사람들이 갖고 있는 식물 염료는 각각 다른 계절에 지형 조건이 다른 여러 장소에서 각각 다른 조건 하에서 자란 것들을 수집한 겁니다. 여기 이 파란색을 보세요." 그가 카펫을 손가락으로 가리키며 말했다. "이건 인디고로 만든 겁니다. 빨간색은 꼭두서니로 만든 거고요. 하지만 육각형 안에 있는 또 다른 빨강은 벌레를 으깨서 만든 겁니다. 여기 이 오렌지색은 헤나, 노란색은 사프란입니다." 그는 카펫을 아래로 쓸어내렸다. "이건 고르디우스 매듭으로 만든 터키 융단입니다. 1평방센티미터마다 약 100개의 매듭이 있죠."

"무늬는 누가 디자인합니까?"

"수백 년 전에 만들어진 무늬대로 카펫을 짜는 겁니다. 아예 그림으로 그린 적이 없는 무늬가 많아요. 나이 많은 직공들이 공장 안을 돌아다니면서 어린 직공들에게 노래로 무늬를 일러주죠."

늙고 눈먼 직공들이겠지. 세예르는 속으로 생각했다.

"우리 서구 사람들이," 요나스가 말했다. "이런 제품이 있다는 걸 알아내는 데는 시간이 오래 걸렸습니다. 전통적으로 우리는 구상적인 무늬를 선호하죠. 뭔가 이야기가 있는 무늬 말입니다. 그래서 사냥이나 정원 가꾸기를 묘사한 무늬가 있는 카펫들이 가장 먼저 우리의 관심을 끈 겁니다. 거기에 꽃이나 동물 모티브가 묘사되어 있으니까. 저는 개인적으로 이런 유형을 더 좋아합니다. 먼저 모든 것을 제자리에 묶어주는 넓은 바깥 경계선이 눈에 들어오고, 그 다음에는 점점 더 안쪽으로 시선이 옮겨가다가 마침내 일종의 보물을 발견하게 되죠." 그가 융단 한가운데의 원형 무늬를 가리켰다. "이런, 죄송합니다." 갑자기 그가 말했다. "제가 좋아하는 얘기만 정신없이 늘어놓았네요."

"그 헬멧 말인데요." 스카레가 억지로 카펫에서 시선을 떼어내며 말했다. "반쪽짜리였습니까, 아니면 전체 헬멧이었습니까?"

"반쪽짜리 헬멧도 있나요?" 요나스가 깜짝 놀라며 물었다.

"전체 헬멧에는 턱과 뺨을 덮는 부분이 있거든요. 평범한 헬멧은 두개골만 덮어주고요."

"그런 건 신경을 안 써서요."

"가죽옷은요? 검은색이었습니까?"

"어쨌든 짙은 색이었습니다. 그 친구를 자세히 봐야겠다고 생각한 게 아니라서요. 예쁜 여자 아이가 길을 건너 오토바이를 탄 남자에게 걸어가는 건 지극히 평범한 일이잖습니까. 원래 세상이 그렇게 돌아가야 하는 것 같은…… 그렇지 않습니까?"

두 사람은 그에게 감사의 인사를 하고 문 앞에서 잠시 멈춰 섰다.

"아마 저희가 선생을 다시 찾아오게 될 겁니다. 양해해주십시오."

"물론이죠. 강아지들이 오늘 밤에 나온다면, 제가 며칠 동안 집에 있을 겁니다."

"가게를 그렇게 닫아둬도 됩니까?"

"손님들이 필요한 물건이 있으면 저희 집으로 전화를 주시거든요."

동양 양탄자 위에서 헤라가 무거운 한숨을 내쉬더니 애처롭게 낑낑거렸다. 스카레는 개를 한참 동안 바라보다가 마지못해 상관을 따라 나갔다.

"다시 왔을 때 볼 수 있을지도 모르겠네요." 그가 말했다.

"강아지들 말입니다."

"그럼요." 요나스가 말했다.

세예르는 자신이 기르고 있는 개, 콜베르크를 생각하고 있었다.

"할보르의 헬멧 기억나세요? 그 친구 방에 걸려 있던 거?"

두 사람은 차 안에 앉아 있었다.

"전체 헬멧이었지. 빨간 줄무늬가 있는 검은색." 세예르가 말했다. "오늘 밤에는 그만 들어가도 될 것 같군. 우리 집 개를 산책시킬 때도 됐고."

"어떻게 생각하세요, 경감님? 경감님도 요나스처럼 일에 열정을 품고 계세요?"

세예르가 그를 바라보며 말했다. "당연하지. 척 보면 모르겠나?" 그는 안전띠를 매고 차에 시동을 걸었다. "사람들이 알지도 못하는 사람과의 연대의식을 과시하느라고 스스로 입에 재갈을 물리는 꼴을 보면 짜증스러워. 그 사람이 자기가 보기에 명예를 아는 사람인 것 같다는 이유만으로." 그는 할보르를 생각하며 조금 슬퍼졌다. "처음으로 사람을 죽이기 전에는 누구나 살인자가 아니야. 그냥 평범한 사람이지. 하지만 사람을 죽이고 나서 이웃들이 그의 행동을 알아버리고 나면, 그 사람은 평생 동안 살인자라는 꼬리표를 달고 살아야 돼. 그리고 그때부터는 마치 살인기계처럼 닥치는 대로 사람을 죽이게 되지. 그리고 이웃들은 자기 아이를 품에 안으면서 겁을 내기 시작해."

스카레가 탐색하는 듯한 시선으로 그를 바라보았다. "그럼 할보르가 유력한 거예요?"

"당연하지. 아니의 남자 친구였잖아. 하지만 요나스가 먼 발치에서 본 적밖에 없는 아이를 왜 그렇게 열심히 보호하려고 했는지 궁금하군."

5

 랑힐 알붐은 종이 위로 고개를 숙이고 그림을 그리기 시작했다. 공책이 새것이었으므로 아이는 경건한 태도로 아무도 손대지 않은 첫 번째 페이지를 펼쳐놓고 있었다. 먼지구름 속에 들어 있는 자동차를 그리는 것이 어떤 의미에서는 눈처럼 하얀 이 공책을 더럽혀도 될 만큼 가치 있는 일이 아닐 수도 있었다. 크레용 상자에는 여섯 가지 색깔의 크레용이 들어 있었다. 이것들은 모두 세예르가 나가서 사 온 것이었다. 그는 랑힐과 라이몬에게 줄 크레용을 각각 하나씩 샀다. 오늘 아이는 정수리에서 머리를 두 갈래로 나눠 묶었다. 돼지꼬리 같은 머리채 두 개가 안테나처럼 똑바로 위를 향하고 있었다.
 "오늘 네 머리가 아주 예쁘구나." 세예르가 말했다.

"이쪽 머리로는," 아이 어머니가 한쪽 머리채를 잡아당기며 말했다. "나르비크의 하얀늑대 작전을 잡아낼 수 있고, 다른 쪽 머리로는 저 북쪽의 스발바르에 사는 할머니랑 통신할 수 있대요."

세예르는 웃음을 터뜨릴 수밖에 없었다.

"아이 말로는 그냥 먼지구름뿐이었대요." 아이 어머니가 불안한 표정으로 덧붙였다.

"아이가 분명히 자동차라고 말했습니다." 세예르가 말했다. "그러니까 한번 시도해볼 가치가 있어요." 그는 아이의 어깨에 한 손을 올려놓았다. "눈을 감아볼래? 그리고 머릿속에서 그려본 다음에, 네 재주를 다 발휘해서 종이에 그림을 그리는 거야. 그냥 낡은 자동차를 그리는 게 아니라, 라이몬이랑 같이 본 차를 그려야 돼."

"알아요." 아이가 조바심을 내며 말했다.

그는 랑힐이 혼자서 조용히 그림을 그릴 수 있게 알붐 부인을 데리고 부엌에서 거실로 나왔다. 알붐 부인은 창가로 가서 멀리 보이는 푸른 산을 바라보았다. 안개가 옅게 끼어 있어서 마치 옛날 낭만파 화가의 그림을 그대로 옮겨 놓은 것 같았다.

"아니가 제 대신 랑힐을 봐준 적이 아주 많아요." 그녀가 말했다. "언제나 아이를 아주 잘 봤어요. 그게 벌써 몇 년 전이네요. 아니는 랑힐이랑 같이 버스를 타고 시내로 가서 하루 종일 놀다 오곤 했어요. 시장에서 기차도 타고, 백화점에서 에스컬레이터와 엘리베이터를 타고 오르락내리락하기도 하고. 랑힐이 아주 좋아했어요. 아니는 아이를 보는 재주를 타고났어요. 다른 애들하고는 달랐어요. 생각도 깊고요."

부엌에서 아이가 크레용을 꺼내는 소리가 세예르의 귀에 들려왔다.

"아니의 언니도 잘 아십니까? 쉴비 말입니다."

"쉴비가 누군지는 알아요. 아니하고는 이부자매예요."

"그래요?"

"모르셨어요?"

"몰랐습니다."

"다들 아는 사실인데. 비밀도 아니니까요. 둘이 아주 다르기도 하고요. 한동안은 그 아이 아버지 때문에 문제가 있었어요. 쉴비의 아버지 말이에요. 아이를 만날 권리를 잃어버리고 나서는 그걸 도무지 극복하지 못하는 것 같더라고요."

"왜 그렇게 된 겁니까?"

"뻔한 얘기죠 뭐. 술과 폭력. 어쨌든 쉴비 어머니 얘기로는 그래요. 하지만 아다 홀란드 말을 그대로 믿기는 어려우니까, 그 얘기가 어디까지 진실인지는 저도 잘 몰라요."

"하지만 쉴비는 지금 스물한 살이잖습니까. 그러니 아버지를 만나고 싶으면 만나도 될 텐데요."

"아마 이미 너무 늦었을 거예요. 쉴비와 아버지 사이가 틀어졌을걸요. 아다에 대해서 많이 생각해봤어요. 저는 아이를 되찾았지만, 아다는 그러지 못했잖아요."

"다 그렸어요!" 부엌에서 아이가 소리쳤다.

두 사람은 자리에서 일어나 그림을 보러 갔다. 랑힐은 고개를 갸우뚱하고 앉아 있었다. 그리 기쁜 표정은 아니었다. 회색 구름이 종이를 대부분 채우고 있었고, 구름 속에서 헤드라이트와 범퍼가 달린 차의 앞부분이 삐죽 튀어나와 있었다. 엔진 덮개는 커다란 미국 차처럼 길었고, 범퍼는 검은색이었다. 마치 치아가 하나도 없는 사람이 활짝 웃고 있는 것 같았다. 헤드라이트는 비스듬한 모양이었다. 중국 사람들 눈 같아. 세예르는 속으로 생각했다.

"차가 지나갈 때 시끄러운 소리가 났니?" 그는 식탁 위로 몸을 기울였다. 아이가 씹고 있는 껌에서 달콤한 냄새가 났다.

"정말로 시끄러웠어요."

그는 그림을 빤히 바라보았다. "그림을 한 장 더 그려줄 수 있니? 그러니까 이 헤드라이트만 그릴 수 있겠어? 헤드라이트만."

"그냥 이렇게 생겼어요!" 아이가 그림을 가리키며 말했다. "이렇게 기울어져 있었어요."

그는 혼잣말을 하듯이 고개를 끄덕였다.

"그럼 색깔은, 랑힐?"

"음, 진짜 회색은 아니었어요. 하지만 여기는 색깔이 별로 없어요." 아이가 크레용 상자를 흔들면서 조숙하게 말했다. "그건 없는 색깔이었어요."

"그게 무슨 뜻이지?"

"그러니까, 이름 없는 색깔이라고요."

여러 가지 색깔들이 그의 머릿속에서 소용돌이쳤다. 황갈색, 석유 색, 세피아, 무연탄 색.

"랑힐." 그가 말했다. "혹시 그 차 지붕에 뭐가 있었는지 기억나니?"

"안테나 말이에요?"

"아니, 그것보다 큰 거. 라이몬은 차 꼭대기에 커다란 게 있었다고 하던데."

아이가 그를 바라보며 열심히 기억을 더듬었다. "맞아요!" 아이가 소리쳤다. "작은 배예요."

"배?"

"작은 까만색 배."

"네가 아니었으면 난 아무것도 못할 뻔했다."

세예르가 미소를 지으면서 아이의 안테나를 향해 손가락을 튕겼다.

"엘리제." 그가 말했다. "이름이 예쁘구나."

"아무도 절 그렇게 안 불러요. 다들 랑힐이라고 불러요."

"내가 엘리제라고 불러줄게."

아이가 수줍은 듯 얼굴을 붉히며 크레용 상자의 뚜껑을 닫고, 공책을 덮어 그에게 밀었다.

"아냐, 네가 가져."

아이는 즉시 크레용 뚜껑을 열고는 그림을 그리기 시작했다.

"토끼가 옆으로 누워 있어요!" 라이몬은 아버지 방의 문간에 서서 불안한 표정으로 앞뒤로 몸을 흔들고 있었다.

"어떤 녀석이?"

"카이사르요. 커다란 벨기에 녀석."

"그럼 녀석을 죽여야 할 거다."

라이몬은 겁에 질린 나머지 방귀를 뀌었다. 하지만 방 안의 공기가 워낙 탁해서 그가 방귀를 뀌었어도 별로 티가 나지 않았다.

"녀석이 숨을 헉헉대고 있어요!"

"죽어가는 녀석들한테까지 먹이를 줄 수는 없다, 라이몬. 녀석을 도마에 올려놔. 도끼는 차고 문 뒤에 있다. 손 조심하고!"

풀이 죽은 라이몬은 밖으로 나가 터벅터벅 마당을 가로질러 토끼장으로 향했다. 그는 창살 너머에 있는 카이사르를 잠시 바라보았다. 누워 있는 모습이 꼭 아기 같아. 작고 부드러운 공처럼 몸을 말고 있어. 녀석은 눈을 감고 있었다. 그가 토끼장을 열고 조심스레 손을 안으로 집어넣어도 녀석은 움직이지 않았다. 녀석의 몸은 여느 때와 마찬가지로 따뜻했다. 그는 녀석의 목덜미를 단단히 잡고 녀석을 꺼냈다. 녀석이 힘없이 발로 차는 시늉을 했다. 힘이 다 빠진 모양이었다.

일을 끝내고 나서 그는 부엌 식탁의 의자에 늘어져 있었다. 그의 앞에는 국가대표 축구팀과 새와 동물들의 사진이 꽂힌 앨범이 있었다. 세예르가 그를 찾아왔을 때 그는 몹시 우울한 모습이었다. 그가 몸에 걸친 것이라고는 운동복 바지와 슬리퍼뿐이었다. 머리카락은 삐죽 서 있었고, 배는 하얗고 부드러왔다. 둥근 눈은 뚱하게 보였고, 입은 뭔가를 열심히 빠는 것처럼 오므라져 있었다.

"잘 있었니, 라이몬?" 세예르가 그를 달래려고 고개를 깊이 숙여 인사하며 말했다. "내가 잘못 찾아온 건가?"

"예. 제 수집품을 보고 있었는데 경감님이 방해했어요."

"정말로 짜증나겠구나. 그것만큼 싫은 게 없지. 하지만 나도 꼭 해야 할 일이 있어서 온 거야. 그걸 알아줬으면 좋겠다."

"그럼요, 당연하죠, 알아요."

그는 기분이 조금 풀려서 부엌으로 다시 돌아갔다. 세예르는 그의 뒤를 따라가서 그림 재료를 식탁 위에 놓았다.

"나한테 그림을 좀 그려줬으면 좋겠다." 그가 말했다.

"안 돼요! 절대 안 돼요!"

그가 너무나 걱정스러운 표정을 짓고 있었기 때문에 세예르는 라이몬의 어깨에 손을 올려놓았다.

"전 그림 못 그려요."

"그림은 누구나 그릴 수 있어."

"어쨌든 저는 사람 못 그려요."

"사람은 그릴 필요 없어. 차만 그리면 돼."

"차요?" 라이몬이 의심스럽다는 듯이 물었다. 그가 눈을 가늘게 뜨자 보통사람들 눈처럼 보였다.

"너랑 랑힐이 본 차 말이야. 아주 빨리 지나갔다는 그 차."

"계속 그 차 얘기만 하시네요."

"맞아. 중요한 일이거든. 우리가 공고를 냈는데도 아무 연락이 없었어. 어쩌면 그 사람이 나쁜 사람인지도 몰라, 라이몬. 만약 그렇다면 우리가 그 사람을 잡아야 돼."

"하지만 그 차가 너무 빨리 지나갔다니까요."

"그래도 틀림없이 본 게 있을 거야." 세예르가 목소리를 낮추면서 말했다. "그게 차라는 걸 알아봤잖아, 그렇지? 배나 자전거나 낙타 무리가 아니라."

"낙타요?" 라이몬이 하얀 배를 흔들며 신나게 웃어댔다. "그거 정말 웃겨요. 낙타 떼가 도로를 지나가다니! 낙타는 아니었어요. 차였어요. 지붕에 스키 상자가 있는."

"그려봐." 세예르가 명령조로 말했다.

라이몬이 고집을 꺾었다. 그는 식탁 의자에 주저앉아 혀를 깨물었다. 방향타라도 되는 모양이었다. 겨우 몇 분 만에 세예르는 그의 말이 옳았다는 것을 알 수 있었다. 그가 그린 것은 바퀴 달린 비스킷 같았다.

"색깔도 칠할 수 있어?"

라이몬은 크레용 상자를 열고 모든 크레용을 세심하게 살펴보더니 마침내 빨간색을 골랐다. 그러고는 선 밖으로 색깔이 삐져나가지 않도록 열심히 집중해서 색칠을 했다.

"빨간색이었니, 라이몬?"

"예." 그가 퉁명스럽게 말하고서 계속 색을 칠했다.

"그러니까 차가 빨간색이었어? 확실해? 전에는 회색이라고 했던 것 같은데."

"빨간색이라고 했어요."

세예르는 식탁 밑에서 등받이 없는 의자를 꺼내고서 먼저 찬찬히 생각을 정리한 다음 입을 열었다. "지난번에 넌 색깔을 기억할 수 없다고 했어. 하지만 회색이었을지도 모른다고 했지. 랑힐이 말한 것처럼."

라이몬이 화난 얼굴로 배를 긁었다. "저는 시간이 지나면 기억이 더 잘 나요. 어제 그 사람한테도 얘기했어요. 여기 왔던 사람. 그 사람한테 빨간색이라고 말했어요."

"그게 누군데?"

"그냥 밖에서 걷다가 마당에서 멈춘 사람이에요. 토끼를 보고 싶어 했어요. 저는 그 사람하고 얘기했어요."

세예르의 목덜미가 희미하게 따끔거렸다.

"네가 아는 사람이었니?"

"아뇨."

"어떻게 생긴 사람인지 말해줄 수 있어?"

라이몬은 빨간색 크레용을 내려놓고 아랫입술을 삐죽 내밀었다. "싫어요."

"말해주기 싫어?"

"그냥 남자였어요. 게다가 경감님은 어쨌든 제 말을 싫어하시잖아요."

"말해줘. 부탁이야. 내가 도와줄게. 뚱뚱했어, 말랐어?"

"중간쯤이에요."

"머리는 어두운 색이야, 밝은 색이야?"

"몰라요. 모자를 쓰고 있었어요."

"그래? 젊은 남자였니?"

"몰라요."

"나보다 늙었어?"

라이몬이 흘깃 그를 쳐다보았다. "아뇨, 경감님만큼 안 늙었어요. 경감님 머리는 전부 하얗잖아요."

그래, 정말 고맙다. 세예르는 속으로 생각했다.

"난 그 사람 그리기 싫어요."

"안 그려도 돼. 그 사람이 차를 타고 왔니?"

"아뇨. 걷고 있었어요."

"그 사람이 갈 때 도로 아래쪽으로 갔니, 아니면 콜렌 산으로 올라갔니?"

"몰라요. 저는 아버지를 보러 안으로 들어갔거든요. 정말 친절한 사람이었어요."

"틀림없이 그랬겠지. 그 사람이 너한테 뭐라고 하던, 라이몬?"

"토끼들이 훌륭하다고요. 그리고 토끼들이 새끼를 낳으면 팔 생각이 없냐고요."

"그래, 계속해봐."

"그러고는 날씨 얘기를 했어요. 날씨가 건조하다고. 그 사람이 저더러 호수의 그 여자에 대해 들어봤는지, 그 여자를 아는지 물었어요."

"그래서 넌 뭐라고 했지?"

"제가 그 여자를 발견한 사람이라고요. 그 사람은 그 여자가 죽은 게 너무 안됐대요. 제가 경감님 얘기도 했어요. 경감님이 와서 차에 대해 물어봤다고요. 그랬더니 그 사람이 '이 근처에서 항상 빠르게 돌아다니는 그 시끄러운 차 말이지?' 하고 물었어요. 그래서 제가 그렇다고 했어요. 제가 본 게 그 거라고요. 그 사람은 그게 어떤 차인지 알고 있었어요. 빨간 메르세데스라고 하던데요. 경감님이 전에 물어보셨을 때 제가 잘못 알았던 거예요. 지금은 기억이 나요. 그 차는 빨간색이었어요."

"그 사람이 너한테 겁을 주던?"

"아뇨, 아뇨. 누가 저한테 겁을 주면 저도 가만히 안 있어요. 남자는 그러면 안 돼요. 그 사람한테도 그렇게 말했어요."

"그 사람 옷은 어땠니, 라이몬? 무슨 옷을 입었어?"

"그냥 평범한 옷이에요."

"갈색이었어? 아니면 파란색? 기억나니?"

라이몬은 혼란스러운 표정으로 그를 바라보다가 손으로 얼굴을 가렸다. "절 좀 그만 괴롭히세요!"

세예르는 라이몬이 잠시 마음을 가라앉히도록 내버려두었다. 그러고는 아주 부드러운 목소리로 말했다. "하지만 그 차는 사실 회색이나 초록색이었지?"

"아뇨, 빨간색이었어요. 그게 사실이니까 저한테 겁을 줘봤자 소용없어요. 그 차는 빨간색이었으니까. 그 사람이 그 말을 듣고 좋아했어요." 그는 종이 위로 고개를 숙이고 그림 위에 낙서를 했다. 입을 고집스레 다물고.

"그림을 망치지 마. 내가 가져가고 싶어." 세예르가 그림을 집어 들었다. "아버지는 좀 어떠시니?"

"못 걸어요."

"그건 나도 알아. 아버지를 뵈러 가자."

그는 일어서서 라이몬을 따라 복도를 걸었다. 두 사람은 노크도 하지 않고 문을 열었다. 방은 어둠침침했지만, 노인이 침대 옆 탁자 곁에 서 있는 모습을 세예르가 금방 알아볼 수 있을 정도의 빛은 있었다. 노인은 너무 커 보이는 낡은 속옷을 입고 있었다. 노인의 무릎이 위태롭게 흔들렸다. 아들은 둥글둥글하고 통통한데, 아버지는 비쩍 마른 모습이었다.

"아버지!" 라이몬이 소리쳤다. "뭐 하시는 거예요?"

"아무것도 아냐. 아무것도 아냐." 그는 틀니를 찾아 더듬거렸다.

"앉으세요. 그러다 다리 부러지겠어요."

노인은 압박 스타킹을 신었는데, 스타킹이 끝나는 부분에서 무릎이 창백한 푸딩처럼 부어 있었고, 군데군데 건포도처럼 생긴 검버섯이 보였다.

라이몬이 아버지를 부축해 다시 침대에 눕히고 틀니를 건네주었다. 노인은 세예르의 시선을 피해 천장만 바라보았다. 텁수룩한 눈썹에 둘러싸인 노인의 자그마한 눈에는 아무 색깔이 없었다. 노인이 틀니를 입 안에 넣었다. 세예르는 노인에게 다가가 그 앞에 서서 창문을 올려다보았다. 창문은 마당과 도로를 향해 나 있었다. 커튼이 드리워져 있었기 때문에 빛이 조금밖에 들어오지 않았다.

"도로에서 일어나는 일들을 지켜보십니까?"

"경찰에서 왔소?"

"예. 커튼을 열면 밖이 잘 보이겠는데요."

"난 절대 그렇게 안 해요. 흐린 날이 아니면."

"주변에서 이상한 차나 오토바이 못 보셨습니까?"

"봤을 수도 있지. 예를 들면 경찰차 같은 거."

"걸어다니는 사람은요?"

"여행자들이지. 콜렌 산으로 올라가는 사람들 말이오. 무슨 일이 있어도 돌멩이를 줍겠다고 올라가는 사람들. 아니면 그 썩은 호수를 보러 가거나. 사족이지만, 그 호수에는 양 시체가 가득 차 있어요. 각양각색으로."

"아니 홀란드를 아십니까?"

"내가 정비소에서 일할 때 그 아이 아버지랑 아는 사이였소. 그 사람은 자동차를 배달했지. 일이 있을 때나 그런 거지만."

"어르신께서 책임자셨습니까?"

노인은 이불을 끌어올리며 고개를 끄덕였다. "딸이 둘 있었지. 금발이고 예뻤소."

"아니 홀란드가 죽었습니다."

"알아요. 나도 신문을 읽으니까. 다른 사람들처럼."

노인이 바닥을 가리켰다. 침대 옆 탁자 밑의 바닥에 신문이 가득 쌓여 있었다. 신문보다 더 번쩍거리고 요란한 종이로 된 물건도 보였다.

"어제 저녁에 어떤 남자가 이 댁 마당에서 라이몬과 이야기를 나눴습니다. 그 사람을 보셨습니까?"

"둘이서 저 밖에서 웅얼거리는 소리를 들었소. 라이몬은 머리가 빨리 돌아가는 편은 아닐지 몰라도," 노인이 날카롭게 말했다. "악의라고는 전혀 없는 애요. 무슨 말인지 알겠소? 너무 마음씨가 착해서 사람을 잘 따르지. 그래도 시키는 대로는 잘해요."

라이몬이 열심히 고개를 끄덕이며 배를 긁었다.

세예르는 아무 색깔이 없는 노인의 눈을 들여다보았다. "저도 압니다." 그가 말했다. "그럼 둘이 이야기하는 소리를 들으셨습니까? 커튼을 조금 열어보고 싶다는 생각은 안 드시던가요?"

"안 들었소."

"호기심이 별로 없으신 모양이군요."

"맞아요. 그런 거 없소. 우린 우리만 보지 다른 사람은 안 봐요."

"만약 마당에 있던 그 남자가 홀란드 씨의 따님 살해사건과 관련됐을 가능성이 조금이나마 있다면요? 그러면 이게 얼마나 심각한 일인지 아시겠습니까?"

"그래도 마찬가지야. 난 밖을 내다보지 않았소. 신문을 읽느라고 바빠서."

세예르는 자그마한 방 안을 둘러보며 몸을 떨었다. 방에서 나는 냄새가 좋지 않았다. 노인의 콩팥이 제 기능을 못하는 모양이었다. 방도 청소해야 하고, 창문도 열어야 하고, 노인도 뜨거운 물로 목욕을 좀 해야 할 것 같았다. 그는 신선한 공기를 마시려고 밖으로 나가서 여러 번 심호흡을 했다. 라이몬이 종종걸음으로 따라 나와 팔짱을 끼고 서서 세예르가 차에 오르는 모습을 지켜보았다.

"네 차는 고쳤니, 라이몬?"

"아버지가 새 배터리가 필요하대요. 하지만 지금은 그걸 살 돈이 없어요. 400크로네가 넘거든요. 저는 도로에서 운전 안 해요." 그가 재빨리 덧붙였다. "거의."

"다행이구나. 들어가 봐라. 그러다 감기 걸리겠다."

"예." 그가 이렇게 말하고서 몸을 부르르 떨었다. "게다가 제 겉옷을 줘버렸어요."

"왜 그런 짓을 했어?" 세예르가 말했다.

"그래야 할 것 같아서요." 그가 슬픈 표정으로 말했다. "그 여자가 아무것도 안 입고 누워 있었거든요."

"지금 뭐라고 했지?" 세예르는 깜짝 놀라며 그를 바라보았다. 시체를 덮은 겉옷이 라이몬 것이었다니! "네가 그걸 그 여자 몸에 덮어줬니?"

"그 여자가 아무것도 안 입고 있었어요." 그가 슬리퍼로 땅바닥을 차면서 말했다.

그는 그 여자가 추울 것 같아서 몸을 덮어줘야겠다고 생각했다. 밝은 색 머리카락이 토끼털 같아서. 그는 사탕도 먹었다. 세예르는 그의 눈을 들여다보았다. 아이 같은 눈이었다.

샘물처럼 순수한 눈. 하지만 몸에는 근육이 있었다. 크리스마스에 먹는 넓적다리 고기처럼 육중한 근육이. 그는 자기도 모르게 고개를 저었다.

"정말 착한 일을 했구나." 세예르가 말했다. "그 여자랑 얘기도 했니?"

라이몬이 깜짝 놀라서 그를 바라보더니 그 천사 같은 눈을 살짝 돌렸다. 마치 함정의 냄새를 맡은 것처럼. "경감님이 그 여자가 죽었다고 했잖아요!"

세예르가 떠난 후에 라이몬은 슬며시 밖으로 나와서 차고 안을 들여다보았다. 카이사르가 낡은 스웨터를 덮고 저 안쪽 구석에 누워 있었다. 아직 숨을 쉬고 있었다.

스카레는 5번 마이크로볼펜으로 쓴 보고서를 다 읽었다. 볼펜은 이제 셔츠 위의 어깨끈에 끼워져 있었다. 그는 만족스러운 미소를 지으며 「줄 위의 예수님」을 조금 흥얼거렸다. 인생은 만족스러웠고, 살인사건은 무장강도 사건보다 훨씬 더 짜릿했다. 조금 있으면 여름이었다. 게다가 그의 상관이 크로네 하드 아이스크림을 흔들어대며 서 있었다. 그는 서류를 재빨리 내려놓고 하드를 받았다.

"시체를 덮고 있던 파카는 라이몬 거야." 세예르가 말했다.

스카레는 너무 놀라서 하드를 스르르 놓칠 뻔했다.

"라이몬은 랑힐을 데려다주고 돌아오는 길에 파카를 덮어 줬다는데, 그 말이 맞는 것 같아. 아니가 벌거벗고 있어서 파카를 예쁘게 덮어준 거지. 내가 이레네 알붐한테 전화를 해봤는데, 랑힐 말로는 자기들이 호수 옆을 지나갈 때는 분명히 파카가 없었대. 하지만…… 그건 라이몬 옷이라는군. 라이몬을 잘 살펴봐야 할 거야. 라이몬한테 안타깝게도 당장은 파카를 돌려받을 수 없다고 했더니 너무 실망하기에 내가 한 번도 안 입은 낡은 파카를 주겠다고 했어. 뭐 좀 찾아낸 거 있나?"

스카레는 하드의 포장지를 마저 벗겨냈다. "그 집 주인의 이웃들을 전부 조사해봤어요. 대체로 괜찮은 사람들인 것 같은데, 그 거리에서 과속 딱지가 많이 발급됐더라고요."

세예르는 윗입술에 묻은 딸기 맛 하드를 핥았다.

"스물한 가구에서 여덟 명이 한 번 이상 과속 딱지를 떼였어요. 평균보다 훨씬 높아요."

"직장까지 거리가 멀어서 그렇겠지. 시내나 포르네부 공항에서 일하는 사람들이야. 루네비에는 일자리가 없으니까."

"그렇죠. 그래도 너무 많아요. 점잖은 사람들이 과속 딱지를 너무 많이 떼였어요. 그런데 이것 말고 다른 것도 있어요. 이걸 한번 보세요." 그가 보고서를 뒤적이더니 어떤 부분을 가리켰다. "크누트 옌스볼, 그네이스베이엔 8번지. 아니의 핸드볼 코치예요. 강간 전과가 있어요. 울레르스모에서 18개월간 복역했어요."

세예르가 허리를 숙이고 서류를 들여다보았다. "그 일을 그럭저럭 비밀에 부친 모양이군. 우리가 거기 가서 조사할 때 말조심을 해야겠어."

스카레는 고개를 끄덕이고 하드를 훑았다. "어쩌면 핸드볼 선수들을 전부 조사해야 할지도 모르겠어요. 혹시 코치가 선수들한테 무슨 짓을 했을지도 모르잖아요. 경감님은 어떠셨어요? 그 수상쩍은 자동차에 대해 자세히 알아보셨어요?"

세예르는 한숨을 쉬며 안주머니에서 그림을 꺼냈다. "랑힐은 스키상자가 파란색이었대. 라이몬의 그림은 아주 웃기고. 그런데 그보다 더 재미있는 건 어제 저녁에 어떤 사람이 라이몬을 찾아와서 자동차가 빨간색이었다고 라이몬을 설득했다는 거야." 그는 탁자에 그림을 놓았다.

스카레의 눈이 커졌다. "뭐라고요? 혹시 라이몬이 인상착의를……"

"그냥 중간쯤이래." 세예르가 간결하게 말했다. "모자를 썼고. 차마 꼬치꼬치 캐묻지는 못했어. 라이몬이 너무 흥분해서."

"놈이 빠르게 움직이는데요."

"무엇보다도 대담한 거지. 어쨌든 중요한 건 라이몬이 누군지 그놈이 알고 있다는 거야. 자기가 남의 눈에 띄었다는 걸 알고, 라이몬이 뭘 봤는지 알아보러 온 거야. 그러니까 우리는 그 차에 초점을 맞춰야 돼. 놈은 틀림없이 우리랑 아주 가까운 곳에 있을 거야, 젠장."

"하지만 라이몬을 찾아가다니, 상당히 무모한데요. 라이몬 외에도 놈을 본 사람이 혹시 있을까요?"

"내가 근처 집들을 다 돌아봤어. 아무도 못 봤다고 하더군. 놈이 콜렌 산 쪽에서 내려왔다면 그럴 수 있어. 로케의 집이 첫 번째에 있는데다 그 아래쪽의 밭에서는 마당이 잘 안 보이거든."

"그 노인은 어때요?"

"두 사람이 밖에서 이야기하는 소리를 듣기는 했는데, 창밖을 내다볼 생각이 안 들었다고 하더군."

두 사람은 침묵 속에서 하드를 먹었다.

"할보르는 무시해버릴까요? 그 오토바이도?"

"절대 안 되지."

"할보르를 언제 불러들이실 거예요?"

"오늘 밤에."

"왜 그때까지 미뤄요?"

"밤이 더 조용하니까. 랑힐이 종이에 나름대로 아주 확실한 증거를 그리는 동안 내가 그 애 엄마와 이야기를 좀 했어. 쇨비는 홀란드의 딸이 아니라더군. 그 아이 생부는 아이를 만날 권리를 잃어버렸대. 술버릇하고 주먹질 때문에 그렇게 된 모양이야."

"쇨비는 스물한 살 아닌가요?"

"지금은 그렇지. 하지만 그동안 둘이 갈등을 겪으면서 많이 힘들었나 봐."

"그래서 무슨 말씀을 하고 싶으신 거예요?"

"어떤 의미에서는 쇨비 아버지가 자식을 잃어버린 셈이지. 그런데 지금은 자기와 사이가 안 좋았던 전처가 같은 일을 겪고 있잖아. 어쩌면 그 사람이 복수를 하고 싶었는지도 모르지. 그냥 생각해본 거야."

스카레가 나지막하게 휘파람을 불었다. "그 사람은 어떤 사람이에요?"

"자네가 하드를 다 먹고 나서 알아봐야 하는 게 바로 그거야. 그러고 나서 내 사무실로 오게. 자네가 그 사람을 찾아내는 대로 나가봐야 하니까."

그가 자리를 떴다. 스카레는 홀란드에게 전화를 걸고 상대가 응답하기를 기다리면서 하드를 마저 먹었다.

"악셀 이야기는 하고 싶지 않아요." 홀란드 부인이 말했다. "그 사람 때문에 우리가 결딴날 뻔했어요. 결국 이렇게 세월이 흐른 후에야 그 사람을 간신히 떼어냈죠. 내가 그 사람을 법정으로 끌고 가지 않았다면, 그 사람이 쉴비를 결딴냈을 거예요."

"전 그냥 그분 이름과 주소를 알고 싶을 뿐입니다. 그냥 통상적인 절차예요, 홀란드 부인. 저희가 확인해야 하는 것들이 아주 많거든요."

"그 사람은 아니하고 아무 상관이 없어요. 천만 다행이지!"

"그분 이름을 말씀해주세요, 홀란드 부인. 부탁입니다."

마침내 그녀가 고집을 꺾었다. "악셀 비외르크예요."

"그밖에 또 알고 계신 건 없나요?"

"전부 다 알고 있죠. 사회보장번호도 알고 주소도 알아요. 그 사람이 그동안 이사를 간 게 아니라면. 제발 이사라도 갔으면 좋겠는데. 너무 가까이 살거든요. 차로 겨우 한 시간 거리에." 그녀는 점점 흥분하고 있었다.

스카레는 그녀가 불러주는 내용을 받아 적고 고맙다고 인사를 하고는 컴퓨터를 켜고 '악셀 비외르크'를 검색했다. 개인의 사생활 보호라는 것이 얼마나 취약해졌는지를 생각하면서. 사생활을 보호해주는 막은 고작해야 투명한 천 같아서 도저히 그 뒤에 뭔가를 숨길 수가 없었다. 그는 전혀 힘들이지 않고 그 남자의 정보를 찾아내 읽었다. "이런 젠장!" 그가 마치 하느님께 사과하듯이 천장을 흘깃 바라보며 소리쳤다. 그는 인쇄 버튼을 누르고 의자에 등을 기댔다. 그러고는 인쇄되어 나온 종이를 집어 다시 읽어보고 복도를 가로질러 세예르의 사무실로 향했다. 세예르는 셔츠 소매 한쪽을 걷어 올리고 거울 앞에 서서 팔꿈치를 긁으며 인상을 찌푸리고 있었다.

"연고가 다 떨어졌어." 그가 말했다.

"놈을 찾았어요. 전과가 있더군요, 당연히." 스카레는 자리에 앉아 책상덮개 위에 자료를 놓았다.

"그래, 어디 한번 보자고. 악셀 비외르크, 1948년생……."

"경찰관이에요." 스카레가 조용히 말했다.

세예르는 아무 반응도 보이지 않고 천천히 자료를 읽었다.

"전직 경찰관이군. 좋았어. 자네는 그냥 여기 있겠나?"

"그럴 리가요. 하지만 좀 조심스럽기는 해요."

"우리라고 다른 사람들보다 나은 건 아냐, 안 그래, 스카레? 그 사람 얘기도 들어봐야지. 분명히 홀란드 부인의 이야기와는 딴판일걸. 그럼 오슬로까지 갔다 와볼까. 아무래도 이 사람이 교대근무를 하는 것 같으니까, 어쩌면 집에 있을지도 몰라."

"송스베이엔 4번지. 그럼 아담스투엔 구역이네요. 전차 정류장 근처에 있는 커다란 빨간색 아파트예요."

"자네 오슬로를 잘 아나?" 세예르가 깜짝 놀라서 물었다.

"거기서 2년 동안 택시를 몰았어요."

"혹시 자네가 안 해본 일도 있나?"

"스카이다이빙은 한 번도 안 해봤어요."

6

스카레는 택시운전사 시절의 지식을 과시하듯 세예르에게 지름길을 안내해주었다. 할브안 스바르테스 가텐 왼쪽에 있는 스쾨엔을 따라 가다가 비겔란 공원을 지나 키르케베이엔을 올라가서 울레볼스베이엔을 내려가는 길. 두 사람은 어떤 미용실 앞에 불법주차를 하고 아파트 3층에서 비외르크라는 이름을 찾아냈다. 그런데 초인종을 눌러도 아무 대답이 없었다. 복도 저 아래쪽에서 어떤 여자가 쓰레기통과 자루가 긴 빗자루를 덜컹거리며 들고 나왔다.

"그 사람 가게에 갔어요." 여자가 말했다. "어쨌든 빈병 몇 개를 쇼핑백에 넣어 가지고 나갔으니까. 그 사람은 바로 옆의 룬딩엔에서 물건을 사요."

두 사람은 그녀에게 고맙다고 인사하고 다시 밖으로 나가서 차에 올라 비외르크를 기다렸다. 룬딩엔은 작은 식품점이었다. 창문에 분홍색과 노란색으로 세일이라는 말이 써 있어서 안을 들여다보기가 힘들었다. 들락날락하는 사람들은 대개 여자들이었다. 스카레가 창문을 열고 한 팔을 내놓은 채 담배 한 개비를 다 피운 후에야 어떤 남자가 혼자 밖으로 나왔다. 두꺼운 격자무늬 작업복을 입고 운동화를 신은 차림이었다. 자동차의 창문을 열어놓은 덕분에 그의 가방에서 뭔가가 덜컹거리는 소리를 들을 수 있었다. 그는 키가 크고 근육질이었지만, 고개를 숙이고 걷는 바람에 키가 작아 보였다. 그는 사나운 눈으로 바닥만 바라보고 있었다. 두 사람이 타고 있는 자동차는 보지 못한 모양이었다.

"전직 경찰관이 맞는 것 같군. 저 사람이 모퉁이를 돌아갈 때까지 기다렸다가 밖으로 나가서 저 사람이 아파트 안으로 들어가는지 한번 봐."

스카레는 기다리다가 차 문을 열고 재빨리 모퉁이를 돌아갔다. 두 사람은 거기서 이삼 분을 더 기다리다가 계단을 올라갔다.

반쯤 열린 문틈으로 나타난 비외르크의 얼굴은 근육과 신경의 집합체였다. 얼굴을 계속 움찔거리는 증세 때문에 그의 검은 얼굴이 몇 초마다 한 번씩 표정을 바꿨다. 처음에 그는 자신을 찾아올 사람이 없는데 누군지 궁금하다는, 개방적이고 중립적인 표정이었다가 스카레의 제복을 훑어보며 이런 제복을 입은 사람이 왜 자기를 찾아왔는지 재빨리 기억을 더듬어보는 표정이 되었다. 그러고는 호수에서 시체가 발견되었다는 신문기사를 기억해내고, 그 일이 자신과 어떻게 연관되어 있는지 생각해보고는 두 사람이 무슨 생각을 하고 있는지 알 만하다는 표정을 지었다. 그는 마지막으로 씁쓸하게 웃었는데 그 웃음이 계속 얼굴에 머물러 있었다.

"이런." 그가 문을 활짝 열면서 말했다. "당신들이 나타나지 않았다면, 나는 현대 형사들의 재주를 그다지 높이 평가하지 않았을 거요. 들어오시오. 이쪽이 스승이고, 이쪽은 도제이신가?"

두 사람은 그의 질문을 무시하고 그의 뒤를 따라 짧은 복도를 걸었다. 알코올 냄새가 코를 찔렀다.

비외르크의 아파트는 작고 깔끔했다. 거실이 널찍했고, 그 구석에 침실이, 거리에 면한 쪽에 부엌이 있었다. 가구들은 여러 곳에서 모아왔는지 서로 어울리지 않았다. 낡은 책상 위의 벽에는 여덟 살쯤 되어 보이는 여자 아이의 사진이 걸려 있었다. 머리 색깔이 더 짙기는 했지만, 이목구비는 지금과 별로 다르지 않았다. 바로 쉴비였다. 사진이 들어 있는 액자 한쪽 구석에는 빨간 나비넥타이가 붙어 있었다.

구석에 꼼짝도 않고 누워서 경계심 가득한 눈으로 두 사람을 빤히 바라보고 있는 독일산 셰퍼드가 눈에 띄었다. 녀석은 두 사람이 방으로 들어오는데도 움직이거나 짖지 않았다.

"저 개를 어떻게 한 겁니까?" 세예르가 물었다. "우리 집

개는 도저히 저렇게 안 되던데. 녀석은 사람들이 집 안에 발을 들여놓자마자 달려들어서 저 아래 1층까지 들릴 정도로 짖어댑니다. 우리 집은 13층인데."

"그건 당신이 개를 너무 귀여워해서 그래요." 그가 무뚝뚝하게 말했다. "이 세상에 오로지 개 한 마리밖에 가진 것이 없는 사람처럼 굴면 안 돼요. 아니지, 실제로 그런 건가?" 그는 눈을 가늘게 뜨고 세예르를 훑어보았다. 이제부터는 이렇게 우호적인 대화가 이어지지 않으리라는 사실을 알고 하는 행동이었다. 그의 머리는 짧았지만 감지 않아서 기름기가 좔좔 흘렀고, 면도도 한동안 안 했는지 거뭇거뭇한 그림자 같은 것이 얼굴 아래쪽을 뒤덮고 있었다.

"그래," 그가 잠시 후에 말했다. "내가 아니랑 아는 사이였는지 그걸 알고 싶은 거요?" 그가 마치 생선 가시를 뱉듯이 입을 오물거리며 말했다. "아니가 여기 여러 번 왔소. 쇨비랑 같이. 그걸 숨길 이유가 없지. 그런데 아다가 그걸 알아내곤 두 아이가 나를 만나러 오는 걸 무조건 막았어요. 쇨비는 사실 여기 오는 걸 좋아했는데. 아다가 쇨비한테 무슨 짓을 했는지는 모르겠지만, 아무래도 세뇌를 한 것 같소. 이제 쇨비는 여기 올 생각을 전혀 안 해요. 홀란드한테 홀랑 넘어가버려서." 그가 턱을 문지르다가 두 사람이 아무 말도 하지 않자 다시 말을 이었다. "혹시 내가 복수를 하려고 아니를 죽였다고 생각하는 거요? 내 분명히 말하지만 난 안 죽였소. 난 에디 홀란드한테 눈곱만큼도 유감이 없어요. 게다가 아무리 철

천지원수라 해도 자식을 잃게 만들고 싶지는 않소. 싸울 힘도 없고. 물론 그런 생각을 하기야 했지. 이제 그 점잔빼는 늙은 마녀도 그게 어떤 건지 알 거요. 아이를 잃는 게 어떤 건지 알 거야. 이제 그게 어떤 기분인지 알 거라고, 젠장. 하지만 이제는 내가 쇨비를 만날 가능성이 훨씬 더 줄어들었소. 아다가 쇨비를 철통 같이 감시할 테니. 앞이 빤히 보이는 일을 내가 왜 하겠소"

세예르는 꼼짝도 않고 앉아서 비외르크의 이야기에 귀를 기울였다. 분노에 찬 비외르크의 목소리가 산酸처럼 매서웠다.

"문제의 그 시각에 내가 어디 있었냐고? 아니가 월요일에 발견되었죠? 내 기억이 맞다면 낮일 거요. 그럼 그때 난 어디 있었느냐. 내 아파트에 있었소. 알리바이는 없어요. 십중팔구 취해 있었겠지. 일하지 않을 때는 대개 그러니까. 내가 폭력을 휘두르느냐고? 절대 아니오. 내가 아다를 때린 건 사실이지만, 그건 그 여자가 일부러 따귀 맞을 짓을 했기 때문이야. 그걸 원했어요. 나를 부추겨서 선을 넘게 만들면 법정에서 자기가 유리하다는 걸 알고 있었으니까. 내가 그 여자를 한 번 때렸소. 주먹으로. 순전히 충동적으로. 내 평생 실제로 누굴 때린 건 그때뿐이오. 내가 지독히도 운이 없는 놈이었지. 그 여자를 세게 때렸더니 턱뼈랑 이빨 여러 대가 부러집디다. 쇨비는 바닥에 앉아서 그걸 다 봤고. 아다가 전부 그렇게 꾸민 거요. 쇨비가 바닥에 앉아 우리를 지켜보게 일부러 거실에 장난감을 놓아둔 거라고요. 냉장고에는 맥주를 가득 채워 놓았고. 그러고는 나랑 말다툼을 시작했소. 그 여자가 그런 걸 아주 잘하거든. 내가 폭발할 때까지 계속 대들었소. 내가 함정 속으로 곧장 발을 들이민 거요."

그의 증오 뒤에는 일종의 안도감 같은 것이 있었다. 아마도 누군가가 마침내 자기 이야기를 들어주고 있기 때문인 것 같았다.

"두 분이 이혼할 때 쇨비는 몇 살이었습니까?"

"다섯 살이었소. 아다는 벌써 홀란드랑 그렇고 그런 사이였고, 쇨비를 데려가고 싶어 했지."

"아주 오래전 일이군요. 아직도 그때 일 때문에 속이 상하십니까?"

"자식은 절대 떼어놓으면 안 돼요."

세예르는 입술을 깨물었다. "권리를 정지당했습니까?"

"술을 너무 많이 마시기 시작한 게 화근이었소. 그래서 아내와 자식을 잃고, 직장과 집도 잃고, 거의 모든 사람들의 신망을 잃었지. 사실." 그가 쓰디쓰게 웃으며 말했다. "지금 내 처지에서는 정말로 누굴 죽였다 해도 별로 달라질 게 없을 거요. 정말로." 그의 눈이 갑자기 악마처럼 반짝였다. "하지만 누굴 죽일 작정이었다면 그때 당장 행동에 나섰을 거요. 지금까지 기다릴 게 아니라. 그리고 솔직히 말해서, 나라면 아다를 목 졸라 죽였을 거요."

"두 분은 무엇 때문에 싸우셨습니까?" 스카레가 물었다.

"쇨비 때문에." 그는 팔짱을 끼고 창밖을 바라보았다. 과거의 기억이 저 바깥의 거리를 행진하고 있는 것처럼. "쉴비는 조금 유별나요. 옛날부터 그랬소. 두 분도 쉴비를 만나보셨을 테니 그 아이가 어떻게 자랐는지 알 거요. 아다는 항상 아이를 보호하려고 했소. 쉴비는 별로 독립적이지 않아요. 조금 둔하다고 할 수도 있고. 남자와 외모에 비정상적으로 집착해요. 아다는 쉴비가 가능한 한 빨리 남편을 찾기를 바라고 있소. 쉴비를 돌봐줄 사람 말이오. 딸을 그렇게 잘못된 방향으로 이끄는 사람은 여태껏 본 적이 없소. 난 아이에게 필요한 건 정반대의 교육이라고 아다한테 설명하려고 애썼소. 아이한테 자신감이 필요하다고. 난 쉴비를 데리고 낚시 여행도 다니고, 장작 패는 법, 축구, 텐트에서 자는 법도 가르치고 싶었소. 쉴비는 운동을 해야 돼요. 머리가 헝클어져도 당황하지 않는 법을 배워야 된다고. 지금 그 애는 미용실에서 어정거리면서 하루 종일 거울만 봅니다. 아다는 나더러 콤플렉스가 있다고 하더군. 사실은 내가 아들을 원했기 때문에 우리 아이가 딸이라는 사실을 받아들이지 못한다고. 우린 항상 싸움만 했소." 그가 한숨을 쉬었다. "결혼생활을 하는 내내. 그리고 그 후로도 줄곧."

"지금은 무슨 일을 하십니까?"

비외르크가 우울한 얼굴로 세예르를 바라보았다. "내가 무슨 일을 하는지 이미 알고 있죠? 난 경비회사에서 일하고 있소. 밤에 손전등을 들고 개와 같이 뛰어다니지. 괜찮은 일이오. 물론 사건이 일어나는 경우도 별로 없고. 나도 내 몫은 하는 것 같소."

"아니와 쇨비가 이곳에 마지막으로 온 게 언제입니까?"

그는 이마를 문질렀다. 머릿속 깊은 곳에서 그 날짜를 끄집어내려는 것처럼.

"작년 가을쯤이오. 아니의 남자 친구도 같이 왔지."

"그럼 그 이후로 두 아이를 못 본 겁니까?"

"그렇소."

"쇨비를 만나러 가신 적은 있습니까?"

"여러 번 갔지. 그런데 그때마다 아다가 경찰을 부릅디다. 내가 억지로 들어오려고 한다면서. 내가 문간에 서서 자기를 위협했다고 주장한 적도 있고. 말썽을 더 일으켰다가는 직장에서도 문제가 될 것 같아서 할 수 없이 포기했소."

"홀란드는 어떻습니까?"

"괜찮은 사람이오. 사실 일이 고약하게 꼬였다고 생각하는 것 같기는 한데, 겁쟁이라서. 아다가 그 사람을 꽉 틀어쥐고 있습니다. 그 사람은 아다가 시키는 대로 하니까 싸울 일도 없지. 당신들도 그 사람들하고 얘기를 해봤으니 분위기를 알 거요." 그가 갑자기 일어나서 두 사람에게 등을 돌린 채로 몸을 똑바로 펴고 창가로 다가갔다. "아니가 어쩌다 그렇게 된 건지 나도 모르겠소." 그가 낮은 목소리로 말했다. "쇨비가 무슨 일을 당했다면 이해하기가 더 쉬웠을 거요. 그 아이는 믿을 수 없을 만큼 귀가 얇으니까."

세예르는 왜 모든 사람이 똑같은 말을 하는지 모르겠다는 생각이 들었다. 이 모든 것이 엄청난 오해이고, 범인이 아니를 죽인 것은 실수였다고 말하는 것 같았다.

"오토바이를 갖고 계십니까?"

"아뇨." 그가 말했다. "젊었을 때는 갖고 있었지. 친구 집 차고에 놔뒀는데, 결국 팔아버렸소. 혼다 750이었지. 지금은 헬멧만 남아 있어요."

"어떤 헬멧입니까?"

"복도에 걸려 있으니 보시오."

스카레가 복도를 내다보니 헬멧이 보였다. 눈을 가리는 부분이 뿌연 색으로 칠해져 있는 검은색의 전체 헬멧이었다.

"자동차는요?"

"회사 차밖에 없소. 내가 중요한 사실을 하나 발견했는데," 그가 두 사람을 바라보며 말했다. "엄마와 아이 사이에서 벌어지는 일을 가까이서 지켜본 결과, 그건 아무도 깨뜨릴 수 없는 신성한 조약 같다는 걸 알았소. 샴쌍둥이를 맨손으로 분리하는 것보다 아다와 쉴비를 떼어놓기가 더 힘들 거요."

세예르는 비외르크의 말을 머릿속으로 상상하다가 깜짝 놀랐다.

"솔직히 말하겠소." 비외르크가 말을 이었다. "난 아다를 증오해요. 그걸 숨길 생각도 없소. 아다한테 제일 괴로운 일이 뭔지도 알고 있소. 쉴비가 옛날에 무슨 일이 있었는지 모두 이해할 만큼 철이 드는 거겠지. 그래서 아다에게 감히 반항하면서 이리로 오는 것. 그러면 우린 아버지와 딸로서 관계를 쌓아나갈 거요. 원래 처음부터 그렇게 되었어야 하는 건데. 그런 관계를 마땅히 누려야 하는 건데. 그게 올바른 거요. 그렇게 되면 아다는 허를 찔리겠지."

갑자기 비외르크가 몹시 지쳐 보였다. 밖에서 전차가 종을 땡땡 울리며 천둥처럼 지나갔다. 세예르는 쇨비의 사진을 다시 바라보았다. 그는 자기 인생이 다르게 풀렸더라면 어떻게 되었을지 상상해보려고 했다. 엘리제가 그를 증오하게 돼서 잉그리드를 데리고 집을 나가버렸다면? 심지어 법정에서 그가 잉그리드를 만나서는 안 된다는 판결까지 얻어냈다면? 이런 생각을 하다 보니 머리가 어지러웠다.

"그럼," 그가 부드럽게 말했다. "아니 홀란드는 당신이 바라는 쇨비의 모습인 겁니까?"

"예, 어떤 의미에서는 그래요. 독립적이고 강한 아이니까. 아니, 아이였으니까." 그가 이렇게 말하고서 두 사람을 향해 돌아섰다. "정말 끔찍한 일이오. 에디를 위해서라도 당신들이 범인을 잡아주면 좋겠소. 진심이오."

"에디를 위해서요? 아다를 위해서가 아니라?"

"그래요." 그가 흥분한 목소리로 말했다. "아다를 위해서가 아니오."

"말 한번 잘하는군. 안 그래?" 세예르는 차에 시동을 걸었다.

"그 사람 말을 믿으세요?" 스카레가 룬딩엔에서 우회전하라는 신호를 하면서 물었다.

"모르겠어. 하지만 그 무뚝뚝한 겉모습 밑에 깊은 절망이 있어. 그건 진짜 같더군. 세상에는 분명히 비열하고 계산적인 여자들이 있지. 여자들이 자식에 대해 더 많은 권리를 갖고 있는 것도 사실이고. 그런 식으로 얻어맞으면 정말 기가 막힐 거야. 상대의 비난을 부인해봤자 소용없으니까. 어쩌면 그게 어쩔 수 없는 일인지도 모르지." 그는 전차 레일과 떨어진 쪽으로 차를 몰면서 말했다. "어쩌면 그건 아이를 보호하기 위한 생물학적 안배인지도 몰라. 절대 깨뜨릴 수 없는 어머니와 아이의 유대관계 말이야."

"세상에!" 스카레는 세예르의 말을 들으면서 고개를 절레절레 저었다. "자식이 있는 분이…… 정말로 그렇게 생각하시는 거예요?"

"아니, 그냥 생각해보는 거야. 자네 생각은 어때?"

"전 자식이 없잖아요!"

"그래도 부모님은 계시잖아."

"그거야 그렇죠. 전 아무래도 구제불능의 마마보이 같아요."

"나도 그래." 세예르가 말했다.

에디 홀란드는 비서에게 몇 마디 말을 하고 회계사무소를 떠났다. 그는 초록색 도요타 자동차를 타고 20분간 달리다가 커다란 주차장으로 들어가 시동을 끄고 의자에 푹 파묻혔다. 잠시 후 그는 눈을 감고 가만히 있었다. 이대로 차를 돌려서 임무를 완수하지 않고 돌아가게 만들 일이 일어나기를 기다리면서. 하지만 아무 일도 일어나지 않았다.

얼마쯤 시간이 흐른 후에 그는 눈을 뜨고 주위를 둘러보았다. 물론 여기는 아름다운 곳이었다. 꽤 큰 건물들이 풍경 속에 커다랗고 평평한 바위처럼 파묻혀 있고, 희미하게 반짝이는 초록색 잔디밭이 주위를 둘러싸고 있었다. 그는 나란히 줄지어 늘어선 묘비들 사이의 좁은 통로를 물끄러미 바라보았다. 나무들이 잎이 무성한 가지를 늘어뜨리고 있었다. 위안. 침묵. 아무도 없고 아무 소리도 들리지 않았다. 그는 마지못해 몸을 끌듯이 차에서 내려 문을 세게 닫았다. 누군가가 그 소리를 듣고 화장장 문으로 나와 그에게 무슨 일로 오셨느냐고 물어볼지도 모른다는 실낱같은 기대를 품고서. 그러면 일이 좀 쉬워질 텐데. 하지만 아무도 나오지 않았다.

그는 통로들 사이를 정처 없이 걸으며 묘비에 적힌 이름들을 읽어보았다. 그가 주로 본 것은 날짜였다. 나이가 그리 많지 않은 사람, 아니처럼 겨우 열다섯 살밖에 안 된 사람을 찾으려는 것처럼. 그런 사람이 여럿 있었다. 그렇게 둘러보는 동안 그는 수많은 사람들이 자기보다 먼저 이 길을 거쳐 갔다는 사실을 깨달았다. 그들이 그보다 조금 더 앞서 있을 뿐이었다. 그들도 여러 가지 결정을 내렸을 것이다. 자기 아들이나 딸을 화장해야 한다는 결정, 유골함 위에 어떤 묘석을 덮고 주위에 어떤 나무를 심을 것인가 하는 결정을. 그들은 장례식에 꽃과 음악을 가져왔을 것이다. 그리고 목사에게 자기 아이가 어떤 사람이었는지 이야기했을 것이다. 목사의 설교가 가능한 한 친숙하게 들리도록. 그는 벌벌 떨고 있는 손을 주머니에 쑤셔 넣었다. 그는 가장자리가 너덜너덜해진 낡은 외투를 입고 있었다. 오른쪽 주머니에서 단추가 하나 만져졌다. 그것이 몇 년 전부터 거기 들어 있었다는 생각이 떠올랐다.

묘지는 상당히 컸다. 맞은편 끝의 도로 옆에서 검푸른 색 나일론 외투를 입고 무덤 사이를 걸어 다니는 남자가 보였다. 여기서 일하는 사람인 것 같았다. 그는 무작정 그 남자 쪽으로 걸어갔다. 그가 수다쟁이이기를 바라면서. 그는 지금 별로 수다를 떨고 싶은 기분이 아니었다. 하지만 어쩌면 저 남자가 걸음을 멈추고 날씨 이야기를 하며 인사를 건넬지도 몰랐다. 언제나 날씨 얘기를 하면 되지. 에디는 속으로 생각했다. 하늘을 올려다보니 구름이 엷게 끼어 있었고, 기온은 온화했으며, 가벼운 산들바람이 불고 있었다.

"잠시만요!"

검푸른 외투를 입은 남자가 결국 걸음을 멈췄다.

홀란드는 목소리를 가다듬었다. "여기서 일하시는 분입니까?"

"예." 그가 고갯짓으로 화장장을 가리켰다. "제가 이곳 지배인입니다."

남자가 그에게 기분 좋은 미소를 지어 보였다. 세상에 무서울 것이 하나도 없다는 듯이. 인간의 부족한 점을 이미 볼 만큼 봤다는 듯이.

"여기서 일한 지 20년이 됐습니다. 이렇게 아름다운 곳에서 세월을 보내는 것도 좋지 않습니까?" 그는 느긋하고 상냥했다. 홀란드는 고개를 끄덕였다.

"예, 맞습니다. 그런데 나는 여길 걸으면서," 그가 더듬거렸다. "미래니 뭐니 그런 걸 생각하고 있군요." 그가 신경질적인 웃음을 터뜨렸다. "조만간 우리 모두 땅에 묻힐 겁니다. 도망칠 길이 없죠." 그는 주머니 속에서 주먹을 쥐었다. 단추가 만져졌다.

"맞는 말씀입니다. 가족이 여기 계십니까?"

"아뇨, 여긴 아닙니다. 고향의 묘지에 계시죠. 저희 집은 화장을 안 합니다. 사실 그게 뭔지도 잘 몰라요. 화장을 당하는 것 말입니다. 생각해보면 별 차이도 없을 것 같지만, 그래도 결정을 내려야 하죠. 내가 그렇게 늙은 건 아니지만, 그래도 땅에 묻힐 건지 화장을 할 건지 곧 결정을 내려야겠다고 생각하고 있었습니다."

이제는 남자의 얼굴에 미소가 없었다. 그는 회색 외투를 입은 남자를 강렬한 시선으로 바라보며 이 남자가 마음속에 담아둔 것을 말하려고 얼마나 자존심을 굽혔을지 생각해보았다. 사람들이 무덤 사이를 거니는 데에는 온갖 이유가 있는 법이었다. 그는 결코 말실수를 하고 싶지 않았다.

"그건 중요한 결정이죠. 시간을 두고 천천히 생각해야 하는 문제입니다. 자신의 죽음에 대해 지금보다 더 많이 생각해보아야 하는 사람들이 많아요."

"예, 그렇죠?" 홀란드는 안도했다. 그는 주머니에서 손을 꺼내 주위를 가리켰다. "하지만 그런 주제를 깊이 파고들어가기 싫어하는 사람도 있겠죠." 그는 자기가 '파고든다'는 단어를 썼다는 사실에 깜짝 놀랐다. "이상한 사람처럼 보일까 봐, 아니면 정신이 좀 올바르지 않은 사람처럼 보일까 봐…… 화장이 어떤 건지 알아보려고 하면 말이죠."

"사람들은 알 권리가 있습니다." 지배인이 몇 걸음 움직이면서 간단히 말했다. "그냥 아무도 물어보지 않는 것뿐이에요. 아니면 알고 싶어 하지 않거나. 하지만 혹시 알고 싶어 하는 사람이 있다면, 저는 충분히 이해합니다. 안으로 들어가서 제가 설명을 좀 해드릴까요?"

홀란드는 고맙다는 듯이 고개를 끄덕였다. 이 상냥한 남자와 함께 있는 것이 편안했다. 그는 자신과 비슷한 또래였으며, 몸이 호리호리했고, 머리숱이 많지 않았다. 두 사람은 함께 통로를 걸었다. 자갈들이 발밑에서 부드럽게 자박거렸고, 산들바람이 홀란드를 위로하려는 듯이 머리를 어루만졌다.

"사실 아주 간단합니다." 지배인이 말했다. "제가 순서대로 말씀드리죠. 먼저 고인이 들어 있는 관이 통째로 오븐 속에 들어갑니다. 저희는 화장을 위한 특수 관을 갖고 있어요. 나무로만 만들어진 관이죠. 손잡이까지 전부. 저희가 고인을 관에서 꺼내 그냥 오븐 속에 집어넣는다고는 생각하지 마세요. 뭐, 그런 생각을 안 하셨을 수도 있지만. 미국 영화를 본 사람들이 많아서 어느 정도 알고 계시거든요." 그가 미소를 지으며 말했다.

홀란드는 고개를 끄덕이며 다시 주먹을 쥐었다.

"오븐은 상당히 큽니다. 여기에는 오븐이 두 개 있어요. 전기로 작동하는데, 가스를 같이 주입하면 아주 강력한 화로가 됩니다. 온도가 거의 2,000도까지 올라가니까요." 그가 시선을 들며 미소를 지었다. 마치 희미한 햇빛을 조금이라도 받으려는 것처럼. "고인이 관 속에서 착용하고 있는 모든 물건도 함께 오븐으로 들어갑니다. 잘 타지 않는 보석 같은 것들은 나중에 유골함에 넣죠. 심장박동기나 수술용 나사나 부목 같은 것들은 저희가 제거하고요. 귀금속의 경우에는, 화장장 측이 그런 것을 다른 데로 빼돌린다는 소문을 아마 들으셨을 겁니다. 하지만 그런 소문을 믿으면 안 됩니다." 그가 단호하게 말했다. "절대 믿지 마세요."

이제 화장장 문이 가까워지고 있었다.

"뼈와 치아는 분쇄기로 갈아서 모래처럼 고운 회색 가루로 만듭니다."

남자가 분쇄기라는 말을 입에 담는 순간, 에디는 딸의 손가락을 생각했다. 작은 은반지를 낀, 섬세하고 가느다란 손가락. 그는 기가 막혀서 주머니 속에서 자신의 손가락을 움츠렸다.

"저희가 전 과정을 감시합니다. 진행 상황을 확인하는 거죠. 오븐에는 유리문이 달려 있습니다. 두 시간쯤 지나면 모든 걸 오븐에서 꺼냅니다. 고운 재가 나오는데 분량이 생각보다 훨씬 적습니다."

과정을 감시해? 유리문으로? 이 사람들이 안을 들여다볼 수 있단 말이야? 아니가 불에 타는 걸 본다고?

"원하신다면 오븐을 보여드릴 수 있습니다."

"아뇨, 싫습니다!" 그는 양팔을 옆구리에 딱 붙이고서 팔이 떨리는 것을 막으려고 안간힘을 썼다.

"재는 아주 깨끗합니다. 사실 이 세상에서 제일 깨끗하죠. 고운 모래처럼 생겼습니다. 옛날에는 그 재를 의료용으로 썼죠. 알고 계셨습니까? 무엇보다도 습진에 효과가 좋았습니다. 그걸 먹는 사람들도 있었죠. 재에는 염분과 무기물이 들어 있지만, 저희가 그걸 체로 걸러서 유골함에 넣습니다. 유골함이 어떻게 생겼는지 제가 보여드리겠습니다. 모양이 여러 가지니까 마음에 드는 걸 고르시면 됩니다. 저희는 표준형을 좋아합니다. 대부분의 고객들도 그걸 고르시고요. 유골함은 단단하게 밀봉되어서 작은 승강기를 통해 무덤 속에 안치됩니다. 저희는 이 의식을 '유골함 안장'이라고 부릅니다."

그가 홀란드를 위해 문을 열어주었고, 홀란드는 불빛이 희미한 건물 안으로 들어갔다.

"사실 이건 자연적인 과정을 조금 앞당기는 것에 지나지 않습니다. 어떤 의미에서는 더 깨끗하죠. 사람들은 누구나 재로 돌아갑니다. 하지만 전통적인 매장 방법을 따른다면 시간이 아주 오래 걸리죠. 약 20년이 걸리니까요. 매장된 곳의 토질에 따라 30년이나 40년이 걸리기도 하고요. 이 일대의 땅에는 모래와 진흙이 많기 때문에 더 오래 걸립니다."

"마음에 듭니다." 홀란드가 부드럽게 말했다. "재로 돌아간다는 게."

"그렇죠? 어떤 분들은 재를 바람에 뿌려달라고 합니다. 하지만 불행히도 이 나라에서는 그게 불법이에요. 그 문제를 법이 아주 엄격히 규정하고 있습니다. 법에 따르면, 모든 시신은 반드시 신성한 땅에 안장되어야 합니다."

"나쁘지 않군요." 홀란드가 목을 가다듬으면서 말했다. "하지만 지금 말씀하신 모습들이 머릿속을 계속 지나가서 기분이 아주 이상합니다. 그게 어떤 건지 상상해보면 그렇죠. 땅 속에 묻힌 시신은 부패합니다. 그리 기분 좋은 말은 아니죠. 하지만 불에 타는 것도 좀 그렇습니다."

썩을 것이냐, 탈 것이냐. 아니를 위해 무엇을 선택해야 하지?

그는 잠시 가만히 있었다. 금방이라도 무릎에서 힘이 빠져나간 것 같았지만 지배인이 참을성 있게 기다려준 덕분에 용기를 내서 말을 이을 수 있었다. "불에 타는 걸 생각하면 왠지…… 그러니까…… 지옥이 생각납니다. 내 딸이 그런……." 그는 갑자기 말을 끊었다. 그의 얼굴이 서서히 붉게 달아올랐다.

지배인은 한참 동안 꼼짝도 않고 서 있다가 마침내 그의 어깨를 토닥거리며 말했다. "그래도 결정을 내리셔야 합니다……. 따님이라고 하셨나요?"

홀란드가 고개를 숙였다.

"아주 진지하게 생각해보셔야 합니다. 이중으로 책임을 지는 것과 같거든요. 쉬운 일이 아니죠. 그럼요, 쉽지 않죠." 그가 홀쭉한 얼굴을 좌우로 흔들었다. "서두르지 마세요. 하지만 만약 화장을 하기로 결정하신다면, 따님이 반대한 적이 한 번도 없다는 문서에 서명하셔야 합니다. 물론 따님이 열여덟 살 미만이라면 아버님이 대신 결정을 내릴 수도 있지만요."

"우리 딸은 열다섯 살이에요."

지배인은 잠시 눈을 감았다가 다시 걷기 시작했다. "저랑 같이 예배당으로 가시죠. 제가 유골함을 보여드리겠습니다."

그는 홀란드를 데리고 계단을 내려갔다. 보이지 않는 손이 두 사람 위에 내려앉아서 세상을 모두 가려버린 것 같았다. 그들은 서로에게 몸을 기댔다. 지배인은 홀란드를 부축하기 위해서, 홀란드는 그의 따스한 기운을 받으려고. 아래층의 벽은 질감이 거칠고 새하얀 색이었다. 바닥에 빨간색과 하얀색 꽃이 꽂혀 있었고, 고통스러운 표정의 그리스도가 벽에 걸린 십자가에서 두 사람을 굽어보았다. 에디는 자신을 다잡았다. 뺨이 다시 원래 색깔을 찾은 것이 느껴졌고, 마음이 더 편안해졌다.

유골함은 벽에 매달린 선반 위에 있었다. 지배인이 유골함을 하나 내려서 홀란드에게 건네주었다. "한번 들어보세요. 좋지요?"

그는 유골함을 만지며 딸의 모습을 그려보려고 했다. 지금 품에 안고 있는 것이 딸이라고 느껴보려고. 유골함은 금속처럼 보였지만, 그는 이것이 생분해 소재임을 알고 있었다. 손에 닿는 감촉도 따뜻했다.

"이제 과정을 다 말씀드렸습니다. 이게 전부입니다. 제가 하나도 빼먹지 않고 말씀드렸으니까요."

에디는 황금색 유골함을 손가락으로 쓸어보았다. 감촉도 좋고 무게감도 있었다.

"유골함은 다공성이라 땅에서 올라오는 공기가 안으로 들어가 그 과정을 촉진할 수 있습니다. 나중에는 유골함도 사라질 겁니다. 모든 것이 사라진다는 사실이 왠지 신비롭고 멋지지 않습니까?" 그가 공손하게 미소를 지었다. "우리도 그렇게 될 겁니다. 이 건물도, 저 밖의 포장도로도요. 하지만 그래도," 그가 에디의 팔을 단단하게 잡으며 말했다. "저는 뭔가 더 위대한 것이 우리를 기다린다고 믿고 싶습니다. 뭔가 다르고 짜릿한 것. 그런 것이 없으란 법이 어디 있습니까?"

홀란드는 거의 놀란 것 같은 표정으로 그를 바라보았다.

"저희가 바깥쪽에 따님의 이름표를 붙일 겁니다." 그가 말을 맺었다.

홀란드는 고개를 끄덕이며 자기가 아직도 두 발을 딛고 서 있다는 사실을 깨달았다. 시간은 계속 흘러갈 것이다. 이제 고통이 한 조각 느껴지기 시작하면서 아니와 함께 조금 앞으로 나아갔다. 그는 불꽃과 오븐에서 나는 소리를 상상했다.

"거기에 아니라고 쓰세요." 그가 말했다. "아니 소피 홀란드라고."

그가 집에 돌아와 보니 아다가 멍하니 싱크대에 허리를 숙이고 진흙투성이의 빨간 감자를 씻고 있었다. 감자는 여섯 개였다. 한 사람 앞에 두 개씩. 옛날처럼 여덟 개가 아니었다.

감자가 너무 적은 것 같았다. 그녀의 얼굴에는 여전히 고통이 새겨져 있었다. 그녀가 병원에서 들것 위로 고개를 숙이고 의사가 시트를 걷은 순간부터 자리 잡은 표정이었다. 이제는 그 표정이 절대 벗어버릴 수 없는 가면처럼 그녀의 얼굴에 들러붙어 있었다.

"어디 갔다 왔어?" 그녀가 무미건조한 목소리로 물었다.

"생각을 해봤는데," 홀란드가 말했다. "아니를 화장해야 할 것 같아."

그녀가 감자를 떨어뜨리고 그를 노려보았다. "화장?"

"생각을 해봤어. 누가 그 애를…… 해쳤다는 걸. 그 놈이 아이 몸에 흔적을 남겼어. 그게 없어졌으면 좋겠어!"

그가 조리대에 무겁게 몸을 기대며 애처로운 눈으로 그녀를 바라보았다. 그가 뭔가를 요구하는 것은 드문 일이었다.

"무슨 흔적?" 그녀는 전혀 신경이 쓰이지 않는다는 듯이 다시 감자를 집어 들면서 물었다. "아니를 화장할 수는 없어."

"시간이 흐르면 당신도 화장에 익숙해질 거야." 그가 아까보다 조금 큰 소리로 말했다. "그건 아름다운 관습이야."

"아니를 화장할 수는 없어." 그녀가 계속 감자를 문지르면서 똑같은 말을 반복했다. "검사한테서 전화가 왔어. 아니를 화장하면 안 된대."

"왜?" 그가 양손을 쥐어짜며 소리쳤다.

"아이를 다시 파내야 할지도 모르니까. 범인을 찾으면."

7

바르디 스노라손은 강철 손잡이 밑으로 손을 넣어 아니를 벽 속에서 꺼냈다. 서랍이 기름을 잘 발라놓은 레일 위에서 거의 아무 소리 없이 미끄러졌다. 그는 이 어린 소녀의 시체를 보며 자신의 목숨이나 죽음, 또는 자기 딸들의 죽음을 생각하지 않았다. 옛날에는 그랬지만 이제는 아니었다. 그는 식욕이 좋았고, 밤에 잠도 잘 잤다. 그는 자신이 다른 사람들의 불행과 죽음을 다루며 최대한의 경의를 표하고 있으므로 언젠가 자기가 죽었을 때 후임자도 자신의 시체를 그렇게 대해줄 것이라고 생각했다. 검시관으로 30년을 보내는 동안 그 생각을 바꿔놓는 일은 한 번도 일어난 적이 없었다.

중요한 사항들을 모두 점검하는 데는 두 시간이 걸렸다. 작업을 하는 동안 점점 익숙한 흔적들이 눈에 띄었다. 허파에는 새알처럼 얼룩덜룩한 반점이 있었고, 메스로 자른 자리를 누르면 불그스름한 노란색 거품이 배어 나왔다. 뇌에는 피가 많이 고여 있었고, 목구멍과 가슴 근육에는 줄무늬 모양의 출혈 흔적이 있었다. 그녀가 공기를 찾아 심하게 숨을 헐떡거렸다는 뜻이었다. 그는 자신이 찾아낸 것들을 녹음했다. 간략하고 간결한 그의 말은 이 분야의 전문가가 아니면 거의 해석하기 어려웠다. 나중에 그의 조수가 녹음된 내용을 정확한 용어로 번역해서 서면 보고서를 작성할 것이다.

모든 것을 점검한 후 그는 두개골 윗부분을 제자리에 놓고 그 위에 피부를 덮은 다음 시신을 깨끗이 씻었다. 텅 빈 흉강에는 신문지를 채워 넣었다. 그러고는 다시 시신을 꿰맸다. 배가 몹시 고팠다. 다음 시신을 부검하기 전에 뭘 좀 먹어야 할 것 같았다. 살라미를 얹은 오픈 샌드위치 네 개와 보온병에 든 커피가 그를 기다리고 있었다.

문에 달려 있는 반투명 유리창으로 누군가의 모습이 눈에 들어왔다. 그 사람은 걸음을 멈추고 잠시 가만히 서 있었다. 마치 돌아서고 싶은 사람처럼. 스노라손은 장갑을 벗으며 미소를 지었다. 그렇게 키가 큰 사람은 그리 많지 않았다.

세예르는 안으로 들어오면서 살짝 고개를 숙여야 했다. 그는 아니가 시트에 싸여 누워 있는 부검대를 무심하게 흘깃 바라보았다. 그의 신발에는 이 안으로 들어올 때 반드시 착용해야 하는 비닐 덮개가 씌워져 있었다. 헐렁한 파스텔 색조의 덮개가 아주 우습게 보였다.

"방금 끝났어." 스노라손이 말했다. "아니는 저쪽에 있네."

이제 세예르가 좀 더 흥미로운 눈길로 부검대 위의 시신을 바라보았다. "내가 운이 좋았군."

"그건 좀 두고 봐야지." 스노라손은 팔꿈치 아래의 팔과 손을 닦기 시작했다. 그는 뻣뻣한 솔로 몇 분 동안 피부와 손톱을 문지른 다음 역시 몇 분 동안 물로 헹궜다. 그러고는 벽에 걸린 걸개에서 종이 수건을 찢어 손의 물기를 닦고 의자를 하나 잡아당겨 세예르에게 밀어주었다. "별로 새로운 것이 없었어."

"내 희망을 그렇게 무참히 꺾어버리지 마. 그래도 뭔가 있기는 했겠지?"

스노라손은 굶주린 배를 잠시 무시하고 의자에 앉았다. "여기서 찾아낸 것의 가치를 결정하는 건 내 일이 아냐. 하지만 대개 우리가 뭔가를 찾아내기는 하지. 저 아이는 너무 흔적이 없네."

"아마 범인이 힘세고 건강한 녀석이었겠지. 그리고 전혀 예상치 못한 순간에 저 아이를 기습했을 거야. 그러고는 저 아이 옷을 벗긴 거지."

"그랬을지도 모르지. 하지만 이 아이는 폭행당하지 않았어. 처녀는 아니지만, 성폭행을 당하지도 않았고 다른 폭행도 당하지 않았어. 그냥 익사했을 뿐이야. 범인이 아이의 옷을 벗기기는 했지. 아이가 죽은 다음에 깔끔하게. 셔츠 단추가 떨어지지도 않았고, 솔기도 뜯어지지 않았네. 어쩌면 아이의 옷을 벗긴 사람이 저 아이의 자살을 막으려다가 뭔가에 놀라 도망쳤는지도 모르지. 아니면 용기를 잃었거나 정욕을 잃었는지도 모르고. 지금으로서는 도무지 알 수가 없네."

"어쩌면 범인은 우리한테 성폭행범이라는 인상을 주고 싶었는지도 모르지."

"왜 그런 짓을 해?"

"진짜 살해 동기를 숨기려고. 그렇다면, 이번 사건에 우리가 추적해야 하는 배경이 있고, 이번 사건은 정신 나간 놈이 충동적으로 저지른 짓이 아니라는 얘기야. 게다가 아니가 자의로 범인을 따라간 게 틀림없어. 틀림없이 범인과 아는 사이였거나, 범인이 아니에게 아주 좋은 인상을 줬겠지. 그런데 내가 들은 바로는 아니 홀란드한테 호감을 얻기가 쉽지는 않았을 걸세." 그는 겉옷의 단추를 하나 열고 카운터 위로 몸을 기울였다. "이제 말해봐. 부검에서 뭘 찾아냈는지."

"열다섯 살의 소녀." 스노라손이 목사가 찬송가를 읊조리는 것 같은 목소리로 말했다. "키 168센티미터, 몸무게 65킬로그램, 체지방은 극히 적음. 열심히 운동을 한 탓에 지방이 대부분 근육으로 바뀌었음. 열다섯 살 소녀치고는 지나치게 운동을 했을 가능성이 있음. 그 또래 애들은 뭐든지 좀 살살 할 필요가 있는데, 한 번 시작하고 나면 아마 쉽게 바꿀 수가 없는 모양이야. 그래서 근육이 아주 많아. 같은 또래의 평범한 남자 아이들보다 더 많은 정도니까. 폐활량이 아주 큰 것으로 봐서 피해자가 의식을 잃을 때까지 시간이 오래 걸렸을 거야."

세예르는 바닥을 내려다보다가 낡은 리놀륨의 무늬가 자기 집 화장실과 비슷하다는 것을 깨달았다.

"실제로 얼마나 걸리지?" 그가 물었다. "어른이 익사하는 데 시간이 얼마나 걸려?"

"2분에서 10분. 각자의 신체 상태에 따라 달라. 저 아이가 내 생각대로 최상의 상태였다면 아마 10분 가까이 걸렸을 걸세."

10분이라. 거기에 60을 곱하면 600초가 된다. 10분 동안 그가 할 수 있는 일이 무엇일까. 샤워. 식사.

"허파가 확장되어 있어. 만약 저 아이가 보통 사람들과 똑같은 반응을 보였다면 물속으로 들어가면서 두어 번 크게 숨을 들이쉬었을 걸세. 경악호흡이라고 하는 건데, 그러고 나서 의식을 잃을 때까지 입을 꾹 다물었겠지. 그 다음에는 한정된 양의 물이 허파 속으로 비집고 들어갔을 테고. 뇌와 골수에서 해조의 일종인 규조류를 찾아냈네. 많지는 않지만, 그 호수가 원래 별로 오염되지 않은 곳이니까. 사인은 익사야.

저 아이 몸에는 수술 흔적도 없고, 기형도 없고, 영양실조 흔적도 없고, 문신도 없고, 피부에 흠집도 전혀 없어. 머리카락은 자연색 그대로이고, 손톱은 그냥 짧게 깎기만 했을 뿐 전혀 다듬지 않았어. 진흙 외에는 특별히 관심을 둘 만한 것이 끼어 있지도 않아. 치아 상태도 아주 좋고. 아래쪽 어금니 하나를 세라믹으로 때웠더군.

혈액 속에는 알코올이나 기타 화학약품의 흔적도 없어. 주

사바늘 자국도 없고. 그날 식사도 잘했더군. 빵하고 우유. 뇌에 이상한 부분도 없고, 임신한 적도 없어. 그리고······." 그가 갑자기 한숨을 내쉬며 세예르를 물끄러미 바라보았다. "앞으로도 결코 임신할 수 없었을 거야."

"뭐? 왜?"

"왼쪽 난소에 커다란 종양이 있는데 이미 간으로 전이되기 시작했어. 악성이야."

세예르는 가만히 앉아서 그를 멀거니 바라보았다. "저 아이가 중병에 걸렸다는 말인가?"

"그래. 설마 몰랐던 거야?"

"저 아이 부모도 모르고 있었어." 그는 믿을 수 없다는 듯 고개를 저었다. "알고 있었다면 나한테 뭐라고 얘길 했겠지. 안 그래? 저 아이 본인도 혹시 몰랐던 것 아닐까?"

"글쎄, 저 아이가 진찰을 받은 적이 있는지, 그래서 병명을 알았는지 자네가 조사해봐야지. 하지만 배가 아팠을 거야. 적어도 월경 중에는. 저 아이는 격렬한 훈련을 받았어. 그러니 몸속에 엔도르핀이 하도 많아서 통증을 못 느꼈을지도 모르지. 하지만 어쨌든 저 아이는 가망이 없었어. 의사들도 저 아이를 구하지 못했을걸. 간암은 아주 독한 병이야." 그가 고갯짓으로 부검대를 가리켰다. 아니의 머리와 발의 윤곽이 시트 밑에 선명히 드러나 있었다. "몇 달 안에 죽었을 거야."

그 말을 듣는 순간 세예르는 자기가 왜 여기 왔는지 잊어버렸다. 그는 일이 분이 지난 뒤에야 비로소 정신을 차릴 수 있었다.

"내가 말해줘야 할까? 저 아이 부모한테?"

"그건 자네가 결정해야지. 하지만 부모라면 그 사실을 알고 싶어 할 거야."

"그러면 아이를 또 한 번 잃는 것 같을 텐데."

"그렇겠지."

"자기들이 그걸 몰랐다며 자책할 거야."

"아마도."

"아니의 옷은 어때?"

"진흙물로 완전히 젖었어. 내가 자네한테 보낸 파카만 빼고. 그런데 허리띠에 놋쇠 버클이 달려 있더군."

"그래?"

"눈과 입이 있는 반달 모양의 커다란 버클이야. 감식반이 거기서 지문을 두 개 찾아냈는데, 그중 하나는 아니 거야."

세예르는 눈을 가늘게 떴다. "그럼 다른 하나는?"

"안타깝게도 지문이 일부뿐이라서 별로 도움이 안 돼."

"젠장." 세예르가 말했다.

"그 지문 주인이 틀림없이 이번 일과 관련이 있을 거야. 용의자가 아닌 사람들을 제외시키는 데 그 지문이 도움이 되겠지. 그것만으로도 의미가 있지 않나?"

"아이 목에 난 흔적은? 범인이 오른손잡이였나?"

"몰라. 하지만 아니가 워낙 튼튼했으니까, 범인도 허약한 놈은 아니었겠지. 틀림없이 둘이 몸싸움을 했을 거야. 저 아이 몸에 흔적이 없는 게 이상할 뿐이지."

세예르가 일어섰다. "어쨌든 지금은 저 아이 몸에 무슨 자국이라도 있을 거 아냐."

"아냐, 흔적이 없어! 자네가 한번 보라고. 우리가 하는 일은 예술이야. 나도 엉성한 예술가가 아니고."

"서면 보고서를 언제 받아볼 수 있을까?"

"내가 연락할게. 그러면 그 곱슬머리 젊은 경찰관을 보내. 그건 그렇고 자네는 어때? 단서를 좀 찾았나?"

"아니." 그가 말했다. "하나도 못 찾았어. 누구든 아니 홀란드를 죽일 만한 이유가 하나도 없는 것 같아."

어쩌면 아니가 노래 제목을 암호로 썼는지도 모른다. 아니가 그토록 좋아하던 그 플루트 연주곡, 「아니의 노래」.

할보르는 컴퓨터 앞에 앉아서 곰곰이 생각에 잠겼다. 혹시 할머니가 부르실지 몰라서 거실로 통하는 문은 열어 두었다. 요즘 할머니의 목소리에 힘이 없었다. 그리고 관절염이 심할 때는 안락의자에서 일어서는 것도 몹시 힘들어했다. 그는 손에 턱을 괴고 화면을 뚫어지게 바라보았다.

'접근 불가. 암호를 입력하시오.'

배가 고팠지만, 지금은 다른 것들과 마찬가지로 그리 시급한 일이 아니었다.

경찰 본부에서 세예르는 한쪽 귀퉁이를 호치키스로 찍어놓은 서류 뭉치를 읽고 있었다. 글자들이 종이에 빽빽했다.

비예르켈리 어린이집을 뜻하는 약자 BCH가 계속 서류에 등장했다. 할보르의 어린 시절은 우울하기 짝이 없었다. 그의 어머니는 몸이 약해서 침대에 누워 훌쩍거리며 대부분의 시간을 보냈다. 신경이 예민했기 때문에 손이 닿는 곳에 놓아둔 진정제의 양은 계속 늘어나기만 했다. 그녀는 밝은 빛이나 커다란 소리를 참지 못했다. 아이들은 소리를 지를 수 없었다. 세예르는 할보르가 정말 힘든 어린 시절을 보냈다는 생각이 들었다. 할보르가 꾸준히 직장에 다니면서 할머니까지 돌보는 것이 놀라울 따름이었다.

할보르는 빈칸에 여러 노래 제목들을 생각나는 대로 입력했다. 하지만 어김없이 '접근불가'라는 문구가 화면에 나타났다. 틀림없이 죽인 줄 알았는데 계속 붕붕거리며 날아다니는 파리 같았다. 그는 이미 생각해낼 수 있는 숫자 암호를 모두 시도해보았다. 가까운 사람들의 생일은 물론 그녀의 자전거 일련번호까지. 그는 그녀가 유리병 속에 넣어둔 여분의 자전거 열쇠에서 그 번호를 찾아냈다. 그녀는 DBS 인트루더 자전거를 갖고 있었는데, 그에게 자전거 열쇠를 집에 보관해두라고 굳이 고집을 부렸다. 그 생각을 하다 보니 열쇠를 에디에게 돌려줘야겠다는 생각이 들었다. 그리고 이 생각과 동시에 그는 화면에 '인트루더'라는 말을 입력했다.

아버지의 알코올중독과 어머니의 신경쇠약은 처음부터 할보르 가족의 특징이었다. 할보르와 그의 남동생은 집 안을 비틀비틀 돌아다니면서 스스로 먹을 것을 챙겨 먹었다. 그것도 집에 먹을 것이 있을 때의 이야기지만. 아버지는 대개 시내에서 술을 마셨다. 처음에는 봉급으로 술을 마시더니 나중에는 복지수당까지 술값으로 날려버렸다. 친절한 이웃 사람 몇 명이 최선을 다해 아버지 모르게 아이들을 도와주었다. 세월이 흐를수록 아버지는 점점 폭력적으로 변했다. 아이들은 아버지를 피해 자기 방으로 도망쳐 문을 잠그곤 했다. 그러면서 점점 여위어갔고, 말수가 줄어들었다.

아니는 숫자를 암호로 쓰지 않은 것 같았다. 아니는 여자니까 암호를 정할 때 상상력을 동원했을 것이다. 단어를 조합하는 것이 가장 가능성이 높았다. 단어 두세 개의 조합. 아마 상징적인 의미가 있는 단어들일 것이다. 아니면 사람 이름일 수도 있었다. 하지만 그는 이미 수많은 사람들의 이름을 입력해보았다. 심지어 아니 어머니의 이름까지도. 아니가 그 이름을 절대 선택하지 않았으리라는 것을 알면서도. 그는 쇨비의 아버지 이름인 악셀 비외르크와 그의 개 이름인 아킬레스도 입력해보았다.

'접근불가.'

그의 손과 손가락은 모두 가늘었다. 금방 쓰러질 것처럼 휘청거리면서 미친 듯이 날뛰는 주정뱅이의 턱에 주먹을 박아넣을 수 있는 손이 아니었다. 아버지와 싸움을 벌이는 일이 몹시 힘겨웠을 것이다. 두 형제는 타박상과 찰과상을 입고 정기적으로 응급실에 나타났다. 암사슴 같은 아이들의 눈은 이렇게 말하고 있었다. "앞으로 잘할게요. 때리지 마세요." 아이들은 거리에서 다른 애들이랑 싸웠다거나, 계단에서 굴렀다거나, 자전거를 타다 넘어졌다고 말했다. 하지만 그건 아버지를 보호하려는 거짓말이었다. 집이 무서운 곳이기는 해도, 아이들에게는 익숙한 곳이었다. 집으로 가지 않는다면 고아원이나 위탁가정으로 가는 수밖에 없는데, 그렇게 되면 둘이 헤어질 가능성이 있었다. 할보르는 영양 결핍과 수면 부족으로 학교에서 자주 정신을 잃었다. 그가 형이라서 음식을 대부분 동생에게 주어버렸기 때문이었다.

할보르는 그녀가 읽었다고 이야기했던 책으로 방향을 돌렸다. 책 제목, 책 속의 등장인물, 그들이 했던 말 같은 것들. 시간은 아주 많았다. 이 작업을 하면서 그는 아니와 아주 가까워진 듯한 기분을 느꼈다. 암호를 찾는 일은 그녀에게 돌아가는 길을 찾는 것과 같았다. 그는 그녀가 자신의 작업을 지켜보고 있다고 상상했다. 어쩌면 그녀가 그에게 신호를 보낼지도 몰랐다. 그가 이 작업을 포기하지 않는다면. 그녀의 메시지는 추억이라는 형태로 다가올 것이다. 그녀가 했던 말, 그가 마음속에 담아두었던 일. 그가 깊이 파헤치기만 한다면 그런 것들이 스스로 모습을 드러낼 것이다. 그는 점점 더 많은 것을 기억해냈다. 마치 섬세한 거미줄을 한 줄, 한 줄 걷어내고 있는 것 같았다. 거미줄을 하나씩 걷어낼 때마다 그 뒤에 새로운 거미줄이 있었다. 야영을 갔던 일, 자전거를 탔던 일, 저녁에 영화관에 갔던 일. 두 사람은 자주 영화를 보러 갔다. 아니의 웃음소리도 기억났다. 묵직해서 거의 남자 같은 웃음소리. 그의 등을 두드리던 그녀의 힘센 주먹도 기억났다. 그녀는 그렇게 그를 치면서 그녀만의 특별한 말투로 "포기해, 할보르!"라고 말했다. 애정과 훈계가 동시에 들어 있는 말투. 그 외에 그녀가 그를 달래거나 쓰다듬는 경우는 아주 드물었다.

아동복지국에서 집을 방문하겠다고 연락이 올 때마다 아버지는 알코올중독 치료제를 몇 알 삼키고, 몸을 씻고, 집을 청소하고, 작은 아들을 무릎에 앉혔다. 그는 힘이 아주 셌으며 말할 수 없이 고집스러운 표정을 지을 수 있었다. 그러면 사회복지사들은 겁에 질려 즉시 물러나버렸다. 어머니는 이불 속에서 희미하게 미소를 지으며 "내가 아파서 가엾은 토르켈이 너무 할 일이 많아요"라고 말하곤 했다. 사회복지사들도 충분히 이해할 수 있는 말이었다. 아이들이 한창 말썽을 피우는 나이였으니까. 사회복지사들은 상황을 명확히 파악하지도 않고 가버리곤 했다. 누구에게나 한 번 더 기회를 줘봐야 하는 법이라면서. 할보르는 어머니, 동생과 대부분의 시간을 보냈다. 숙제를 한 번도 한 적이 없었지만 성적이 좋았던 것으로 보아 틀림없이 머리가 좋은 아이였다. 아버지는 점점 현실감각을 잃어버렸다. 어느 날 밤 두 아이가 자는 방으로 아버지가 쳐들어왔다. 그날 밤도 할보르의 동생은 형의 침대에서 자고 있었다. 아버지는 칼을 들고 있었다. 할보르는 아버지의 손에서 번쩍이는 칼을 보았다. 아래층에서 어머니가 겁에 질려 울먹이는 소리가 들렸다. 갑자기 날카로운 통증이 느껴졌다. 칼이 그의 관자놀이를 때린 것이다. 그가 재빨리 몸을 피하자 관자놀이 대신 뺨이 칼에 베이면서 반으로 갈라졌다. 칼은 입을 향해 계속 내려가다가 그의 어금니에 걸렸다. 그제야 비로소 그의 아버지가 정신을 차렸다. 베개는 피로 얼룩졌고, 작은 아들은 비명을 질러댔다. 그는 전속력으로 계단을 달려 내려가서 마당의 장작 창고에 숨었다. 그의 뒤에서 문이 쾅 하고 닫혔다.

할보르는 날카로운 손톱으로 입가를 긁적이다가 갑자기 아니가 『소피의 세계』라는 책에 열광하던 것을 기억해냈다. 그녀의 이름이 아니 소피였으므로, 그는 그 책의 제목을 입력해보았다. 아주 영리한 암호가 될 것 같았지만, 그녀는 그렇게 생각하지 않은 모양이었다. 이번에도 역시 화면에는 변화가 없었다. 그는 계속 이것저것 시도해보았다. 뱃속에서 꼬르륵거리는 소리가 났고, 관자놀이가 욱신거렸다. 두통이 시작될 것 같았다.

세예르와 스카레는 사무실 문을 잠그고 복도를 걸어 내려갔다. 두 아이는 비예르켈리에서 잘 지냈다. 할보르는 가끔 그 고아원을 찾아오는 가톨릭 신부를 잘 따르게 되었다. 그가 9학년을 마쳤을 때의 일이었다. 할보르의 동생은 위탁가정에 맡겨졌기 때문에 그때 할보르는 혼자였다. 얼마 후 그는 할머니와 함께 살기로 했다. 그는 누군가를 돌보는 일에 익숙했다. 그런 일을 하지 않을 때는 자신이 쓸모없는 사람 같았다.

"그런 일을 겪고도 아이들이 무사히 자랐으니 묘하네요."
스카레가 고개를 절레절레 저으며 말했다.

"어쩌면 할보르가 정말로 어떤 사람이 되었는지 우리가 잘 모르는 건지도 모르지." 세예르가 무뚝뚝하게 말했다. "앞으로 좀 두고 보자고."

스카레는 당혹스러운 표정으로 자동차 열쇠를 만지작거리며 고개를 끄덕였다.

할보르의 두통이 심해지고 있었다. 이제야 비로소 밤이 되었다. 할머니는 오랫동안 혼자 앉아 있었다. 그는 깜박이는 화면을 계속 들여다본 탓에 눈이 아팠다. 그는 조금 더 작업을 계속하다가 아니의 암호를 찾아낼 확률이 얼마나 되는지, 만약 암호를 찾아낸다면 아니의 문서 속에 어떤 내용이 있을지 짐작도 못하고 있다는 사실을 깨달았다. 어쩌면 그녀에게 비밀이 있었는지도 모른다. 그는 그것을 반드시 알아내야 했다. 어쨌든 시간은 많았으니까. 결국 그는 뭘 좀 먹으려고 할 수 없이 의자에서 일어섰다. 그리고 모니터를 켜둔 채 부엌으로 나갔다. 할머니는 미국 남북전쟁에 관한 텔레비전 프로그램을 보고 있었다. 할머니는 파란 군복을 입은 사람들을 응원했는데, 그들이 더 잘생겼다는 것이 그 이유였다. 게다가 그녀는 회색 군복을 입은 사람들의 말투가 너무나 듣기 싫었다.

스카레는 천천히 얌전하게 차를 몰았다. 그는 자신의 상관이 빠르게 달리는 것을 몹시 싫어한다는 사실을 이미 터득했다. 도로 상태도 몹시 나빴다. 살얼음이 언데다가 내내 좁고 구불구불했다. 아직도 날씨가 추웠다. 누군가가 중간에 매복하고 있다가 여름을 어디 다른 곳으로 데려가서 한가로이 대화를 나누며 붙들어두고 있는 것 같았다. 새들은 집으로 돌아온 것을 후회하며 덤불 밑에서 옹송그렸고, 사람들은 씨앗을 뿌리다가 말았다. 땅은 완전히 벌거숭이였다. 딱딱하게 마른 흙에는 바퀴자국도 남지 않았다.

할보르는 그릇에 콘플레이크를 붓고 설탕을 듬뿍 뿌렸다. 그리고 그릇을 들고 식당으로 가서 식탁보를 걷어 올렸다. 식탁보에 음식을 쏟기 싫어서였다. 손에 든 숟가락이 덜덜 떨렸다. 혈당이 너무 낮아져서 귀가 윙윙 울렸다.

"흑인 남자가 소비조합 식품점에 새로 왔더라." 할머니가 뜬금없이 말했다. "너도 봤니, 할보르?"

"거기 이름이 지금은 키위로 바뀌었어요. 소비조합은 없어졌다고요. 예, 저도 봤어요. 그 사람 이름은 필립이에요."

"베르겐 사투리를 쓰더라. 그렇게 생긴 사람이 베르겐 사투리를 쓰는 건 싫어."

"그 사람이 베르겐 출신인 걸 어떻게 해요." 할보르가 든 숟가락에서 우유와 설탕이 흘러내렸다.

"거기서 나고 자란 사람이에요. 부모님은 탄자니아 출신이고요."

"그 청년이 자기 나라 말을 쓰면 훨씬 더 좋을 텐데."

"베르겐 사투리가 그 사람 말이에요. 게다가 그 사람이 스와힐리어를 쓰면 할머니는 한마디도 못 알아들을걸요."

"그래도 그 청년이 입을 열 때마다 난 무서워 죽겠어."

"금방 익숙해질 거예요."

두 사람의 대화는 항상 이런 식이었다. 대개 두 사람은 의견이 일치하는 편이었다. 할머니가 걱정거리를 던져놓으면 할보르가 재빨리 손쉽게 그것을 집어 들었다. 마치 잘못 접어서 다시 접어야 하는 종이비행기를 집어 들 듯이.

자동차가 진입로로 다가갔다. 멀리서 보니 집이 별로 매력적으로 보이지 않았다. 공중에서 내려다보면 이 집이 얼마나 외딴 곳에 있는지 알 수 있을 것이다. 길에서 쑥 들어간 곳에서 덤불과 나무로 반쯤 가려진 이 집은 이웃들이 못 보게 숨고 싶어 하는 것 같았다. 작은 창문들이 벽에 높이 달려 있었다. 비바람을 견딜 수 있는 미늘벽판자로 된 벽은 빛바랜 회색이었다. 마당에는 잡초가 무성했다.

식당 창문을 통해 할보르는 희미한 빛을 보았다. 자동차 소리가 들려오자 그는 입에 있던 우유를 조금 흘렸다. 자동차 헤드라이트가 방 안의 희미한 불빛을 뚫고 깜박거렸다. 잠시 후 두 사람이 문간에 서서 그를 바라보고 있었다.

"이야기를 좀 해야겠다." 세예르가 말했다. "우리랑 같이 가줘야겠어. 하지만 그 전에 먹던 건 마저 먹어야겠지."

이제 그는 배가 고프지 않았다. 사실 그도 경찰이 자신을 쉽사리 놓아줄 것이라고는 생각하지 않았다. 그는 차분하게 부엌으로 가서 그릇을 꼼꼼히 씻었다. 그리고 자기 방으로 들어가 모니터를 끄고, 할머니 귀에 뭐라고 속삭이고 나서 두 사람을 따라 밖으로 나왔다. 그는 자동차 뒷좌석에 혼자 앉아야 한다는 점이 마음에 들지 않았다. 옛날 일이 생각났으니까.

"난 지금 아니가 어떤 사람이었는지 알아내려고 애쓰고 있어." 세예르가 말했다. "아니가 어떤 사람이고, 어떻게 살았는지. 네가 아니에 대해 아는 걸 전부 얘기해줬으면 좋겠다. 너와 같이 있을 때 아니가 무엇을 했고, 무슨 말을 했는지. 아니가 아는 사람들을 전부 멀리 했을 때 네가 무슨 생각을 하고 무슨 환상을 품었는지, 그리고 서펀트 호수에서 무슨 일이 있었는지. 전부 말이야, 할보르."

"전 전혀 모르는 일이에요."

"그래도 생각은 좀 해봤겠지."

"생각이야 많이 해봤지만, 말이 되는 게 하나도 없어요." 할보르가 말했다.

침묵이 흘렀다. 할보르는 세계지도가 그려진 세예르의 책상 덮개를 유심히 살피다가 자기가 사는 곳이 대충 어디쯤인지 찾아냈다.

"너는 아니의 삶에서 중요한 자리를 차지하고 있었어." 세예르가 말했다. "내가 알아내고 싶은 게 바로 그거야. 아니가 살아온 삶의 지도를 그리고 싶은 거라고."

"그래요?" 할보르가 건조한 목소리로 말했다. "지도를 그리신다고요?"

"너한테 더 좋은 생각이 있나?"

"아뇨."

"네 아버지는 돌아가셨지." 세예르가 불쑥 말했다. 그는 자기 앞에 있는 젊은이의 얼굴을 유심히 살펴보았다. 할보르는 자기 앞에 버티고 있는 세예르의 존재 자체가 긴장감을 조성하는 것처럼 느껴졌다. 그래서 힘이 빠졌다. 특히 세예르와 눈이 마주쳤을 때는 더 그랬다. 그래서 그는 고개를 숙이고 앉아 있었다.

"아버지는 자살하셨어. 하지만 너는 지난번에 부모님이 별거중이라고 했어. 말하기 어려운 이야기인가?"

"그런 것 같아요."

"그래서 나한테 사실을 숨긴 거야?"

"딱히 자랑할 일은 아니잖아요."

"그거야 그렇지. 아니하고 무슨 볼일이 있었는지 말해주겠나? 아니가 살해당하던 날 네가 호르겐의 가게에서 아니를 기다리고 있었으니까 하는 말이야."

할보르는 진정으로 놀라는 것 같았다. "죄송하지만, 완전히 잘못 짚으셨어요!"

"오토바이를 탄 사람이 중요한 시간대에 가게 근처에서 목격됐어. 그때 너도 오토바이를 타고 돌아다니고 있었지. 그러니 그 사람이 너일 수도 있어."

"그 목격자의 시력을 되도록 빨리 확인해보시는 게 좋을 거예요."

"할 말이 그것뿐인가?"

"예."

"그럼 확인해보도록 하지. 뭘 좀 마시겠나?"

"아뇨."

또 침묵이 흘렀다. 할보르는 주위의 소리에 귀를 기울였다. 누군가가 근처에서 웃고 있었다. 너무나 비현실적이었다. 아니는 죽었는데 사람들은 이런저런 소리를 내면서 아무 일도 없었던 것처럼 행동하고 있다니.

"아니가 어디 아픈 것 같은 기색은 없었나?"

"예?"

"아니가 어디 아프다고 하거나 그런 적 없어?"

"아니만큼 건강한 사람은 없었어요. 아니가 아팠다는 말씀이세요?"

"미안하지만 너한테 모든 정보를 다 알려줄 수는 없어. 네가 아니랑 가까운 사이였다 해도. 아니가 아프다는 소리를 한 번도 안 했어?"

"예."

말투가 퉁명스럽지는 않았지만, 세예르는 일부러 느릿느릿 말하면서 단어를 또박또박 발음하고 있었다. 그래서인지 머리가 희끗희끗한 그의 모습이 아주 권위적으로 보였다.

"네가 하는 일에 대해 얘기해보지. 공장에서 어떤 일을 하나?"

"다들 일을 돌아가면서 해요. 어떤 주는 포장을 하다가, 그 다음 주에는 기계를 담당하고, 그 다음 주에는 배달을 하는 식으로요."

"일이 마음에 들어?"

"별로 생각할 필요가 없는 일이니까요."

"생각할 필요가 없다고?"

"일에 대해서요. 그냥 하던 대로 하면 돼요. 다른 생각을 하면서."

"예를 들면 어떤 생각?"

"무슨 생각이든지요." 그가 말했다. 상대를 경계하는 말투였다. 그가 자신의 말투를 의식하지 못하는 것일 수도 있고, 어렸을 때의 습관일 수도 있었다. 오랫동안 야단을 맞고 구타를 당하다 보니 말 한마디 한마디를 신중히 가늠해볼 수밖에 없었을 것이다.

"요즘은 뭘 하면서 시간을 보내지? 예전에 아니랑 함께 보내던 시간 말이야."

"어떻게 이런 일이 벌어졌는지 알아보려고 해요." 그가 무심결에 내뱉었다.

"무슨 단서라도 있나?"

"제 기억을 더듬고 있어요."

"네가 알고 있는 걸 전부 우리한테 털어놓은 것 같지 않은데."

"전 아니한테 아무 짓도 안 했어요. 경감님은 제가 그랬다고 생각하시죠?"

"솔직히 말해서 나도 잘 모르겠어. 네가 날 도와줘야 돼, 할보르. 아니의 성격이 조금 변한 것 같던데. 너도 그렇게 생각하나?"

"예."

"그렇게 성격이 변한 이유를 어느 정도는 이해할 수 있지. 여러 가지 원인이 있을 테니까. 예를 들어, 사람들은 가까운 사람을 잃으면 성격이 급격히 변하지. 정신적으로 심한 충격을 받거나 중병을 앓을 때도 마찬가지고. 예의바르고, 부지런하고, 근면하다는 소리를 듣던 젊은이가 몸을 다친 뒤에는 세상일에 완전히 무관심해질 수도 있어. 상처가 회복되더라도 말이야. 성격 변화를 일으키는 또 다른 요인은 바로 마약이지. 아니면 강간처럼 심한 폭행을 당하는 것이나."

"아니가 강간당했나요?"

세예르는 일부러 대답하지 않았다.

"내가 말한 원인 중에 혹시 귀에 익은 것 없나?"

"아니한테 비밀이 있었던 것 같아요." 마침내 그가 말했다.

"비밀이 있었던 것 같다고? 계속해봐."

"아니의 삶 전체를 뒤흔들어놓은 일이 있었어요. 아니가 도저히 무시할 수 없는 일."

"그런데 너는 그게 어떤 일인지 모른다?"

"예. 전혀 몰라요."

"너 말고 아니를 가장 잘 아는 사람이 누구지?"

"아니 아버지요."

"두 사람이 속을 터놓지는 않았는데도?"

"그래도 상대를 잘 알 수 있어요."

"그렇군. 그럼 만약 아니가 입을 닫아버린 이유를 이해할 수 있는 사람이 있다면, 에디가 바로 그 사람이다?"

"아저씨 입을 열 수 있는지가 문제예요. 아주머니 없이 아저씨만 이리로 부르시는 편이 좋을 거예요. 그러면 아저씨가 말을 더 많이 하실걸요."

세예르는 고개를 끄덕였다. "악셀 비외르크를 만난 적이 있나?"

"쇨비 아버지요? 한 번 있어요. 아니랑 쇨비랑 같이 만나러 갔어요."

"그 사람이 어떤 사람인 것 같던가?"

"괜찮은 사람이었어요. 우리더러 또 놀러오라고 했어요. 우리가 간다니까 슬퍼하는 것 같았어요. 그런데 우리가 거기 갔다 온 걸 아주머니가 알고는 펄펄 뛰었어요. 그래서 쇨비가 그 사람을 몰래 만나러 가곤 했어요. 그런데 좀 지나니까 별로 그러고 싶지 않다고 하더라고요. 아주머니가 쇨비의 마음을 돌려놓은 것 같아요."

"쇨비는 어떤 아이야?"

"쇨비 이야기는 별로 할 게 없어요. 경감님이 보신 게 전부예요. 쇨비를 파악하는 데는 오래 걸리지도 않아요."

세예르는 손에 머리를 기대는 척하면서 얼굴을 숨겼다. "우리 콜라나 좀 마실까? 방 안이 너무 건조해서 말이야. 합성수지와 섬유유리, 그리고 비참한 이야기밖에 없으니."

할보르는 고개를 끄덕이고 조금 긴장을 풀었다. 하지만 이내 다시 긴장했다. 어쩌면 이것도 모종의 전술일지 몰랐다. 머리가 희끗희끗한 경감이 처음으로 인간적인 면을 슬쩍 보여주는 것. 이 사람이 친절하게 구는 데는 아마 이유가 있을 것이다. 틀림없이 수사 기법에 관한 강의를 듣고, 심문 방법과 심리학을 공부했겠지. 그러니까 상대방의 틈을 찾아서 쐐기를 박는 법을 알고 있을 것이다. 세예르가 밖으로 나가고 문이 닫히자 할보르는 이 기회를 이용해서 다리를 좀 펴기로 했다. 그는 창가로 가서 밖을 내다보았다. 책상 위에는 컴퓨터가 있었다. 미국 컴팩 사 제품이었다. 어쩌면 수사관들이 저걸로 그의 배경을 알아냈는지 모른다. 저기에도 암호가 있을지도 모른다. 아니의 문서처럼. 어쨌든 정보는 조심스럽게 다뤄야 하는 물건이니까. 이 사람들이 어떤 암호를 쓰는지, 누가 암호를 만들었는지 궁금했다.

세예르가 다시 돌아와서 할보르가 컴퓨터를 바라보는 것을 보고 이렇게 말했다.

"이건 그냥 장난감이야. 난 별로 마음에 안 들어."

"왜요?"

"내 편이 아닌 것 같아서."

"그거야 당연하죠. 누구 편이 될지 선택할 능력이 없는데요. 그러니까 믿을 수 있는 것이고요."

"너도 컴퓨터가 있지?"

"제 것은 맥이에요. 저는 그걸로 게임을 해요. 아니랑 같이 게임을 했어요." 갑자기 그가 마음을 조금 열어 보이며 특유의 웃는 듯 마는 듯한 미소를 지었다. "아니는 스키 게임을 제일 좋아했어요. 거친 눈과 섬세한 눈, 마른 눈과 젖은 눈 중에서 하나를 고를 수 있고, 온도, 코스의 길이, 스키 무게, 풍향과 풍속, 모든 걸 직접 선택할 수 있어요. 아니가 항상 이겼죠. 데드퀸 고개나 스토니즈 같은 제일 어려운 코스를 택해서 한밤중에 엄청난 폭풍이 불 때 제일 긴 스키를 타고 달리곤 했어요. 그러니 저야 상대가 안 됐죠."

세예르는 이해할 수 없다는 표정으로 그를 바라보며 고개를 절레절레 저었다. 그러고는 플라스틱 컵 두 개에 콜라를 따르고 다시 자리에 앉았다.

"크누트 옌스볼을 아나?"

"핸드볼 코치요? 누군지는 알아요. 가끔 아니랑 같이 핸드볼 경기를 보러 갔거든요."

"그 사람이 마음에 들던가?"

할보르는 어깨를 으쓱했다.

"별로 좋은 사람이 아니다?"

"여자애들 꽁무니를 지나치게 따라다니는 것 같았어요."

"아니도?"

"웃기지 마세요!"

"난 웃기는 소리 잘 안 해. 그냥 물어본 거야."

"아니한테는 감히 못 그랬어요. 아니가 사람들과 가까워지려고 하질 않았으니까."

"아니는 강한 아이였군."

"예."

"그런데 이해할 수 없는 게 있어, 할보르." 그는 플라스틱 컵을 옆으로 밀치고 앞으로 몸을 기울였다. "다들 아니를 좋게 말해. 아주 강하고, 독립적이고, 운동을 잘했다고. 외모에는 별로 신경을 안 썼고, 거의 쌀쌀맞아 보일 정도였다고. 방금 네가 말한 것처럼 사람들과 가까워지려고 하지 않았다는 말도 했지. 그런데 그런 아니가 어떤 사람하고 같이 숲 속 깊은 곳에 있는 호수까지 갔단 말이야. 그것도 스스로 따라간 것 같아. 그러고는," 그가 목소리를 낮췄다. "거기서 살해당했지."

할보르는 겁먹은 얼굴로 그를 바라보았다. 이번 사건이 얼마나 앞뒤가 안 맞는지 이제야 알았다는 듯이.

"틀림없이 아니한테 영향력을 발휘할 수 있는 사람이었을 거예요."

"그런 사람이 있었나?"

"제가 아는 한은 없었어요. 그건 확실해요."

세예르는 콜라를 마셨다.

"아니가 아무것도 남긴 게 없어서 정말 안타까워. 일기 같은 게 있으면 좋은데."

할보르는 컵 위로 고개를 숙이고 한참 동안 콜라를 들이켰다.

"그런데 정말로 그랬을까? 정말로 아니한테 영향력을 발휘할 수 있는 사람이 있었을까? 아니가 감히 반항하지 못하는 사람이? 아니가 비밀로 할 수밖에 없는 위험한 일에 휘말렸던 건 아닐까? 혹시 누가 아니를 협박했던 건 아닐까?"

"아니는 법을 잘 지키는 애였어요. 잘못을 저지를 애가 아니에요."

"법을 지키면서도 잘못을 저지를 수는 있어. 한 가지 행동만으로 그 사람 전체를 파악할 수는 없는 법이야."

할보르는 이 말을 조심스레 가슴속에 새겨두었다.

"네가 사는 마을에서 마약을 구할 수 있나?"

"세상에, 당연하죠. 벌써 몇 년 됐어요. 경찰들이 정기적으로 나타나서 마을 중심가에 있는 술집을 기습적으로 단속해요. 하지만 이번 일은 그런 것하고 전혀 관계가 없어요. 아니는 거기에 발을 들여놓은 적이 없으니까. 바로 옆 가게에서 뭘 사는 경우도 드물었는걸요."

"할보르," 세예르가 말했다. "아니는 조용하고, 말이 없고, 자기 일은 자기가 알아서 하는 아이였어. 하지만 잘 생각해봐. 아니가 뭔가 무서워하는 것 같지는 않았나?"

"딱히 무서워한다기보다는…… 마음을 닫아버린 것 같았어요. 어떤 때는 화난 것 같다가도 어떤 때는 체념한 것처럼 보이기도 하고. 하지만 전 아니가 정말로 겁먹은 모습을 본 적 있어요. 그게 이번 일하고 무슨 관련이 있는 건 아니지만, 분명히 기억해요." 그가 이 말은 꼭 해야겠다는 듯이 갑자기 활기를 띠었다. "아니의 부모님이랑 쉴비가 트론헤임의 이모님 집에 갔을 때예요. 집에는 아니랑 저뿐이었어요. 제가 그 집에서 자기로 했거든요. 이게 지난 봄의 일이에요. 우린 먼저 자전거를 타다가 집으로 와서 늦게까지 음악을 들었어요. 날이 아주 따뜻해서 우리는 마당에 텐트를 치고 자기로 했죠. 그래서 준비를 다 해놓고 이를 닦으러 안으로 들어갔다가 제가 먼저 나왔어요. 아니가 나오기에 제가 무릎을 꿇고 침낭을 열었죠. 그런데 그 안에 뱀이 있는 거예요. 커다란 검은색 뱀이 침낭 안에서 똬리를 틀고 있더라고요. 우리는 정신없이 텐트 밖으로 뛰쳐나왔어요. 저는 사람을 불러오려고 길 건너편 집으로 갔고요. 이웃집 아저씨는 뱀이 따뜻한 곳을 찾아서 침낭 속으로 들어갔을 거라고 했어요. 그 아저씨가 간신히 뱀을 죽였는데, 아니는 얼마나 무서웠던지 먹은 걸 다 토해버렸어요. 그 후로는 캠핑을 갈 때마다 제가 침낭을 먼저 탈탈 털어야 했어요."

"침낭에 뱀이 있었다고?" 세예르는 오래전 젊었을 때 갔던 캠핑을 떠올리면서 몸을 부르르 떨었다.

"파게르룬 산에는 뱀이 바글바글해요. 바위산이라서. 버터를 밖에 내놓으면 뱀을 많이 잡을 수 있어요."

"버터? 왜 하필 버터지?"

"뱀들이 인사불성이 될 때까지 버터를 먹어대거든요. 그러면 그냥 뱀을 집어 올리기만 하면 돼요."

"피오르드 바다 속에 바다뱀이 살고 있다는 얘기도 있던데."

"맞아요." 할보르가 말했다. "제가 직접 봤어요. 뱀은 아주 가끔 볼 수 있어요. 바람이 특별하게 불 때만요. 사실 그 뱀은 호수에 떠 있는 바위예요. 수면 바로 밑에 있죠. 그런데 육지 쪽에서 불던 바람이 반대 방향으로 바뀌면 서너 번 커다랗게 포효하는 소리가 나고는 조용해져요. 진짜 이상해요. 다들 그게 바위라는 걸 아는데도 혼자 바다에 나가 있다가 그런 소리를 들으면 정말로 바다 저 밑에서 뭐가 올라오는 것 같거든요. 저도 처음 그걸 경험했을 때 뒤도 한 번 안 돌아보고 미친 듯이 노를 저어서 도망쳤어요."

"어쨌든 아니를 아는 사람 중에 그 아이를 해칠 만한 사람이 하나도 없단 말이지?"

"없어요. 사건에 대해 아무리 생각을 해봐도 이해할 수가 없어요. 범인은 틀림없이 미친놈일 거예요."

그래. 미친놈일 수도 있지. 세예르는 이런 생각을 하며 할보르의 집 앞 계단에 차를 바짝 댔다.

"일찍 일어나야 할 텐데," 그가 상냥하게 말했다. "시간이 많이 늦었군."

"진 아침에 잘 일어나요."

할보르는 경감이 좋기도 하고 싫기도 했다. 혼란스러웠다.

그는 차에서 내려 현관문을 조심스레 열었다. 할머니가 주무시고 계시면 좋겠다고 생각하면서. 자기 생각이 맞는지 문틈으로 살짝 안을 들여다보았더니 할머니가 코고는 소리가 들렸다. 그는 컴퓨터 앞에 다시 앉아서 하던 작업을 계속했다. 그는 계속 새로운 것들을 생각해냈다. 갑자기 예전에 길에 쌓인 눈 속에 피자처럼 납작하게 엎드려 있는 고양이를 발견했던 기억이 났다. 아니가 그 고양이를 데려다 키웠는데, 이름이 바케라였다. 그는 그 이름을 입력했지만 역시 소용이 없었다. 사실 그도 별로 기대는 하지 않았다. 그는 장기전에 돌입할 생각을 하고 있었다. 이 일을 해내는 다른 방법들도 생각났다. 아주 간단한 해결책이 머릿속에서 서서히 만들어지고 있었다. 하지만 아직은 희망이 있었다. 게다가 그 방법은 사기나 다름없었다. 만약 그가 혼자 힘으로 암호를 찾아낸다면 아니와의 약속을 크게 어겼다는 기분은 들지 않을 것이다. 그는 목덜미를 긁적이면서 '최고기밀'이라는 말을 입력했다. 혹시 몰라서였다. 그 다음에는 '아니 홀란드'를 올바르게도 입력해보고 거꾸로도 입력해보았다. 가장 간단한 암호, 가장 뻔한 암호를 시도해보지 않았다는 생각이 갑자기 떠올라서였다. 물론 아니는 그런 암호를 쓸 아이가 아니었지만, 그래도 혹시 모르는 일이었다.

'접근 불가.'

그는 의자를 조금 뒤로 밀고 기지개를 켠 다음 다시 목덜미를 긁었다. 목덜미가 따끔거렸다. 무언가가 성가시게 들러붙어 있는 것 같았다. 목에는 아무것도 없었지만, 따끔거리는 느낌이 가시지 않았다. 그는 깜짝 놀라서 고개를 돌려 창밖을 바라보다가 충동적으로 일어서서 커튼을 쳤다. 누군가가 자신을 지켜보고 있는 것 같아서 머리털이 곤두섰다. 그는 재빨리 불을 껐다. 밖에서 멀어지는 발자국 소리가 들렸다. 누군가가 도망치고 있는 것 같았다. 그는 커튼 틈으로 밖을 내다보았지만 밖에는 아무도 없었다. 그래도 누가 거기 서 있었다는 확신이 들었다. 몸의 모든 감각이 도저히 부정할 수 없을 만큼 확실하게 그렇게 말하고 있었다. 그는 컴퓨터를 끄고, 옷을 찢듯이 벗고는 침대 속으로 들어갔다. 그리고 생쥐처럼 조용히 누워서 귀를 기울였다. 완전한 침묵이 찾아왔다. 심지어 밖에서 나무들이 바람에 흔들리는 소리도 들리지 않았다. 그런데 몇 분 후 자동차에 시동을 거는 소리가 들렸다.

8

크누트 엔스볼은 운동을 마치고 나서 젖은 운동화를 놓고 말릴 수 있는 선반을 달려고 전기 드릴을 돌리고 있었기 때문에 자동차 소리를 듣지 못했다. 그가 잠깐 일을 멈췄을 때 초인종 소리가 들렸다. 창밖을 내다보니 세예르가 계단 꼭대기에 탑처럼 서 있었다. 그렇지 않아도 그는 경찰이 찾아올 것이라고 짐작하고 있었다. 그는 잠시 생각을 정리하고는 옷매무새와 머리를 매만졌다. 경찰이 무엇을 물어볼지 예상하고 있었기 때문에 그는 문제없다고 생각했다.

엔스볼이 지금 무엇보다 걱정하는 것은 딱 한 가지였다. 저 사람들이 내 강간 전과를 알아냈을까? 틀림없이 그걸 알아냈으니까 찾아왔을 터였다. 한 번 죄를 지으면 영원히 범죄자

취급을 받는다. 이것은 그도 잘 아는 사실이었다. 그는 긴장된 표정을 지어보았지만, 그러면 오히려 수상쩍게 보일 수도 있겠다는 생각이 들어서 다시 마음을 가다듬고 미소를 지어보았다. 하지만 아니가 죽었다는 사실을 기억해내고 다시 긴장된 표정을 지었다.

"경찰입니다. 좀 들어가도 되겠습니까?"

엔스볼이 고개를 끄덕였다. "세탁실 문만 닫고 오겠습니다."

그는 두 사람에게 안으로 들어오라고 손짓을 하고는 잠시 사라졌다가 금방 다시 나타났다. 그가 걱정스러운 시선으로 스카레를 흘깃 바라보았다. 스카레는 겉옷에서 수첩을 꺼내고 있었다. 엔스볼은 두 사람이 생각했던 것보다 나이가 많았다. 쉰 살이 거의 다 되었다고 봐도 될 것 같았다. 키가 땅딸막했지만, 온몸에 단단한 근육이 골고루 붙은 근육질의 몸매였으며, 건강하고 영양 상태도 좋아 보였다. 혈색 좋은 얼굴을 갈기처럼 둘러싼 머리카락은 빨간색이었으며, 콧수염은 우아하고 깔끔하게 다듬어져 있었다.

"아니 일 때문에 오신 거겠죠?" 그가 말했다.

세예르는 고개를 끄덕였다.

"평생 이렇게 놀란 적이 없습니다. 아니랑 잘 아는 사이였으니, 놀랄 만도 하죠. 하지만 아니가 팀을 떠난 지도 이미 꽤 됐어요. 정말 슬픈 일이었습니다. 아니를 대신할 사람이 없었으니까요. 지금 골키퍼는 공이 날아오면 몸을 움츠리는 멍청이예요. 그래도 골문 앞에 서면 적어도 절반이 가려지기는 하지만." 그는 수다를 멈추고 살짝 얼굴을 붉혔다.

"예, 정말 슬픈 일이죠." 세예르가 말했다. 그의 의도와는 달리 다소 신랄한 말투였다. "아니를 오랫동안 못 보셨습니까?"

"아까도 말했지만, 아니가 운동을 그만뒀습니다. 그게 지난 가을이에요. 아마 11월이었을 겁니다." 그가 세예르의 눈을 바라보았다.

"죄송하지만, 조금 이상하군요. 아니는 여기서 겨우 수백 미터 떨어진 저 언덕 위에 살지 않습니까."

"그게, 그러니까, 아마 제가 차를 몰고 그 아이 집 앞을 지나친 적은 있겠죠. 저는 아니랑 무엇이든, 그러니까 정확히 말해서 연습을 같이 한 것이 언제냐고 묻는 줄 알았습니다. 물론 그 뒤로도 아니를 본 적이 있죠. 아마 시내 식품점에서 봤을 겁니다."

"그럼 제가 질문을 좀 바꾸죠. 아니를 마지막으로 본 게 언제입니까?"

옌스볼은 잠시 생각을 더듬었다. "정확히 기억해낼 수 있을지 모르겠네요. 꽤 오래전이었나 봅니다."

"저흰 시간이 많습니다."

"아마 이삼 주 전이었던 것 같습니다. 우체국에서 봤던 것 같아요."

"아니랑 이야기를 나눴습니까?"

"그냥 인사만 했습니다. 요즘은 아니가 말이 별로 없어서요."

"아니가 왜 골키퍼를 그만뒀습니까?"

"그걸 제가 알면 얼마나 좋겠습니까." 그가 어깨를 으쓱했다. "제가 그 아이를 설득하려고 너무 몰아붙였던 모양입니다. 그래봤자 소용도 없었는데. 아니가 완전히 질려버린 거죠. 사실 뭐, 제가 그런 말을 곧이곧대로 믿은 건 아니지만, 어쨌든 아니가 저한테 한 얘기로는 그랬습니다. 그래서 대신 달리기를 하고 싶다고 하더군요. 그러더니 정말로 달리기를 시작했어요. 밤이나 낮이나 달렸죠. 고원에서 차를 몰고 가다가 아니를 여러 번 봤습니다. 좋은 운동화를 신고 긴 다리로 전속력으로 달리더군요. 홀란드는 그 아이한테는 돈을 아끼지 않았으니까요."

그는 두 사람이 벽장 속에서 과거의 망령을 끌어내기를 아직도 기다리는 중이었다. 그 일을 피할 수 있을 거라는 희망은 품지도 않았다.

"여기서 혼자 사십니까?"

"이혼한 지 좀 됐습니다. 아내가 아이들을 데리고 나가버렸으니, 저 혼자죠. 이 편이 좋습니다. 학교에서 일을 마치고 운동도 좀 하고 나면 남는 시간도 별로 없어요. 저는 남자팀도 가르칩니다. 왕년의 선수들이 모인 올드보이 팀에서는 선수로 뛰고 있고요. 그래서 하루의 절반은 샤워실을 들락날락합니다."

"아니가 운동에 싫증이 났다고 했을 때 그 말을 안 믿었다고 하셨는데…… 그럼 진짜 이유가 뭐라고 생각하십니까?"

"그거야 모르죠. 하지만 아니가 남자 친구를 사귀고 있었습니다. 연애에는 시간이 들죠. 여담이지만, 아니의 남자 친구는 딱히 운동을 잘하는 아이가 아니었습니다. 깡마른 다리로 파이프 청소 일을 하는 녀석이었죠. 콩줄기처럼 창백하고 홀쭉했습니다. 가끔 경기를 보러 와서 얼간이처럼 앉아 있었어요. 말은 한마디도 안 하고. 그냥 코트에서 공이 오락가락하는 것만 지켜봤습니다. 경기가 끝나고 집으로 돌아갈 때는 아니가 그 녀석한테 가방도 못 들게 하더군요. 아니한테 어울리는 녀석이 아니었습니다. 아니는 그런 녀석보다 훨씬 더 튼튼했으니까요."

"두 사람은 계속 사귀고 있었습니다."

"그래요? 뭐, 제 눈의 안경이죠."

세예르는 고개를 끄덕였지만 속내를 드러내지는 않았다. "규정상 제가 꼭 여쭤봐야 하는 것이 있습니다. 지난 월요일 오전 11시부터 오후 2시 사이에 어디 계셨습니까?"

"월요일이요? 그러니까…… 그날 말입니까? 당연히 일하고 있었죠."

"창고에 가면 확인할 수 있을까요?"

"저는 차를 몰고 돌아다니는 시간이 많습니다. 물건을 집까지 배달해주니까요."

"그럼 차를 타고 계셨습니까? 혼자서?"

"트럭에 타고 있었죠. 옷장 두 개를 뢰드탕겐에 있는 어떤 집에 배달했습니다. 적어도 이건 확인할 수 있을 겁니다."

"그 집에 간 것이 몇 시입니까?"

"오후 1시에서 2시 사이였을걸요."

"조금 더 정확히 말씀해주십시오."

"흠…… 2시가 거의 다 됐던 것 같습니다."

세예르는 머릿속으로 계산을 해보았다. "그럼 그 전에는요?"

"뭐, 들락날락했죠. 그날은 늦잠을 잤고, 중간에 30분쯤 짬을 내서 선탠 살롱에 갔습니다. 우리는 각자 시간을 조절해서 쓸 수 있습니다. 어떤 날은 초과근무를 하기도 하는데, 따로 수당을 받지는 않아요. 그러니까 중간에 놀았다고 해서 죄책감을 느끼지도 않습니다. 우리 부장도……."

"어디 계셨습니까, 옌스볼?"

"그날 일을 늦게 시작했어요." 그가 헛기침을 하며 말했다. "다른 사람들이랑 일요일 밤에 시내에서 놀았거든요. 웃기는 짓이었죠. 다음 날 일어나서 출근해야 하는 사람들이 일요일에 나가 놀다니요. 그래도 사람들이 다 그런 거죠 뭐. 그날은 새벽 1시 30분에 집으로 돌아왔습니다."

"누구랑 같이 있었습니까?"

"친구요. 에릭 프리츠너."

"프리츠너? 아니의 이웃에 사는 사람 말입니까?"

"예."

"그렇다면……." 세예르는 혼자 고개를 끄덕이며 옌스볼의 구불구불한 머리칼과 선탠을 한 얼굴을 바라보았다. "아니가 매력적이었습니까?"

옌스볼은 경감이 무슨 말을 하려는 건지 알아차렸다. "무슨 그런 질문이 다 있습니까?"

"대답하세요."

"물론이죠. 그 아이 사진을 보셨잖습니까."

"예. 봤습니다. 그냥 예쁘기만 한 게 아니라 나이에 비해 상당히 성숙했죠. 대부분의 십 대 여자 아이들보다 성숙해 보인다고 말해도 될 만큼. 그렇지 않습니까?"

"예, 뭐 그런 것 같군요. 비록 저는 그 아이가 골문을 지키는 솜씨에 더 관심이 있었지만."

"그러셨겠죠. 당연히. 그것 외에는요? 선생과 여자 선수들 사이에 갈등이 있었던 적은 없습니까?"

"무슨 갈등이요?"

"뭐든." 세예르가 신중하게 말했다. "아무 거나."

"당연히 있었죠. 십 대 여자 아이들은 금방 흥분하니까요. 하지만 그냥 평범한 문제들이었습니다. 아니 대신 골문을 지키겠다는 아이가 없다든가, 벤치에 앉아 있겠다는 아이가 없다는, 그런 문제요. 한 번 웃음이 터지면 멈추지 못하는 것도 문제였고, 관중석에 앉아 있는 남자 친구가 문제가 될 때도 있었죠."

"아니는 어땠습니까?"

"무슨 말씀입니까?"

"아니랑 싸운 적이 있습니까?"

그는 팔짱을 끼고 고개를 끄덕였다. "예, 있습니다. 아니가 저한테 전화를 걸어서 운동을 그만두겠다고 말한 날. 제가 다

급한 마음에 해서는 안 될 말을 몇 마디 했습니다. 하지만 아니는 그걸 칭찬으로 받아들였을지도 모르죠. 누가 알겠습니까? 아니가 먼저 전화를 끊고는 다음 날 유니폼을 보내왔습니다. 이제 정말로 끝내겠다는 뜻이었죠."

"아니랑 다툰 건 그때뿐입니까?"

"예. 그때뿐입니다."

세예르는 스카레에게 고갯짓을 했다. 대화가 끝났다는 뜻이었다. 두 사람이 문으로 걸어가자 옌스볼이 따라 나왔다. 억누르고 있던 좌절감이 터져 나오기 직전이었다.

"이봐요, 우리 솔직해집시다." 세예르가 문을 여는 순간 그가 화를 내며 말했다. "왜 내 기록을 못 본 척하는 겁니까? 당신들이 내 기록부터 찾아봤다는 걸 내가 짐작도 못할 사람으로 보입니까? 그래서 날 찾아온 것 아닙니까. 당신들이 무슨 생각을 하는지 나도 다 압니다."

세예르가 돌아서서 그를 바라보았다.

"그 얘기가 새어나가면 내가 가르치는 팀이 어떻게 될 것 같습니까? 부모들이 우리 팀 선수들을 방에 가두겠죠. 운동부 프로그램 전체가 모래성처럼 무너져 내릴 겁니다. 몇 년 동안의 노력이 물거품이 될 거란 말입니다!" 그가 말을 하면서 언성을 점점 높였다. "이 동네에는 훌륭한 스포츠 팀이 반드시 필요합니다. 운동을 안 하는 아이들은 술집에 앉아서 마약을 삽니다. 대안이 그것뿐이니까요. 당신들이 그 얘기를 퍼뜨리면 어떻게 될지 생각을 한번 해보라고 이런 얘기를 하는 겁니다. 게다가, 그건 11년 전 일이에요!"

"난 그 일에 대해 한마디도 하지 않았습니다." 세예르가 조용히 말했다. "그러니까 당신이 목소리를 낮추면, 그 소문이 새어나가지 않을 겁니다."

옌스볼은 냉큼 입을 다물었다. 그의 얼굴이 벌겋게 달아올랐다. 그가 뒤로 물러나자 스카레가 문을 닫았다.

"세상에." 그가 말했다. "지뢰밭이 따로 없네요."

"인력이 충분하다면 저 자한테 미행을 붙였을 거야."

스카레가 깜짝 놀라서 그를 바라보았다. "왜요?"

"그냥, 약 올리려고."

프리츠너는 작은 배 안에 누워 맥주를 마시고 있었다. 그는 술을 한 모금 마실 때마다 담배를 빨면서 무릎에 기대어 놓은 책에 푹 빠져 있었다. 맥주와 니코틴이 그의 혈관 속으로 꾸준히 스며들어 갔다. 얼마 후 그는 맥주를 내려놓고 거실 창가로 갔다. 거기서 아니의 침실을 내려다볼 수 있었다. 아직 이른 오후인데도 커튼이 닫혀 있었다. 이제는 그 방이 평범한 방이 아니라 아무도 들여다보아서는 안 되는 신전으로 변해 버린 것 같았다. 불빛이 희미하게 빛나고 있었다. 책상에 놓인 등인 것 같았다.

도로 아래쪽을 보니 우편함 옆에 경찰차가 있었다. 곱슬머리 젊은 경찰관이 보였다. 수사 현황을 알려주려고 홀란드의 집으로 가는 모양이었다. 경찰관은 특별히 우울해 보이지는 않았다. 그의 발걸음은 가벼웠으며, 얼굴은 하늘을 향하고 있었다. 몸매는 호리호리하게 잘 다듬어졌고, 머리는 심하게 고불거렸다. 경찰 규정상 허용될 수 있는 한계가 틀림없이 그 정도일 것이다. 갑자기 경찰관이 왼쪽으로 방향을 틀어 그의 집 앞마당으로 들어왔다. 프리츠너는 미간을 찌푸렸다. 그는 이웃사람들이 경찰관의 모습을 보았는지 확인하려고 자기도 모르게 길 건너편을 바라보았다. 본 사람이 있었다. 이삭센이 마당에서 갈퀴로 낙엽을 쓸고 있었다.

스카레가 인사를 하고는 프리츠너가 그랬던 것처럼 창가로 다가갔다.

"아니의 침실을 내려다보고 계셨군요." 그가 말했다.

"예." 프리츠너가 말을 이었다. "사실, 내가 좀 추잡한 놈이라서 침을 질질 흘리며 거기 서 있는 경우가 많습니다. 조금이라도 방 안을 엿볼 수 있을까 싶어서 말이죠. 하지만 아니는 남한테 자기를 노출하는 아이가 아니었어요. 스웨터를 벗기 전에 커튼을 닫곤 했죠. 그래도 아니의 방에 불이 켜 있고, 커튼에 주름이 많이 없을 때는 아니의 그림자가 보였습니다. 보기 나쁜 광경은 아니었죠." 그는 스카레의 표정을 보고 자기도 모르게 미소를 지었다. "나한테 솔직한 말을 듣고 싶은 모양인데," 그가 말했다. "난 결혼하고 싶다는 생각을 한 번도 안 했습니다. 그래도 아이를 한두 명 남기고 갈 수 있으면 좋겠죠. 아니가 내 아이를 낳아준다면 더 좋고요. 아니는 내 아이의 엄마가 되어줬으면 하는 여자입니다. 이게 무슨 뜻인지 아시는지 모르겠지만."

스카레는 여전히 아무 말이 없었다. 그는 오래전부터 어금니 사이에 끼어 있던 참깨를 마침내 꺼내는 데 성공해서 그걸 씹으며 그냥 서 있었다.

"몸이 날씬하고, 어깨가 넓고, 다리가 길었죠. 머리 회전도 빨랐고요. 핀스코겐의 나무요정처럼 아름답기까지 했습니다. 다시 말해서, 우수한 유전자를 많이 갖고 있었다는 뜻입니다."

"아니는 아직 십 대 소녀였어요."

"소녀들도 나이를 먹습니다. 아니는 그럴 수 없겠지만. 솔직히 나는 쉰 살이 다 됐지만 다른 남자들과 똑같은 상상을 합니다. 게다가 난 독신이에요. 그러니 남들이 누리지 못하는 특권이 몇 가지 있어야죠. 안 그렇습니까? 내가 여자들을 훔쳐봐도 저 부엌에서 나한테 게거품을 물 사람은 하나도 없습니다. 만약 당신도 여기 아니의 맞은편 집에 살았다면, 가끔 저 집을 바라봤을 겁니다. 그런 건 범죄가 아니잖습니까?"

"맞습니다. 범죄는 아니죠." 스카레는 작은 배와 뱃전 위의 반쯤 비어 있는 맥주를 자세히 살펴보았다. 혹시 여기에 시체를······.

"수사에는 진전이 좀 있습니까?" 프리츠너가 물었다.

"그럼요. 소리 없는 목격자들이 있으니까요. 주위에 있는 수천 가지의 사소한 것들 말입니다. 사람은 누구나 자기 흔적을 남기고 가기 마련이죠."

스카레는 말을 하면서 프리츠너를 지켜보았다. 그는 한 손을 주머니에 넣은 채 서 있었는데 바지 천을 통해 꽉 쥔 주먹이 드러났다.

"그렇군요. 그건 그렇고, 이 마을에 미친놈이 있는 거 아십니까?"

"뭐라고요?"

"뇌가 잘못된 녀석이 저 위의 콜레베이엔에서 아버지랑 같이 살고 있습니다. 여자 아이들한테 아주 관심이 많은 것 같던데요."

"라이몬 로케 말씀이군요. 예, 우리도 알고 있습니다. 하지만 뇌가 잘못된 건 아니에요."

"그래요?"

"염색체가 다른 사람보다 하나 더 많아서 그렇게 된 겁니다."

"보기에는 남들보다 모든 면에서 모자라는 것 같던데요."

스카레는 홀란드의 집과 커튼이 쳐진 창문을 다시 한 번 바라보았다. "뱀이 침낭 속으로 기어들어 갔다면 이유가 뭐라고 생각하십니까?"

프리츠너가 눈을 휘둥그렇게 떴다. "세상에, 그런 걸 다 알고 있다니. 저도 같은 생각을 했습니다. 사실 그 일을 까맣게 잊어버리고 있었는데, 그때는 정말 굉장했죠. 침낭 속이야말로 뱀이 동면하기에 딱 좋은 장소 아닙니까? 깃털로 속을 채운 침낭이 특히 그렇죠. 내가 여기 배 안에 앉아서 위스키를 마시고 있는데 아니의 남자 친구가 초인종을 눌렀습니다. 아마 우리 집에 불이 켜진 걸 본 모양이에요. 아니는 백지장처럼 하얗게 질려서 거실 구석에 서 있었죠. 평소에 아니는 아주 강한 아이인데 그때는 안 그랬습니다. 정말로 겁에 질려 있었어요."

"뱀을 어떻게 잡았습니까?" 스카레가 호기심을 드러내며 물었다.

"아이고, 그건 식은 죽 먹기예요. 우리 집 양동이로 잡았죠. 우선 양동이에다가 송곳으로 10외레 동전 크기만 한 구멍을 냈습니다. 그러고는 텐트 안으로 기어들어 갔죠. 뱀은 이미 침낭 밖으로 나와 구석에서 똬리를 틀고 있더군요. 아주 큰 놈이었습니다. 나는 양동이로 녀석을 덮고는 발로 양동이를 누르고 구멍 속으로 바이곤을 뿌렸습니다."

"그게 뭔데요?"

"아주 강력한 해충 퇴치제예요. 아무 데서나 살 수 있는 물건이 아니죠. 어쨌든 뱀이 곧바로 뻗어버렸습니다."

"그런 물건을 어디서 구하십니까?"

"저는 안티시멕스에서 일합니다. 해충 퇴치회사죠. 파리나 바퀴벌레 같은 온갖 종류의 해충을 처리합니다."

"그렇군요. 그래서 어떻게 되었습니까?"

"그 깡마른 남자 친구 녀석이 칼을 가져와서 내가 뱀을 두 동강냈습니다. 그러고는 비닐봉지에 담아서 쓰레기통에 버렸습니다. 그때는 아니가 정말로 안 됐더라고요. 그 후로는 무서워서 자기 침대에서도 잠을 자지 못했으니까요." 그는 그때 일을 생각하며 고개를 절레절레 저었다. "하지만 내가 슈퍼

맨처럼 활약한 이야기를 들으러 오신 건 아닐 텐데, 그렇죠? 왜 날 찾아온 겁니까?"

"글쎄요……." 스카레는 이마로 흘러내린 곱슬머리를 쓸어 올렸다. "경감님이 항상 돌다리도 두드려보고 건너야 한다고 하셔서요."

"그래요? 뭐…… 내 돌다리는 아주 단단합니다. 도대체 어떤 사람이 아니를 죽였는지 여전히 이해가 안 되지만. 아주 평범한 아이였는데. 이 마을, 이 거리에서 그런 일이 벌어지다니. 아니의 가족들도 이해할 수 없을 겁니다. 앞으로 몇 년 동안 아니의 방을 지금 모습 그대로 보존하겠죠. 그런 일이 종종 있다는 얘기를 들었습니다. 딸이 갑자기 살아 돌아올지도 모른다는 무의식적인 소망 때문에 그러는 걸까요?"

"그럴지도 모르죠. 장례식에는 가실 겁니까?"

"마을 사람들이 전부 갈 겁니다. 작은 동네라는 게 항상 그렇죠. 비밀이 없어요. 다들 자기가 마땅히 비밀을 알고 있어야 한다고 생각하니까. 여기에는 좋은 점도 있지만 나쁜 점도 있습니다. 이런 곳에서는 비밀을 지키기가 어려워요."

"우리한테는 좋은 점이 될 수도 있겠네요." 스카레가 말했다. "만약 범인이 이 동네 사람이라면요."

프리츠너는 배로 다가가서 맥주병을 들어 남은 맥주를 모두 들이켰다. "범인이 이 동네 사람인 것 같습니까?"

"그러기를 바란다고 해두죠."

"난 아닙니다. 하지만 만약 그렇다면, 제발 부탁이니 범인을 빨리 잡아주세요. 이 거리에 집이 스무 채 있는데, 댁이 날 찾아오는 걸 동네 사람들이 전부 봤을 겁니다. 이번이 벌써 두 번째잖습니까."

"그래서 신경이 쓰이십니까?"

"당연하죠. 난 이 동네에서 계속 살고 싶습니다."

"그러지 못할 이유가 없을 텐데요."

"그건 두고 보면 알겠죠. 혼자 사는 남자는 각별히 조심해야 돼요."

"왜요?"

"남자가 여자 없이 혼자 사는 건 자연스럽지 못하니까. 사람들은 남자가 적어도 마흔 살이 되기 전에는 여자를 만나 같이 살기를 바랍니다. 만약 여자를 만나지 못하면, 분명히 무슨 곡절이 있을 거라고 생각해버립니다."

"선생이 너무 예민한 것 같은데요."

"댁은 모릅니다. 서로 이렇게 다닥다닥 붙어서 사는 게 어떤 건지. 앞으로 많은 사람들이 고생을 좀 할 거예요."

"특별히 고생할 거라고 짐작되는 사람이 있습니까?"

"예, 있습니다."

"예를 들면, 옌스볼 같은 사람?"

프리츠너는 아무 말 없이 가만히 서서 잠시 생각에 잠겼다. 그는 곁눈질로 스카레를 바라보다가 마음을 정한 듯 주머니에서 손을 꺼내 쥐고 있던 것을 보여주었다. "이걸 보여드리죠."

스카레는 그의 손바닥을 들여다보았다. 파란색 천에 구슬을 꿰매 놓은 머리핀 같았다.

"아니 겁니다." 프리츠너가 그를 뚫어지게 바라보며 말했다. "차 안에서 찾았어요. 앞좌석 바닥에서. 의자와 문 사이에 끼어 있더군요. 제가 아니를 시내까지 태워다준 게 겨우 1주일 전입니다. 그때 이걸 차 안에 떨어뜨리고 간 거예요."

"이걸 왜 저한테 주시는 겁니까?"

그가 깊이 숨을 들이쉬었다. "이걸 내가 그냥 갖고 있을 수도 있겠죠. 아무 말도 않고 벽난로에서 태워버릴 수도 있고. 내가 이걸 보여주는 건, 내가 깨끗하다는 걸 증명하기 위해서입니다."

"전 선생을 의심한 적이 없습니다." 스카레가 말했다.

프리츠너가 미소를 지었다. "내가 바보인 줄 아십니까?"

"그럴지도 모르죠." 스카레가 마주 미소를 지으며 말했다. "어쩌면 선생이 날 속이려고 이런 짓을 하는 건지도 모르고. 아니면 선생이 워낙 속이 시커먼 사람이라 일부러 이런 얘기를 하는 것일 수도 있고요. 이 머리핀은 제가 가져가겠습니다. 그리고 전보다 훨씬 더 선생을 주시할 겁니다."

프리츠너의 안색이 창백해졌다. 스카레는 웃음이 나오는 것을 참을 수 없었다. "저 배 이름은 어디서 따온 겁니까? 배 이름치고는 이상한데요. 나르코 트라피칸테?"

"그냥 생각나는 대로 붙인 이름입니다." 그는 침착하게 행동하려고 애썼다. "듣기 좋은 이름이라서. 그렇지 않습니까?" 그는 걱정스러운 표정으로 젊은 경찰관을 바라보았다.

"저걸 물 위에서 띄워본 적이 있습니까?"

"한 번도 없습니다." 그가 말했다. "제가 뱃멀미를 아주 심하게 하거든요."

지방검사가 결정을 내렸다. 아니 홀란드를 땅에 묻어도 된다고. 에디가 시계를 확인해보니 아니의 관 위에 마른 흙이 처음으로 떨어진 지 벌써 24시간이 지났다. 아니의 몸을 흙으로 덮다니. 잔가지와 돌멩이와 벌레가 우글거리는 흙. 그의 주머니에는 구겨진 종이가 있었다. 그가 추도예배를 마친 뒤에 관 옆에서 읽을 말을 적어놓은 종이였다. 하지만 그는 한마디도 하지 못하고 숨을 몰아쉬며 그냥 서 있기만 했다. 그 기억이 평생 동안 그를 괴롭힐 것 같았다.

"쉴비한테 문제가 좀 있는 것 같습니다." 그가 통통한 손가락을 이마에 갖다 대며 말했다. 하지만 곧 생각을 바꿨는지 손가락을 관자놀이로 옮겼다. "병원에 가서 검사를 받아봐야 하는 그런 문제는 아닙니다. 이 세상에서 반드시 알아야 하는 건 그 아이도 이미 다 알고 있어요. 그냥 다른 애들보다 조금 느릴 뿐입니다. 조금 한쪽으로 치우친 것 같기도 하고. 아다한테는 이런 얘기를 절대 하지 마세요."

"부인께서는 쉴비한테 문제가 없다고 생각하십니까?" 세예르가 물었다.

"병원에서 아무 이상이 없다는데 웬 걱정이냐고 합니다. 쉴비가 다른 사람들하고 조금 다를 뿐이라고요."

그가 세예르의 사무실에 와 있는 것은 세예르의 연락을 받았기 때문이었다. 그는 지금도 광대한 어둠 속에서 헤매고 있는 것 같았다.

"몇 가지 여쭤볼 것이 있습니다." 세예르가 말했다. "만약 아니가 길에서 악셀 비외르크를 만났다면, 그 사람 차에 탔을까요?"

홀란드는 이 질문을 듣고 놀라서 입을 쩍 벌렸다. "그런 끔찍한 소리를 하시다니요."

"이 동네에서 끔찍한 범죄가 일어났습니다. 그러니까 대답하세요. 저는 선생만큼 이 사람들을 잘 모릅니다. 제 입장에서는 그 점이 오히려 제게 유리하다고 생각하고 있지만."

"쉴비의 아버지라면," 그가 말했다. "예, 아마 아니가 차에 탔을 겁니다. 아이들이 두세 번 그 사람을 만나러 간 적이 있으니까 아니도 그 사람을 압니다. 그러니까 그 사람이 차에 타라고 하면, 아마 탔을 겁니다. 안 탈 이유가 없으니까요."

"선생과 비외르크의 관계는 어떻습니까?"

"관계랄 것이 없습니다."

"그래도 얘길 해보신 적은 있겠죠?"

"거의 없습니다. 아다가 항상 문 앞에서 그 사람을 가로막았으니까요. 그 사람이 억지로 안으로 들어오려고 한다면서."

"선생은 두 사람을 어떻게 생각하십니까?"

그가 불편한 듯 자세를 바꿨다. 자신의 약점이 고스란히 드러났다고 생각하는 것 같았다. "저는 아다가 바보짓을 한다고 생각했습니다. 그 사람은 우리를 망치러 온 게 아니라 그 냥 가끔 쇨비를 보고 싶어서 왔을 뿐입니다. 하지만 지금은 모든 걸 잃었죠. 직장까지도."

"쇨비는 어떻습니까? 그 사람을 만나고 싶어 하나요?"

"그런 생각이 있었더라도 아다가 짓밟아버렸을 겁니다. 아다는 마음만 먹으면 아주 무서워지니까요. 비외르크도 포기한 것 같습니다. 하지만 장례식에는 왔더군요. 그러면 쇨비를 한 번이라도 볼 수 있으니까요. 하지만 아다한테 맞서는 건 쉬운 일이 아닙니다. 물론 아다를 무서워하는 건 아니지만." 그는 짧고 허탈한 웃음을 터뜨렸다. "아다가 심하게 화를 낼 때가 있습니다. 설명하기가 쉽지 않지만, 아다가 화를 낼 때는 제가 당할 수가 없습니다."

그는 다시 입을 다물었다. 세예르는 그가 다시 입을 열기를 기다리며 두 사람 사이를 상상해보려고 했다. 오랜 세월에 걸쳐 수많은 실 가닥들이 마구 뒤엉켜 아주 강하고 촘촘한 그물이 되었을 것이다. 사람이 빠져나올 수 없을 것처럼 보이는 그물. 이런 상상이 그를 매혹시켰다. 자유를 갈망하면서도 칼을 꺼내 그물을 자르고 나오는 것을 맹렬히 거부하는 사람의 심리도 매혹적이었다. 홀란드는 아마 아다의 그물에서 탈출하고 싶을 테지만, 수천 개의 작은 매듭들이 그를 붙들고 있었다. 그는 이미 선택을 했다. 그 끈적끈적한 그물 속에 평생 동안 앉아 있기로. 그 결정 때문에 자신감을 잃어버린 그의 묵직한 몸 전체가 축 늘어져버렸다.

"그래, 아직 아무 단서도 없는 겁니까?" 시간이 얼마쯤 흐른 뒤에 홀란드가 물었다.

"안타깝게도 없습니다." 세예르가 말했다. "아주 많은 사람들한테서 아니가 착하고 훌륭한 아이라는 얘기를 들은 것이 전부입니다. 감식반이 찾아낸 단서도 몇 개 안 돼서 별로 소용이 없습니다. 동기가 무엇인지도 모르겠어요. 아니는 성폭행을 당하지 않았습니다. 사건 당일에 콜렌 산 근처에서 중요한 장면을 목격한 사람도 없고요. 그날 차를 몰고 그 길을 지나간 사람들의 신원도 모두 확인되었습니다. 딱 한 사람만 빼고. 그런데 그 차를 목격한 사람의 설명이 너무 모호해서 아무 진전이 없습니다. 호르겐의 가게 앞에서 목격되었다는 오토바이 청년은 땅으로 꺼졌는지 하늘로 솟았는지 종적이 없습니다. 어쩌면 그냥 지나가는 여행자였을지도 모르죠. 오토바이 번호판을 본 사람도 없습니다. 아니의 가방을 찾으려고 잠수부들을 호수 안으로 들여보냈지만, 소용없었습니다. 아무래도 범인이 아직 가방을 갖고 있는 모양입니다. 누굴 체포할 만한 근거도 없기 때문에 수색도 할 수 없습니다. 심지어 그럴듯한 가설도 세우질 못했어요. 사실 단서가 너무 없어서 그저 추측이나 하고 있는 형편입니다. 예를 들면, 아니가 아마 우연히 아주 민감한 정보를 알게 되어서 누군가가 아니의 입을 막으려고 죽였을 거라고 추측하는 식이죠. 아니가 목숨까지 잃은 걸 보면 아마 엄청난 파장을 일으킬 만한 정보였던 모양입니다. 아니는 알몸이었지만, 몸에는 아무 흔적도 없었습니다. 그렇다면 범인이 수사를 성범죄 쪽으로 몰고 가려 한 게 아닌가 하는 짐작을 해볼 수 있죠. 살인의 진짜 동기를 감추려고 말입니다. 그래서 우리가 아니의 과거를 알려고 하는 겁니다."

그는 말을 멈추고 손등을 긁었다. 20크로네 동전 크기만 한 빨간색 버짐이 피어 있는 곳이었다.

"선생은 아니를 가장 잘 아는 사람이었습니다. 틀림없이 선생도 수많은 생각을 해보셨겠죠. 다시 한 번 여쭤보겠습니다만, 옛날에 아니가 정말 뜻밖의 경험이나, 친구나, 의견이나, 인상 같은 걸 말한 적이 있습니까? 너무 특정한 방향만 생각하지 마시고, 그냥 마음에 걸리는 일이 있다면 무엇이든 생각해보세요. 우스워 보이더라도 아주 세세한 부분을 살펴보세요. 아니가 뜻밖의 반응을 보였거나, 아니면 아니가 한 말 중에 못내 마음에 걸리는 것이 있는지. 언제부터인가 아니의 행동이 달라졌습니다. 제 생각에는 사춘기 외에 다른 이유가 있는 것 같습니다. 선생의 생각은 어떻습니까?"

"아다 말로는……"

"저는 선생의 생각을 묻는 겁니다." 세예르는 그의 눈에서 시선을 떼지 않았다. "아니는 할보르를 차고, 핸드볼을 그만두고, 마음을 닫아버렸습니다. 그때 무슨 일이 있었던 겁니까? 뭔가 특별한 일이?"

"옌스볼을 만나보셨습니까?"

"예, 만나봤습니다."

"제가 소문을 좀 들었는데, 어쩌면 사실이 아닐지도 모릅니다. 요즘 빠르게 퍼지는 소문이 있어요." 그가 조금 당혹스러워하며 말했다. 그의 뺨이 살짝 붉어졌다.

"무슨 말씀입니까?"

"아니가 했던 말이 생각나서요. 옌스볼이 전과자라고. 오래전에 감옥살이를 했다더군요. 이유는 모르겠습니다만."

"아니가 알고 있던가요?"

"그럼 그 사람이 정말로 전과자입니까?"

"예, 맞습니다. 하지만 아마 아무도 그걸 몰랐을 겁니다. 저희는 지금 알리바이를 확인하려고 아니 주변 사람들을 전부 조사하고 있습니다. 저희가 만난 사람이 300명이 넘습니다. 그런데 안타깝게도 아직 용의선상에 오른 사람이 없습니다."

"콜레베이엔에 사는 남자가 있습니다. 정신이 좀 이상한데, 그 녀석이 이 동네 여자 아이들한테 수작을 걸었다는 애기를 들은 적이 있습니다."

"그 친구도 만나봤습니다." 세예르가 참을성 있게 설명했다. "바로 그 친구가 아니를 발견했습니다."

"예, 제가 생각한 게 바로 그겁니다."

"그 친구한테는 알리바이가 있습니다."

"그걸 믿어도 되는지가 문제죠."

세예르는 랑힐의 일을 생각해보았지만, 라이몬의 알리바이를 증명해주는 사람이 여섯 살짜리 아이라는 말은 홀란드에게 하지 않았다.

"아니가 아기 보는 일을 그만둔 이유가 뭐라고 생각하십니까?"

"그냥 나이를 먹어서 그런 거겠죠."

"하지만 제가 알기로 아니는 아이들을 정말로 좋아했습니다. 그래서 조금 이상하다는 생각이 듭니다."

"몇 년 동안 아니는 아기 돌보는 일만 했습니다. 우선 숙제를 한 뒤에 밖으로 나가서 아기를 유모차에 태우고 산책할 사람을 구하는 집이 없는지 찾아보곤 했죠. 아이들이 싸우고 있으면, 아니가 싸움을 말리고 애들을 진정시켰습니다. 먼저 달려든 아이가 반드시 입을 열게 만들었죠. 그러고는 아니가 아이들한테 그 애를 용서해주라고 하면, 모든 문제가 다 해결되었습니다. 아니는 그런 중재를 잘했어요. 카리스마가 있어서 다들 아니가 시키는 대로 했죠. 심지어 남자 아이들까지도."

"외교관 같은 성격이었다고 해도 될까요?"

"예, 맞습니다. 아니는 일을 해결하는 걸 좋아했어요. 사람들이 갈등을 해결하지 못하고 끙끙 앓는 걸 두고 보지 못했습니다. 예를 들어, 쉴비한테 무슨 문제가 생기면 아니가 항상 해결책을 찾아냈습니다. 아니는 중재자였어요. 하지만 왠지……. 아니가 그런 일에도 흥미를 잃어버린 것 같았습니다. 옛날처럼 문제를 해결하려고 나서지 않았어요."

"그게 언제 일입니까?"

"지난 가을쯤입니다."

"지난 가을에 무슨 일이 있었나요?"

"이미 말씀드렸잖습니까. 아니는 핸드볼 팀을 그만두고, 옛날처럼 사람들과 어울리지도 않았습니다."

"왜요?"

"저도 몰라요." 그가 절망적으로 말했다. "저도 모른단 말입니다."

"선생 가족만 생각하지 마세요. 할보르와 핸드볼 팀과 악셀 비외르크 말고 뭔가 다른 문제가 없었는지 생각해보세요. 그때 마을에서 무슨 일이 있었습니까? 선생과 직접적으로 연관되지 않은 일이라도 괜찮습니다."

홀란드는 체념한 듯이 양손을 펼쳐 보였다. "있기는 했습니다. 하지만 이번 일하고는 아무 상관없습니다. 아니가 봐주던 아이 하나가 사고로 죽었습니다. 그것도 아니가 변하는 데 한 몫을 했죠. 그 일이 있은 뒤로 아니는 어떤 일에도 나서려고 하질 않았습니다. 항상 운동화를 신고 집과 동네에서 먼 곳으로 달리기를 할 생각밖에 안 했어요."

세예르의 심장박동이 조금 빨라졌다. "방금 뭐라고 하셨죠?" 그가 탁자 위에 팔꿈치를 고였다.

"아니가 봐주던 아이가 사고로 죽었다고요. 아이 이름은 에스킬이었습니다."

"아니가 그 아이를 봐줄 때 사고가 일어난 겁니까?"

"아뇨, 아닙니다!" 홀란드가 깜짝 놀란 얼굴로 그를 바라보았다. "아니에요. 제정신입니까? 아니가 아이들을 얼마나 조심스럽게 돌봤는데요. 잠시도 아이들한테서 눈을 떼지 않았습니다."

"어쩌다 아이가 죽은 겁니까?"

"집에서 죽었습니다. 겨우 두 살이었는데. 아니가 충격을 많이 받았죠. 물론 우리 모두 마찬가지였지만. 다들 그 집 식구들과 아는 사이였으니까요."

"사고가 일어난 게 언제입니까?"

"지난 가을이라고 했잖습니까. 아니가 마음의 문을 닫아버린 시기와 비슷합니다. 사실 그때는 이런저런 일이 많았습니다. 우리한테는 힘든 시기였죠. 할보르와 옌스볼은 계속 전화를 해대지, 비외르크는 쉴비를 만나야겠다면서 우리를 압박하지, 아다는 함께 살기 힘들 정도로 소란을 피워대지." 그는 입을 다물었다. 갑자기 부끄러워진 모양이었.

"아이가 정확히 언제 죽었습니까?"

"아마 11월이었을 겁니다. 정확한 날짜는 모르겠습니다."

"아니가 운동을 그만두기 전입니까, 후입니까?"

"모르겠습니다."

"그럼 선생이 기억해내실 때까지 이야기를 계속해야겠군요. 어떤 사고였습니까?"

"아이 목구멍에 뭐가 걸렸답니다. 아이 혼자 부엌에서 음식을 먹고 있었거든요."

"왜 이 이야기를 미리 하시지 않았습니까?"

홀란드의 얼굴에 불쾌한 기색이 역력했다. "당신들이 해결해야 하는 건 아니의 사건이니까요."

"그래서 지금 그 일을 하고 있잖습니까. 수사에서 제외시킬 일들을 판단하는 것도 저희한테 중요한 일입니다."

오랫동안 침묵이 흘렀다. 홀란드의 널찍한 이마에 땀이 맺혔다. 그는 끊임없이 손가락을 주물렀다. 마치 손가락의 감각을 완전히 잃어버린 사람처럼. 바보 같은 사진들이 계속 그의 머릿속을 지나갔다. 빨간 방한복을 입고 러시아 모자를 쓴 아니, 웨딩드레스를 입은 아니, 무릎에 아이를 안고 있는 아니. 그는 그런 사진들을 결코 찍을 수 없을 것이다.

"아니는 어떤 반응을 보였습니까?"

홀란드는 의자에 앉은 채로 몸을 꼿꼿이 세우고 잠시 생각에 잠겼다. "날짜는 기억나지 않지만, 그날 우리가 늦잠을 잤던 건 기억납니다. 제가 하루 휴가를 냈거든요. 아니는 집에서 늦게 나갔지만, 몸이 안 좋다면서 학교를 조퇴하고 일찍 집으로 왔습니다. 저는 차마 아니한테 곧장 사고 얘기를 할 수가 없었죠. 아니는 잠을 좀 자야겠다면서 자기 방으로 올라갔습니다."

"아니가 아팠습니까?"

"예. 그게, 아뇨. 아니는 한 번도 아픈 적이 없습니다. 그냥 일시적인 증상일 뿐이었어요. 제가 거실에 앉아서 아니한테 그 이야기를 어떻게 하나 걱정하고 있는데 아니가 일어났습니다. 결국 제가 아니의 방으로 가서 침대에 앉았습니다."

"그래서요?"

"아니가 놀라서 아무 말도 못하더군요." 그가 생각에 잠긴 듯한 말투로 말했다. "놀랍기도 하고 무섭기도 한 것 같았습니다. 저한테서 고개를 돌리고 이불을 머리 위까지 뒤집어썼어요. 그런 애한테 무슨 말을 더 하겠습니까? 시간이 흐르자 아니는 감정을 거의 드러내지 않게 되었습니다. 혼자서 조용히 슬퍼한 거죠. 아다가 아니더러 그 집에 꽃을 좀 가져다주라고 했지만 아니는 싫다고 했어요. 장례식에도 안 갔고요."

"선생과 부인은 갔습니까?"

"예, 예, 갔죠. 아다는 아니가 안 가겠다고 해서 화를 냈지만 제가 열심히 설명을 해줬습니다. 아직 어린 아이가 장례식에 가는 건 힘든 일이라고요. 아니는 겨우 열네 살이었거든요. 애들은 장례식에 가서 뭘 어떻게 해야 할지 모르잖아요. 안 그렇습니까?"

"아니가 나중에 아이의 무덤에는 가봤나요?"

"예, 가봤죠. 여러 번. 하지만 그 집에는 발걸음도 안 했습니다."

"그래도 그 집 식구들하고 얘기는 했을 텐데요. 그 집 아들을 돌봐줬으니까 말입니다."

"얘기야 했겠죠. 그 집 식구들하고 함께 보낸 시간이 많았으니까요. 대개는 아기 엄마하고 같이 있었지만. 참고로, 아기 엄마는 다른 곳으로 이사를 갔습니다. 그 집 부부가 얼마 후부터 별거를 했거든요. 그런 비극을 겪었으니 서로를 바라보기가 당연히 힘들었겠죠. 그럴 때는 새로운 사람을 만나서 새 출발을 해야 합니다. 어느 누구도 다시는 예전 모습으로 돌아갈 수 없어요." 그는 세예르와 대화를 하는 게 아니라 혼잣말을 하고 있는 것 같았다. 마치 세예르가 그곳에 아예 존재하지 않다는 듯이. "예전과 똑같은 사람은 쇨비뿐입니다. 쇨비는 이번 일을 겪고도 변한 구석이 하나도 없더군요. 솔직히 놀랐습니다. 하지만 뭐, 그 아이는 남들과 다르니까요. 우리 아이를 있는 그대로 받아들여야지 어쩌겠습니까."

"그럼…… 아니는요?" 세예르가 말했다.

"아, 아니." 그가 중얼거렸다. "아니는 결코 옛날 모습으로 돌아가지 못했습니다. 모든 사람이 언젠가는 죽는다는 사실을 그때 깨달은 모양이에요. 저도 어렸을 때 똑같은 감정을 느낀 적이 있습니다. 우리 어머니가 돌아가셨을 때. 정말 끔찍했죠. 어머니가 돌아가셔서가 아니라 나도 죽을 거라는 생각 때문에요. 아버지도, 내가 아는 다른 사람들도 전부 죽을 테니까."

그는 먼 곳에 시선을 두고 있었다.

세예르는 양손을 책상 위에 편안히 올려놓고 그의 말에 귀를 기울였다.

"우리가 할 얘기가 아직 많이 남아 있습니다." 잠시 후에 세예르가 말했다. "하지만 그 전에 먼저 아셔야 할 것이 있습니다."

"무슨 얘긴지는 몰라도 제가 그걸 듣고 견딜 수 있을지 모르겠군요."

"제 입장에서는 반드시 말씀드릴 수밖에 없습니다. 양심상

어쩔 수 없어요."

"무슨 얘기입니까?"

"혹시 아니가 아프다고 한 적이 없습니까?"

"아뇨…… 없습니다. 충격흡수 운동화를 사기 전에는 몇 번 있었지만. 발이 아프다고 했죠."

"배가 아프다는 말을 안 하던가요?"

홀란드가 불안한 시선으로 그를 바라보았다. "그런 말을 들은 적은 없습니다. 아다한테 한번 물어보시죠."

"선생이 아니랑 제일 가까웠던 것 같아서 물어보는 겁니다."

"예. 하지만 그런 여자들 얘기는…… 그런 얘기는 한 번도 들어본 적이 없습니다."

"아니의 복부에 종양이 있었습니다." 세예르가 나지막하게 말했다.

"종양이요?"

"달걀만 한 크기예요. 악성입니다. 이미 간까지 퍼졌습니다."

홀란드의 온몸이 딱딱하게 굳어졌다. "뭔가 잘못 아신 겁니다. 아니는 누구보다 건강했어요."

"아니의 복부에 악성종양이 있었습니다. 오래지 않아 아니가 아주 심하게 아팠을 겁니다. 그 병 때문에 목숨을 잃게 되었을 가능성이 높아요."

"이런 일이 없었어도 아니가 결국은 죽었을 거라는 말씀입니까?" 홀란드의 목소리에 날이 서 있었다.

"부검의가 그렇게 말하더군요."

"그럼 아니가 고통받지 않고 죽었으니 기뻐해야 하는 겁니까?" 그가 비명처럼 소리를 질렀다. 침 한 방울이 세예르의 이마로 날아왔다. 홀란드가 얼굴을 양손에 묻었다. "아뇨, 아뇨, 그런 말을 할 생각은 없었습니다." 숨이 막힌 듯 그가 힘겹게 말했다. "하지만 도무지 이해할 수가 없습니다. 제가 모르는 게 왜 이렇게 많은 겁니까?"

"아니 자신도 몰랐거나, 아니면 통증을 숨기고 일부러 의사를 찾아가지 않았을 겁니다. 아니의 병원 진료기록에는 종양 얘기가 한마디도 없으니까요."

"진료기록에는 아예 아무 얘기가 없겠죠. 아니는 아팠던 적이 없으니까요. 백신을 몇 번 맞으러 간 게 전부였습니다."

"선생이 해주셨으면 하는 일이 하나 있습니다. 부인께 경찰서까지 와달라고 전해주십시오. 부인의 지문을 채취해야 하니까요."

홀란드는 힘없는 미소를 지으며 의자에 등을 기댔다. 그동안 가뜩이나 잠을 잘 자지 못했는데, 이제는 모든 것이 정신없이 돌아가고 있었다. 경감의 얼굴이 창가의 커튼과 함께 살짝 흔들렸다. 아니 그냥 바람이 불어온 것인지도 몰랐다. 이제는 뭐가 뭔지 확신할 수가 없었다.

"아니의 허리띠 버클에서 지문 두 개가 나왔습니다. 하나는 아니의 것이었죠. 어쩌면 나머지 하나가 부인의 것일지도 모릅니다. 아침에 아니가 입을 옷을 꺼내준 적이 많았다고 하셨으니까 버클에 부인의 지문이 묻었을지도 몰라요. 만약 부인의 지문이 아니라면, 범인의 지문입니다. 범인이 아니의 옷을 벗겼으니까 틀림없이 버클에도 손을 댔을 겁니다." 마침내 홀란드가 세예르의 말을 이해했다. "부인께 되도록 빨리 이리로 와달라고 전해주세요. 경찰서에 와서 스카레를 찾으시면 됩니다."

"경감님의 그 습진 말입니다." 홀란드가 갑자기 고갯짓으로 세예르의 손을 가리키며 말했다. "재를 바르면 효과가 있다는 말을 들은 적이 있습니다."

"재요?"

"습진이 있는 부위에 재를 바르면 됩니다. 재는 세상에서 제일 순수한 물질이죠. 그 안에 염분과 무기질이 들어 있습니다."

세예르는 아무 말도 하지 않았다. 홀란드는 안으로 움츠러든 것 같았다. 세예르는 그를 가만히 내버려두었다. 방 안이 워낙 조용해서 마치 아니가 이 방에 있는 것 같았다.

9

할보르는 부엌 조리대에서 돼지고기 소시지와 삶은 양배추를 먹었다. 식사를 마친 후에는 설거지를 하고 소파에서 졸고 있는 할머니에게 담요를 덮어주었다. 그러고는 자기 방으로 가서 커튼을 치고 컴퓨터 앞에 앉았다. 요즘 그는 여가 시간을 대부분 이렇게 보내고 있었다. 그는 아니가 좋아했던 노래의 제목과 가수 이름을 수도 없이 입력해보았다. 영화 제목도 두드려보았다. 하지만 아니가 그런 것을 암호로 선택하지는 않았을 거라고 생각했기 때문에 그다지 큰 기대를 걸지는 않았다. 이 일을 도저히 해낼 수 없을 것 같았다. 어쩌면 아니가 암호를 여러 번 바꿨을 수도 있었다. 국방부가 군사기밀을 보호할 때처럼. 국방부의 암호는 1초에 몇 번씩 자동으로 바뀌도록 설정된다고 잡지에서 읽은 적이 있었다. 이렇게 계속 바뀌는 암호를 알아내기란 거의 불가능했다. 그는 자신과 아니가 각자 파일을 만들어서 암호를 붙인 것이 정확히 언제인지 기억해보려고 애썼다. 몇 달 전, 늦가을 무렵이었다. 그는 아니가 아무 암호나 무작위로 고르지는 않았을 것이라고 확신했다. 아니라면 자신에게 의미가 있는 것이나 친숙하고 소중한 것을 암호로 골랐을 것이다. 그는 아니에게 친숙하고 소중했던 것을 많이 알고 있었으므로 암호를 알아내려는 시도를 멈추지 않았다. 할머니가 거실에서 낮잠을 다 잤다고 소리를 지를 때까지. 그는 잠시 일을 쉬기로 하고 할머니에게 커피와 버터를 바른 와플을 가져다주었다. 그리고 예의상 한동안 텔레비전을 보며 할머니의 말동무를 해주었다. 그러다가 이제 빠져나가도 되겠다는 생각이 들자마자 자기 방으로 돌아왔다. 할머니는 아무 말도 하지 않았다. 그는 자정까지 컴퓨터 앞에 앉아 있다가 지친 몸을 침대에 눕히고 불을 껐다. 그는 항상 한동안 가만히 누워서 주위의 소리에 귀를 기울이다가 잠이 들었다. 잠이 아예 오지 않을 때도 많았다. 그러면 그는 할머니 방으로 몰래 들어가서 할머니의 수면제를 한 알 훔쳐 나오곤 했다. 밖에서 누가 오락가락하는 발소리는 들리지 않았다. 그는 잠이 찾아오기를 기다리면서 아니를 생각했다. 그녀는 파란색을 가장 좋아했다. 또한 건포도가 든 도브 초콜릿 바를 가장 좋아했다. 그는 몇 가지 단어를 머릿속으로 되새기며 나중에 쓰려고 기억해두었다. 포기하지 않는 것이 중요했다. 마침내 암호를 제대로 찾아내고 나면 그녀가 당연히 암호로 골랐을 만한 말이라는 생각이 들어서 이렇게 혼잣말을 하게 될 것이다. 왜 이걸 진작 생각 못했지!

바깥은 캄캄하고 조용했다. 텅 빈 개집 입구가 치아가 몽땅 빠져버린 입처럼 뻥 뚫려 있었다. 하지만 도로에서는 개집 입구가 보이지 않았으므로, 이 집을 털려던 도둑이라면 안에 개가 있다고 생각할 것 같았다. 개집 뒤에는 헛간과 아담한 장작더미, 자전거, 낡은 흑백텔레비전, 신문지 더미가 있었다. 그는 신문지 수거하는 날을 항상 잊어버렸다. 이젠 이 지역 신문을 읽지도 않았으니까. 저 뒤의 마당 구석, 스티로폼 매트리스 뒤에 아니의 책가방이 있었다.

그는 브루반까지 달려갔다 왔다. 13킬로미터였다. 적어도 집으로 돌아올 때는 통증이 느껴질 정도로 힘들게 달리지 않으려고 애썼다. 예전에 엘리제는 그가 샤워를 마치고 나오면 얼음처럼 차가운 맥주를 따라서 그에게 주곤 했다. 그는 대개 허리에 수건 한 장만 달랑 두른 차림이었다. 하지만 이제는 그를 기다리고 서 있는 사람이 아무도 없었다. 그가 기르는 개만 혼자서 앞에 서 있다가 세예르가 밖으로 나와 샤워실의 김을 빼려고 문을 열어놓자 기대에 찬 눈빛으로 고개를 들었다. 그는 욕실에서 옷을 입고 직접 맥주를 찾았다. 그리고 조리대 가장자리를 이용해서 뚜껑을 따고는 병을 입으로 가져갔다. 그가 맥주를 절반쯤 마셨을 때 초인종이 울렸다. 그의 집 초인종이 울리는 것은 그리 자주 있는 일이 아니었으므로 그는 약간 당황했다. 그는 개에게 훈계를 하듯 손가락을 들어 보이고는 문을 열러 나갔다. 밖에는 스카레가 서 있었다. 그는 난간 옆에서 한 발을 계단에 걸치고 있었다. 혹시 그를 방해했다면 재빨리 물러나겠노라고 알려주는 것 같았다.

"이 근처에 올 일이 있어서요." 그가 말했다.

평소 때와는 다른 차림이었다. 머리카락을 바짝 깎아서 구불구불한 컬이 더 이상 보이지 않았다. 머리카락 색깔이 더 어둡게 변해서인지 그가 더 나이 들어 보였다. 머리가 짧아서 귀가 밖으로 삐죽이 드러날 정도였다.

"머리 잘 잘랐는데." 세예르가 말했다. "들어오게."

콜베르크가 언제나 그렇듯이 껑충껑충 뛰어왔다.

"이놈이 좀 다혈질이라서 말이야. 그래도 마음씨는 착해."

"그래야죠. 몸집이 저렇게 큰데. 늑대 같아요."

"원래 사자처럼 생겨야 하는 놈인데. 처음에 여러 종을 교배시켜서 레온베르거를 만든 사람이 생각했던 게 그거거든. 그 사람은 독일 레온베르크 출신이었는데, 원래 자기 마을의 마스코트를 만들 생각이었지."

"사자라고요?" 스카레가 커다란 개를 유심히 살펴보다가 웃었다. "제가 그런 말에 속을 줄 아세요?" 스카레는 겉옷을 벗어 복도에 걸었다. "오늘 홀란드를 만나보셨어요?"

"응. 자네는 뭘 하고 지냈나?"

"할보르의 할머니를 만났어요."

"그래?"

"저한테 커피랑 크래커를 주던데요. 늙어서 힘들다는 한탄도 같이. 늙는 게 어떤 건지 이제 확실히 알겠어요."

"어떤 건데?"

"서서히 내리막길을 내려가는 거죠. 거의 알아차릴 수 없을 만큼 은연중에 노화가 진행되는데 우리는 어느 날 갑자기 그걸 깨닫고 충격을 받아요." 스카레는 노인처럼 한숨을 쉬며 걱정스럽다는 듯 고개를 저었다. "세포분열이 줄어드는 것, 그게 바로 노화예요. 세포분열이 점점 느려지다가 마침내 세포의 재생이 아예 멈춰버리면 모든 게 쪼그라들기 시작해요. 사실 그게 부패의 첫 단계예요. 그런데 그게 스물다섯 살 무렵부터 시작돼요."

"거 참 무섭구먼. 그럼 자네도 한참 노화하고 있다는 거잖아. 사실 벌써 조금 늙어 보이기도 해." 세예르는 스카레를 이끌고 거실로 들어왔다.

"혈관에서는 피가 잘 흐르지 않게 돼요. 냄새나 맛도 예전처럼 느낄 수 없게 되고, 영양실조 증세가 눈에 띄게 나타나요. 그러니 사람이 늙어 죽는 건 아주 당연한 일이에요."

세예르가 쿡쿡 웃었다. 그러다가 병원에 있는 어머니가 생각나서 웃음을 멈췄다. "그분 연세가 어떻게 되지?"

"여든셋이요. 그래도 아직 돌아가실 때는 안 됐어요." 스카레는 짧게 깎은 자신의 머리를 가리키며 말을 이었다. "차라리 좀 더 일찍 죽는 편이 나은 것 같아요. 일흔 살쯤에."

"일흔 살 노인들은 그렇게 생각하지 않을걸." 세예르가 말했다. "맥주 마시겠나?"

"좋죠." 스카레는 손으로 머리를 쓸었다. 새로 자른 머리가 정말로 자기 것인지 확인하려는 것처럼.

"시디가 아주 많네요." 그는 스테레오 옆의 선반을 바라보고 있었다. "몇 개인지 세어보셨어요?"

"500개쯤 돼." 세예르가 부엌에서 소리쳤다.

스카레는 의자에서 벌떡 일어나 시디의 제목들을 살펴보았다. 대부분의 사람들과 마찬가지로 그는 음악적 취향을 보면 그 사람의 성격을 속속들이 알 수 있다고 생각했다.

"라일라 달세트. 에타 제임스. 빌리 홀리데이. 에디트 피아프. 세상에." 그는 놀랍기 그지없다는 얼굴로 선반을 바라보다가 웃고 말았다. "전부 여가수잖아요!" 그가 소리쳤다.

"그래?" 세예르는 맥주를 따랐다.

"전부 여자예요! 어사 키트. 릴 린드포르스. 모니카 제터룬드. 이 사람은 누구죠?"

"최고의 가수야. 하지만 자넨 너무 젊어서 모를걸."

스카레는 의자에 앉아 맥주를 마시고는 컵 아랫부분을 바지에 닦았다. "홀란드는 뭐래요?"

세예르는 신문지 밑에서 담배쌈지를 꺼내 열었다. 그러고는 종이를 하나 꺼내서 담배를 말기 시작했다.

"세상에!" 스카레가 깜짝 놀라서 소리쳤다. "담배 피우세요?"

"하루에 한 개비만 피워. 저녁에. 홀란드 말로는 옌스볼이 전과자라는 걸 아니가 알고 있었대. 어쩌면 그 사람 죄목도 알았는지 모르지."

"그래요?"

"그리고 아니가 자주 돌봐줬던 아이가 사고로 죽었대."

스카레가 자신의 담배를 찾으려고 옷을 더듬거렸다.

"11월에 죽었다는데, 아니가 변하기 시작한 바로 그 무렵이야. 아니는 그 후로 그 집에 가지 않으려고 했대. 그 집에 꽃을 가져다주라고 해도 싫다고 하고, 장례식에도 안 갔다는군. 아이 돌보는 일도 그만뒀고. 홀란드는 그럴 수도 있다고 생각하는 모양이야. 겨우 열네 살이었으니까 죽음을 감당하기 힘들었을 거라고." 그는 이야기를 하면서 스카레를 바라보다가 그가 점점 긴장하고 있다는 것을 알아차렸다. "그 후로 아니는 핸드볼도 그만두고, 할보르하고도 잠시 헤어지고, 마음의 문을 닫아버렸지. 그러니까 순서가 그렇게 된 거야. 아이가 먼저 죽고, 그 다음에 아니가 주변 사람들한테 마음을 닫아버린 거지."

스카레는 성냥에 불을 붙이고 세예르가 담배를 만 종이에 침을 묻히는 모습을 지켜보았다.

"아이는 비극적인 사고로 목숨을 잃은 모양이야. 겨우 두 살밖에 안 된 사내아이였다는데, 십 대 소녀가 그런 경험을 하고 충격을 받는 건 충분히 이해할 수 있어. 아이랑 잘 아는 사이였고, 아이 부모들하고도 아는 사이였으니까. 하지만……." 그는 담배에 불을 붙이려고 말을 끊었다.

"그럼 그게 아니가 변한 이유예요?"

"아마도. 하지만 몸속에 암 덩어리도 있었잖아. 아니가 그 걸 몰랐다 해도 그것 때문에 사람이 바뀌었을 가능성이 있어. 난 홀란드한테서 뭔가 다른 걸 알아낼 수 있지 않을까 했는데. 우리한테 단서가 될 만한 것 말이야."

"옌스볼은 어때요?"

"사람이 11년 전에 저지른 강간사건에 대한 소문을 막으려고 살인을 저지를 것 같지는 않아. 이미 형기까지 마친 죄인데 말이야. 그 친구가 또다시 같은 죄를 저지르려고 한 거라면 몰라도. 그러다가 일이 잘못된 거겠지…… 잠깐 드라이브할 시간 있나?"

"물론이죠. 어디로 가실 건데요?"

"루네비 교회."

그는 담배를 깊게 빨아들이고서 한참 동안 숨을 참았다.

"거긴 왜요?"

"나도 잘 모르겠어. 그냥 좀 기웃거려 보려고. 그것뿐이야."

"혹시 야외에서 머리가 잘 돌아가는 편이세요?" 스카레는 모래를 뿜어서 일부러 거칠거칠하게 만든 탁자 표면에 묻은 촛농을 긁어냈다.

"난 사람의 주변 환경이 사고방식에 영향을 미친다고 생각해. 그러니까 현장에 가면 상대를 더 잘 이해할 수 있어. 자기 내면에서 여러 가지 사물을 인식하고 있다면 말이야. '사물이 하는 말'에 귀를 기울이는 거지."

"굉장한 이론이네요." 스카레가 말했다. "혹시 본부에서 감히 그런 얘기를 꺼내신 적 있어요?"

"우린 그렇게 하지 않기로 일종의 암묵적인 동의를 했어. 지방검사는 내 신념에 관심이 없고. 검사도 물론 그런 게 있다는 걸 아니까 실제로 인정하지는 않아도 항상 그런 점을 고려하지. 그것도 우리가 암묵적으로 동의한 것 중 하나야." 세예르는 경건한 자세로 연기를 내뿜고는 시선을 들었다. "할보르의 할머니가 자네한테 또 뭘 주던가? 크래커와 노화에 대한 강의 말고."

"할보르의 아버지에 대해 많이 이야기해줬어요. 그 사람이 어렸을 때 얼마나 착한 아이였는지, 어른이 돼서 얼마나 불행하게 살았는지."

"그랬겠지. 자기 자식들을 그렇게 팰 수 있는 사람이었으니까."

"그리고 할보르가 자기 방에 처박혀 있다는 말도 했어요. 저녁 내내 컴퓨터 앞에 앉아 있는 모양이에요. 한밤중까지 그럴 때도 있고."

"할보르가 뭘 하는 것 같아?"

"저야 모르죠. 혹시 일기를 쓰는 것 아닐까요?"

"그렇다면 한번 읽어보고 싶군."

"할보르를 다시 불러들이실 거예요?"

"당연하지."

두 사람은 잔을 비우고 일어섰다. 나가는 길에 눈부신 미소를 짓고 있는 엘리제의 사진이 스카레의 눈에 들어왔다.

"부인이세요?" 그가 말했다.

"아내의 마지막 사진이야."

"그레이스 켈리를 닮으셨어요." 스카레가 말했다. "경감님 같이 부루퉁하고 나이도 많은 분이 어떻게 이런 미인을 사로잡으셨어요?"

세예르는 한없이 건방진 이 말에 너무 당황한 나머지 말을 더듬었다. "그때는 나도 부루퉁한 늙은이가 아니었어."

루네비 교회로 이어진 자갈길 위에서 차가 자갈 부서지는 소리를 내며 움직였다. 환하게 밝힌 분홍색 빛 속에 교회가 엄숙하고 냉정하게 서 있었다. 마치 태곳적부터 그렇게 서 있는 것 같았다. 하지만 이 교회가 세워진 것은 사실 겨우 150년 전이었다. 영겁에 비하면 짧은 한숨에 불과한 세월. 두 사람은 소리 없이 차 문을 닫고 자동차 옆에 서서 잠시 주위의 소리에 귀를 기울였다. 스카레는 주위를 둘러보고는 교회를 향해 몇 걸음 걷다가 교회 앞마당에 줄지어 늘어선 무덤들로 향했다. 하얀 묘비 10개가 일정한 간격으로 늘어서 있었다.

"이건 뭐죠?"

두 사람은 묘비를 읽으려고 걸음을 멈췄다.

"군인들의 묘야." 세예르가 말했다. "영국과 캐나다 병사들. 독일군이 1940년 4월 9일에 숲에서 이 사람들을 쏘아 죽였지. 매년 5월 17일이 되면 아이들이 여기에 하얀 아네모네를 가져다 놔. 내 딸 잉그리드한테서 들었어."

"조종사, 영국 공군. 캐나다의 A. F. 르 메스트르. 26세. 신께서 주신 것을 신께서 거두셨다. 그 짧은 순간 영웅적인 일을 하려고 참 먼 길을 왔네요." 스카레는 주위를 둘러보았다. "캐나다에서 여기까지 새 군복을 입고 정의의 편에서 싸우려고 왔는데 총에 맞아 죽다니."

묘지 가장자리, 넓은 보리밭과 가까운 곳에 아니가 묻혀 있었다. 꽃은 이미 시들어 썩고 있었다. 두 사람은 각자 자기만의 생각에 잠겨서 꽃을 물끄러미 바라보다가 다른 묘비에 새겨진 글을 읽기 시작했다. 아니의 무덤에서 두 줄 뒤에 세예르가 찾던 것이 있었다. 꼭대기가 둥그런 작은 묘비. 아름다운 글자체로 글이 새겨져 있었다. 스카레가 허리를 숙이고 그 글을 읽었다. "우리의 사랑하는 에스킬?"

세예르가 고개를 끄덕였다. "에스킬 요나스. 1992년 8월 4일에 태어나서 1994년 11월 17일에 죽었군."

"요나스? 그 카펫 파는 사람이요?"

"그 사람 아들. 목에 뭐가 걸려서 질식해 죽었대. 아이가 죽은 후에 결혼생활도 끝장났고. 그거야 이상한 일도 아니지. 아니 오히려 아주 흔한 일이야. 이 아이 위로 형이 하나 있는데, 그 애는 어머니랑 같이 산다더군."

"그 집 벽에 두 아이 사진이 걸려 있었죠." 스카레가 주머니에 손을 찔러 넣으면서 말했다. "꼭대기의 저 움푹한 자국은 뭐죠?"

"누가 장식을 훔쳐간 모양이군. 아마 새나 천사 조각이었 겠지. 대개 아이들의 무덤에 그런 걸 장식하니까."

"장식을 새로 만들어 달지 않은 게 이상하네요. 무덤이 너무 작고 초라해 보여요. 거의 방치된 것 같아요. 노인들만 이렇게 잊히는 줄 알았는데."

두 사람은 고개를 돌려 사방에서 묘지를 둘러싸고 있는 들판을 바라보았다. 근처 목사관에서 흘러나온 불빛이 푸르스름한 땅거미 속에서 경건하게 깜박거렸다.

"아마 여기까지 나오기가 쉽지 않겠지. 아이 어머니가 오슬로로 이사를 갔다는데, 여기까지 오려면 너무 멀잖아."

"요나스가 오는 데는 2분밖에 안 걸릴 텐데요."

스카레는 파거룬드 고개 쪽을 바라보았다. 콜렌 산 밑에서 집들이 불을 밝히고 있었다.

"그 집 거실 창문에서 이 교회가 보이지." 세예르가 말했다. "우리가 거기 갔을 때 교회를 본 기억이 나. 어쩌면 요나스는 이만하면 됐다고 생각하는지도 모르지."

"지금쯤이면 그 집 개가 새끼를 낳았겠네요."

세예르는 대답하지 않았다.

"다음에 갈 곳은 어디죠?"

"나도 잘 몰라. 하지만 이 어린 친구가 죽었어." 그는 다시 묘지를 내려다보며 미간을 찌푸렸다. "그리고 아니가 다른 사람처럼 변해버렸지. 아니가 왜 그토록 충격을 받은 걸까? 활력이 넘치는 강한 아이였는데. 건강하고 정상적인 사람들이 원래 이런 일을 잘 극복하는 것 아닌가? 적어도 어느 정도 시간이 흐른 뒤에는 죽음을 받아들이고 계속 살아가는 게 우리의 본성 아냐?"

그는 입을 다물었다. 그리고 약간 혼란스러운 기분으로 무릎을 꿇고 앉아 거의 벌거숭이가 된 무덤을 다시 살펴보며 듬성듬성한 이파리들을 멍한 표정으로 정리했다.

"그러니까 아니가 강한 아이인데도 그런 반응을 보인 것이 뭔가 의미가 있는 일이라는 말씀이세요?" 스카레가 물었다.

"나도 잘 모르겠어. 내가 무슨 결론을 내릴지 잘 모르겠어."

"무덤에 있는 걸 도둑질해 가는 사람들은 뭐죠?"

"자네가 그런 사람들을 이해하지 못한다는 건 좋은 징조야." 세예르가 일어서면서 말했다.

두 사람은 차를 향해 걸었다.

"하느님을 믿으세요?" 스카레가 물었다.

"글쎄, 아니, 안 믿는 것 같아. 그보다는…… 모종의 힘을 믿는 편이지."

스카레가 미소를 지었다. "전에도 그런 얘기를 들은 적이 있어요. '힘'을 받아들이기가 더 쉽다는 거죠. 우리가 그 힘에 이름을 붙이기가 그토록 힘들다는 게 참 이상해요. 하지만 '하느님'이라는 단어에 엄청난 의미가 부여돼 있는 건 분명해요. 그럼 경감님은 그 힘이 우리를 어디로 이끈다고 생각하세요?"

"난 힘이라고 했지, 의지라고 하지는 않았어."

"그럼 의지가 없는 힘을 믿으시는 거예요?"

"그런 뜻이 아냐. 난 그냥 그걸 힘이라고 부를 뿐이야. 의지가 그 힘을 이끄는지 아닌지는 아직 아무도 모르는 문제지."

"하지만 의지가 없는 힘이라면 정말 기운 빠지는데요. 안 그래요?"

"도대체 포기할 줄을 모르는 친구구먼! 혹시 자네가 하느님을 믿는다고 고백하려고 서투르게 수작을 부리는 건가?"

"예." 스카레가 말했다.

"이런, 사람 속은 정말 알다가도 모르겠다니까." 세예르는 이 뜻밖의 고백을 잠시 생각하다가 투덜거리듯이 말했다. "난 신앙을 도무지 이해하지 못하겠어."

"무슨 말씀이세요?"

"도대체 어떻게 하면 신앙을 갖게 되는지 모르겠다고."

"그건 그냥 특정한 태도의 문제예요. 삶을 어떻게 대해야겠다고 선택하고 나면, 시간이 흐르면서 그것이 혜택과 기쁨을 가져다주죠. 과거와 연결된 느낌도 가져다주고요. 그러면 삶과 죽음이 아주 편안한 의미로 다가와요."

"태도를 선택한다고? 자네 아직 구원받지 못한 건가?"

스카레는 입을 벌리고 해안과 암초와 바닷물을 연상시키는 웃음을 터뜨렸다. "사람들은 간단한 문제를 너무 어렵게 만들어요. 우리가 모든 걸 이해할 필요는 없어요. 느낌이 중요한 거예요. 이해는 서서히 찾아와요."

"그럼 나한테 딱 맞겠네."

"경감님이 뭘 믿는지 알아요." 스카레가 히죽 웃으며 말했다. "경감님은 하느님을 믿지 않지만 천국의 문은 분명하게 그려낼 수 있죠. 그래서 대부분의 사람들과 마찬가지로 경감님도 성 베드로가 꾸벅꾸벅 졸고 있어서 그 문 안으로 슬쩍 들어갈 수 있으면 좋겠다고 생각하고 계세요."

세예르는 영혼의 밑바닥에서부터 올라온, 진심 어린 웃음을 터뜨리며 자신조차 미처 예상하지 못했던 행동을 했다. 스카레의 어깨에 팔을 두르고 그 팔에 힘을 준 것이다.

두 사람은 자동차가 있는 곳에 도착했다. 스카레가 자동차 앞 유리창에 걸려 있던, 이파리 달린 작은 가지를 떼어냈다.

"저라면 새를 새로 사서 묘비를 장식했을 거예요." 스카레가 말했다. "만약 제 아이라면요."

세예르는 낡은 푸조에 시동을 건 채 잠시 말없이 앉아 있었다. "나도 그랬을 거야."

할보르는 여전히 컴퓨터 앞에 앉아 있었다. 암호를 쉽게 풀 수 있을 거라고 생각한 적은 없었다. 그의 인생에 쉬운 일은 하나도 없었으니까. 어쩌면 몇 달이 걸릴지도 모르는 일이었지만 그는 걱정하지 않았다. 그는 그녀가 읽은 책이나 그녀가 들었던 음악에 관해 기억할 수 있는 것을 모두 떠올리며 노래 제목, 책 속의 등장인물, 그녀가 말을 할 때 사용했던 특정한 단어나 구절들을 임의적으로 골라냈다. 하지만 그냥 가만히 앉아서 화면만 바라볼 때도 많았다. 이제 다른 것은 어찌 되든 상관없었다. 텔레비전에도, 시디 플레이어에도 관심이 없었다. 그는 침묵 속에 혼자 앉아서 대부분의 시간을 과거 속에서 보내고 있었다. 암호를 찾아내는 일은 과거 속에 머무르며 미래를 회피하는 구실이 되었다. 사실 앞날에 희망 같은 것도 없었다. 오로지 고독만 있을 뿐이었다.

그가 아니와 함께 했던 시간이 무척이나 즐거웠으니 당연히 지속될 리가 없었다. 그걸 일찌감치 깨달았어야 했다. 그는 아니와의 관계가 어떻게 될지, 결국 어떻게 끝날지 자주 생각했다.

할머니는 아무 말도 하지 않았지만, 그래도 나름의 의견은 갖고 있었다. 그가 뭔가 쓸모 있는 일을 해야 한다는 것. 예를 들어 집 뒤의 자그마한 잔디밭에서 잔디를 깎거나, 마당의 낙엽을 쓰는 일, 또는 헛간을 청소하는 일 말이다. 그건 봄에 많은 사람들이 하는 일이었다. 겨우내 쌓인 쓰레기를 치우고, 집 앞의 꽃밭도 잡초를 뽑아줄 필요가 있었다. 할머니는 꽃밭에 나갔다가 튤립이 민들레와 잡초에 휘감겨 시름시름 앓고 있는 모습을 직접 보았다. 할머니가 그 말을 할 때마다 그는 멍하니 고개만 끄덕이고는 다시 하던 일을 계속했다. 결국 할머니는 할보르가 엄청나게 중요한 일을 하는 모양이라며 포기해버렸다. 그래서 힘겹게 운동화 끈을 매고 목발을 짚은 채 절룩거리며 밖으로 나갔다. 그녀가 마당으로 나가는 것은 흔한 일이 아니었다. 햇빛이 황금처럼 찬란한 날에만 식품점까지 갈 수 있었다. 그녀는 무너져가는 몸뚱이 때문에 조금 우울한 심정으로 목발에 무겁게 몸을 기댔다. 모든 것이 빛이 바랜 것처럼 너무 흐릿하게 보였다. 건물도, 마당도. 어쩌면 순전히 그녀의 시력이 나빠졌기 때문에 그렇게 보이는 것인지도 몰랐다. 그녀는 터벅터벅 마당을 가로질러 헛간 문을 열었다. 그 안을 들여다보고 싶다는 갑작스러운 충동 때문이었다. 어쩌면 옛날에 정원에서 쓰던 가구가 아직 쓸 만할지도 모른다. 적어도 장식품으로 집 앞에 내놓을 정도는 될 것이다. 그러면 집이 아늑해 보일 것 같았다. 다른 집들은 벌써 오래전부터 야외용 가구를 내놓기 시작했다. 그녀는 벽을 더듬어 스위치를 찾아서 불을 켰다.

10

아스트리드 요나스는 오슬로 서편에서 편물 가게를 하고 있었다.

그녀는 편물기계에 앉아서 앙고라처럼 부드러운 실로 뭔가를 만들고 있었다. 어쩌면 신생아에게 줄 물건인지도 몰랐다. 그는 가게를 가로질러 그녀 뒤에서 걸음을 멈추었다. 그러고는 어정쩡하게 서서 헛기침을 하며 그녀의 작품을 감상했다.

"담요를 만들고 있어요." 그녀가 미소를 지으며 말했다. "아기 유모차에 넣을 거예요. 손님이 주문하신 물건이에요."

그는 그녀를 물끄러미 바라보았다. 처음에는 조금 놀랐다. 그녀는 전남편보다 훨씬 더 나이가 많았다. 게다가 놀라울 정도로 아름답기까지 했다. 그 미모 때문에 한순간 숨이 막힐 지경이었다. 엘리제는 부드럽고 절제된 분위기의 미인이었지만, 그녀는 첫 눈에 확 띄는 음울한 미인이었다. 그는 자기도 모르게 그 자리에 서서 그녀를 멍하니 바라보다가 비로소 그녀의 향수 냄새를 알아차렸다. 아마 그녀가 그를 향해 손짓을 했기 때문인 것 같았다. 그녀에게서는 사탕 가게 같은 냄새가 났다. 바닐라 냄새도 엷게 배어 있었다.

"콘라드 세예르입니다." 그가 말했다. "경찰에서 나왔습니다."

"그런 것 같았어요." 그녀가 미소를 지었다. "가끔, 경찰관을 알아보기가 너무 쉽다는 생각이 들어요. 제복을 입지 않아도 경찰관은 티가 난다니까요."

그는 얼굴을 붉히며 혹시 오랫동안 경찰로 일하면서 특이한 자세니 옷차림이 몸에 밴 것은 아닌지, 아니면 그녀가 다른 사람들보다 더 예리한 건지 생각해보았다.

그녀가 일어서서 작업용 등을 껐다. "저 뒤쪽 방으로 가시죠. 제가 점심을 먹을 때 쓰는 작은 사무실이 있어요." 그녀의 움직임은 무척 여성스러웠다. "아니 일은 정말 너무 끔찍해서 생각도 하기 싫어요. 장례식에 안 간 것도 마음에 걸리고요. 솔직히 말해서, 장례식을 견딜 수 없어서 안 간 건데. 대신 꽃을 보냈어요."

그녀가 의자를 가리켰다. 그는 거의 잊고 있던 감정에 서서히 압도당하면서 그녀를 물끄러미 바라보았다. 그는 지금 아름다운 여자와 함께 있었다. 방 안에는 다른 사람이 없었기 때문에 누구 등 뒤로 숨을 수도 없었다. 그녀가 미소를 지었다. 마치 자기도 같은 생각을 했다는 듯이. 하지만 그녀는 여전히 침착하고 차분했다. 사실 그녀가 아름다운 건 어제오늘 일이 아니었으니까.

"전 아니랑 잘 아는 사이였어요. 아니가 우리 집에서 오랫동안 에스킬을 봐줬거든요. 우리 아들 하나가 작년에 죽었는데, 그 아이 이름이 에스킬이에요."

"압니다."

"아, 헤닝을 만나보셨겠군요. 불행히도 그 일이 있은 후로 아니하고 연락이 끊어졌어요. 아니가 우리 집에 발걸음도 안 했어요. 아니가 정말 안 됐다는 생각이 들었어요. 그때 겨우 열네 살이었으니까요. 그 나이 때는 그런 상황을 받아들이기 어렵잖아요."

세예르는 겉옷 단추를 더듬거리면서 고개를 끄덕였다. 자그마한 사무실 안이 갑자기 덥게 느껴졌다.

"혹시 범인이 누군지 짐작 가는 사람이라도 있어요?" 그녀가 물었다.

"아뇨." 그가 말했다. "지금은 그냥 정보를 모으는 중입니다. 그 다음에 이른바 전술적 단계로 나아갈 수 있는지 두고 봐야죠."

"저는 별로 도움이 안 될 거예요." 그녀가 자기 손을 내려다보며 말했다. "저는 아니를 잘 알아요. 사랑스러운 아이였어요. 같은 또래 여자 아이들보다 훨씬 더 똑똑하고 상냥했죠. 바보 같은 짓은 절대 안 했어요. 훈련을 열심히 해서 항상 건강했고, 공부도 열심히 했어요. 얼굴도 예뻤고요. 남자 친구가 있었는데, 할보르라는 아이예요. 하지만 지금은 아마 헤어졌을걸요?"

"아뇨, 만나고 있었습니다."

잠시 침묵이 흘렀다. 그는 그녀의 반응을 살펴보려고 일부러 가만히 있었다.

"뭘 알고 싶으세요?"

그는 아무 말 없이 그녀를 유심히 살펴보았다. 그녀는 몸매가 날씬했고, 눈은 검은색이었다. 입고 있는 옷은 전부 니트여서 마치 자신의 가게를 선전하는 커다란 광고판 같았다. 일자로 뻗은 치마와 꼭 맞는 재킷이 매력적이었다. 옷 색깔은 짙은 빨강이었으며, 테두리는 초록색과 겨자 색이었다. 신발은 굽이 낮은 검은색 구두였다. 머리는 생머리를 늘어뜨린 단순한 모양. 립스틱은 옷과 같은 빨간색이었다. 귀에는 화살 모양의 청동 귀걸이를 달았는데, 검은 머리카락이 귀걸이를 살짝 덮고 있었다. 나이는 세예르보다 몇 살쯤 어린 것 같았다. 눈가와 입가에 이제 막 생기기 시작한 잔주름이 보였다. 전남편보다 훨씬 나이가 많은 것은 분명했다. 에스킬은 틀림없이 젊음이 다 가기 직전에 낳은 아들이었을 것이다.

"특별히 알고 싶은 건 없습니다." 그가 말했다. "아니가 부인 댁으로 와서 에스킬을 봐줬다고요?"

"일주일에 몇 번씩 왔어요." 그녀가 말했다. "아니 말고는 아무도 에스킬을 봐주려고 하지 않았어요. 다루기 쉬운 아이가 아니었거든요. 이 얘기도 이미 들으셨겠죠?"

"예, 들었습니다." 그는 거짓말을 했다.

"아이가 너무 기운이 넘쳐서 비정상이 아닌지 의심스러울 정도였어요. 그런 걸 아마 과잉행동증후군이라고 하죠? 그 왜, 잠시도 가만히 있지 못하고 움직이는 거요." 그녀가 웃었다. 무기력해 보이는 웃음. "이런 말을 하기가 쉽지 않다는 걸 알아주셨으면 해요. 하지만 솔직히 말해서 에스킬은 다루기 힘든 아이였어요. 그 애를 다룰 수 있는 사람이 몇 명 안 됐는데, 그중에 아니가 있었어요." 그녀는 잠시 말을 멈추고 생각에 잠겼다. "아니가 우리 집에 자주 왔어요. 헤닝과 저는 항상 너무 지쳐 있었기 때문에 아니가 나타나서 미소를 지으며 아이를 봐주겠다고 하면 마치 축복을 받은 것 같았어요. 에스킬을 유모차에 태우고 나면 우리는 시내에 가서 뭘 좀 사 먹으라고 돈을 줬어요. 사탕이나 아이스크림 같은 거요. 아니는 에스킬을 데리고 나가서 한두 시간쯤 놀다 들어오곤 했어요. 아마 일부러 오랫동안 밖에 있었던 것 같아요. 가끔 버스를 타고 시내로 가서 하루 종일 놀다 올 때도 있었어요. 시장에서 작은 기차를 타고 돌아다니기도 했고요. 저는 그때 병원에서 야간근무를 했기 때문에 낮에 자야 하는 경우가 많았어요. 그래서 아니가 에스킬을 데리고 나가는 게 그렇게 반가울 수가 없었어요. 에스킬 위로 마그네라는 아들이 있는데, 그 애는 유모차를 밀고 다니기에는 이미 너무 커버렸어요. 마그네도 싫어했고요. 그래서 어떻게든 그 일을 안 하려고 빠져나갔어요. 사내아이들이 대부분 그렇죠 뭐."

그녀는 다시 미소를 지으며 앉은 자세를 바꿨다. 그녀가 움직일 때마다 바닐라 냄새가 났다. 그녀는 말하면서 계속 가게 출입문에서 눈을 떼지 않았지만 가게로 들어오는 사람은 아무도 없었다. 아들 이야기를 하다 보니 마음이 불편해진 모양이었다. 그녀는 세예르의 얼굴을 보지 않으려고 털실을 놓아둔 선반에서부터 가게 앞쪽의 탁자에 이르기까지 사방으로 눈을 굴렸다. 비좁은 곳에 갇힌 새 같았다.

"에스킬이 몇 살 때 죽었습니까?" 세예르가 물었다.

"겨우 27개월이었어요." 그녀가 속삭이듯 말하고는 몸을 움찔했다.

"아니가 봐주고 있을 때 사고가 난 겁니까?"

그녀가 시선을 들었다. "아뇨. 천만다행이죠. 그때도 저는 정말 다행이라고 했어요. 그랬다면 정말 참을 수가 없었을 테니까. 가엾은 아니한테는 에스킬이 죽은 것만도 끔찍한 일인데, 그런 마음의 짐까지 안고 살 수는 없었을 거예요."

또다시 침묵이 흘렀다. 그는 되도록 조용히 숨을 쉬면서 다른 방향에서 접근해보기로 했다.

"그럼…… 어떤 사고였습니까?"

"헤닝을 만나보셨다면서요."

"예." 그는 거짓말을 했다. "하지만 자세한 이야기는 안 해주시더군요."

"에스킬의 목에 음식이 걸렸어요." 그녀가 말했다. "저는 2

층에서 자고 있었고, 헤닝은 욕실에서 면도를 하느라 아무 소리도 못 들었대요. 사실 에스킬도 비명을 지를 수 없는 상태였죠. 목에 음식이 걸렸으니까요. 에스킬은 그때 의자에 안전띠로 고정되어 있었어요. 그 또래 아이들을 보호하려고 묶는 끈 말이에요. 에스킬은 의자에 앉아서 아침을 먹고 있었어요."

"저도 그런 끈을 압니다. 딸도 있고 손주도 있거든요." 그가 말했다.

그녀는 침을 꿀꺽 삼키고서 말을 이었다. "헤닝이 나가서 보니 아이가 끈에 매달려 있더래요. 얼굴이 퍼렇게 질려서. 구급차가 20분도 더 지나서 도착했는데, 그때는 이미 가망이 없었죠."

"중앙병원에서 구급차가 온 겁니까?"

"예."

세예르는 가게를 바라보았다. 창문에 어떤 여자의 모습이 보였다. 그녀는 요나스 부인이 진열해놓은 스웨터에 감탄하고 있었다.

"그러니까 아침에 사고가 일어난 겁니까?"

"아침 일찍이요."

"부인은 그동안 내내 주무시고 계셨고요. 맞습니까?"

갑자기 그녀가 그의 눈을 똑바로 들여다보았다.

"아니 얘기를 하러 오신 줄 알았는데요."

"아니에 관해 알고 있는 걸 얘기하셔도 좋습니다." 그가 말했다. 가슴이 찔끔했다.

그녀는 아무 말도 하지 않은 채 허리를 똑바로 펴고 팔짱을 꼈다. "크리스탈렌에 사는 사람들은 전부 만나보셨겠죠?"

"예, 만나봤습니다."

"그럼 그 일에 대해 이미 다 알고 계시겠네요."

"예, 맞습니다. 하지만 제가 관심을 갖고 있는 건 그 사고에 대한 아니의 반응입니다." 그가 말했다. "아니가 그토록 강렬한 반응을 보였다는 사실 말입니다."

"그건 별로 이상한 일이 아니지 않나요?" 그녀의 목소리가 조금 날카로워졌다. "두 살짜리 아이가 그렇게 죽었는데요. 아니는 그 아이와 친한 사이였고요. 두 아이는 서로 좋아했어요. 아니는 에스킬을 다룰 수 있는 사람이 자기밖에 없다는 걸 자랑스러워했고요."

"제 생각에도 이상한 일은 아닌 것 같습니다. 다만 아니가 어떤 사람이었는지 알고 싶을 뿐입니다."

"이미 말씀드렸잖아요. 제가 협조를 안 하겠다는 게 아니라, 그때 일을 이야기하는 게 쉽지 않아요." 그녀가 다시 그를 똑바로 바라보았다. "그런데…… 그거 성범죄가 아닌가요?"

"확실치 않습니다."

"확실치 않다고요? 저는 소식을 듣자마자 그렇게 생각했는데요. 아니가 알몸으로 발견되었다고 해서. 신문을 읽다보면 언제나 섹스 얘기뿐이잖아요." 그녀는 손가락을 꼼지락거리며 얼굴을 붉혔다. "그것 말고 뭐가 있겠어요?"

"그게 문젭니다. 우리가 아는 한, 아니한테는 적이 없었어요.

만약 섹스가 동기가 아니라면, 과연 무엇이 동기였을까요?"

"그런 짓을 하는 사람들은 아마 생각이 똑바르지 않을 거예요. 그러니까, 미친 사람들이라고요. 그 사람들 사고방식은 우리랑 달라요."

"범인이 얼마나 미친놈인지 아직은 모릅니다. 남편과 몇 년 동안 결혼생활을 하셨습니까?"

그녀가 화들짝 놀랐다. "15년이요. 결혼할 때 저는 마그네를 임신 중이었어요. 헤닝은…… 저보다 한참 젊어요." 그녀가 말했다. 그가 깜짝 놀랄 거라고 기대하는 듯한 표정이었다. "에스킬을 낳은 건 사실 오랫동안 왈가왈부한 끝에 결정한 일이었어요. 하지만 결국은 둘 다 아이를 낳기로 마음을 정했죠. 진심으로요."

"원래 예정에 없던 아이였습니까?"

"예." 그녀가 천장에 재미있는 것이 있기라도 한 것처럼 위를 올려다보았다.

"그럼 장남은 조금 있으면 열일곱 살이 되는 건가요?"

그녀가 고개를 끄덕였다.

"그 아이가 아버지와 계속 연락하고 있습니까?"

그녀가 당혹스러워하며 그를 바라보았다. "당연하죠! 옛날 친구들을 만나러 루네비에도 자주 가요. 하지만 우리 마음이 편안하지만은 않아요. 그런 일이 있었으니까."

"에스킬의 무덤에 자주 가십니까?"

"아뇨. 헤닝이 돌보고 있어요. 전 거기 가기가 힘들어요. 누가 무덤을 돌봐주기만 한다면, 전 그냥 견딜 수 있어요."

그는 방치된 무덤을 생각해보았다. 그때 문이 열리더니 젊은 남자가 가게로 들어왔다. 요나스 부인이 시선을 들었다.
"마그네! 엄마 여기 있어!"

세예르는 고개를 돌려 그녀의 아들을 유심히 살펴보았다. 아버지를 많이 닮았지만, 아버지보다 몸이 훨씬 더 건장했다. 그가 문간에서 걸음을 멈췄다. 입을 열고 싶지 않은 모양이었다. 돌처럼 굳은 표정은 냉랭했다. 불룩불룩 튀어나온 팔뚝의 근육과 검은 머리에 잘 어울리는 표정이었다.

"이제 가봐야겠습니다, 요나스 부인." 세예르가 일어서면서 말했다. "혹시 제가 또 찾아오더라도 화내지는 마십시오."

그는 어머니와 아들에게 목례를 하고 가게를 나섰다. 요나스 부인은 오랫동안 그를 바라보다가 고통스러운 얼굴로 아들을 쳐다보았다.

"아니의 살인사건을 수사하는 경찰관이야." 그녀가 말했다. "그런데 온통 에스킬 얘기만 하지 뭐니."

가게 밖에서 세예르는 잠시 걸음을 멈췄다. 입구 옆에 오토바이가 서 있었다. 커다란 가와사키였는데 마그네 요나스의 것인지도 몰랐다. 오토바이에는 젊은 여자가 앉아 있었다. 그녀는 자기 손톱만 골똘히 바라보느라 세예르가 옆에 있는 것을 알아차리지 못했다. 손톱이 부러져서 부러진 자리를 긁어 어떻게든 손톱을 이어보려고 하는 것 같았다. 그녀는 징이 잔뜩 박힌 짧은 빨간색 가죽 재킷을 입고 있었으며, 머리는 구름처럼 부푼 금발이었다. 그 머리를 보니 그가 어렸을 때 크리스마스트리를 장식하던 하얗고 가는 실이 생각났다. 그녀가 고개를 들었다. 그는 미소를 지으며 겉옷을 똑바로 잡아당겨 폈다.

"잘 있었니, 쉴비?" 그는 이렇게 말하고 나서 길을 건넜다.

그는 천천히 차를 몰면서 생각을 질서 있게 정리해보았다. 에스킬 요나스. 아니만이 다룰 수 있었던 까다로운 아이. 그런데 그 아이가 갑자기 죽었다. 혼자서. 의자에 묶인 채. 도와줄 사람 하나 없이. 그는 손자를 생각하며 부르르 몸을 떨었다. 그러면서도 루네비 출구로 나가 할보르의 집으로 향했다.

할보르 문츠는 부엌에 서서 스파게티 면을 찬물로 씻고 있었다. 그는 먹는 것을 자꾸 잊어버렸다. 이제는 현기증이 날 정도였다. 게다가 밤에 먹은 수면제 때문에 몸이 무겁고 기운이 없었다. 수도꼭지에서 물이 콸콸 쏟아지고 있었기 때문에 그는 밖에 차가 서는 소리를 듣지 못했다. 하지만 할머니가 문을 쾅 닫고는 뭐라고 투덜거리면서 검은 줄무늬가 있는 나이키 운동화를 신고 걷는 소리는 들었다. 할머니의 모습은 우스꽝스러웠다. 조리대에는 케첩 한 병과 치즈를 곱게 갈아 담아놓은 그릇이 있었다. 그때 소금을 깜빡 잊고 넣지 않았다는 생각이 들었다. 할머니는 거실에서 신음소리를 내고 있었다.

"내가 헛간에서 뭘 찾았는지 좀 봐라, 할보르!"

뭔가가 쿵 소리를 내며 바닥으로 떨어졌다. 그는 거실을 살짝 내다보았다.

"낡은 책가방이야." 그녀가 말했다. "안에 책도 있어. 옛날 교과서를 보니 재미있다. 네가 이걸 보관해놓은 줄 몰랐어."

할보르는 두 걸음 나아가다가 갑자기 멈춰 섰다. 가방 버클에 코카콜라 광고가 새겨진 병따개가 매달려 있었다.

"그건 아니 거예요." 그가 속삭이듯 말했다.

펜에서 새어나온 파란색 잉크가 가죽에 스며들어 지퍼가 달린 작은 주머니 바닥에 얼룩이 나 있었다.

"아니가 여기 두고 간 거야?"

"예." 그가 재빨리 말했다. "제 방에 갖다 둘게요. 나중에 에디 아저씨한테 드리죠 뭐."

할머니가 그를 바라보았다. 주름진 얼굴에 걱정스러운 표정이 점점 번져나갔다. 갑자기 낯익은 사람이 불빛이 희미한 복도에 나타났다. 할보르는 가슴이 철렁 내려앉아서 가방 끈 하나를 붙들고 얼어붙은 듯이 그 자리에 서 있었다.

"할보르." 세예르가 말했다. "나랑 좀 같이 가야겠다."

할보르는 몸이 휘청거려서 쓰러지지 않으려고 옆으로 한 발을 내디뎠다. 천장이 그를 향해 내려오는 것 같았다. 조금 있으면 천장과 바닥 사이에 끼고 말 것이다.

"가는 길에 그 가방을 아니네 집에 가져다주면 되겠네." 할머니가 결혼반지를 빙글빙글 돌리며 불안한 표정으로 말했다. 반지가 너무 컸다. 할보르는 대답하지 않았다. 방이 빙글빙글 돌기 시작하고, 가방을 들고 부들부들 떨며 서 있는 그의 몸에서 땀이 비 오듯 쏟아졌다. 가방은 별로 무겁지 않았다. 아니가 그 안에 있던 것을 대부분 꺼내 갔으니까. 안에는 시그리드 운세트의 소설 『조팝나무』, 새로 나온 운세트의 전기, 공책, 지갑이 있었다. 지갑에는 지난여름에 찍은 그의 사진이 들어 있었다. 그때 그는 피부가 햇볕에 그을려서 미남처럼 보였으며, 머리는 햇볕에 바랜 색깔이었다. 두려움에 얼굴이 하얗게 질린 채 이마에 땀방울이 맺혀 있는 지금과는 달랐다.

긴장이 감돌았다. 대개 그는 제 갈 길을 가면서 앞에 나타나는 것들을 무엇이든 어려움 없이 받아들일 수 있었다. 하지만 지금은 완전히 기습을 당한 꼴이었다.

"이게 꼭 필요한 일이라는 거 알지?" 세예르가 말했다.

"예." 할보르는 한쪽 다리를 들어 올려 운동화를 자세히 들여다보았다. 끝이 해져서 너덜너덜해진 운동화 끈과 벌어지기 시작한 밑창도.

"아니의 책가방이 너희 집 헛간에서 발견되었다는 건 네가 살인사건과 직접적인 연관이 있다는 뜻이야. 무슨 말인지 알겠어?"

"예. 하지만 잘못 생각하신 거예요."

"넌 아니의 남자 친구라서 용의자가 되었어. 문제는 우리가 널 기소할 죄목이 없다는 거였지. 그런데 네 할머니가 우리 대신 그 문제를 해결해줬구나. 너도 일이 이렇게 될 줄은 몰랐겠지, 할보르. 할머니는 거동이 불편하시니까 말이야. 그런데 갑자기 할머니가 헛간 청소를 하실 줄이야. 할머니가 그럴 거라고 누가 생각이나 했겠어?"

"그 가방이 왜 거기 있는지 저도 몰라요! 제가 아는 건 할머니가 헛간에서 가방을 찾아냈다는 것뿐이에요."

"스티로폼 매트리스 뒤에서?"

할보르의 얼굴이 그 어느 때보다 어둡고 창백해 보였다. 가끔 팽팽하게 당겨진 입가의 흉터가 움찔거렸다. 오랜 시간이 흐른 이제야 입에서 떨어져나가려고 하는 것처럼.

"누가 절 모함한 거예요."

"그게 무슨 소리야?"

"누가 그 가방을 거기 갖다 뒀을 거예요. 얼마 전 밤에 누가 제 방 창문 밖을 살금살금 돌아다니는 소리를 들었어요."

세예르가 슬픈 미소를 지었다.

"비웃고 싶으면 마음대로 하세요." 할보르가 말했다. "하지만 제 말은 사실이에요. 누가 그걸 거기 갖다 놓고 저한테 누명을 씌우려고 하는 거라고요. 아니랑 제가 사귀었다는 걸 아는 사람이겠죠. 그러니까, 틀림없이 아니도 아는 사람이었을 거예요. 안 그래요?" 그는 고집스럽게 경감을 쏘아보았다.

"난 처음부터 살인범이 아니와 아는 사이라고 생각했어." 세예르가 말했다. "아니랑 아주 잘 아는 사이였을 거야. 아마 너만큼?"

"제가 한 짓이 아니에요! 제 말 좀 들어주세요! 제가 한 짓이 아니라고요!" 그는 이마를 훔치며 흥분을 가라앉히려고 애썼다.

"혹시 우리가 간과한 사람이 있는 것 같니?"

"그걸 제가 어떻게 알아요."

"예를 들면 새 남자 친구는 어때?"

"그런 사람은 없었어요."

"어떻게 그리 확신하지?"

"그랬다면 아니가 저한테 말했을 거예요."

"여자 아이들이 다른 사람에게 반하자마자 냉큼 달려와서 고백할 것 같아? 지금까지 여자 친구를 몇 명이나 사귀어봤지, 할보르?"

"아니라면 저한테 말했을 거예요. 경감님은 아니를 몰라요."

"그래, 모르지. 내가 보기에도 아니는 독특한 아이였던 것 같더군. 하지만 그래도 다른 여자 아이들하고 비슷한 점이 반드시 있었을 거야. 안 그래, 할보르?"

"저는 다른 여자애들을 몰라요." 그는 의자에 앉은 채 몸을 웅크렸다. 그러고는 고무 밑창과 운동화 천 사이로 손가락을 집어넣어 둘을 떼어내기 시작했다. "왜 가방에서 지문을 찾아보지 않는 거예요?"

"당연히 찾아볼 거야. 하지만 지문을 지워버리는 건 어려운 일이 아니라서. 아무래도 지문이 하나도 없을 것 같아. 너랑 네 할머니 지문만 빼면."

"전 가방에 손 댄 적 없어요. 오늘 처음 만진 거예요."

"그건 두고 보면 알겠지. 가방을 찾았으니 네 오토바이와 헬멧도 더 자세히 살펴봐야겠다. 네가 살고 있는 집도. 집에서 가져와야 하는 거 있니?"

"아뇨." 운동화 구멍이 이제는 꽤 커졌다. 그는 운동화에서 손을 뗐다. "제가 오늘밤에 여기 있어야 하나요?"

"그래야 할 것 같다. 네가 지금 상황을 객관적으로 바라본다면, 내가 널 붙들어둘 수밖에 없다는 걸 이해할 거야."

"얼마나요?"

"그건 나도 아직 모르지."

그는 탁자 건너편에 앉은 청년의 얼굴을 바라보며 전술을 바꿨다.

"요즘 컴퓨터로 뭘 쓰고 있었니, 할보르? 매일 퇴근하자마자 컴퓨터 앞에 앉아서 밤중까지 몇 시간 동안 일어나지 않는다면서? 뭘 하고 있었는지 말해줄래?"

할보르가 시선을 들었다. "절 감시하신 거예요?"

"어떤 의미에서는 그렇지. 요즘 우리는 아주 많은 사람을 감시하고 있어. 일기를 쓰니?"

"그냥 게임을 해요. 체스 같은 거요."

"혼자서?"

"성모 마리아랑요."

세예르는 놀라서 눈을 깜박거렸다. "네가 아는 걸 나한테 말하는 게 좋을 거야. 넌 지금 뭔가를 숨기고 있어, 할보르. 그건 확실해. 범인이 두 사람인 거야? 너 지금 누굴 덮어주는 거니?"

할보르는 입을 열지 않았다.

"만약 우리가 널 기소하게 되면 네 컴퓨터를 압수해야 할 거다."

"마음대로 하세요." 그가 갑자기 웃으며 말했다. "그래도 들어갈 수 없을 테니까!"

"들어갈 수 없어? 왜?"

할보르는 입을 닫고 다시 운동화를 만지작거렸다.

"네가 암호를 걸어 놔서?"

입 안이 바짝 말랐지만, 콜라를 달라고 부탁하기 싫었다. 집의 냉장고에는 뵈르테 맥주가 있는데. 그는 의자에 앉아서 맥주를 생각했다.

"그러니까 그 안에 중요한 게 들어 있겠구나. 네가 아무도 못 보게 해놓은 걸 보니."

"그냥 재미로 한 거예요."

"좀 길게 대답할 수 없겠니, 할보르?"

"중요한 건 하나도 없어요. 그냥 심심할 때 낙서한 것뿐이에요."

세예르가 일어섰다. 그의 의자가 리놀륨 바닥 위에서 소리 없이 뒤로 미끄러졌다. "목이 마른 것 같구나. 가서 콜라를 가져오마."

세예르가 자리를 뜨자 사무실이 사방에서 할보르를 죄어왔다. 이제 그의 운동화에는 정말로 구멍이 났다. 그 구멍으로 그는 더러운 테니스 양말을 들여다보았다. 저 멀리서 사이렌 소리가 들렸지만, 그것이 어떤 차에서 나는 소리인지는 알 수 없었다. 사이렌 소리 외에는 커다란 건물에서 항상 들려오는 윙윙거리는 소리가 있었다. 영화가 시작하기 전에 극장에서 나는 소리 같았다. 세예르가 병 두 개를 들고 돌아왔다. "창문을 좀 열어도 되겠지?"

할보르가 고개를 끄덕였다. "제가 한 짓이 아니에요."

세예르는 플라스틱 컵 두 개를 찾아 콜라를 따랐다. 거품이 컵에서 흘러넘쳤다.

"제가 그런 짓을 할 이유가 없어요."

"나도 네가 그런 짓을 할 이유를 금방 찾아내지 못했어." 그는 한숨을 쉬며 콜라를 한 모금 마셨다. "하지만 그렇다고 해서 너한테 그럴 만한 이유가 없었다고 할 수는 없지. 때로는 사람 감정이 마구 날뛰기도 하니까. 그게 간단한 해답인 경우가 많아. 너도 그런 걸 경험한 적이 있니?"

할보르는 대답하지 않았다.

"콜레베이엔에 사는 라이몬을 알아?"

"다운증후군이 있는 사람이요? 가끔 길에서 봤어요."

"그 친구 집에 간 적이 있어?"

"차를 몰고 지나간 적은 있어요. 그 사람은 토끼를 길러요."

"그 친구하고 말해본 적은?"

"한 번도 없어요."

"아니의 코치였던 크누트 옌스볼이 강간 혐의로 복역했던 건 알고 있었니?"

"아니한테 들었어요."

"다른 사람도 알아?"

"그건 몰라요."

"아니가 돌봐주던 남자 아이도 아니? 에스킬 요나스?"

이번에는 그가 깜짝 놀라서 고개를 들었다. "예! 그 애는 죽었어요."

"그 아이 얘기를 좀 해봐."

"왜요?"

"그냥 시키는 대로 해."

"뭐, 귀엽고…… 웃기는 애였어요."

"귀엽고 웃겨?"

"기운이 넘쳤죠."

"다루기 힘들었나?"

"조금 그랬던 것 같기는 해요. 잠시도 가만히 있질 못했어요. 아마 그것 때문에 약을 먹었을걸요. 항상 의자나 보행기에 묶어둬야 했어요. 아니가 그 애를 봐주러 갈 때 저도 몇 번 같이 간 적이 있어요. 그 애를 다룰 수 있는 사람은 아니뿐이었어요. 하지만 뭐, 아니는……." 그는 컵을 비우고 입을 닦았다.

"그 아이 부모도 알아?"

"누군지는 알아요."

"그 집 큰아들은 어때?"

"마그네요? 어떻게 생겼는지는 알아요."

"그 녀석이 아니한테 관심을 가진 적 있나?"

"그냥 평범한 수준이죠. 아니가 지나갈 때마다 한참 쳐다보는 거요."

"넌 그걸 보고 어떤 생각을 했지, 할보르? 다른 남자 애들이 네 여자 친구를 한 번 더 바라보는 걸 보고."

"무엇보다도 전 그런 일에 익숙했어요. 그리고 아니가 그 녀석들한테 관심이 없다는 걸 분명히 했고요."

"그런데도 아니가 어떤 사람 차에 탔지. 예외가 있었던 거야, 할보르."

"저도 알아요." 할보르는 피곤해서 눈을 감았다. 입가의 흉터가 불빛에 은색 끈처럼 반짝였다. "아니한테는 제가 이해할 수 없는 게 많았어요. 어떤 때는 아무 이유 없이 화를 내기도 했죠. 심하게 짜증을 내기도 하고. 제가 왜 그러느냐고 물으면 아니는 더 화를 내면서 저한테 쏘아붙였어요. 세상의 모든 걸 항상 쉽게 이해할 수 있는 줄 아느냐고." 그는 숨이 차서 헉헉거렸다.

"그러니까 아니가 뭔가를 알고 있었던 것 같다? 그게 아니를 괴롭혔다?"

"모르겠어요. 그랬던 것 같아요. 저는 아니한테 제 얘기를 많이 했어요. 거의 다. 그래야 아니가 누군가한테 속을 털어놓는 게 위험하지 않다는 걸 알 수 있을 테니까."

"그런데 네가 털어놓은 이야기가 세상을 뒤흔들 정도는 아니었나보지. 혹시 아니의 이야기가 더 심했던 건가?"

'제 이야기보다 더 심한 건 없어요. 그런 건 세상에 없어요.'

"할보르?"

"뭔가가 있긴 했어요." 그가 다시 눈을 뜨면서 나지막한 목소리로 말했다. "그것이 아니를 봉인해놓은 북보다 더 단단하게 가두고 있었어요."

11

'그것이 아니를 봉인해놓은 북보다 더 단단하게 가두고 있었어요.'

이 문장이 아주 정교했기 때문에 그는 이 말을 믿었다. 아니면 그냥 믿고 싶었던 것뿐일까? 어쨌든…… 숨겨져 있던 책가방이 문제였다. 할보르가 뭔가를 감추고 있다는 생각이 강하게 들었다. 세예르는 자기 앞에 뻗어 있는 인도를 바라보며 생각을 정리했다. 아니는 다른 집 아이들을 잘 돌봐주었다. 아니가 특히 잘 돌봐주었던 남자 아이는 유별나게 까다로웠고, 목숨을 잃었다. 아니는 살았더라도 자신의 아이를 낳을 수 없었을 것이다. 사실 살날이 그리 많이 남아 있지도 않았다. 아니는 남자 친구에게 가끔 성질을 부렸다. 그리고 그와 헤어졌다가 다시 만났다. 마치 자기가 정말로 원하는 것이 뭔지 모르는 사람 같았다. 세예르는 이런 사실들을 명확하게 연결시킬 수 없었다.

그는 주머니에 손을 찔러 넣고 주차장을 가로질러 갔다. 그러고는 자기 차에 올라 조심스레 거리로 나갔다. 그는 할보르가 어린 시절을 보낸 옆 마을로 갔다. 아니, 할보르의 어린 시절은 아예 존재하지 않았다고 해야 옳을 것이다. 당시 그 마을 경찰서는 낡은 주택에 있었지만, 지금은 새로 지은 쇼핑센터에서 리미 슈퍼마켓과 내국세입청 사이에 끼어 있었다. 그가 접수대에서 잠시 기다리다가 생각에 빠져 들었을 때 경찰서장이 나타났다. 그가 주근깨가 많은 창백한 손을 내밀었다. 경찰서장은 40대 후반이었으며, 마른 편이었고, 피부색이 유난히 희었다. 그의 청록색 눈에는 호기심이 그대로 드러나 있었다. 그리고 아주 친절했다. 시내의 경감이 이런 경찰서를 찾는 것은 매일 있는 일이 아니었으니까. 대개 그들은 세상이 자기들을 잊어버린 것 같다는 느낌을 받을 정도였다.

"시간을 내주셔서 감사합니다." 세예르가 경찰서장을 따라 복도를 걸으면서 말했다.

"살인사건이라고 하셨죠? 아니 홀란드라고요?"

세예르는 고개를 끄덕였다.

"신문에서 계속 그 사건 소식을 읽었습니다. 그런데 경감님께서 이렇게 오신 걸 보니 제가 알 만한 사람이 용의 선상에 올라 있나 보죠?" 그가 의자를 가리켰다.

"예, 뭐, 그렇다고 할 수 있죠. 지금 누굴 경찰서에 붙들어 두고 있습니다. 아직 어린 청년이지만, 그 친구 집에서 어떤 물건을 찾아낸 터라 체포할 수밖에 없었습니다."

"체포하지 않을 방법이 있었더라면 더 좋았을 거라는 뜻입니까?"

"그 청년이 범인인 것 같지는 않아요." 세예르는 스스로 이런 말을 했다는 사실에 피식 웃고 말았다.

"그렇군요. 그런 일이 가끔 있죠." 경찰서장은 비꼬는 기색이 전혀 없었다. 그가 하얀 손을 얌전히 포개고 세예르의 다음 말을 기다렸다.

"1992년 12월에 이 지역에서 자살사건이 발생했습니다. 그 후 두 형제가 비예르켈리 어린이집으로 보내졌고, 그 아이들 어머니는 결국 중앙병원 정신병동에 입원했죠. 저는 할보르 문츠에 관한 정보를 찾고 있습니다. 1976년생이고, 토르켈 문츠와 릴리 문츠의 아들입니다."

경찰서장은 이 이름을 기억하고 있었다. 그래서 그 이름을 듣자마자 걱정스러운 표정을 지었다.

"서장님이 그 사건을 처리하셨죠?"

"예, 불행히도 그랬습니다. 젊은 경찰관 한 명하고 같이 처리했죠. 두 아이 중 형인 할보르가 저희 집으로 전화를 걸어왔습니다. 밤중에. 날짜도 기억합니다. 12월 13일이었죠. 그날 우리 딸이 학교 가장행렬에서 루시아 역을 했습니다. 저는 혼자 그 집에 가기 싫어서 신참을 데리고 갔습니다. 할보르네 일이라면, 도무지 예측을 할 수가 없으니까요. 우리가 차를 몰고 가보니 아이들 엄마는 거실의 소파에서 담요 밑에 웅크리고 있었고, 두 아이는 2층에 있었습니다. 할보르는 한마디도 안 했어요. 그 옆 침대에는 그 아이 동생이 있었는데, 눈조차 뜨려고 하질 않았습니다. 사방이 피투성이더군요. 아이들을 살펴보니 둘 다 살아 있는 것 같아서 마음이 놓였습니다. 그러고는 집 안을 수색하기 시작했죠. 아이들 아버지는 다 썩어가는 낡은 침낭 속에 누워 있었습니다. 머리통이 절반이나 날아가 버렸더군요."

그가 말을 멈췄다. 세예르는 경찰서장의 입에서 흘러나오는 이야기가 그의 눈동자에 아직도 그림자 같은 영상으로 남아 있음을 생생히 느낄 수 있었다.

"아이들의 입을 열기가 쉽지 않았습니다. 둘이 꼭 끌어안고서는 한마디도 안 하려고 했으니까요. 그래도 한참 구슬렸더니 할보르가 입을 열더군요. 아버지가 아침부터 줄곧 술을 마시다가 마구 화를 내면서 날뛰었다고요. 아이들 아버지가 횡설수설 고함을 지르다가 집 안을 때려부수기 시작했답니다. 아이들은 낮에 밖으로 도망쳤지만, 밤이 되자 날이 추워서 집으로 들어올 수밖에 없었죠. 할보르가 그날 밤에 잠을 자다 깨어보니 아버지가 빵 자르는 칼을 들고 침대 옆에 서 있더랍니다. 그러더니 그 칼로 할보르를 한 번 찌르고서야 정신이 드는 것 같더래요. 아버지가 방에서 달려 나간 뒤에 문이 쾅 닫히는 소리가 들리더니, 헛간 문을 열려고 씨름하다가 헛간으로 들어가서 쾅 하고 문을 닫는 소리가 났답니다. 그 집 뒤에 장작을 넣어두는 구식 헛간이 있었거든요. 어쨌든 그러고는 얼마 후에 총소리가 났답니다. 할보르는 무서워서 헛간에는 못 가고 살금살금 거실로 내려와서 저한테 전화를 한 거죠. 하지만 무슨 일이 일어났는지는 짐작했답니다. 아버지가 잘못 됐을까 봐 무서웠다고 하더군요. 사실 아동복지국이 몇 년 전부터 두 아이를 데려가려고 했는데 항상 할보르가 싫다고 했습니다. 그런데 그날 밤 일이 있은 후에는 싫다는 말을 안 했어요."

"그 일을 아이가 어떻게 받아들이던가요?"

경찰서장이 일어서서 방 안을 서성거렸다. 불편한 기색이었다. 세예르는 침묵을 깰 생각이 조금도 없었다. "그 아이 기분이 어땠는지는 알 수 없습니다. 할보르는 마음이 아주 닫혀 있는 아이였으니까요. 하지만 솔직히 말해서, 아이가 절망에 빠지지 않았던 건 확실합니다. 오히려 결의에 차 보였어요. 이제야 새로운 삶을 시작할 수 있게 되었으니까 그랬을지도 모릅니다. 아버지의 죽음은 일종의 전환점이었습니다. 아이들은 한숨을 돌렸을 거예요. 항상 두려움 속에 살면서 살아가는 데 꼭 필요한 것도 누리지 못했으니까요."

경찰서장은 입을 다물고 등을 돌린 채 서서 세예르의 질문을 기다렸다. 어쨌거나 그는 도움을 청하러 온 경감이었다. 하지만 세예르는 꼼짝도 하지 않았다. 결국 경찰서장이 뒤로 돌아섰다. "나중에야 우리는 이런저런 생각을 하기 시작했습니다." 그가 다시 의자에 앉았다. "아이들 아버지는 침낭 안에 누워 있었습니다. 겉옷과 장화를 벗고, 심지어 스웨터를 돌돌 말아서 베개처럼 베기까지 했어요. 그러니까, 정말로 자려고 누운 것 같았다는 말입니다……." 그가 숨을 들이쉬며 말을 이었다. "죽으려고 누운 게 아니라. 그래서 그 사람이 영원한 안식에 들어가도록 누가 도와줬는지도 모른다는 생각이 나중에 들었습니다."

세예르는 눈을 질끈 감고 한쪽 눈썹을 문질렀다. 마른 피부 조각이 떨어져 나오는 것이 느껴졌다. "할보르를 말씀하시는 겁니까?"

"예." 경찰서장이 우울한 표정으로 말했다. "할보르를 말하는 겁니다. 할보르가 제 아버지를 뒤따라 나가서 잠들 때까지 기다렸다가 제 아버지 손에 엽총을 쑤셔 넣고는 방아쇠를 당겼을지도 모르죠."

세예르는 몸이 얼어붙는 것 같았다. "그래서 어떻게 하셨습니까?"

"아무것도 안 했습니다." 경찰서장은 어쩔 수 없지 않느냐는 듯이 양손을 벌려 보였다. "아무것도 안 했습니다. 그 아이와 그 사건을 연결시킬 만한 걸 하나도 찾아내지 못했으니까요. 구체적인 증거는 하나도 없었습니다. 상처는 자살할 때 나타나는 전형적인 모양이었습니다. 16구경을 가까이에서 쏘았을 때의 모습. 총알은 턱 밑으로 들어가서 정수리로 나왔습니다. 엽총에는 다른 사람 지문이 하나도 없었습니다. 헛간

밖에 수상쩍은 발자국도 없었고요. 경감님과는 달리 저희들은 어떤 조치를 취할지 선택할 수 있었습니다. 경감님은 그걸 다르게 표현하실지도 모르지만요. 직무유기나 심각한 판단착오쯤 될까요?"

"저라면 더 심한 말도 생각해낼 수 있었을 겁니다." 세예르가 미소를 지었다. "그럴 생각이 있었다면요. 그건 그렇고, 할보르에게 물어보기는 하셨습니까?"

"심문하려고 두 아이를 불러들였죠. 하지만 아무 성과가 없었습니다. 동생은 그때 겨우 여섯 살이었으니 아무것도 몰라서 총소리가 언제 났는지 확인해주지 못했습니다. 아이들 어머니는 진정제에 취해 있었고요. 이웃들도 총소리를 듣지 못했습니다. 할보르네 식구들은 상당히 외딴 곳에 있는 무서운 집에서 살았습니다. 그 집은 원래 식품점이었죠. 벽돌로 지은 건물인데, 가파른 돌계단이 있고, 출입문 양편에는 커다란 창문이 하나씩 있었습니다." 그는 코를 훔쳤다. 불안한 모양이었다. "하지만 다행히도 말이 안 되는 부분이 몇 가지 있었습니다."

"예를 들면?"

"만약 할보르가 총을 쏘았다면, 아버지 옆에 누워서 총을 가슴에 대고 총구를 턱에 대야 했을 겁니다. 열다섯 살짜리 아이가 그렇게 침착하게 행동할 수 있었을까요? 뺨까지 칼에 베인 상태였는데."

"불가능하지는 않죠. 오랫동안 정신병자와 같은 집에서 산 사람이라면 여러 가지 요령을 터득했을 겁니다. 게다가 할보르는 영리한 아이예요."

"둘이 사귀는 사이였습니까? 할보르와 그 홀란드라는 여자 아이가?"

"그렇다고 할 수 있죠. 서장님의 가설이 기분 좋은 건 아니지만, 그걸 고려하는 수밖에 없을 것 같습니다."

"그럼 그걸 공개하시게요?"

"저한테 사건 서류를 한 부 복사해주시면 고맙겠습니다. 하지만 지금은 시간이 너무 많이 흘러서 아마 아무것도 증명할 수 없을 테니 걱정 안 하셔도 됩니다. 저도 지방 경찰서에서 근무한 적이 있어서 잘 압니다. 이런 곳에서 일하다 보면 동네 사람들하고 너무 친해지기 마련이죠."

경찰서장은 슬픈 얼굴로 창밖을 바라보았다. "내가 한 이야기 때문에 아마 할보르가 불리해지겠죠. 그렇게 살 아이가 아닌데. 지금까지 그렇게 속이 깊은 애는 못 봤습니다. 그렇게 고생하면서도 제 어머니와 동생을 돌본 애예요. 듣자니 지금은 할머니랑 같이 살면서 할머니를 돌본다고 하더군요."

"맞습니다."

"게다가 겨우 여자 친구를 사귀었는데 이렇게 끝나다니요. 할보르는 어떻게 하고 있습니까? 잘 지내고 있나요?"

"예. 하지만 어쩌면 인생이라는 게 재난이 반복되는 것에 불과하다고 생각하는지도 모르죠."

"만약 그 애가 제 아버지를 죽였다면," 경찰서장이 세예르의 눈을 똑바로 들여다보면서 말했다. "그건 정당방위였습니다. 그 애가 식구들을 전부 살린 거예요. 아버지와 식구들 중 하나를 선택해야 하는 상황이었으니까. 그 애가 다른 이유로 아버지를 죽였을 거라고는 생각할 수 없습니다. 그러니까 이걸 그 애한테 불리한 증거로 사용하는 건 온당치 못합니다. 우리가 그 사건을 제대로 해결한 것도 아닌데. 나중에 저는 정황이 확실치 않다는 점을 감안해서 그 아이를 방면했습니다. 그것으로 제 마음의 빚을 해결한 거죠." 그는 손으로 입을 문질렀다. "가엾은 릴리는 토르켈 문츠와 결혼서약을 할 때 자기가 무슨 짓을 하는 건지 전혀 몰랐겠죠. 제 아버지가 이곳의 전임 경찰서장이셨는데, 그때에도 이미 토르켈이 문제를 일으키곤 했습니다. 그놈은 말썽꾼이었지만 미남이었죠. 릴리는 아주 예뻤고요. 둘이 결혼하지 않았더라면 각자 근사한 삶을 살았을지도 모릅니다. 세상에는 절대 만나서는 안 되는 사람들이 있는 법이에요. 그렇지 않습니까?"

세예르는 고개를 끄덕거렸다. "오후에 부서회의가 있습니다. 그때 기소 여부를 판단하게 될 텐데, 제 생각에는……."

"경감님 생각에는요?"

"할보르를 풀어주자고 다른 사람들을 설득할 수 없을 것 같습니다. 이런 일이 있었으니."

홀테만은 보고서를 훑어본 뒤 엄한 눈으로 부하들을 바라보았다. 눈빛만으로 성과를 강요하려는 것 같았다. 그는 슈퍼

마켓 같은 곳에서 보면 마음이 교활하거나 고위직에 있을 것처럼 보이지 않는 사람이었다. 그는 시든 풀처럼 건조하고 아무런 특징이 없었으며, 반짝이는 대머리는 땀에 젖어 있었고, 이중초점 안경 뒤의 눈은 용의주도했다.

"콜레베이엔에 산다는 친구는 어떻게 됐어?" 그가 물었다. "그 친구를 얼마나 철저히 조사했나?"

"라이몬 로케 말입니까?"

"시체를 덮은 겉옷이 그 친구 거잖아. 카를센 말로는 그 친구에 관한 소문도 있다고 하고."

"소문이 아주 많은데요. 어떤 소문을 말씀하시는 겁니까?"

"그 친구가 차를 몰고 돌아다니면서 여자 애들한테 침을 흘린다면서. 그 아버지에 관한 소문도 있더군. 아픈 곳이 없는데도 그냥 침대에 누워서 포르노 잡지나 읽으며 불쌍한 아들을 혹사한다고 말이야. 어쩌면 라이몬이 몰래 그 잡지를 읽고 영감을 얻었는지도 모르지."

"범인이 이 동네 사람인 건 확실한 것 같습니다. 그리고 범인이 수사에 혼선을 주려고 하는 것 같습니다."

"할보르의 말을 믿나?"

"믿습니다. 라이몬의 집 마당에 나타나서 그가 본 차가 빨간색이라고 주입시킨 정체불명의 인물도 생각해야 합니다."

"그 얘긴 너무 억지 같아. 어쩌면 그냥 지나가던 여행자였는지도 모르지. 라이몬이 원래 제정신이 아니잖아."

세예르는 입술을 깨물었다. "라이몬이 그런 이야기를 꾸며

낼 정도로 머리가 좋은 것 같지는 않습니다. 누가 정말로 나타나서 라이몬을 만났을 겁니다."

"그럼 할보르의 집 창가를 몰래 돌아다녔다는 사람도 그 사람인가? 아니의 가방을 헛간에 놓은 사람도?"

"그럴 가능성이 높습니다."

"그렇게 쉽게 속아 넘어가다니 자네답지 않군, 콘라드. 바보와 십 대 아이의 말에 홀딱 넘어간 건가?"

세예르는 몹시 불편했다. 질책을 당하는 것이 싫었지만, 자신이 실제로 사실보다 본능을 앞세우고 있는 것 같기도 했다. 할보르는 피해자와 가장 가까운 사람이었다. 그녀의 남자 친구였으니까.

"할보르가 자세한 이야기를 해주던가?" 홀테만이 물었다. 그는 의자에서 일어나 책상에 앉았다. 다시 말해서 세예르를 내려다볼 수 있게 되었다는 뜻이다.

"차에 시동이 걸리는 소리를 들었답니다. 낡은 차 같았고, 실린더 하나가 나간 것 같았답니다. 소리가 들려온 곳은 중앙대로고요."

"거기 유턴하는 데가 있지. 그래서 거기 멈추는 차가 많아."

"저도 압니다. 할보르를 풀어주죠. 도망치지는 않을 겁니다."

"자네 이야기를 들어보면 그 녀석이 살인범일 수도 있어. 제 아버지를 냉혹하게 죽인 놈이잖아. 그 애한테는 불리한 이야기야, 콘라드."

"하지만 할보르는 아니를 사랑했습니다. 진심으로요. 비록 방식이 좀 독특하긴 했지만. 아니가 별로 열렬한 반응을 보이지 않았는데도 사랑했습니다."

"어쩌면 그 녀석이 참다못해 이성을 잃어버린 건지도 모르지. 제 아버지 머리를 날려버린 녀석이라면 속에 폭발할 것이 많다는 얘기야."

"만약 할보르가 정말로 제 아버지를 죽였다면, 그게 확실한 사실은 아니지만, 어쨌든 그랬다면 달리 방법이 없다고 생각했기 때문일 겁니다. 식구들이 오랫동안 학대를 당하며 방치되었기 때문에 가족 전체가 무너지고 있었어요. 게다가 할보르도 얼굴에 칼을 맞았고요. 할보르가 정말로 아버지를 죽였더라도 틀림없이 그냥 풀려났을 겁니다."

"아마 그랬겠지. 그래도 그 녀석이 살인을 저지를 수 있는 놈이라는 사실은 변하지 않아. 모든 사람이 다 그런 건 아니지. 어떻게 생각하나, 스카레?"

스카레는 펜을 씹으며 고개를 절레절레 저었다. "전 범인의 나이가 좀 더 많을 것 같습니다."

"왜?"

"아니는 대단히 건강했습니다. 몸무게 65킬로그램 중 대부분이 근육이었죠. 할보르는 63킬로그램밖에 안 나가니까 두 사람 몸무게가 비슷한 셈입니다. 만약 할보르가 아니를 물속에 처박았다면 아니가 몸부림을 치면서 몸싸움 흔적이 남았을 겁니다. 베인 자국이나 긁힌 자국 같은 거요. 하지만 모든 증거를 보면 범인이 아니보다 몸집이 크고, 몸무게도 훨씬 무거였을 것 같습니다. 제가 보기에 아니는 신체적으로 할보르보다 월등했습니다. 할보르가 그런 짓을 할 수 없었다는 게 아니라, 할보르한테는 아주 어려운 일이었을 거라는 얘깁니다."

세예르는 말없이 고개를 끄덕였다.

"좋아. 합리적인 설명이군. 하지만 그렇게 되면 우리한테 남는 게 하나도 없어. 아니와 가까운 사람 중에 살해 동기가 있는 사람은 없나?" 홀테만이 말했다.

"할보르도 뚜렷한 동기가 없기는 마찬가집니다." 세예르가 대답했다.

"집에 가방이 있었잖아. 감정적으로 강한 애착도 느꼈고. 여기서 책임을 지는 사람은 나야, 콘라드. 난 별로 마음에 들지 않지만. 악셀 비외르크는 어떤가? 앙심을 품은 알코올중독자인데다가 성질도 나쁘다며? 뭣 좀 찾아낸 것 없나?"

"사건 당일에 비외르크가 루네비에 있었다는 증거가 전혀 없습니다."

"그렇군. 보고서를 보면 자네들 두 사람은 두 살짜리 사내아이의 죽음에 더 관심이 있는 것 같은데." 그가 미소를 지었다. 비록 노골적으로 비웃는 웃음은 아니었지만.

"그 아이가 아니라 그 아이의 죽음에 대한 아니의 반응에 관심이 있습니다. 저희는 아니의 성격이 변한 이유를 알아내려고 애쓰고 있습니다. 어쩌면 그 아이 때문인지도 모르고, 아니의 병 때문인지도 모르죠. 거기서 단서가 나오기를 기대하고 있습니다."

"이를테면 어떤 거?"

"저도 모르겠습니다. 그래서 이 사건이 아주 까다롭습니다. 범인이 어떤 사람인지 도무지 알 수가 없으니까요."

"처형자 타입인지도 모르지. 범인은 아니가 죽을 때까지 머리를 물속에 처박았어." 홀테만이 냉정하게 말했다. "아니의 몸에는 긁힌 자국 하나 없었고."

"그래서 두 사람이 호숫가에 나란히 앉아 이야기를 했을 거라는 생각을 한 겁니다. 아주 편안한 자세로 말입니다. 범인이 아니에게 어느 정도 영향력을 발휘할 수 있는 관계였는지도 모르죠. 그런데 범인이 갑자기 아니의 목덜미를 잡고 물속에 머리를 처박습니다. 눈 깜짝할 순간에 일어난 일입니다. 하지만 아니를 죽이자는 생각은 일찍부터 했을지도 모릅니다. 같이 자동차나 오토바이를 타고 가는 도중에."

"범인도 몸에 물과 진흙이 묻었을 겁니다." 스카레가 말했다.

"콜레베이엔에서 오토바이를 본 사람이 아무도 없나?"

"빨리 달리는 자동차만 목격되었습니다. 하지만 잡화점 주인 호르겐이 오토바이를 봤습니다. 아니는 못 봤고요. 요나스도 아니가 오토바이에 타는 건 못 봤습니다. 아니를 내려주고, 오토바이를 보고는 아니가 그쪽으로 가는 것 같다고 생각했을 뿐입니다."

"그것 말고 새로운 단서는 없어?"

"마그네 요나스가 있습니다."

"그 친구가 뭐?"

"사실 별 건 아닙니다. 근육을 열심히 키우는 녀석 같은데 한동안 아니한테 관심이 있었습니다. 아니는 전혀 관심이 없었고요. 어쩌면 그 녀석은 그런 걸 참지 못하는 성격인지도 모릅니다. 그 녀석은 루네비에도 가끔 갑니다. 옛날 친구들을 만나러. 오토바이도 갖고 있고요. 아니 대신 쇨비를 만나는 것 같습니다. 어쨌든 그 녀석을 배제할 수 없습니다."

홀테만은 고개를 끄덕였다. "라이몬과 그 아버지는? 라이몬이 밖에서 오래 있었던 건 사실 아닌가?"

"가게에 갔답니다. 집에 온 다음에는 한동안 가만히 앉아서 잠든 랑힐을 지켜보았다더군요."

"거 굉장한 알리바이로군, 콘라드. 내가 알기로 그 녀석은 충동적이고 사춘기 소년처럼 운동을 많이 해. 정신연령은 다섯 살이고."

"바로 그겁니다. 세상에 다섯 살짜리 살인자는 많지 않습니다."

홀테만은 고개를 저었다. "하지만 여자 애들한테 관심이 많다며?"

"그렇긴 하죠. 하지만 여자애들한테 어떻게 해야 하는지는 아마 모를 겁니다."

"자네 말이 옳은지 알 길이 없으니 원. 자네가 감이 좋기는 하지. 하지만 자네가 꼭 알아야 하는 것이 하나 있네." 그는 손가락을 들어 꾸짖듯이 세예르를 가리켰다. "자넨 탐정소설의 주인공이 아냐. 그러니까 객관성을 잃지 않도록 하게."

세예르는 고개를 뒤로 젖히고 박장대소를 했다. 홀테만이 화들짝 놀라서 벌떡 일어설 정도였다.

"내가 뭐 놓친 거라도 있나?" 그는 안경 밑으로 손가락을 집어넣어 눈을 비비고는 몇 번 눈을 깜박이더니 말을 이었다. "좋아. 만약 곧 다른 증거가 나오지 않으면, 난 할보르를 기소할 수밖에 없네. 그런데 말이야, 그 애가 살인범이라면 아니의 책가방을 자기 집으로 가져간 이유가 뭘까?"

"만약 범인이 아니를 차로 데려갔다면, 유턴 장소에서 내렸을 겁니다. 그러면 가방은 차 안에 그대로 있었겠죠." 세예르가 말했다. "일을 저지른 후에는 범인이 사건 장소로 다시 돌아가서 가방을 물속에 던지기가 마땅치 않았을 겁니다."

"그럴듯한 설명이로군."

"한 가지 질문이 있습니다." 세예르가 홀테만과 눈을 맞추며 말했다. "만약 아니의 허리띠 버클에 있는 지문이 할보르의 것이 아니라면, 할보르를 풀어줘야 하는 것 아닙니까?"

"그건 생각을 좀 해봐야겠네."

세예르는 벽에 걸린 지도로 다가갔다. 지도에는 크리스탈렌에서 뻗어 나온 도로가 빨간색으로 표시되었다. 그 도로는 교차로를 지나 호르겐의 가게로 내려갔다가 콜레베이엔을 올라가 호수로 이어졌다. 작은 초록색 자석 몇 개가 그 길에서 아니가 목격된 지점에 붙어 있었다. 자석들이 신호등의 '초록색' 신호에 그려진 남자처럼 보였다. 크리스탈렌에 있는 아니의 집 밖에 그리고 그네이스베이엔의 횡단보도에 자석이 각각 붙어 있었다. 그곳에서 아니는 길을 건너 돌아가는 길을 선택했다. 그녀가 교차로에서 요나스의 차에 타는 모습을 어떤 여자가 목격한 지점에도, 호르겐의 가게에도 역시 자석이 있었다. 요나스의 자동차와 가게 밖에 있던 오토바이의 위치도 표시되었다. 세예르는 아니의 위치를 표시하는 자석 하나를 떼어내 주머니에 넣었다. 호르겐의 가게 근처에 있던 자석이었다.

"아니와 정말로 가까웠던 사람이 누굴까요?" 그가 말했다. "할보르일까요? 아니가 요나스의 차에서 가게까지 걸어가던 그 순간부터 시체로 발견될 때까지 그 짧은 시간 동안 누군가가 아니를 꼬드기는 데 성공했을 확률은 얼마나 될까요? 오토바이에 타고 있던 사람은 아직 나타나지 않았습니다. 아니가 오토바이에 타는 걸 본 사람도 없고요."

"하지만 아니는 누군가를 만나러 가던 길이었잖나."

"아네트의 집으로 가던 길이었죠."

"그건 아니가 홀란드 부인한테 한 얘기고. 어쩌면 다른 약속이 있었는지도 모르지."

"그렇다면 아네트가 집에 전화해서 아니의 행방을 물을 위험이 있었습니다."

"아니는 아네트가 전화하지 않을 거라고 확신한 거야."

"그럴 수도 있죠. 하지만 아니가 아예 요나스의 차에서 내린 적이 없다면요? 사건이 그렇게 간단할 수도 있지 않을까요?"

그는 일어서서 몇 걸음 서성거렸다. 머릿속에서 여러 가지 생각들이 소용돌이치고 있었다. "지금까지 우리가 확보한 건 아니가 차에서 내렸다는 요나스의 진술뿐입니다."

"내가 아는 한 그 사람은 자기 가게가 있고, 평판도 흠잡을 데 없는 훌륭한 사업가야. 게다가 그 사람은 아니가 다루기 힘든 아이를 돌봐준 덕분에 숨을 돌리게 된 것을 고맙게 생각하고."

"바로 그겁니다. 아니는 요나스와 아는 사이였어요. 그리고 요나스는 아니한테 좋은 감정을 갖고 있었습니다." 그는 눈을 감았다. "어쩌면 아니가 요나스를 잘못 본 건지도 모르죠."

"무슨 말인가?" 홀테만이 앞으로 다가앉았다.

"아니가 잘못 판단했을지도 모른다는 생각이 들어서요."

"그거야 당연하지. 살인범하고 단 둘이서 외딴 곳으로 갔잖나."

"예, 그랬죠. 하지만 그 전부터 잘못 생각했을 수도 있습니다. 아니는 요나스를 과소평가했어요. 그래서 아무 일 없을 거라고 생각한 겁니다."

"요나스가 자기는 나쁜 사람이라고 써 붙이고 다닌 것도 아니니 그럴 만도 하지. 만약 아니가 자네 말처럼 조심성이 많은 아이였다면, 틀림없이 요나스와 상당히 가까운 사이였을 거야."

"어쩌면 둘만 아는 비밀이 있었는지도 모르죠."

"침대를 같이 쓰거나 뭐 그런 것?"

세예르는 아니의 자석을 다시 제자리에 돌려놓고 그건 아닐 거라는 얼굴로 돌아섰다.

"그런 일이 전혀 없는 것도 아니지." 홀테만이 웃으면서 말했다. "나이 든 남자를 좋아하는 여자 애들이 있으니까. 혹시 자네도 그런 걸 겪은 적 있나, 콘라드?"

"할보르는 아니한테 다른 남자가 없었다고 말했습니다."

"당연히 그렇게 말하겠지. 다른 남자가 있다고 생각하는 것조차 견딜 수 없을 테니까."

"아니가 그런 관계를 말했을지도 모른다는 말씀입니까? 아내와 자식이 있고 벌이도 좋은 남자랑 사귄다고요?"

"그냥 생각나는 대로 말해본 걸세. 스노라손 말로는 아니가 처녀가 아니라면서."

세예르는 고개를 끄덕였다. "할보르와 한두 번 섹스를 시도한 적이 있습니다. 제 생각으로는 크리스탈렌의 모든 남자가 잠재적인 후보가 될 수 있습니다. 여름이고 겨울이고 아니가 집 밖으로 나올 때마다 매일 아니를 봤으니까요. 아니가 점점 자라면서 날이 갈수록 매력적으로 변해가는 모습 지켜봤겠죠. 남자들은 기회가 있을 때마다 아니를 차에 태워주었고, 아니는 그 사람들 아이를 돌봐주면서 집을 들락날락했습니다. 아니는 그 사람들을 믿었어요. 모두 아니가 잘 아는 성인 남자들이었습니다. 그 동네에는 집이 스물한 채 있습니다. 아니의 집을 빼면 남자는 스무 명이죠. 프리츠너, 이르마크, 솔베르크, 요나스. 어쩌면 그중 한 명이 남몰래 아니를 탐냈는지도 모릅니다."

"아니를 탐내? 성폭행은 없었다면서?"

"범인이 중간에 방해를 받았는지도 모르죠."

세예르는 벽에 걸린 지도를 유심히 살펴보았다. 여러 가지 가능성들이 점점 늘어나고 있었다. 하지만 아니에게 아무 흔적도 남기지 않고 목숨만 빼앗는 것이 어떻게 가능했을까? 범인은 보석이나 돈을 찾으려고 시체를 뒤지지도 않았고, 절망이나 분노나 변태적 욕망의 흔적을 남기지도 않았다. 그냥 아니의 시체를 사려 깊게, 깔끔하게 정리하고 옷가지를 그 옆에 놓아두었을 뿐이다. 세예르는 맨 마지막에 붙어 있는 아니의 자석을 떼어내서 손가락 사이에 끼우고 꽉 쥐었다가 영 내키지 않는다는 듯이 다시 지도에 붙였다.

세예르는 호수를 향해 천천히 걸어 올라갔다.

그는 두 사람이 이 길을 터벅터벅 걸어갈 때의 모습을 상상하며 주위의 소리에 귀를 기울였다. 아니는 청바지와 파란색 스웨터를 입었고, 옆에는 어떤 남자가 있었다. 세예르의 머릿속에서 남자는 희미한 윤곽으로만 나타났다. 검은 그림자. 틀림없이 아니보다 나이가 많고 몸집도 컸을 것이다. 어쩌면 두 사람이 숲 속을 걸으면서 조용히 이야기를 나눴을지도 모른다. 아마 아주 중요한 이야기였을 것이다. 그는 그 광경을 상상해보았다. 남자가 몸짓을 하며 뭔가를 설명하고, 아니는 고개를 젓는다. 남자는 아니를 설득하려고 말을 계속한다. 기온이 점점 올라간다. 나무들 사이로 반짝이는 호수가 점점 가까워진다. 남자는 바위에 앉는다. 아직 아니한테는 손가락 하나

대지 않았다. 아니는 마지못해 그의 옆에 앉는다. 남자는 말을 잘하고, 상냥하고, 친절하다. 아니, 어쩌면 애원을 하고 있었는지도 모른다. 그런데 남자가 갑자기 벌떡 일어서서 아니에게 달려든다. 아니가 남자에게 깔려 물속에 잠기자 물이 철벅거리며 사방으로 튄다. 남자는 양손에 체중을 실어 아니를 누른다. 새들이 겁에 질려 비명을 지르며 날아오른다. 아니는 허파에 물이 들어가지 않게 하려고 입을 꼭 다물고 있다. 아니는 손으로 진흙 바닥을 후벼 파며 저항하지만, 어질어질한 가운데 몇 초가 지나고 반짝이는 물속에 잠긴 그녀에게서 생명이 조금씩 빠져나간다.

세예르는 호숫가의 자그마한 둔치를 내려다보았다.

영원처럼 긴 시간이 흘렀다. 아니는 이제 몸부림을 치지 않는다. 남자는 일어서서 뒤로 돌아 오솔길을 바라본다. 그를 본 사람은 아무도 없다. 아니는 진흙 물속에 엎어져 있다. 아니를 그렇게 버려두고 가면 안 될 것 같은 생각이 들었는지 남자가 아니를 물에서 끌어낸다. 여러 가지 생각들이 천천히 소용돌이치기 시작한다. 경찰이 그녀를 찾아내고, 이곳을 샅샅이 뒤져서 몇 가지 결론을 내릴 것이다. 어린 여자 아이. 숲속에서 사망. 당연히 강간을 하려다가 살인까지 저지른 사건. 그래서 남자는 아니의 옷을 벗긴다. 하지만 조심스럽다. 남자는 단추와 지퍼와 허리띠 때문에 애를 먹는다. 그리고 아니의 옷을 깔끔하게 접어 아니의 옆에 놓는다. 아니가 다리를 벌리고 보기 싫게 누워 있는 것이 마음에 들지 않는 모양이다. 바지를 벗기다 보니 어쩔 수가 없었다. 남자는 아니를 모로 눕히고, 다리를 끌어올리고, 팔의 위치를 정리한다. 이 마지막 모습이 평생 동안 그를 따라다닐 테니까. 그가 그것을 견뎌내려면 가능한 한 평화롭게 꾸며주는 방법밖에 없다.

그가 어떻게 감히 그렇게 오랫동안 현장에 머무를 수 있었을까?

세예르는 호수 끝까지 걸어가서 신발 끝을 물에 담근 채 한참 동안 서 있었다. 아니를 처음 발견했을 때의 기억이 떠올랐다. 현장을 처음 봤을 때 사악한 느낌은 없었다. 오히려 범인이 필사적으로 가슴을 쥐어짜며 이런 행동을 한 것 같았다. 절망에 빠진 범인이 광대한 어둠 속에서 허우적거리는 모습이 충격적이다. 어둠 속은 좁고, 공기도 없다. 범인은 그를 가로막은 장벽에 머리를 부딪치고 있다. 숨을 쉴 수도, 도망칠 수도 없다. 그러다가 그는 장벽을 뚫고 나온다. 그 장벽은 아니였다.

세예르는 몸을 돌려 서서히 온 길을 되짚어 내려갔다. 살인범도 그가 푸조를 세워둔 곳에 차 또는 오토바이를 세웠을 것이다. 살인범은 자동차 문을 열고 책가방을 발견한다. 그는 잠시 망설이다가 자신의 혐의를 입증해줄 가방을 그대로 싣고 그 자리를 떠난다. 라이몬의 집 앞을 지나다가 그 이상한 남자와 어떤 여자 아이가 인형 유모차를 밀며 걷고 있는 모습을 본다. 두 사람이 그의 자동차를 보았다. 간혹 사소한 걸 잘 기억해내는 애들이 있지. 그는 생각한다. 처음으로 두려움이 가슴을 찌른다. 그는 계속 차를 몰고 농가 세 채를 지나 마침내 대로에 이른다. 세예르는 더 이상 살인범의 행적을 상상할 수 없었다.

그는 차에 올라 그 자리를 떠났다. 거울 속에 자동차 꽁무니의 먼지 구름이 보였다. 라이몬의 집은 조용해서 마치 사람이 살지 않는 것 같았다. 그가 집 앞을 지나가자 흰색과 갈색 토끼들이 토끼장 안에서 후다닥 움직였다. 배터리가 나간 승합차는 마당에 서 있었다. 낡은 차다. 혹시 실린더도 하나 나갔을까? 토끼장과 이리저리 움직이는 토끼들을 보니 어린 시절이 생각났다. 덴마크에서 노르웨이로 이사 오기 훨씬 전의 일. 세예르의 집 채소밭 옆에 있던 닭장에는 싸움을 잘하는 갈색 닭들이 살았다. 세예르는 아침마다 거기서 달걀을 꺼냈다. 신기할 정도로 둥근 그 자그마한 달걀들은 그가 갖고 있는 가장 큰 구슬만 했다. 흔히들 '열두 개짜리'라고 부르는 구슬 말이다. 백미러에 창가의 커튼이 펄럭이는 모습이 비친 것 같았다. 라이몬 아버지의 침실 창문이었다.

그는 오른쪽으로 꺾어져서 호르겐의 가게를 지나갔다. 오토바이가 서 있었다는 그곳이었다. 지금은 가게 앞에 파란색 레저용 차량이 서 있었다. 피부가 노란 이뉴잇도 한 명 있었다. 확실히 봄이 온 모양이었다. 그가 창문을 내리자 따스한 산들바람이 얼굴에 닿았다. 범인이 성적인 이유로 범행을 저질렀을 가능성은 얼마든지 있었다. 아니가 폭행을 당하지 않았다 해도 말이다. 어쩌면 아니의 옷을 벗기고 아니가 그렇게 무방비로 누워 있는 모습을 보는 것만으로도 충분했는지 모른다. 알몸으로 꼼짝도 않고 있는 모습. 범인은 그것을 보며 그토록 기다리던 해방의 순간을 맛봤을 것이다. 그러면서 자신이 아니에게 할 수 있는 행동들을 상상했을 것이다. 살인범의 상상 속에서 아니는 아마 오만 가지 일을 겪었을 것이다. 범행이 실제로 이렇게 이루어졌을 가능성이 얼마든지 있었다. 범인이 저질렀을지도 모르는 일들이 너무 많아서 세예르는 또다시 마음이 불편해졌다. 그는 계속 대로를 따라가다가 교회로 꺾어지는 지점에서 차를 세우고, 양배추 바구니를 매단 트랙터에게 추월을 허용하고는 방향을 꺾었다. 아니의 무덤에 있던 시든 꽃이 이제는 보이지 않았다. 나무 십자가도 사라지고 없었다. 대신 묘비가 서 있었다. 바닷물에 씻긴 듯 둥글고 반짝거리는 평범한 회색 돌이었다. 어쩌면 아니가 여름에 윈드서핑을 하던 바닷가에서 가져온 돌인지도 모른다. 그는 묘비에 새겨진 문구를 읽어보았다.

'아니 소피 홀란드. 하느님께서 자비를 베푸시기를.'

그는 깜짝 놀랐다. 이 문구를 어떻게 받아들여야 할지 알 수가 없었다. 문구가 마음에 들지 않았다. 마치 아니가 용서받아야 할 잘못을 저질렀다는 투였다. 무덤에서 나오는 길에 그는 에스킬 요나스의 무덤 앞을 지나쳤다. 누가 가져왔는지 무덤에 민들레 한 다발이 놓여 있었다. 아마도 아이들이 가져다놓은 모양이었다.

12

 콜베르크가 소변을 보게 해주어야 했다. 세예르는 개를 데리고 아파트 건물 뒤로 들어가서 덤불 속에 소변을 보게 하고는 엘리베이터를 타고 집으로 돌아왔다. 그리고 타박타박 부엌으로 걸어가서 냉장고 안을 들여다보았다. 소시지 한 봉지가 시멘트처럼 딱딱하게 굳어 있었고, 피자 한 판, '베이컨'이라고 적힌 작은 꾸러미 하나가 있었다. 그는 뭔가가 생각나서 미소를 지으며 그것을 꾹 눌러버렸다. 대신 달걀을 먹기로 했다. 소금과 후추를 친 달걀프라이 네 개. 콜베르크에게는 소시지를 잘라서 주었다. 콜베르크는 먹이를 한 입에 꿀꺽 삼키고는 식탁 밑에서 몸을 쭉 뻗었다. 세예르는 달걀과 함께 우유를 조금 마셨다. 개의 가슴 밑에 발을 집어넣은 채로. 식사를 마치는 데 10분이 걸렸다. 그는 접시 옆에 신문을 펼쳐 놓고 읽고 있었다. '남자 친구 구금.' 그는 짜증을 내며 한숨을 내쉬었다. 언론이 남의 인생의 비참한 이야기들을 파헤치는 방식이 별로 마음에 들지 않았다. 그는 식탁을 치우고 커피메이커의 전원을 꽂았다. 어쩌면 할보르가 제 아버지를 죽였는지도 모른다. 장갑을 끼고 엽총을 침낭 속으로 집어넣어 아버지의 손에 쥐어주고 방아쇠를 당기고는 헛간 문 앞을 빗자루로 쓸고 동생이 있는 침실로 달려왔는지도 모른다. 동생은 할보르에게 절대적인 충성을 바치고 있었기 때문에, 총소리가 났을 때 할보르가 침대에 없었다 해도 절대 말하지 않았을 것이다.

세예르는 커피를 들고 거실로 갔다. 커피를 다 마신 뒤에는 샤워를 하고, 욕실설비 카탈로그를 뒤적거렸다. 욕실 타일을 할인 판매하고 있었다. 파란색 돌고래가 그려진 하얀색 타일도 할인 품목이었다. 그는 소파에 누웠지만, 소파가 별로 편안하지 않았다. 길이가 그에게 너무 짧아서 팔걸이에 발을 걸치는 수밖에 없었다. 그래서 잠이 오지 않았다. 그는 하룻밤 푹 쉴 수 있는 이 기회를 망치고 싶지 않았다. 그렇지 않아도 습진 때문에 잠들기가 몹시 힘든 형편이었다. 그는 창문을 바라보다가 유리를 좀 닦아야겠다는 생각을 했다. 13층에 살다 보면 창문을 통해 보이는 것이라고는 푸른 하늘뿐이다. 지금은 황혼 무렵이라서 하늘빛이 점점 깊어지고 있었다.

갑자기 파리 한 마리가 유리창 안쪽을 기어가는 모습이 눈에 띄었다. 뚱뚱한 검은색 금파리였다. 이것 역시 봄이 왔다는 징조라는 생각이 들었다. 파리 한 마리가 더 나타나서 유리창을 가로질러 첫 번째 파리 옆에서 빙글빙글 돌았다. 그는 파리를 별로 싫어하지 않았지만, 녀석들이 다리를 비비는 모습은 정말 역겨웠다. 너무나 은밀한 몸짓 같았다. 사람으로 치면 다른 사람들 앞에서 사타구니를 긁는 것과 같다고나 할까. 파리들은 뭔가를 찾고 있는 것 같았다. 파리 한 마리가 더 나타났다. 이제 세예르는 녀석들을 골똘히 바라보고 있었다. 왠지 기분이 나빴다. 창문에 파리 세 마리가 동시에 나타나다니. 녀석들이 날아가 버리지 않는 것이 이상했다. 파리가 또 한 마리, 또 한 마리 계속 나타났다. 오래지 않아 창문에는 커다란 검은색 파리들이 우글거렸다. 마침내 녀석들이 창문 근처의 의자 뒤로 날아가 버렸다. 이제는 파리가 너무 많아서 붕붕거리는 날갯짓 소리가 들릴 정도였다. 그는 무엇을 발견하게 될지 두려운 심정으로 마지못해 소파에서 일어섰다. 저 의자 뒤에 녀석들이 잔치를 벌일 만한 물건이 있는 것이 틀림없었다. 그는 일어서서 방을 가로질러 조심스레 의자로 다가갔다. 심장이 목구멍까지 올라와 있는 것 같았다. 그가 의자를 옆으로 치우자 파리 떼가 사방으로 날아갔다. 날아가지 않은 파리들은 바닥에 모여 뭔가를 먹고 있었다. 그는 발가락으로 그것을 찔러 보았다. 사과 속이었다. 썩어서 문드러진 사과 속.

 그는 벌떡 일어나 앉았다. 머리가 어질어질했다. 그는 여전히 소파에 있었다. 셔츠에 땀이 흥건했다. 그는 혼란스러운 기분으로 눈을 비비고 창문을 바라보았다. 아무것도 없었다. 꿈을 꾼 것이다. 머리가 무겁고 멍했다. 목은 뻣뻣했다. 종아리도 마찬가지였다. 그는 일어섰다. 의자 뒤를 들여다보고 싶다는 충동을 억누를 수 없었다. 의자 뒤에는 아무것도 없었다. 그는 위스키와 담배를 가지러 부엌으로 갔다. 콜베르크가 기대에 찬 눈으로 그를 바라보았다.

"그래, 알았다." 그가 생각을 바꾸고 말했다. "산책하러 가자."

아파트에서 시내 한가운데에 있는 교회까지 걸어갔다가 돌아오는 데 한 시간이 걸렸다. 그는 어머니를 생각했다. 어머니를 찾아뵈어야 할 것 같았다. 어머니를 뵌 지가 오래되었다. 언젠가 그의 딸 잉그리드도 달력을 바라보며 똑같은 생각을 하게 될 것이다. 아버지를 찾아뵈어야겠어. 너무 오래됐네. 즐거운 기색이라곤 없이 오로지 의무감만 가득한 모습. 그런 생각을 하니 기운이 빠졌다. 스카레의 말이 옳은 것도 같았다. 가문비나무처럼 오랫동안 살아남아서 침대에 누운 채 짐 덩어리가 되는 것은 합리적이지 않은 것 같았다. 이런 생각들이 그의 마음을 짓누르자 걸음이 빨라졌다. 콜베르크가 옆에서 껑충껑충 뛰었다. 하지만 그냥 자신을 놓아버리는 것은 현명한 방법이 아니었다. 그는 욕실을 새로 꾸밀 생각이었다. 엘리제가 있었다면 그 타일을 좋아했을 것이다. 틀림없이. 그가 아직도 마음을 잡지 못한 것을 그녀가 안다면⋯⋯ 아니, 그런 생각은 하고 싶지도 않았다. 가짜 대리석과 함께 8

년을 산 것이 부끄러웠다.

 마침내 그는 위스키를 잔에 따랐다. 이제는 위스키를 마실 자격이 있었다. 밤늦은 시간이었으므로, 어쩌면 잠이 잘 올지도 몰랐다. 그가 병뚜껑을 닫고 있을 때 초인종이 울렸다.

 스카레였다. 지난번처럼 수줍어하는 기색은 아니었다. 그는 여기까지 걸어왔다. 그런 그에게 세예르가 위스키를 권하자 그는 얼굴을 찡그렸다. "맥주 없어요?"

 "없어. 하지만 콜베르크한테 한 번 물어볼 수는 있지. 녀석이 가끔 냉장고 뒤에 이것저것 모아두거든." 세예르는 이렇게 말하고서 거실을 나갔다가 맥주를 갖고 돌아왔다. "욕실 타일을 어떻게 붙이는지 아나?"

 "당연히 알죠. 옛날에 강의를 들었거든요. 준비 단계에서 너무 인색하게 굴지 않는 게 중요해요. 제가 도와드릴까요?"

 "이 타일 어때?" 세예르가 카탈로그 속의 파란색 돌고래 타일을 가리켰다.

 "좋은데요. 지금 타일은 어떤 건데요?"

 "가짜 대리석."

 스카레는 공감한다는 듯이 고개를 끄덕이고는 맥주를 들어올렸다. "아니의 허리띠 버클에 있는 지문은 할보르의 것이 아니에요. 홀테만 과장님이 당분간 할보르를 풀어줘도 좋다고 하셨어요."

 세예르는 아무 말도 하지 않았다. 안도감이 느껴졌지만 짜증도 났다. 범인이 할보르가 아닌 것은 반가웠지만, 용의자가 없는 것이 속상했다.

"고약한 꿈을 꿨어." 그가 말했다. 자기가 이렇게 솔직히 터놓고 이야기하는 것이 조금 놀라웠다. "꿈에 저기 저 의자 뒤에 썩은 사과가 있더라고. 커다란 검은색 파리들이 그걸 완전히 뒤덮고 있었지."

"확인해보셨어요?" 스카레가 히죽 웃으며 말했다.

세예르는 위스키를 한 모금 마셨다. "그냥 먼지뿐이야. 그 꿈에 무슨 의미가 있는 것 같나?"

"어쩌면 우리가 깜빡 잊고 뒤를 살펴보지 않은 가구가 있는지도 모르죠. 그게 계속 거기 있었는데, 우리가 완전히 잊어버린 거예요. 그 꿈은 틀림없이 경고예요. 이제 그 의자가 뭔지만 알아내면 되겠네요."

"그럼 가구 사업을 시작해야 하나?" 세예르는 자기가 한 농담에 쿡쿡 웃음을 터뜨렸다. 드문 일이었다.

"경감님이 아직 감춰둔 수가 있을 줄 알았는데." 스카레가 말했다. "수사에 조금도 진전이 없다니 믿을 수가 없어요. 시간이 계속 흐르고 있잖아요. 아니의 사건기록이 점점 낡은 것으로 변하고 있어요. 이럴 때 저한테 조언을 해줘야 하는 분이 경감님이잖아요."

"그게 무슨 소리야?"

"경감님 이름이요. 콘라드는 '좋은 충고를 해주는 사람'이라는 뜻이잖아요."

세예르는 다른 쪽 눈썹을 전혀 움직이지 않고 한쪽 눈썹만 치켜세우는 놀라운 재주를 부렸다.

"자네가 그걸 어떻게 알아?"

"집에 책이 있어요. 새로 사람을 만날 때마다 그 책을 찾아보거든요."

"그럼 아니는 무슨 뜻이야?" 세예르가 득달같이 물었다.

"아름답다."

"세상에. 어쨌든, 지금은 내가 내 이름값을 못하고 있군. 하지만 그렇다고 실망하지는 말게, 야콥. 그건 그렇고 할보르는 무슨 뜻이지?"

"할보르는 '파수꾼'이라는 뜻이에요."

경감님이 날 '야콥'이라고 불렀어. 스카레는 놀랍기 그지없었다. 생전 처음으로 경감님이 내 이름을 불렀어.

해가 하늘에 낮게 걸려 있었다. 햇빛이 보기 좋은 발코니를 비스듬히 비췄다. 발코니 구석이 햇볕 덕분에 따뜻해져서 겉옷을 벗어도 될 정도였다. 그들은 그릴이 달아오르기를 기다렸다. 석탄과 액체연료 냄새에 잉그리드가 조금 전에 물을 준 화분에서 나는 레몬 향내가 섞여 있었다.

세예르는 무릎 위에서 펄쩍펄쩍 뛰는 손자를 잡아주고 있었다. 나중에는 넓적다리 근육이 아플 정도였다. 이 아이가 자라면 그의 내면에서도 뭔가가 함께 사라질 것이다. 몇 년 뒤면 아이는 할아버지보다 더 키가 커질 것이고, 목소리도 변할 것이다. 세예르는 마테우스를 무릎에 안고 있을 때면 항상 일종의 그리움을 느꼈지만, 그와 동시에 순전히 신체적인 즐거움 때문에 등골을 타고 전율이 흘러내리기도 했다.

잉그리드가 발코니 바닥에서 나막신을 들어 두 짝을 세 번 마주 부딪쳤다. 그러고는 나막신에 발을 집어넣었다.

"왜 그렇게 하는 거냐?"

"그냥 오래된 습관이에요." 그녀가 웃으면서 말했다. "소말리아에 있을 때부터."

"하지만 여긴 뱀이나 전갈이 없잖아."

"저도 모르게 그렇게 돼요. 게다가 여기에는 말벌이랑 줄무늬뱀이 있잖아요."

"줄무늬뱀이 네 신발 속으로 기어들어 갈까 봐?"

"그거야 모르죠."

그는 손자를 끌어안고 아이의 목덜미에 코를 파묻었다.

"더 뛸래요." 마테우스가 말했다.

"할아버지 다리가 아파. 가서 책을 가져와라. 내가 읽어줄게."

아이는 세예르의 무릎에서 풀쩍 뛰어내려 아파트 안으로 쪼르르 달려갔다.

"그건 그렇고 요즘은 어떻게 지내세요, 아빠?" 잉그리드가 말했다. 아이처럼 경쾌한 목소리였다.

그건 그렇고…… 그는 생각했다. 잉그리드는 사실 '현실'이라는 말을 하고 싶었겠지. '현실 속에서' 어떻게 지내느냐고. 마음속 깊은 곳, 영혼 깊숙한 곳에서 내가 지금 무엇을 느끼고 있나? 혹시 이건 무슨 일 없었느냐는 말을 에둘러 표현

한 것일까? 예를 들어, 여자 친구가 생겼냐든가, 멀리 사는 누군가와 연애를 하고 있느냐는 질문을 하고 싶었던 걸까? 그는 연애를 하고 있지 않았다. 그런 일은 상상도 할 수 없었다.

"잘 있다. 그런데 무슨 뜻으로 물은 거냐?" 그가 순진한 척하면서 물었다.

"이젠 하루가 너무 길게 느껴지지 않는지 궁금했어요." 잉그리드는 지독할 정도로 말을 빙빙 돌리고 있었다. 따로 생각하는 것이 있으면서도.

"일하느라 아주 바빴다. 게다가 나한테는 너희가 있잖니."

이 마지막 말을 듣고 그녀는 샐러드 접시를 만지작거리기 시작했다. 그녀가 토마토와 오이를 활기차게 접시에 던져 넣었다.

"그거야 그렇지만. 아빠, 우린 다시 남쪽으로 갈까 생각 중이에요. 임기를 한 번 더 보낼까 하고요. 마지막으로." 그녀가 그를 바라보며 재빨리 말했다. 그녀의 얼굴에 죄스러워하는 기색이 역력했다.

"남쪽? 소말리아 말이냐?"

"에리크한테 제의가 들어왔어요. 아직 대답은 안 했어요." 그녀가 재빨리 말했다. "하지만 진지하게 고려 중이에요. 마테우스도 생각해야 하니까. 아이한테 그 나라를 보여주고 언어를 배우게 하고 싶어요. 우리가 8월에 떠나면 새 학기에 맞출 수 있을 거예요."

3년이라. 잉그리드와 마테우스 없이 3년을 보내야 한단 말이지. 아이들은 크리스마스 때만 노르웨이로 돌아올 것이다. 편지와 엽서가 오가고, 손자는 올 때마다 키가 훌쩍 자라 있겠지. 한 살 더 먹었으니까. 그렇게 갑작스레 변한 모습이라니.

"그쪽에서는 틀림없이 너희가 와줬으면 하겠지." 그는 차분하게 말하려고 애썼다. "설마 나 때문에 망설이고 있는 건 아니지? 난 아직 아흔 살 노인네가 아니다, 잉그리드."

그녀가 살짝 얼굴을 붉혔다. "할머니도 마음에 걸려요."

"내 어머니는 내가 돌볼 거다. 그러다 샐러드를 아주 가루로 만들겠다."

"아빠가 혼자 계시는 게 싫어요."

"콜베르크가 있잖니."

"콜베르크는 그냥 개예요!"

"콜베르크가 네 말을 못 알아듣는 걸 다행으로 생각해라." 세예르는 콜베르크를 흘깃 바라보았다. 녀석은 식탁 밑에서 평화롭게 자고 있었다. "우린 아주 잘 지내고 있어. 네가 정말 가고 싶으면 가는 게 옳아. 에릭이 맹장염이나 편도선염만 치료하는 게 지겹다고 하던?"

"거긴 여기랑 달라요. 거기선 우리가 훨씬 더 많은 사람을 도울 수 있어요."

"그럼 마테우스는? 마테우스는 어떻게 할 거야?"

"마테우스는 미국 유치원에 다닐 거예요. 다른 애들이랑 같이. 그리고 거기엔 마테우스가 아직 한 번도 보지 못한 친척들이 있어요. 그러면 안 되는 거잖아요. 마테우스한테 모든 걸 가르쳐주고 싶어요."

"미국 유치원?" 그가 말했다. "모든 걸 가르쳐준다는 게 무슨 뜻이냐?" 그는 마테우스의 친부모가 어떻게 되었는지 생각해보았다.

"생모에 관한 이야기는 마테우스가 나이를 좀 더 먹은 다음에 얘기해줄 거예요."

"너희는 소말리아로 가야 돼!"

그녀가 그를 바라보며 미소를 지었다. "엄마가 살아계셨으면 뭐라고 하셨을 것 같아요?"

"똑같은 말을 했을 거다. 그러고는 나중에 침대에 누워서 실컷 울었겠지."

"아빠는 안 우실 거예요?"

마테우스가 그림책과 사과를 양손에 각각 들고 뛰어왔다.

"'폭풍이 치는 어두운 밤이었습니다.' 이거 좀 무서운 얘기 아니냐?" 세예르가 말했다.

"쳇!" 마테우스가 코웃음을 치며 그의 무릎 위로 기어 올라왔다.

"숯이 뜨거워졌어요." 잉그리드가 말했다. "이제 스테이크를 올릴게요."

"그래, 올려라." 그가 말했다.

그녀는 고기 네 조각을 그릴에 올려놓고 음료수를 가지러 안으로 들어갔다.

"내 방에 고무로 만든 초록색 뱀이 있어요." 마테우스가 숨죽인 소리로 속삭였다. "그걸 엄마 신발에 넣을까요?"

세예르는 머뭇거렸다. "글쎄다. 그렇게 하면 좋을 것 같니?"

"할아버지는 아니에요?"

"솔직히 난 아니다."

"할아버지들은 겁이 너무 많아요. 엄마한테 혼날 사람은 난데."

"그래. 내가 모른 척해주마."

마테우스가 무릎에서 뛰어내려 뱀을 가져와서는 제 엄마의 나막신 속에 조심스레 집어넣었다. "이제 책을 읽으셔도 돼요."

세예르는 끔찍한 고무 뱀이 발가락에 닿았을 때 잉그리드의 기분이 어떨지 생각하며 몸을 움츠렸다. "'폭풍이 치는 어두운 밤이었습니다. 산 속에는 도둑들이 있었습니다. 늑대도 있었습니다.' 정말로 이 이야기 안 무서워?"

"엄마가 이걸 많이 읽어줬어요." 아이가 사과를 베어 물고 만족스러운 표정으로 씹었다.

"그렇게 한꺼번에 많이 먹지 마. 그러다 목에 걸릴라."

"책 읽으세요, 할아버지!"

나도 늙는 모양이야. 늙어서 걱정이 많아지는 거지.

"폭풍이 치는 어두운 밤이었습니다." 그가 다시 읽기 시작했을 때 마침 잉그리드가 맥주 세 병과 콜라 하나를 들고 돌아왔다. 그는 읽기를 멈추고 잉그리드를 바라보았다. 마테우스도 마찬가지였다.

"왜 그렇게 날 빤히 보는 거예요? 무슨 일 있어요?"

"아니." 두 사람은 책을 향해 고개를 숙이며 동시에 대답했다. 잉그리드는 병을 식탁에 내려놓고 뚜껑을 따고 나서 신발을 찾아 두리번거렸다. 그리고 신발을 들어 거꾸로 뒤집더니 두 짝을 세 번 부딪쳤다. 아무 일도 일어나지 않았다. 그게 발가락 쪽에 끼어 있나 보다. 두 사람은 속으로 즐거워했다. 그때 모든 일이 한꺼번에 일어났다. 세예르의 사위인 에릭이 문간에 나타났고, 마테우스가 무릎에서 뛰어내려 방을 가로질러 뛰어갔다. 콜베르크가 식탁 밑에서 벌떡 일어나 꼬리를 세게 흔들어대는 통에 맥주병이 바닥으로 떨어졌다. 그리고 잉그리드가 발을 신발에 집어넣었다.

쇨비는 자기 방에 서서 상자에 든 물건들을 꺼내고 있었다. 그녀는 잠시 허리를 펴고 밖을 내다보았다. 바로 맞은편 집의 프리츠너가 창가에 서서 그녀를 지켜보고 있었다. 그의 손에는 잔이 들려 있었다. 그가 마치 건배를 하듯이 잔을 들어 올렸다.

쇨비는 즉시 그에게 등을 돌렸다. 그녀는 남자들이 자기를 바라봐도 개의치 않았지만, 프리츠너는 대머리였다. 대머리와 함께 사는 것은 뚱뚱한 남자랑 함께 사는 것만큼이나 상상할 수 없는 일이었다. 그녀의 꿈속에 그런 남자들이 들어설 자리는 없었다. 계부가 대머리에다 뚱뚱하기까지 하다는 사실은 전혀 문제가 되지 않았다. 그녀의 데이트 상대가 아닌 다른 남자들은 뚱뚱해도 상관없었다. 그녀는 다시 시선을 들었다. 프리츠너의 모습이 보이지 않았다. 아마 보트 안에 앉아 있을 것이다. 괴짜 같으니.

그녀는 초인종 소리를 듣고 문을 열러 나갔다. "어머!" 그녀가 말했다. "경감님! 아니의 방을 치우고 있었어요. 들어오세요. 엄마랑 아빠도 금방 돌아오실 거예요."

그녀는 연한 파랑색 바지정장을 입고, 허리에는 은색 허리띠를 맸으며, 발에는 발레용 슬리퍼를 신고 있었다.

세예르는 그녀를 따라 거실을 지나 아니의 방과 나란히 붙어 있는 그녀의 방으로 갔다. 그 방은 아니의 방보다 상당히 컸으며, 파스텔 색조로 장식되었다. 아니의 사진이 침대 옆 탁자에 놓여 있었다.

"제가 아니의 물건을 몇 개 물려받았어요." 그녀가 겸연쩍은 미소를 지으며 말했다. "자질구레한 장신구 몇 개랑 옷 같은 거요. 아빠를 설득해서 아니의 방 벽을 허물 수 있으면, 제 방이 훨씬 커질 텐데."

"그러면 좋겠구나." 세예르가 말했다. 하지만 이와 동시에 그는 마음속에서 스멀스멀 피어오르는 감정 때문에 조금 부끄러워졌다. 그가 다른 사람을 이러쿵저러쿵 평가할 권리는 없었다. 다들 자신의 삶을 살아가려고 애를 쓰니 자기만의 방식으로 행동할 권리가 있었다. 어느 누구도 남에게 애도하는 법에 관해 훈계할 수는 없었다. 그는 자신을 가볍게 꾸짖고는 주위를 둘러보았다. 자질구레한 물건이 이렇게 많은 방은 처음이었다.

"제 방에 텔레비전도 들여놓을 거예요." 그녀가 말했다. "텔레비전 노르웨이를 볼 수 있게 안테나도 하나 달고요." 그녀가 바닥에 놓인 마분지 상자로 허리를 숙여 물건을 꺼내기 시작했다. "대부분 책이에요. 아니한테 화장품이나 장신구 같은 건 없었어요. 시디랑 카세트가 몇 개 있고요."

"책을 좋아하니?"

"별로요. 하지만 책꽂이를 가득 채우면 보기 좋잖아요."

그는 고개를 끄덕였다.

"무슨 일 있었어요?"

"응, 그랬지. 하지만 그게 뭘 의미하는지 우리도 아직 모르겠다."

그녀가 상자에서 물건을 또 하나 꺼냈다. 신문지로 싼 물건이었다.

"그래, 마그네 요나스랑 아는 사이지, 쉴비?"

"예." 그녀가 말했다. 얼굴이 붉어진 것 같았지만, 원래 뺨이 장밋빛이었기 때문에 확실치는 않았다. "마그네는 지금 오슬로에 살고 있어요. 짐&그라이어에서 일하고요."

"옛날에 마그네와 아니 사이가 어땠는지 알고 있었니?"

"걔들 사이가 뭐 어땠는데요?" 그녀는 정말로 모르겠다는 표정으로 그를 바라보았.

"두 사람이 사귀었을지도 모른다든가, 마그네가 아니를 좋아하는 것 같았다든가, 뭔가 시도를 했다든가. 널 만나기 전에 말이야."

"아니는 마그네를 그냥 비웃었어요." 그녀가 말했다. 거의 애원하는 것 같은 목소리였다. "그렇다고 할보르한테 이렇다 할 만한 게 있는 것도 아닌데. 적어도 마그네는 남자답게 생겼잖아요. 근육도 있고 그러니까." 그녀는 그의 시선을 피하며 물건을 싼 신문지를 벗겼다.

"마그네가 혹시 화가 났을까?" 그가 조심스럽게 물었다. 신문지 속에서 뭔가 반짝이는 것이 모습을 드러냈다.

"그랬을지도 몰라요. 아니가 그냥 싫다고만 한 게 아니거든요. 가끔 아니는 정말 비열하게 굴었어요. 남자들 근육에도 별로 관심이 없었고요. 다들 아니가 훌륭한 아이였다고 말하죠. 저도 동생한테 나쁜 말을 할 생각은 없어요. 아니는 자주 비열하게 굴었지만, 아무도 감히 그 말을 못해요. 아니가 죽었으니까. 할보르가 어떻게 견뎠는지 모르겠어요. 아니가 자기 멋대로 했는데도."

"그래?"

"하지만 저한테는 잘했어요. 항상 잘해줬어요." 순간적으로 그녀는 동생에 관한 기억과 그동안 일어난 일들이 떠올랐는지 멍하니 서 있었다.

"마그네하고는 언제부터 사귀었니?"

"몇 주밖에 안 됐어요. 영화도 보러 가고 그래요." 그녀의 대답이 조금 지나치게 빠른 것 같았다.

"마그네가 너보다 어리지?"

"네 살 어려요." 그녀가 마지못해 말했다. "하지만 나이에 비해서 아주 성숙해요."

"그렇구나."

그녀가 뭔가를 빛을 향해 들고는 눈을 가늘게 뜨고 바라보았다. 횃대에 앉아 있는 새를 묘사한 청동 조각이었다. 오동통한 새가 고개를 한쪽으로 살짝 기울이고 있었다.

"깨졌네요." 그녀가 뭐가 뭔지 모르겠다는 표정으로 말했다.

세예르는 깜짝 놀란 얼굴로 그것을 바라보았다. 청동으로 만든 새의 모습이 화살처럼 그의 관자놀이를 때렸다. 그것은 아이들의 묘석을 장식하는 물건이었다.

"제가 진흙으로 받침대를 만들면 될 것 같아요." 쉴비가 말했다. "아빠가 도와주실지도 몰라요. 정말 예쁘죠?"

아니의 새로운 모습이 천천히 형태를 갖춰 나갔다. 할보르와 그녀의 부모가 말한 것보다 더 복잡한 아니의 모습.

"그게 무엇에 쓰는 물건인 것 같니?" 그가 물었다.

쉴비는 어깨를 으쓱했다. "모르겠어요. 그냥 깨진 장식품이겠죠, 뭐."

"한 번도 본 적 없는 물건이야?"

"예. 아니가 집에 없을 때 아니의 방에 들어가면 난리가 났거든요."

그녀는 새를 책상에 놓고 다시 상자를 향해 허리를 숙였다.

"아버지를 만난 지 오래됐니?" 그는 계속 새를 바라보면서 물었다. 그의 머리가 정신없이 빠른 속도로 돌아가고 있었다.

"아버지요?" 그녀가 허리를 펴고 어리둥절한 표정으로 그를 바라보았다. "그러니까…… 아담스투엔에 사는 아버지 말이에요?"

그는 고개를 끄덕였다.

"아니의 장례식에 왔어요."

"아버지가 많이 보고 싶겠구나."

그녀는 대답하지 않았다. 그녀가 제대로 생각해본 적이 없는 부분을 그가 건드린 것 같았다. 그녀가 잊으려고 노력하는 기분 나쁜 일. 혹시 아버지를 만나러 가지 않는 것에 양심의 가책을 느끼는 걸까? 세예르는 자신이 조금 공격적으로 변한 것 같았다. 하지만 상대를 존중하고, 그들의 입장을 고려해서 접근해야 한다는 점을 반드시 명심해야 했다.

"에디를 뭐라고 부르지?" 그가 물었다.

"아빠라고 불러요." 그녀가 말했다.

"그럼 친아버지는?"

"아버지라고 불러요." 그녀가 간단히 대답했다. "옛날부터 그렇게 불렀어요. 아버지가 그렇게 불러달라고 했거든요. 항상 너무 구식이었어요."

'구식이었어요.' 이제 이 세상에 없는 사람의 이야기를 하는 것 같았다.

"차 소리가 들려요!" 그녀가 마음이 놓인다는 듯이 말했다.

홀란드의 초록색 도요타가 집 앞에 멈춰 섰다. 아다 홀란드가 자갈길 위에 한 발을 내리고는 창문을 흘깃 바라보는 모습이 보였다.

"저 새 말인데, 쇨비, 내가 가져도 될까?" 그가 재빨리 말했다.

"저 깨진 새요? 그럼요. 가져가세요." 그녀는 의아한 표정으로 그에게 새를 건네주었다.

"고맙구나. 이제 널 방해하지 않으마." 그는 이렇게 말하고서 방을 나왔다. 그러고는 안주머니에 새를 집어넣고 다시 거실로 가서 벽에 몸을 기대고 기다렸다.

이 새는 에스킬의 묘비에서 가져온 거야. 아니의 방에 있다니. 왜지?

홀란드가 먼저 안으로 들어왔다. 그는 고개를 끄덕이며 손을 내밀었다. 하지만 얼굴은 그를 외면하고 있었다. 전과는 달리 체념한 사람 같은 분위기였다. 홀란드 부인은 커피를 끓이려고 부엌으로 갔다.

"아니의 방도 쇨비가 쓸 겁니다." 홀란드가 말했다. "그래야 방이 텅 빈 채로 남아 있지 않을 테니까. 우리도 바삐 해야 할 일이 생길 테고요. 두 방 사이의 벽을 트고 벽지도 새로 바를 겁니다. 할 일이 아주 많아요."

세예르는 고개를 끄덕였다.

"가슴속에 맺힌 걸 풀어야 합니다." 홀란드가 말했다. "신문에서 열여덟 살짜리 아이가 구금되었다는 기사를 읽었습니다. 설마 할보르가 그런 일을 저지른 건 아니겠죠? 우린 그 애를 2년 전부터 알고 지냈습니다. 쉽게 사귈 수 있는 아이가 아닌 건 사실이지만, 저는 사람을 잘 보는 편입니다. 경감님이 능력이 없다는 얘기가 아니라, 그냥 할보르가 살인자라고는 상상도 할 수 없다는 얘깁니다. 상상할 수가 없어요. 우리 모두 마찬가집니다."

세예르는 충분히 상상할 수 있었다. 살인범도 다른 사람들과 똑같았다. 어쩌면 할보르가 잠든 아버지의 머리를 냉혹하게 날려버렸는지도 모를 일이었다.

"경찰이 구금했다는 아이가 할보르입니까?"

"석방했습니다."

"그렇군요. 하지만 왜 그 아이를 가뒀던 겁니까?"

"어쩔 수 없었습니다. 자세한 얘기는 알려드릴 수 없지만."

"수사에 편견이 개입하지 않게 하려고요?"

"그렇습니다."

홀란드 부인이 잔 네 개와 그릇에 담은 쿠키를 들고 들어왔다.

"다른 진전이 좀 있었습니까?"

"예." 세예르는 창밖을 바라보며 이 사람들의 시선을 끌 만한 것을 찾아보았다. "지금은 자세한 얘기를 해드릴 수 없습니다."

홀란드가 씁쓸하게 웃었다. "그러시겠죠. 아마 우리가 마지막으로 사실을 알게 되겠군요. 우리보다 훨씬 전에 신문기자들이 먼저 알 겁니다. 경찰이 마침내 살인범을 잡으면 말이죠."

"그렇지 않습니다." 세예르가 그의 눈을 바라보며 말했다. 아니와 꼭 닮은 커다란 회색 눈에 고통이 가득 차 있었다.

"하지만 기자들이 사방에 깔려 있고, 정보원도 많습니다. 신문에 어떤 기사가 났다고 해서 그 정보를 저희가 줬다고 생각하시면 안 됩니다. 저희가 범인을 잡으면 반드시 알려드리겠습니다. 반드시."

"아무도 우리한테 할보르 이야기를 해주지 않았습니다." 홀란드가 나지막한 목소리로 말했다.

"이유는 간단합니다. 할보르가 범인이 아니라고 생각했기 때문입니다."

"지금 생각해보니 범인을 정말로 알고 싶은 건지도 확실히 모르겠습니다."

"무슨 말이야?" 아다 홀란드가 놀란 얼굴로 그를 뚫어지게 바라보았다.

"이젠 상관없습니다. 모든 게 다 사고였던 것 같아요. 피할 수 없는 일."

"왜 그런 말을 하는 거야?" 그녀가 절망적인 표정으로 물었다.

"어쨌든 아니는 죽을 운명이었으니까. 이젠 다 상관없어." 그는 텅 빈 잔을 내려다보다가 집어 들어 빙빙 돌리기 시작했다. 있지도 않은 뜨거운 커피를 식히려는 것처럼.

"상관있습니다." 세예르가 분노를 억누르며 말했다. "선생은 사건의 진상을 알 권리가 있어요. 시간이 걸릴지도 모르지만, 제가 범인을 찾아낼 겁니다. 시간이 아주 오래 걸린다 해도."

"시간이 아주 오래 걸린다고요?" 홀란드가 또다시 쓸쓸하게 웃었다. "아니는 서서히 썩어가고 있습니다."

"에디!" 홀란드 부인의 얼굴에서 고통이 배어나왔다. "우리한테는 아직 쉴비가 있어!"

"쉴비는 당신 딸이야."

그는 일어서서 방을 나가 어딘가로 사라져버렸다. 아무도 그를 뒤따라가지 않았다. 홀란드 부인은 맥없이 어깨를 으쓱했다.

"저 사람이 아니를 아주 귀여워했어요."

"압니다."

"아무래도 저 사람이 예전 모습을 절대 못 찾을 것 같아요."

"그럴 겁니다. 지금은 예전과는 다른 자신의 모습에 적응하고 있는 중입니다. 시간이 걸릴 거예요. 우리가 진실을 알아낸다면, 적응하기가 더 쉬울지도 모르죠."

"제가 정말로 진상을 알고 싶은 건지 잘 모르겠어요."

"뭔가 무서운 사실을 알게 될까 봐서요?"

"저는 뭐든지 다 무서워요. 그 호수에서 어떤 일이 일어났을지 별의별 생각이 다 들어요."

"어떤 생각인지 말씀해주실 수 있습니까?"

그녀는 고개를 저으며 잔을 향해 손을 뻗었다. "아뇨, 못해요. 그냥 제 상상인데요 뭐. 그걸 말로 하면 현실이 될지도 몰라요."

"쉴비는 잘 이겨내고 있는 것 같더군요." 그가 화제를 바꿨다.

"쉴비는 강한 애예요." 그녀가 갑자기 자신감이 넘치는 목소리로 말했다.

강한 아이라. 그래, 어쩌면 맞는 말인지도 모르지. 어쩌면 아니가 약한 아이였는지도 모른다. 그의 머릿속이 혼란스럽게 소용돌이치기 시작했다. 홀란드 부인은 크림과 설탕을 가지러 밖으로 나갔다. 쉴비가 들어왔다.

"아빠는 어디 계세요?"

"금방 돌아오실 거야!" 홀란드 부인이 부엌에서 단호한 목소리로 외쳤다. 에디가 자신의 말을 듣고 다시 돌아오기를 기대하는 것 같았다. 아니가 죽은 것만도 힘든 일이겠지. 세예르는 속으로 생각했다. 그런데 이제는 가정마저 무너지고 있군. 이어 붙인 곳이 떨어지고 커다란 구멍이 뚫려 물이 콸콸 쏟아져 들어오고 있어. 홀란드 부인은 이 가정이라는 배가 가라앉지 않게 하려고 갈라진 틈에 진부한 말과 명령들을 쑤셔 넣는 중이고.

그녀는 커피를 따랐다. 세예르는 손가락이 너무 굵어서 손잡이를 잡을 수 없었기 때문에 양손으로 컵을 들어야 했다.

"경감님은 계속 이유에 대해 말씀하시네요." 그녀는 지쳐 보였다. "범인이 꼭 그럴싸한 이유가 있어서 그런 짓을 저지른 것처럼."

"그럴싸한 이유라고는 할 수 없습니다. 하지만 범인에게 뭔가 이유가 있기는 했겠죠. 그래서 그 순간에는 선택의 여지가 없다고 생각했을 겁니다."

"그런 놈들을 아주 잘 이해하고 계시는 모양이에요. 살인 같은 끔찍한 범죄를 저질러서 경감님이 감옥에 집어넣은 놈들 말이에요."

"그렇지 않으면 이 일을 계속할 수 없습니다." 그는 커피를 마시면서 할보르를 생각했다.

"하지만 반드시 예외도 있겠죠."

"예외는 드뭅니다."

그녀는 한숨을 내쉬고는 딸을 흘깃 바라보았다. "네 생각은 어떠니, 쉴비?" 그녀가 말했다. 부드러운 목소리로. 전에 세예르가 들었던 목소리와는 달랐다. 이번만은 그녀도 태평하기 그지없는 금발머리 딸의 머릿속으로 들어가 대답을 찾아내고 싶은 것 같았다. 그러다 보면 혹시 일리 있는 대답을 찾아낼지도 모르니까. 이제 하나밖에 남지 않은 딸이 생각과는 다른 사람일지도 모른다고 기대하는 것 같았다. 혹시 생각보다 아니와 더 비슷할지도 모른다는 생각이 든 걸까?

"나?" 쉴비는 깜짝 놀라며 어머니를 빤히 바라보았다. "난 건너편 집의 프리츠너가 늘 마음에 안 들었어. 그 사람은 거실에 있는 배에 앉아서 노받이에 맥주를 가득 채워놓고 밤새 책을 읽는다고 하던데."

13

스카레는 자기 사무실의 등을 다 꺼버리고 책상 위의 램프만 켜두었다. 60와트 전구에서 나오는 하얀 불빛이 서류를 비췄다. 쉴 새 없이 종이를 쏟아내는 프린터에서 부드럽게 윙윙거리는 소리가 들려왔다. 종이에는 그가 제일 좋아하는 글자체인 팔라티노로 작성된 완벽한 글이 가득 적혀 있었다. 문이 열리고 누군가가 안으로 들어오는 소리가 먼 곳에서 나는 배경음처럼 들려왔다. 그가 누구인지 보려고 막 시선을 들려고 했을 때 종이가 프린터에서 굴러 떨어졌다. 그는 허리를 굽혀 종이를 주워 일어섰다. 그런데 뭔가가 그의 시야 안으로 미끄러져 들어오며 빈 종이에 그림자를 드리웠다. 횃대에 앉은 새를 묘사한 청동조각이었다.

"어디서 난 거예요?" 그가 조각상을 보자마자 말했다.

세예르는 자리에 앉았다. "아니의 집에서. 쉴비가 아니의 물건들을 물려받았는데, 이게 거기 있었어. 신문지에 싸여서. 내가 묘지에 가서 맞춰봤더니 아주 꼭 맞더군." 그는 스카레를 바라보았다. "누가 아니한테 이걸 줬을지도 몰라."

"누가요?"

"모르지. 하지만 아니가 직접 가서 이걸 가져왔다면, 밤을 틈 타 그리로 가서 도구를 이용해 묘비에서 이걸 떼어냈다면, 그건 진짜 파렴치한 짓이지."

"하지만 아니는 파렴치한 아이가 아니었잖아요."

"나도 잘 모르겠어. 이젠 확실한 게 하나도 없어."

스카레는 책상 위의 등을 돌려 벽 위에 완벽한 반달 모양의 불빛이 비치게 했다. 두 사람은 의자에 앉아 그것을 물끄러미 바라보았다. 스카레는 충동적으로 새가 앉아 있는 횃대를 잡고 휘두르듯이 등 쪽으로 들어 올렸다. 하얀 반달 속에 비친 새의 그림자가 파티를 마치고 술에 취해 집으로 돌아가는 거대한 오리 같았다.

"옌스볼이 여자팀 코치직을 그만뒀어요." 스카레가 말했다.

"뭐라고?"

"소문이 돌기 시작했거든요. 그 사람이 강간범이라는 얘기가 돌아다니고 있어요. 여자 선수들은 더 이상 연습장에 나타나지 않게 됐고요."

"그럴 줄 알았지. 모든 일이 꼬리를 물고 이어지게 돼 있으니까."

"그리고 프리츠너 말이 옳았어요. 많은 사람들이 힘들어하게 생겼어요. 살인범이 잡힐 때까지는. 하지만 범인이 곧 잡히겠죠. 이제 경감님이 모든 수수께끼를 다 푸셨을 테니까. 그렇죠?"

세예르는 고개를 저었다. "뭔가 아니와 요나스가 관련된 일이 있어. 두 사람 사이에 뭔가가 있었어."

"어쩌면 아니가 에스킬을 추억할 만한 물건을 갖고 싶었는지도 모르죠."

"그랬다면 그 집을 찾아가서 곰인형 같은 걸 달라고 해도 되잖아."

"요나스가 아니한테 무슨 짓을 한 것 같아요?"

"아니한테 했거나, 아니면 아니와 관련된 사람에게 했거나. 아니가 사랑하던 사람한테."

"무슨 말씀인지 모르겠어요. 할보르를 말씀하시는 거예요?"

"그 사람 아들을 말하는 거야, 에스킬. 그 애가 죽은 건 요나스가 욕실에서 면도를 하고 있었기 때문이야."

"그렇다고 아니가 요나스를 탓할 수는 없었을 텐데요."

"에스킬의 죽음에 해결되지 않은 문제가 있다면 얘기가 다르지."

스카레가 휘파람을 불었다. "그때 목격자가 아무도 없었으니. 우리가 알고 있는 건 요나스가 진술한 내용뿐이잖아요."

세예르는 다시 새를 집어 들고 날카로운 부리를 가볍게 찔렀다. "자네 생각은 어때, 야콥? 그 11월 아침에 과연 무슨 일이 있었던 걸까?"

이중 유리문을 열고 안으로 한 발을 들여놓자 기억이 홍수처럼 그를 덮쳤다. 병원 냄새, 방부제와 비누 냄새에 선물가게에서 나는 달콤한 초콜릿과 꽃집의 카네이션에서 나는 싸한 향내가 섞인 냄새.

세예르는 아내의 죽음을 떠올리는 대신 딸 잉그리드가 태어나던 날을 생각하려고 애썼다. 이 거대한 건물은 그가 가장 커다란 슬픔과 가장 커다란 기쁨을 모두 경험한 곳이었다. 그때도 그는 저 유리문 안으로 들어서서 똑같은 냄새를 맡았다. 그리고 자기도 모르게 갓 태어난 딸을 다른 아기들과 비교했다. 다른 아기들은 더 빨갛고, 더 통통하고, 주름도 더 많고, 머리도 더 헝클어진 것 같았다. 너무 일찍 태어나서 영양실조에 시달리는 노인의 축소판처럼 보이는 아이도 있었다. 잉그리드만이 완벽했다. 그는 이런 기억을 떠올리고서야 비로소 마음이 편안해졌다.

그가 예고도 없이 이곳을 찾아온 것은 아니었다. 그는 에스킬 요나스의 부검을 감독한 의사를 찾으려고 꼬박 8분 동안 전화기를 붙들고 있었다. 그는 자신이 무엇을 알고 싶은지 미리 분명히 밝혔다. 그래야 병원 측에서 자료를 찾아두었다가 그에게 보여줄 테니까. 그가 모든 부서를 지배하는 저 거대하고, 귀찮고, 까다로운 제도인 관료주의 중에서 좋아하는 것이 하나 있다면, 그것은 모든 것을 반드시 기록으로 남겨 보관해두어야 한다는 원칙이었다. 날짜, 시간, 이름, 진단 결과, 일상적인 일, 이상한 점 등 모든 것이 반드시 자료에 적혀 있을 터였다. 따라서 많은 사람이 각자 저마다의 이유로 그 자료를 꺼내 새로운 시각에서 모든 측면을 다시 조사해볼 수 있었다.

엘리베이터에서 내리면서 그는 이런 생각을 하고 있었다. 8층의 복도를 따라 걷다 보니 병원 냄새가 점점 더 강하게 느껴졌다. 전화로 목소리만 들을 때는 착실한 중년 남자 같았던 부검의는 알고 보니 젊은 청년이었다. 몸집은 땅딸막했고, 눈에는 두꺼운 안경을 썼으며, 손은 부드럽고 통통했다. 그의 책상에는 명함철, 전화기, 서류더미, 한자가 적힌 커다란 빨간색 책이 있었다.

"제가 그 자료를 잠깐 훑어보았습니다." 의사가 말했다. 안경 때문에 그가 항상 겁에 질려 있는 사람처럼 보였다. "그냥 궁금해서요. 경감님이라고 하셨죠?"

세예르는 고개를 끄덕였다.

"그럼 그 아이의 죽음에 뭔가 이상한 점이 있다고 생각해도 되는 겁니까?"

"아직은 저도 뭐라고 말씀 드릴 수가 없습니다."

"하지만 그렇게 생각하셔서 절 찾아오신 것 아닙니까?"

세예르는 그를 바라보며 눈을 두 번 껌벅거렸다. 그것이 대답의 전부였다. 그가 입을 열지 않자 의사가 다시 떠들기 시작했다. 세예르는 이런 현상을 볼 때마다 항상 놀라움을 금할 수 없었다. 이런 현상 덕분에 자백을 받아낸 적이 많았다.

"비극적인 사건이죠." 의사가 서류를 내려다보며 말했다. "두 살짜리 사내아이. 집에서 일어난 사고. 몇 분 동안 지켜보는 사람 없이 혼자 있었음. 도착했을 때 이미 사망한 상태. 배를 열어 보니 기도가 음식물로 완전히 막혀 있었습니다."

"어떤 음식이었습니까?"

"와플이었습니다. 와플이 그냥 통째로 들어 있었기 때문에 접힌 걸 펴서 원래 모습으로 복원할 수 있을 정도였습니다. 후식으로 먹는 하트 모양의 와플 두 개가 통째로 뭉쳐서 들어 있었죠. 그렇게 작은 입에 들어가기에는 엄청나게 많은 양입니다. 그 아이가 아무리 튼튼했다 해도요. 알고 보니 아이가 욕심도 많고, 행동도 산만했다고 하더군요."

세예르는 엘리제가 갖고 있던 와플 틀을 생각해보았다. 둥근 원 안에 하트 모양이 다섯 개 있는 틀이었다. 잉그리드의 틀은 더 현대적인 제품이라 하트 모양이 네 개밖에 없었고, 선도 옛날처럼 둥글지 않았다.

"부검할 때 일을 지금도 똑똑히 기억합니다. 아주 슬픈 사건은 항상 기억에 남는 법이니까요. 머리에서 떠나지 않죠. 우리가 부검하는 사람들은 대부분 여든 살에서 아흔 살 사이입니다. 하트 모양의 와플이 그릇에 놓여 있던 것도 기억납니다. 아이들과 후식용 와플은 떼려야 뗄 수 없는 사이죠. 그게 아이를 죽게 만들었다는 사실이 정말 안타까웠습니다. 아이는 와플을 아주 즐겁게 먹고 있었을 텐데 말이죠."

"우리라고 하셨는데, 다른 사람들과 함께 작업하셨습니까?"

"병리과장인 아르네센 씨가 함께 계셨습니다. 그때는 제가 이곳에 취직한 지 얼마 안 됐을 때거든요. 과장님은 신참들을 주의 깊게 살펴보시곤 했습니다. 지금은 은퇴하셨죠. 새 과장님은 여자 분입니다." 그는 자기도 모르게 자기 손을 내려다보았다.

"하트 모양의 와플 두 개가 통째로 들어 있었다고요? 아이가 와플을 씹었던가요?"

"아뇨, 그렇지 않은 것 같았습니다. 모양이 거의 완벽하게 남아 있었어요."

"아이가 있습니까?"

"넷입니다." 그가 행복한 표정으로 말했다.

"부검할 때 아이들 생각을 하셨습니까?"

의사는 어리둥절한 시선으로 세예르를 바라보았다. 질문을 잘 이해할 수 없다는 표정이었다. "예, 뭐, 그랬던 것 같습니다. 아니면 그냥 일반적인 아이들을 생각했겠죠. 아이들의 행동방식에 대해서."

"그래요?"

"제 아들이 막 세 살이 됐을 때였습니다." 의사가 말을 이었다. "그놈도 와플을 아주 좋아하죠. 모든 부모들이 그렇듯이 저도 음식을 한꺼번에 너무 많이 먹지 말라고 항상 야단을 칩니다."

"하지만 에스킬의 경우에는 야단칠 사람이 아무도 없었죠."

"그렇습니다. 어른이 있었다면, 당연히 그런 일도 일어나지 않았겠죠."

세예르는 잠시 가만히 있다가 이렇게 말했다. "선생님 아들이 에스킬과 비슷한 나이였을 때, 와플 한 접시를 앞에 놓고 있던 모습을 생각해보시겠습니까? 아이가 와플 두 개를 들어서 반으로 접어 한꺼번에 입에 쑤셔 넣을까요?"

의사는 한참 동안 말이 없었다. "글쎄요…… 그 애는 좀 특별했으니까요."

"그 얘기를 정확히 누구한테서 들으셨습니까? 그러니까, 아이가 좀 특별했다는 이야기 말입니다."

"아이 아버지한테서요. 아버지가 하루 종일 병원에 있었습니다. 아이 어머니는 큰아들하고 같이 나중에 왔고요. 어쨌든 이런 얘기도 전부 자료에 들어 있습니다. 경감님 말씀대로 제가 자료를 복사해두었습니다."

그는 자기 앞에 놓인 자료를 톡톡 두드리고는 한자가 적힌 책을 옆으로 밀었다. 세예르는 책 표지의 첫 번째 글자를 알아보았다. '남자'를 뜻하는 글자였다.

"제가 들은 얘기로는 사고가 났을 때 아이 아버지가 욕실에 있었다고 하던데, 맞습니까?"

"맞습니다. 면도를 하고 있었죠. 아이는 의자에서 안전띠를 매고 있었고요. 그래서 아이가 도움을 청하러 갈 수 없었던 겁니다. 아이 아버지가 부엌으로 나와 보니 아이가 식탁에 엎어져 있더랍니다. 아이가 접시를 쳐서 바닥에 떨어뜨리는 바람에 접시는 깨졌고요. 가장 안타까운 건 아이 아버지가 접시 떨어지는 소리를 들었다는 겁니다."

"그런데도 나와 보지 않았다는 겁니까?"

"아마 아이가 항상 물건을 깨뜨렸던 모양입니다."

"그때 집에는 누가 또 있었습니까?"

"제가 알기로는 아이 어머니밖에 없었습니다. 장남은 스쿨버스인지 뭔지를 타려고 막 집을 나갔고, 어머니는 2층에서 자고 있었습니다."

"어머니는 아무 소리도 못 들었나요?"

"들을 만한 소리가 별로 없었을 겁니다. 아이가 비명도 못 질렀으니까요."

"하트 모양 와플이 두 개나 목에 걸렸으니 그랬겠죠. 하지만 결국은 아이 아버지가 어머니를 깨웠겠죠?"

"아이 아버지가 소리를 지르면서 어머니를 불렀을지도 모르죠. 그런 상황에서 사람들의 반응은 제각각입니다. 쉴 새 없이 비명을 지르는 사람이 있는가 하면, 완전히 얼어붙어서 꼼짝도 못하는 사람도 있습니다."

"그런데 아이 어머니는 구급차를 타고 함께 오지 않았습니까?"

"나중에 왔습니다. 먼저 큰아들을 데리러 학교로 갔다더군요."

"두 사람이 얼마나 늦게 왔습니까?"

"글쎄요…… 한 30분쯤. 여기 그렇게 적혀 있군요."

"아이 아버지의 행동에 대해서 좀 말씀해주시겠습니까?"

의사는 입을 다물고 눈을 감았다. 그날 아침의 광경을 정확히 떠올리려는 것처럼. "아버지는 충격을 받은 상태였습니다. 말도 별로 없었습니다."

"그럴 만도 하죠. 하지만 말이 별로 없었다 해도, 혹시 무슨 말을 했는지 기억나십니까? 기억나는 단어 같은 것 없습니까?"

의사는 호기심 어린 시선으로 그를 바라보며 고개를 저었다. "오래전 일이라서요. 거의 여덟 달이나 됐잖습니까."

"그래도 한번 기억해보세요."

"아마 이런 말을 했던 것 같습니다. '오, 하느님, 안 돼! 오 하느님, 안 돼!'"

"구급차를 부른 사람은 아이 아버지였습니까?"

"예, 여기 그렇게 적혀 있습니다."

"정말로 여기서 루네비까지 가는 데 20분이나 걸렸습니까?"

"예, 불행히도 그렇습니다. 게다가 돌아오는 데도 20분이 걸렸죠. 구급차에는 기관 절개술을 할 수 있는 사람이 없었습니다. 그런 사람이 있었다면, 아이를 살렸을지도 모르죠."

"기관 절개술이 뭡니까?"

"척추 뼈 두 개 사이로 들어가서 밖에서 기도를 여는 겁니다."

"목을 잘라서 연다는 말씀입니까?"

"예. 사실 아주 간단한 처치입니다. 그 방법을 썼더라면 아이를 살릴 수 있었을지도 모릅니다. 아이 아버지가 아이를 발견하기 전에 시간이 얼마나 경과했는지는 모르지만."

"면도하는 시간만큼 걸리지 않았을까요?"

"예, 뭐, 그랬겠죠." 의사는 서류를 뒤적이며 안경을 위로 올렸다. "뭔가…… 범죄 행위가 있었을지도 모른다고 의심하시는 겁니까?" 오랫동안 참다가 던진 질문이었다. 이제는 이걸 물어봐도 될 것 같았다.

"저도 잘 모르겠습니다. 무슨 뜻으로 물어보신 겁니까?"

"제가 뭘 알겠습니까?"

"하지만 선생님이 그 아이의 배를 열고 조사하시지 않았습니까. 아이의 죽음에 뭔가 이상한 점이 있던가요?"

"이상한 점이라고요? 아이들이 원래 그런걸요. 애들은 뭐든지 입 속에 쑤셔 넣기 마련입니다."

"하지만 와플이 가득 담긴 접시가 앞에 있고, 옆에는 아무도 없어서 누가 와플을 빼앗아갈 걱정이 없는 상황이라면, 아이가 왜 와플을 두 개나 한꺼번에 입에 넣었을까요?"

"달리 생각하시는 게 있어서 이런 질문을 하시는 겁니까?"

"아뇨, 아무 생각도 없습니다."

의사는 자리에 앉은 채 생각에 잠겼다. 그는 어린 에스킬이 알몸으로 탁자 위에 누워 있던 그날 아침을 다시 떠올렸다. 목에서부터 배를 갈라 내장이 드러난 모습. 의사는 아이의 기도를 막은 덩어리를 발견하고 그것이 와플 두 개임을 알아차렸던 순간으로 되돌아갔다. 하트 모양이 완전하게 남은 와플 두 개. 달걀, 밀가루, 버터, 우유로 만든 와플이 끈적끈적한 덩어리가 되어 있었다.

"부검할 때 상황을 기억합니다." 그가 말했다. "그때 상황을 자세히 기억하고 있어요. 어쩌면 그건 제가 그때 상당히 놀랐기 때문인지도 모르겠습니다. 아니, 꼭 그렇다고 할 수는 없겠군요. 하지만," 그가 불쑥 말을 덧붙였다. "아이의 죽음에 뭔가 부자연스러운 점이 있다는 생각을 어떻게 하시게 된 겁니까?"

부자연스러운 점이라. 수없이 많은 가능성들을 다 지칭할 수 있는 모호한 말이었다.

"글쎄요," 세예르가 의사를 주의 깊게 살펴보며 말했다. "그 아이를 봐주는 사람이 있었습니다. 이렇게 말하면 되겠군요. 그 아이를 봐주는 사람이 아이의 죽음과 관련해서 보낸 신호들 때문에 혹시나 하는 생각을 하게 된 겁니다."

"신호라고요? 그럼 그냥 그 사람한테 물어보시면 되잖습니까."

"아뇨, 물어볼 수 없습니다." 세예르가 고개를 저었다. "물어보기에는 이미 너무 늦었어요."

후식으로 먹는 와플을 아침식사로 먹다니. 그는 속으로 생각했다. 틀림없이 전날 먹다가 남은 것일 터였다. 요나스가 아침 일찍 일어나서 부산하게 와플을 만들었을 것 같지는 않았다. 전날 먹다 남은 와플이라면 딱딱하고 차가웠을 것이다. 그는 겉옷 단추를 잠그고 차에 올랐다. 아이의 죽음을 이상하게 생각할 사람은 아무도 없을 것이다. 아이들은 항상 무엇이든 입에 넣기 마련이니까. 부검의도 그렇게 말하지 않았던가. 아이들은 무엇이든 입에 쑤셔 넣는다고. 그는 차를 몰고 로젠크란츠가텐을 지나 강 쪽으로 가서 왼쪽으로 방향을 틀었다. 배가 고프지는 않았지만, 그래도 법원에 차를 세우고 엘리베이터로 구내식당까지 올라갔다. 구내식당에서도 와플을 팔고 있었다. 그는 잼과 커피가 따라 나오는 와플 한 접시를 사서 창가에 앉았다. 그리고 하트 모양 와플 두 개를 조심스레 떼어냈다. 금방 만든 것이라 바삭바삭했다. 그는 와플을 반으로 접고, 한 번 더 반으로 접고는 가만히 앉아 뚫어지게 바라보았다. 두 개를 한꺼번에 입에 넣어도 어렵지 않게 씹을 수 있었다. 와플이 쉽사리 식도로 내려갔다. 새로 만든 와플은 기름기가 많아서 미끌미끌했다. 그는 커피를 한 모금 마시고 고개를 저었다. 어떤 모습이 그의 머릿속으로 비집고 들어왔다. 목에 덩어리가 걸린 어린 사내아이의 모습. 아이는 틀림없이 몸부림을 치며 손을 흔들어대다가 접시를 깨뜨렸을 것이다. 아이는 어떻게든 살아보겠다고 발버둥을 쳤지만 아무도 그가 몸부림치는 소리를 듣지 못했다. 아이 아버지는 접시가 깨지는 소리를 들었다. 그런데 왜 나와 보지 않았을까? 아이가 항상 물건을 깨뜨렸기 때문이라고 의사는 말했다. 그래도…… 어린 사내아이와 깨진 접시. 그러면 나라도 당장 나와 보겠다. 혹시 의자가 넘어졌나, 아이가 다치지는 않았나 하는 생각이 들 텐데. 그런데 아이 아버지는 그냥 면도를 계속했다.

만약 아이 어머니가 깨어 있었다면? 그랬다면 접시가 떨어지는 소리를 들었을까? 그는 커피를 한 모금 더 마시고 나머지 와플에 잼을 발랐다. 그러고는 보고서를 읽기 시작했다. 얼마 후 그는 일어서서 밖으로 나가 자신의 차로 향했다. 그는 아스트리드 요나스를 생각했다. 아래층에서 무슨 일이 벌어지는지 까맣게 모르고 침대에 혼자 누워 있던 여자.

할보르는 접시에서 샌드위치를 집어 들고 컴퓨터를 켰다. 그는 컴퓨터가 부팅될 때 나오는 팡파르 소리와 방 안을 가득 채우는 파란 빛이 좋았다. 팡파르가 울릴 때마다 순간적으로 엄숙해졌다. 그는 그것이 자신을 귀빈처럼, 기다리던 손님처럼 환영해주는 소리라고 생각했다. 오늘 그는 특별한 전략을 써보기로 했다. 오늘은 무모한 짓을 해보고 싶었다. 아니가 자주 그랬던 것처럼. 그래서 그는 먼저 '날 내버려둬' '사생활' '손 치워' 같은 구절들을 입력해보았다. 그가 그녀의 어깨를 아주 조심스럽게, 정말 애정 어린 태도로 감싸 안을 때마다 그녀가 하던 말이었다. 하지만 그런 말을 하더라도 그녀의 말투는 항상 상냥했다. 그가 용기를 내서 키스하자고 하면, 그녀는 그의 뚱한 웃음을 물어뜯어버리겠다고 위협하곤 했다. 이런 말을 할 때 그녀의 목소리는 말의 내용과 딴판이었다. 물론 그렇다고 해서 그가 그녀의 말을 무시해도 된다는 뜻은 아니었지만, 적어도 그녀의 거절을 좀 더 쉽게 견딜 수 있기는 했다. 아니는 그가 자신의 몸에 손을 대지 못하게 했다. 그런데도 그를 옆에 두고 싶어 했다. 두 사람은 나란히 누워서 서로의 온기를 나누곤 했다. 그것만으로도 나쁘지는 않았다. 어둠 속에서 그렇게 아니와 꼭 붙어 누워서 아버지로 인한 공포와 악몽을 잊고 바깥의 적막에 귀를 기울였다. 이제는 악몽이 그에게 달려들어 이불을 뜯어버릴 수 없었다. 이제는 악몽이 그에게 손을 댈 수 없었다. 안전. 그는 누군가와 나란히 누워 있는 것에 익숙했다. 오랫동안 동생과 나란히 누워 있었던 것처럼. 누군가의 숨소리를 듣고, 얼굴에 닿는 따스한 숨결을 느끼는 것에 익숙했다.

애당초 그녀가 왜 뭔가를 글로 적어놓은 걸까? 글의 내용이 무엇일까? 만약 그가 그 글을 열게 되더라도 그 내용을 이해할 수 있을까? 그는 간으로 만든 소시지와 빵을 씹으면서 거실에서 우렁차게 들려오는 텔레비전 소리에 귀를 기울였다. 할머니가 저녁마다 거실에 혼자 앉아 있는 것 때문에 조금 미안한 기분이 들었다. 그가 암호를 찾아내서 아니의 비밀 문서를 열어볼 때까지 할머니는 혼자 있어야 할 것이다. 이렇게 열어보기 힘들게 해놓은 것을 보면 틀림없이 뭔가 어두운 비밀일 거야. 그는 속으로 생각했다. 뭔가 어둡고 위험해서 큰 소리로 말할 수 없는 것, 반드시 글로 써서 잠가두어야 하는 것. 어쩌면 생사가 걸린 문제일지도 몰랐다. 그는 그 말을 입력했다. '생사.' 아무 일도 일어나지 않았다.

요나스 부인은 점심을 먹고 있었다. 그녀가 뒷방에서 그를 내다보았다. 한 손에는 바삭바삭한 빵을 든 채로 그녀는 지난번에 입었던 빨간색 정장을 입고 있었다. 불편한 표정이었다. 그녀는 원래 빵을 쌌던 종이에 빵을 내려놓았다. 그들이 아니에 관해 이야기를 나누는 동안 뒷방에 앉아서 음식을 먹는 것이 부적절한 행동이라고 생각하는 모양이었다. 그녀는 대신 손에 든 커피에 신경을 집중했다.

"무슨 일이 있었나요?" 그녀가 보온 컵에 담긴 커피를 마시며 물었다.

"오늘은 아니 이야기를 하고 싶지 않습니다."

그녀는 컵을 들어 올리고 그를 바라보았다. 눈이 휘둥그레졌다.

"오늘은 에스킬 이야기를 하고 싶습니다."

"뭐라고요?" 그녀의 풍만한 입술이 작고 얇아졌다.

"그건 이미 끝난 일이에요. 그 일을 잊어버리기로 했다고요. 제가 이런 말을 해도 될지 모르겠지만, 그 일을 잊어버리기가 얼마나 힘들었는지 아세요?"

"저도 이러고 싶지는 않지만, 정말 죄송합니다. 아이의 죽음에 조금 관심이 가는 부분이 있어서요."

"왜요?"

"그건 말씀드릴 수 없습니다, 요나스 부인." 세예르가 부드럽게 말했다. "그냥 질문에 대답해주세요."

"제가 싫다면요? 그 일을 입에 담는 걸 도저히 참을 수 없다면요?"

"그럼 제가 그냥 가겠습니다." 그가 말했다. "부인께서 잠시 시간을 두고 생각해보실 수 있게. 나중에 제가 다시 와서 질문을 드려야죠."

그녀는 컵을 옆으로 밀고 양손을 무릎에 놓고는 허리를 똑바로 폈다. 이런 일을 미리 예상하고 있었기 때문에 마음을 다잡으려는 것처럼 보였다.

"정말 싫어요." 그녀가 말했다. "경감님이 지난번에 오셔서 아니 이야기를 꺼냈을 때는 협조를 거부할 생각이 전혀 없었어요. 하지만 에스킬 이야기를 하실 작정이라면, 경감님이 뭘 알고 싶은지 말씀하시고 곧장 여길 나가시는 게 좋을 거예요."

그녀는 손을 어떻게 해야 할지 몰라 허둥대다가 단단하게 깍지를 끼었다. 뭔가 아주 무서운 것을 마주하고 있는 사람 같았다.

"아이가 죽기 직전에," 세예르가 그녀를 바라보면서 말했다. "접시를 쳐서 바닥에 떨어뜨리는 바람에 접시가 깨졌습니다. 그 소리를 들으셨습니까?"

그녀는 이 질문을 듣고 깜짝 놀랐다. 그녀가 그를 뚫어지게 바라보았다. 마치 뭔가 다른 질문을 기대했던 사람처럼. 혹시 그보다 더 심한 질문을 예상했던 걸까?

"예." 그녀가 말했다.

"그 소리를 들으셨다고요? 그러면 깨어 있었던 겁니까?"

그는 그녀의 얼굴을 유심히 살펴보았다. 언뜻 그림자가 그녀의 얼굴을 스쳐 지나갔다. 그는 말을 이었다. "결국 주무신 것이 아니군요. 전기면도기 소리도 들으셨습니까?"

그녀는 고개를 숙였다. "남편이 욕실로 들어가서 문을 쾅 닫는 소리를 들었어요."

"남편이 욕실로 들어간다는 걸 어떻게 아셨습니까?"

"그냥 알았어요. 우리가 그 집에서 산 지 오래되었으니까. 문마다 소리가 다르거든요."

"그럼 그 전에는요? 남편이 욕실로 들어가기 전에는 어땠습니까?"

그녀는 잠시 머뭇거리며 기억을 더듬었다. "부엌에서 남편과 아이 목소리가 들렸어요. 같이 아침을 먹고 있었어요."

"에스킬은 후식용 와플을 먹고 있었죠." 그가 조심스레 말했다. "그게 흔한 일이었습니까? 아침식사로 후식용 와플을 먹는 게?" 그는 따스한 미소를 질문에 덧붙였다.

"틀림없이 아이가 그걸 달라고 졸랐을 거예요." 그녀는 벌써 지쳐 있었다. "에스킬은 항상 제가 원하는 걸 얻을 때까지 졸라댔어요. 에스킬한테 안 된다는 말은 잘 안 통했어요. 그랬다가는 아이가 난리를 치니까. 에스킬은 제 뜻에 어긋나는 일은 무엇이든 참지 못했어요. 마치 뜨거운 불씨를 입김으로 부는 것 같았죠. 그런데 헤닝은 참을성이 그리 강한 편이 못 돼요. 아이가 소리 지르는 걸 몹시 싫어했어요."

"아이가 소리 지르는 걸 들으셨습니까?"

그녀는 깍지를 끼고 있던 양손을 억지로 떼어 컵을 잡았다. "에스킬은 항상 아주 시끄럽게 굴었어요." 그녀는 컵에서 올라오는 하얀 김을 뚫어지게 바라보며 말했다.

"두 사람이 싸우고 있었습니까, 요나스 부인?"

그녀가 희미하게 미소를 지었다. "그 둘은 항상 싸웠어요. 에스킬은 와플을 달라고 졸랐는데 헤닝은 토스트에 이미 버터를 발라놓고 아이더러 그걸 먹으라고 했죠. 경감님도 짐작하실 거예요. 부모들은 아이한테 어떻게든 음식을 먹이려고 하잖아요. 그래서 헤닝이 와플을 꺼냈을 거예요. 아니면 에스킬이 먼저 와플을 발견했거나. 부엌 조리대에 전날 밤에 먹던 그릇들이 잔뜩 쌓여 있었거든요."

"혹시 말소리를 듣지는 못했습니까? 두 사람이 서로 이야기하는 소리 같은 것."

"무슨 말씀을 하고 싶어서 이런 질문을 하시는 거예요?" 그녀가 불쑥 말했다. 눈빛이 어두웠다. "그건 헤닝한테 물어보셔야죠. 전 그 자리에 없었으니까요. 전 2층에 있었어요."

"남편께서 저한테 뭔가 이야기해줄 것이 있다고 생각하십니까?"

침묵. 그녀는 팔짱을 꼈다. 마치 그의 침입을 막으려는 것처럼. 그녀는 점점 더 두려워하고 있었다.

"제가 헤닝을 대변할 수는 없어요. 그 사람은 이제 제 남편이 아니에요."

"결혼생활이 힘들어진 건 아이를 잃었기 때문입니까?"

"꼭 그런 건 아니에요. 그런 일이 없었어도 우린 헤어졌을 거예요. 싸움이 너무 잦았거든요."

"부인께서 이혼을 원하셨습니까?"

"이게 다 무슨 상관이죠?"

"십중팔구 아무 상관없을 겁니다. 그냥 여쭤보는 겁니다." 그는 탁자 위에 손을 올려놓고 손바닥이 위로 오게 뒤집었다. "헤닝 씨는 탁자에 쓰러져 있는 에스킬을 발견하고 어떻게 하셨습니까? 부인을 불렀나요?"

"그냥 침실 문을 열고 저를 빤히 바라보며 서 있었어요. 갑자기 사방이 너무 조용하다는 생각이 들었어요. 부엌에서 아무 소리도 들리지 않더라고요. 저는 침대에서 일어나 앉아서 비명을 질렀어요."

"아드님의 죽음과 관련해서 미심쩍은 점은 없습니까?"

"뭐라고요?"

"남편이 함께 그날 일을 되짚어보셨습니까? 남편께 그날 일에 대해 물어보셨나요?"

그녀의 눈에 또다시 두려움이 스쳤다. "남편이 모든 것을 이야기해줬어요." 그녀가 신중하게 말했다. "남편은 위로도 통하지 않을 정도였죠. 그날 일이 자기 탓이라면서 자기가 제대로 신경을 쓰지 않아서 그렇게 됐다고 생각했어요. 그런 생각을 갖고 살아가기란 쉬운 일이 아니죠. 남편도 저도 참을 수가 없었어요. 그래서 서로 각자의 길을 갈 수밖에 없었어요."

"하지만 아이의 죽음과 관련해서 부인이 이해할 수 없는 일이라든가, 해결되지 않은 문제 같은 것은 없습니까?"

세예르의 커다란 회색 눈이 지금은 아주 부드러운 빛을 띠고 있었다. 그녀가 문턱을 넘어설 것처럼 보였기 때문이었다. 혹시 운이 좋다면, 그녀가 한 걸음 앞으로 나아갈지도 몰랐다.

그녀의 어깨가 부들부들 떨리기 시작했다. 그는 잠시 가만히 앉아서 참을성 있게 기다렸다. 그는 자신이 움직이면 안 된다는 것, 침묵을 깨뜨리면 안 된다는 것을 알고 있었다. 그녀는 뭔가를 고백하기 직전이었다. 그는 그것을 알아보았다. 그런 분위기가 방을 가득 채우고 있었으니까. 뭔가 그녀에게 거슬리는 문제가, 그녀가 감히 생각해볼 수 없었던 문제가 있었다.

"둘이서 서로에게 악을 쓰는 소리를 들었어요." 그녀가 속삭이듯 말했다. "헤닝은 머리 꼭대기까지 화가 나 있었죠. 그 사람은 성질이 대단해요. 저는 침대에 누워서 베개로 머리를 덮었어요. 두 사람이 싸우는 소리를 참을 수가 없었거든요."

"계속하세요."

"에스킬이 아주 시끄럽게 구는 소리가 들렸어요. 아마 컵으로 탁자를 두드렸던 모양이에요. 헤닝은 소리를 지르면서 서랍과 찬장 문을 쾅쾅 여닫았고요."

"두 사람이 한 말을 조금이라도 알아들으셨습니까?"

그녀의 아랫입술이 파르르 떨리기 시작했다. "딱 한 문장이요. 남편이 욕실로 뛰어가기 전에 제가 마지막으로 들은 말. 헤닝이 하도 크게 소리를 질러서 이웃들이 그 소리를 들을까 봐 걱정스러울 정도였어요. 이웃들이 우리를 어떻게 생각할까 싶었죠. 하지만 우린 힘든 상황이었어요. 아이가 우리 생각대로 움직여주질 않았으니까요. 경감님도 아시다시피 그 위로도 아들이 하나 있는데, 마그네는 항상 조용했어요. 지금도 그렇고요. 문제를 일으킨 적이 없어요. 그 아이는 항상 시키는 대로 했고……."

"무슨 말을 들으셨습니까? 남편이 뭐라고 하던가요?"

그때 갑자기 종이 울리더니 문이 열렸다. 여자 두 명이 불쑥 안으로 들어와서 털실을 둘러보았다. 눈을 반짝이면서. 요나스 부인은 벌떡 일어서서 가게로 나가려고 했다. 세예르가 그녀의 어깨를 손으로 잡았다. "말씀해주세요!"

그녀는 고개를 숙였다. 부끄러워 견딜 수 없는 사람처럼. "그 일로 헤닝은 완전히 망가졌어요. 절대 자신을 용서하지 못했죠. 저는 더 이상 그 사람을 견딜 수 없었고요."

"남편이 뭐라고 하셨는지 말씀해주세요!"

"다른 사람한테 알리고 싶지 않아요. 이젠 상관없는 일이기도 하고요. 에스킬은 이미 죽었어요."

"하지만 헤닝 씨는 이제 부인의 남편이 아니잖습니까."

"그 사람은 마그네의 아버지예요. 헤닝은 자기가 욕실에서 아버지다운 행동을 못했다는 절망감에 부들부들 떨었다고 말했어요. 마음이 진정될 때까지 그렇게 서 있다가 다시 밖으로 나가서 아이한테 사과할 생각이었대요. 그 일을 말끔하게 해결하지 않고서는 출근도 할 수 없을 것 같았대요. 그래서 결국 마음을 가라앉히고 부엌으로 갔는데, 그 다음에 어떻게 됐는지는 경감님도 아시잖아요."

"남편이 뭐라고 하셨는지 말씀해주세요."

"안 돼요. 살아 있는 사람한테는 절대 말 안 할 거예요."

세예르의 머릿속에 뿌리를 내린 추악한 생각이 이제 싹을 틔워 자라고 있었다. 지금까지 수많은 일을 겪은 그가 놀라는 것은 드문 일이었다. 어쩌면 에스킬 요나스 같은 아이를 없애버리는 편이 편했을지도 모른다.

그는 사무실에서 스카레를 데리고 나와 복도를 걸어 내려갔다.

"동양 융단을 보러 가세." 그가 말했다.

"왜요?"

"지금 아스트리드 요나스의 가게에서 오는 길이야. 그 여자는 뭔가 끔찍한 생각 때문에 남편을 의심하면서 괴로워하는 것 같아. 나도 같은 의심이 들었거든. 아이의 죽음에 요나스가 부분적으로 책임이 있을 거라는 생각. 그래서 부인이 요나스와 헤어졌을 거야."

"책임이 있다니 무슨 말씀이세요?"

"나도 몰라. 하지만 요나스 부인은 겁에 질려 있었어. 내가 다른 사실도 하나 깨달았는데 말이야. 요나스는 우리랑 얘기할 때 아이의 죽음에 대해 한마디도 하지 않았어."

"그건 그렇게 이상한 일이 아니잖아요. 우린 아니 얘기를 하러 갔으니까요."

"요나스가 그 일을 언급하지 않은 게 내가 보기에는 이상해. 요나스는 이제 아이가 없어서 보모를 쓸 필요가 없다고 했어. 아내가 자기 곁을 떠나서 그렇게 됐다고 말이야. 요나스는 아니가 돌봐주던 아이가 죽었다는 말을 안 했다고. 우리가 벽에 걸린 아이 사진 얘기를 했을 때도."

"아마 아이 얘기를 차마 할 수 없었겠죠. 이런 말씀을 드려서 죄송하지만," 스카레가 목소리를 낮추며 말을 이었다. "경감님도 가까운 분을 잃으셨잖아요. 경감님은 그 얘기를 쉽게 입에 담으실 수 있어요?"

세예르는 너무 놀라서 걸음을 멈췄다. 얼굴이 점점 창백해지는 것이 느껴졌다. 누군가가 그의 얼굴에서 색소를 몽땅 빼간 것 같았다. "난 당연히 이야기할 수 있지…… 그런 얘기가 적절하다거나 반드시 필요하다고 느껴질 때는. 내 감정보다 달리 생각해야 할 일이 더 크다면."

엘리제의 체취, 엘리제의 머리카락과 피부에서 풍기던 냄새, 화장품과 땀 냄새가 섞인 냄새, 엘리제의 이마는 거의 금속처럼 보일 정도로 반짝거렸어. 치아는 약 때문에 전부 망가져서 지방을 뺀 우유처럼 푸르스름하게 변해버렸지. 흰자위는 서서히 노란색으로 변했고.

그의 앞에 스카레가 고개를 높이 치켜들고 서 있었다. 전혀 거리끼는 기색이 없었다. 세예르는 이런 일을 예상하고 있었다. 스카레와 너무 친해져서 너무 많은 얘기를 지껄인 걸까? 선을 넘어버린 걸까? 저 친구가 나한테 사과해야 하는 것 아닌가?

"하지만 그 이야기가 꼭 필요하다고 생각하신 적은 한 번도 없죠?"

그는 자기 앞에 서 있는 젊은이를 빤히 바라보았다. 마치 그가 주먹을 내밀고 있는 것 같았다.

"그래." 그가 고개를 저으며 단호하게 말했다. 그는 다시 걷기 시작했다.

"그렇군요." 스카레가 말했다. 당황한 기색은 전혀 없었다. "요나스 부인이 뭐라고 했어요?"

"둘이 싸웠대. 두 사람이 서로 악을 써대는 소리를 들었다더군. 그러더니 욕실 문이 쾅 닫혔고, 접시가 깨졌대. 요나스는 성질이 대단하대. 부인 말로는 요나스가 자신을 탓한다더군."

"저라도 그럴 거예요."

"뭔가 기운 나는 얘기를 좀 해보지 그래."

"그런 게 있기는 해요. 아니의 책가방 말이에요."

"그게 뭐?"

"가방에 무슨 기름 같은 게 묻었던 거 기억나세요? 십중팔구 지문을 지우느라 묻었을 거라고 짐작했죠?"

"그래서?"

"그게 뭔지 알아냈어요. 타르가 들어 있는 크림 같은 거래요."

"나도 그런 크림이 있어." 세예르가 놀란 표정으로 말했다. "습진에 바르는 거지."

"아뇨. 그건 개 전용 크림이에요. 발을 다쳤을 때 바르는 거래요."

세예르는 고개를 끄덕였다. "요나스가 개를 기르고 있지."

"악셀 비외르크는 독일산 셰퍼드를 기르고 있죠. 경감님 집에는 사자 같은 개가 있고요. 그냥 해본 말이에요." 스카레가 문이 다시 닫히지 않도록 문을 붙들고 서서 재빨리 말했다. 경감은 다소 혼란스러운 기분으로 앞장을 섰다.

14

 악셀 비외르크는 개에게 목줄을 채우고 차 밖으로 개를 내보냈다.
 그는 좌우를 재빨리 살폈다. 아무도 없다는 것을 확인하고는 제복 주머니에서 열쇠를 꺼내며 광장을 가로질렀다. 그러고는 다시 뒤돌아서서 자기 차를 바라보았다. 차는 정문 앞에 잘 보이게 세워져 있었다. 지붕에는 스키 상자가 있고, 문짝과 엔진 덮개에는 경비회사 로고가 그려진 납빛 푸조였다. 그가 자물쇠를 열려고 씨름하는 동안 개는 아무것도 모르고 기다렸다. 이미 수도 없이 해본 일이었다. 차에 탔다가 내리고, 문 안팎을 드나들고, 엘리베이터에 탔다가 내리면서 수많은 냄새들을 맡는 일. 개는 충실하게 주인의 뒤를 따랐다. 녀석은 개치고는 편안한 삶을 살고 있었다. 운동도 많이 했고, 다양한 곳을 돌아다녔으며, 좋은 음식을 먹었다.

공장 건물은 텅 비어서 조용했다. 지금은 가동이 중단되어서 창고로만 쓰였다. 바구니, 상자, 자루들이 바닥에서 천장까지 쌓여 있었다. 마분지와 먼지와 곰팡이가 슨 나무 냄새가 났다. 비외르크는 불을 켜지 않았다. 그는 어두운 복도를 걸으면서 허리띠에 매달아 놓은 손전등을 켰다. 그의 장화가 돌바닥에 닿을 때마다 공허하게 울렸다. 한 걸음, 한 걸음이 그의 머릿속에서 독특한 소리로 메아리쳤다. 차례로 이어지는 그의 발자국 소리를 빼면 모든 것이 조용했다. 그는 하느님을 믿지 않았다. 지금 이 발자국 소리를 듣는 존재는 개뿐이었다. 그의 개 아킬레스는 느슨한 목줄에 매여 절도 있게 걸었다. 세심하게 훈련받은 녀석이었다. 개는 위험한 일이 아니라 고요한 시간이 자신을 기다린다는 것을 알고 있었다. 녀석은 또한 주인을 사랑했다.

주인과 개는 기계에 다가갔다. 거대한 압연 기계였다. 비외르크는 개를 끌면서 좁은 틈을 빠져나가 쇳덩어리 뒤쪽으로 갔다. 그러고는 개의 목줄을 강철 레버에 묶고 개에게 앉으라고 명령했다. 개는 앉았지만 긴장을 늦추지 않았다. 방 안에 어떤 냄새가 퍼지기 시작했다. 이제는 낯설지 않은 냄새. 주인과 개의 일상생활에서 점점 비중이 커지고 있는 냄새. 하지만 다른 냄새도 있었다. 공포가 풍기는 악취. 비외르크는 미끄러지듯 바닥에 앉았다. 귀에 들리는 것이라고는 나일론 작업복이 벽에 스치는 소리와 개가 숨을 헐떡이는 소리뿐이었다. 그는 뒷주머니에서 병을 꺼내 마개를 열고 술을 마시기 시작했다.

개는 기다렸다. 녀석의 눈은 반짝였고, 귀는 쫑긋 서 있었다. 녀석은 주인이 아직 비스킷을 주지 않으리라는 것을 알면서도 그대로 앉아 주위의 소리에 귀를 기울였다. 비외르크는 개의 눈을 물끄러미 들여다보았다. 그의 입에서는 아무 소리도 나오지 않았다. 어두운 방 안에 긴장감이 점점 높아졌다. 자신이 개를 지켜보듯이 개도 자신을 지켜보고 있었다. 그의 주머니에는 권총이 있었다.

할보르는 속이 상해서 투덜거렸다. 아무도 이 파일을 열 수 없을 거야. 그는 풀이 죽었다. 모니터에서 나는 윙윙거리는 소리가 신경에 거슬렸다. 이제 그 소리는 부드러운 한숨소리가 아니라 끝없는 소음이었다. 어디 먼 곳에 있는 거대한 기계에서 나는 소리 같았다. 그 소리가 하루 종일 그의 곁을 떠나지 않았다. 그는 컴퓨터를 끄고 잠시 침묵 속에 앉아 있었다. 마치 벌거벗은 것 같은 기분이 들었다. 머릿속에서 그 소리가 다시 울리기 시작할 때까지 그랬다. 빨리 보여줘, 아니. 나한테 말해줘!

극장에서는 여행 영화를 상영 중이었다. 그녀는 매점에서 초콜릿과 레몬 사탕을 샀다. 그는 표를 들고 입구에서 기다렸다.

"음료수도 살까?" 그녀가 물었다. 그는 고개를 저었다. 그는 그녀를 바라보며 극장 앞에 모여 있는 다른 사람들과 비교하느라 정신이 없었다. 극장 직원이 문간에 나타났다. 검은 유니폼을 입은 그는 손에 펀치를 들고 있었다. 그는 사람들의 표를 펀치로 찍으면서 얼굴을 유심히 살펴보았다. 대부분의 아이들은 이 영화를 볼 수 있는 나이가 아니었기 때문에 눈을 내리깔았다. 제임스 본드 영화였다. 두 사람이 함께 본 첫 번째 영화, 진짜 사귀는 사이가 된 뒤의 첫 데이트. 그는 자부심으로 가슴이 부풀어 올랐다. 영화도 좋았다. 적어도 아니의 의견은 그랬다. 그는 사실 영화의 내용을 잘 이해하지 못했다. 곁눈질로 그녀를 훔쳐보며 어둠 속에서 그녀가 내는 소리에 귀를 기울이는 데 정신이 팔린 탓이었다. 그래도 영화 제목은 분명히 기억했다.「포 유어 아이즈 온리」.

 그는 이 영화 제목을 컴퓨터에 입력하고 잠시 기다렸지만 아무 일도 일어나지 않았다. 그러자 짜증을 내며 일어서서 몇 걸음 걷다가 창턱에 놓인 병의 뚜껑을 열었다. 병 속에는 킹 오브덴마크 담배 한 갑이 들어 있었다. 아무래도 파일을 열 수 없을 것 같았다. 그는 죄책감을 모조리 마음 한구석으로 밀어버렸다. 그의 마음속에서도 가장 비밀스러운 부분, 과거의 일들이 저장되어 있는 곳으로. 이제 할보르를 막을 수 있는 사람은 아무도 없었다. 그는 거실로 가서 전화기가 있는 책꽂이로 다가갔다. 그리고 컴퓨터 수리점 목록에서 자신이 원하는 번호를 찾아내 전화를 걸었다.

 "라다타의 솔베이그입니다."

"안녕하세요? 잠긴 파일 때문에 전화했는데요." 그가 더듬거리며 말했다. 이제 용기는 사라져버렸다. 자신이 도둑이나 남의 집을 엿보는 사람이 된 것 같아서 가슴이 졸아들었다. 하지만 이제는 돌이킬 수 없었다.

"파일을 여실 수 없는 건가요?"

"어, 예. 암호를 잊어버렸어요."

"오늘은 저희 업무 시간이 끝났어요. 하지만 잠시만 기다려주시면, 제가 좀 알아보겠습니다."

수화기를 귀에 꽉 누르고 있었기 때문에 귀가 얼얼했다. 수화기 속에서 사람들의 목소리와 전화벨 소리가 들렸다. 그는 어깨 너머로 할머니를 슬쩍 바라보았다. 할머니는 돋보기를 쓰고 신문을 읽고 있었다. 내가 이런 짓을 할 수 있는 사람이라는 걸 아니도 알고 있었을 거야.

"여보세요?"

"예."

"사시는 곳이 먼가요?"

"룬데비스빙겐에 사는데요."

"다행이네요. 저희 기술자가 집에 가는 길에 들를 수 있답니다. 주소가 어떻게 되시죠?"

그는 자기 방에 앉아서 기다렸다. 심장이 목구멍까지 올라와 두방망이질 쳤다. 마당으로 들어오는 자동차를 보려고 커튼은 열어두었다. 정확히 30분 뒤에 라다타의 로고가 새겨진 하얀 작업복을 입은 기술자가 문 앞에 나타났다. 생각보다 훨씬 젊은 그 기술자는 차에서 내려 미심쩍다는 듯이 집을 힐끔거렸다.

할보르는 문을 열려고 달려 나갔다. 그 컴퓨터 시스템 전문가는 알고 보니 마음씨 좋은 친구였다. 몸은 경단처럼 오동통했고, 볼에는 깊은 볼우물이 파였다. 할보르는 일부러 와줘서 고맙다고 인사한 뒤에 그와 함께 자기 방으로 갔다.

기술자가 가방을 열어 도표 다발을 꺼냈다. "암호가 숫자인가요, 알파벳인가요?" 그가 물었다.

할보르의 얼굴이 붉게 달아올랐다.

"그것도 기억이 안 나세요?" 그가 놀란 표정으로 물었다.

"제가 쓰는 암호가 워낙 많거든요." 할보르가 우물거렸다. "정기적으로 암호를 바꾸기 때문에."

"어떤 파일이죠?"

"이거예요."

"아니?"

그는 더 이상 아무것도 묻지 않았다. 이 일을 하다 보면 지켜야 할 에티켓이 있었다. 게다가 그는 꿈이 큰 사람이었다. 할보르는 창가에 서 있었다. 부끄러움과 불안감 때문에 빰이 화끈거렸고, 심장이 하도 두근거려서 마치 누가 드럼을 치는 것 같았다. 등 뒤에서 자판이 찰칵거리는 소리가 들려왔다. 멀리서 울려오는 캐스터네츠 소리 같았다. 그것만 빼고는 아무 소리도 들리지 않았다. 드럼 소리와 캐스터네츠 소리뿐이었다. 영원처럼 한없이 길게 느껴지는 시간이 흐른 뒤 기술자가 의자에서 일어섰다.

"자, 됐습니다!"

할보르는 천천히 돌아서서 컴퓨터 화면을 바라보았다. 그리고 기술자가 서명을 해달라며 내민 계산서를 받아들었다. "이게 뭐죠? 750크로네?" 그가 입을 쩍 벌렸다.

"시간당 금액과 조금이라도 초과된 시간을 다 계산한 거예요." 젊은 기술자가 웃으면서 말했다.

할보르는 떨리는 손으로 종이 아래의 점선에 서명을 하고 계산서를 집으로 보내달라고 말했다.

"숫자로 된 암호였어요." 기술자가 다시 미소를 지으며 말했다. "071194. 날짜 맞죠?" 기술자의 보조개가 더욱 깊게 파였다.

"하지만 댁의 생일은 아닌 것 같네요. 저게 생일이라면 이제 겨우 여덟 달밖에 안 됐을 테니까!"

할보르는 문밖까지 따라 나가서 인사를 하고는 급히 방으로 돌아와서 컴퓨터 앞에 앉았다. 화면에 새로운 명령어가 떠 있었다.

'계속하세요.'

심장이 너무 두근거려서 손으로 가슴을 눌러야 했다. 글이 화면에 뜨자 그는 글을 읽기 시작했다. 글을 읽으면서 그는 책상에 다가 앉아 여러 번 눈을 깜박였다. 뭔가 일이 있었고, 아니가 그것을 글로 적었다. 그리고 이제 그가 그 글을 열었다. 그는 눈을 크게 뜨고 글을 계속 읽었다. 끔찍한 생각이 서서히 형상을 갖춰가기 시작했다.

비외르크는 술을 많이 마신 상태였다.
개는 여전히 혀를 내민 채 숨을 헐떡거리며 앉아 있었다. 녀석은 움직이고 싶어 안달하면서 눈알을 이리저리 굴렸다. 얼마 후 비외르크가 힘겹게 일어서서 얼음처럼 차가운 바닥에 술병을 내려놓고 몇 번 딸꾹질을 하더니 몸을 똑바로 폈다. 하지만 똑바로 일어서자마자 다리를 쩍 벌린 채 벽 쪽으로 쓰러지고 말았다. 개도 따라 일어서서 노란 눈으로 주인을 바라보았다. 녀석이 두세 번 조심스레 꼬리를 흔들었다. 비외르크는 권총을 찾아 바지를 더듬거렸다. 총은 주머니 속에 꽉 끼어 있었다. 그는 개에게서 눈을 떼지 않은 채 총을 꺼내 공이치기를 당겼다. 자신의 어금니들이 서로 바드득바드득 갈리는 소리가 들렸다. 몸이 휘청거리고 손이 부들부들 떨렸지만, 그는 애써 현기증을 물리치며 팔을 들어 방아쇠를 당겼다. 격렬한 폭발음이 벽에 부딪쳐 메아리쳤다. 두개골이 깨어져 뇌수가 벽에 흩뿌려졌다. 개의 주둥이에도 뇌수가 떨어졌다. 총성이 계속 메아리치다가 점차 가라앉으며 멀리서 들려오는 천둥소리만큼 줄어들었다. 개는 튀어나가려고 했지만 목줄이 녀석을 놓아주지 않았다. 녀석은 여러 번 줄을 끊으려고 시도하다가 기진맥진해서 그냥 제자리에 선 채로 낑낑거렸다.

카펫 가게는 조용한 거리에 있었다. 근처에는 성당도 있었다. 가게 밖에는 시트로엥 자동차가 한 대 서 있었는데, 헤드라이트가 비스듬하게 달린 오래된 모델이었다. 세예르는 헤드라이트가 중국인의 눈처럼 보인다고 생각했다. 차에는 먼지가 잔뜩 앉아 있었다. 스카레가 차로 다가가서 살펴보았다. 지붕이 다른 부분보다 깨끗했다. 그 위에 뭔가를 얹어 놓았던 것 같았다. 자동차 색깔은 청록색이었다.

"스키상자가 없군." 세예르가 말했다.

"예. 치운 모양이에요. 상자를 묶었던 자국이 있어요."

두 사람은 가게 문을 열고 안으로 들어갔다. 요나스 부인의 가게와 비슷한 냄새가 났다. 모직과 녹말 냄새. 천장의 들보에서 나는 타르 냄새도 어렴풋이 섞여 있었다. 구석에 달린 카메라가 두 사람을 향했다. 세예르는 걸음을 멈추고 카메라 렌즈를 들여다보았다. 어딜 봐도 카펫이 높게 쌓여 있었다. 널찍한 돌계단이 위층으로 이어졌고, 바닥에는 카펫 여러 장이 펼쳐져 있었다. 벽의 기둥에 매달린 카펫도 있었다. 요나스가 계단을 내려왔다. 플란넬과 벨벳으로 된 옷을 입고 있었다. 빨간색, 초록색, 분홍색, 검은색이 섞인 옷차림. 짙은 색깔의 곱슬머리가 카펫에 애정을 쏟는 이 직업과 완벽하게 어울렸다. 그는 부드럽고 점잖아 보였다. 만약 그가 정말로 불같은 성질이라면, 그 성질을 잘 감추고 있는 것 같았다. 그의 눈은 거의 검게 보일 만큼 짙은 색이었고, 태도는 틀림없는 판매원의 것이었다. 상냥하고, 언변이 좋고, 싹싹한 태도.

"이런, 안녕하세요!" 그가 말했다. "어서 오십시오. 그래,

카펫을 사러 오셨나요?" 그가 손을 흔들었다. 마치 친한 친구를 오랜만에 만난 사람처럼. 특정한 모양의 카펫을 유난히 좋아하는 손님을 맞이하는 태도 같기도 했다. 매듭. 색깔. 종교적 상징이 들어간 무늬. 탄생, 삶, 죽음, 고통, 승리, 자부심. 식탁 밑이나 텔레비전 앞에 깔 카펫. 잘 해지지 않고 독특한 카펫.

"가게가 아주 넓군요." 세예르가 주위를 둘러보며 말했다.

"두 개 층을 다 쓰고 있습니다. 거기다 다락방도 있죠. 정말 돈을 얼마나 들였는지 모릅니다. 얼마나 힘이 들었는지. 제가 처음에 이 가게를 인수했을 때는 이렇지 않았습니다. 곰팡이가 슬고 칙칙했어요. 그걸 제가 전부 청소하고 벽을 새하얗게 칠했습니다. 그것만 했는데도 이렇게 변하더군요. 원래 이 건물은 낡은 별장이었어요. 이쪽으로 오시죠."

그가 2층을 가리키며 자신이 사무실로 쓰는 방으로 두 사람을 이끌었다. 하지만 말이 사무실이지 사실 그 방은 널찍한 부엌이었다. 스테인리스스틸로 된 조리대와 스토브, 커피메이커, 자그마한 냉장고가 구비되어 있었다. 조리대 위의 타일에는 사랑스럽고 정숙한 옷차림을 한 네덜란드 아가씨들, 풍차, 물결치는 잔디밭이 그려져 있었다. 일부러 표면을 울퉁불퉁하게 만든 오래된 구리 주전자가 천장의 들보에 걸려 있었다. 식탁의 가장자리가 황동으로 되어 있어서 마치 낡은 배에서 식탁을 떼어 온 것 같았다.

두 사람은 식탁에 앉았다. 요나스는 두 사람에게 물어보지도 않고 냉장고로 가서 포도주스를 와인 잔에 따랐다.

"강아지들은 잘 지내나요?" 스카레가 물었다.

"헤라가 한 마리를 키울 겁니다. 나머지 두 마리는 이미 누구한테 주기로 약속이 되었고요. 그러니 이제 와서 생각을 바꾸셔도 소용없습니다. 그래, 어쩐 일이십니까?" 그가 미소를 지으며 주스를 한 모금 마셨다.

세예르는 자신의 질문을 들으면 요나스의 상냥함이 순식간에 사라지리라는 것을 알고 있었다.

"아니에 대해서 몇 가지 물어볼 것이 있어서요. 번거로우시겠지만 똑같은 얘기를 여러 번 되짚어봐야 합니다."

그는 조심스레 입을 닦았다.

"선생이 아니를 로터리에서 태우셨다고 했죠?"

세예르가 사용한 단어들, 억양, 예전의 진술이 의심스럽다는 미세한 암시 때문에 요나스의 신경이 곤두섰다.

"제가 전에 그렇게 말했습니다. 실제로 제가 한 행동이기도 하고요."

"하지만 사실 아니는 그냥 걷는 편을 더 좋아하지 않았나요?"

"예?"

"아니는 냉큼 차에 타지 않았을 겁니다. 그렇죠?"

요나스의 눈이 가늘어졌다. 하지만 아무 말도 하지 않았다.

"아니는 걷는 편을 더 좋아했습니다." 세예르가 말했다. "그래서 차에 타라는 선생의 제의를 거절했죠. 제 말이 맞습니까?"

요나스가 갑자기 고개를 끄덕이며 미소를 지었다. "아니는 항상 그랬습니다. 언제나 함부로 나서지 않았죠. 하지만 걸어가기에는 호르겐의 가게가 너무 먼 것 같았습니다. 거리가 상당하거든요."

"그래서 아니를 설득한 겁니까?"

"아뇨, 아닙니다……." 그는 단호하게 고개를 저으며 의자에 앉은 채로 자세를 바꿨다. "저는 그냥 살살 구슬리기만 했습니다. 항상 구슬려야 말을 듣는 피곤한 사람들이 있잖습니까."

"그러니까 아니가 선생의 차에 타는 걸 싫어하지는 않았다는 말씀입니까?"

요나스는 세예르가 '선생의 차'라는 말을 유난히 강조한 것을 놓치지 않았다.

"아니가 원래 그런 아이입니다. 조금 냉담하다고나 할까요? 누구한테서 그런 얘기를 들으셨습니까?"

"저희가 만난 사람이 수백 명은 됩니다. 그런데 그중 한 명이 아니가 한참 입씨름을 하다가 선생 차에 타는 걸 보았다고 하더군요. 선생은 사실상 아니가 살아 있는 걸 마지막으로 본 사람입니다. 그러니 저희는 그 점에 초점을 맞춰야죠. 그렇지 않습니까?"

요나스는 세예르에게 마주 미소를 지었다. 함께 음모를 꾸미는 사람 같은 미소였다. 마치 두 사람이 지금 게임을 하고 있고, 자신은 거기에 기꺼이 참여할 의사가 있다는 듯이. "아니를 마지막으로 본 사람은 제가 아닙니다. 누군지는 모르지만 살인범이 아니를 마지막으로 봤겠죠."

"범인을 찾아내기가 좀 힘이 듭니다." 세예르가 일부러 빈정거리듯이 말했다. "그리고 오토바이를 탄 남자가 아니를 기다리고 있었다는 진술을 확인할 수도 없고요. 저희가 기댈 곳은 선생뿐입니다."

"뭐라고요? 무슨 말씀입니까?"

"그게," 세예르는 양손을 펼쳐 보이면서 말했다. "저는 이 사건의 진상을 규명하려고 애쓰고 있습니다. 직업상 저는 사람들의 말을 일단 의심할 수밖에 없습니다."

"제가 거짓말을 했다는 겁니까?"

"죄송하지만 그렇게 생각할 수밖에 없습니다. 이해해주십시오. 아니가 왜 차에 타지 않겠다고 했습니까?"

요나스는 눈에 띄게 불편한 기색이었다. "아니는 기꺼이 차에 탔습니다!" 그는 화를 내려다가 감정을 억제했다. "아니가 차에 탔고, 저는 아니를 호르젠의 가게까지 데려다주었습니다."

"거기까지만 갔습니까?"

"예. 전에도 말했지만, 아니는 가게 앞에서 내렸습니다. 저는 아니가 뭘 사러 가는 줄 알았습니다. 저는 심지어 문 앞에 차를 대지도 않았습니다. 그냥 길가에 차를 세우고 아니를 내려줬을 뿐이에요. 그 후로……." 그는 자리에서 일어나 조리대에 있던 담뱃갑을 가져왔다. "아니를 다시 보지 못했습니다."

세예르는 심문의 방향을 바꿨다. "아이를 잃으셨죠, 요나스 씨. 그러니 그 심정을 알 겁니다. 에디 홀란드 씨와 이야기를 나눠보셨습니까?"

놀라움이 그의 얼굴에 잠시 머물다 사라졌다. "아뇨, 아뇨. 그 사람은 남들과 잘 어울리는 편이 아니라서 귀찮게 하고 싶지 않았습니다. 게다가 저도 그 일을 이야기하기가 쉽지 않으니까요."

"그게 언제 일이죠?"

"아스트리드를 만나보셨죠? 거의 여덟 달 전입니다. 하지만 아무리 시간이 흘러도 그런 일을 잊어버리거나 극복할 수는 없습니다." 그는 담뱃갑에서 담배 한 개비를 꺼내 불을 붙이고 빨아들였다. 그 모습이 조금 여성스러워 보였다. 담배는 필터가 달린 종류였다.

"사람들은 그런 일을 겪은 사람의 심정을 상상해보려고 합니다." 그가 피곤한 눈으로 세예르를 빤히 바라보았다. "좋은 의도에서 그러는 겁니다. 텅 빈 침대를 머릿속으로 그려보며 자기가 그 침대를 바라보고 있다고 상상합니다. 저도 그런 상상을 자주 했습니다. 하지만 그런 상상이 현실이 되면 텅 빈 침대는 극히 일부분에 불과합니다. 매일 아침 일어나서 욕실에 들어가면 거울 밑에 아이가 쓰던 칫솔이 있습니다. 따뜻해지면 색깔이 변하는 칫솔 말입니다. 욕조 턱에는 고무로 만든 오리 인형이 있습니다. 침대 밑에는 아이가 쓰던 슬리퍼가 있고요. 저녁 식탁을 차릴 때면 저도 모르게 아이 그릇까지 놓다가 깜짝 놀라곤 합니다. 며칠 동안이나 그랬습니다. 차 안에는 아이가 놓아두고 내린 동물 인형이 있습니다. 몇 달이 지난 뒤에 소파 밑에서 1회용 반창고를 찾아낸 적도 있습니다." 요나스는 이를 악물고 말을 하고 있었다. 두 사람이 알 권리가 없는 사실들을 털어놓는 것이 정말로 내키지 않는다는 듯이.

"저는 그런 물건들을 내버렸습니다. 한 번에 몇 개씩. 그런데 마치 제가 범죄를 저지르는 것 같은 기분이 들더군요. 매일 아이의 물건을 바라보는 것도 고통스럽지만, 그 물건들을 싸서 내버리는 건 끔찍하기 짝이 없습니다. 한시도 괴롭지 않은 적이 없었습니다. 지금도 마찬가지고요. 면 잠옷에 사람의 체취가 얼마나 오래 남아 있는지 아십니까?"

그는 입을 다물었다. 구릿빛으로 그을린 그의 얼굴이 잿빛으로 변했다. 세예르는 아무 말도 하지 않았다. 나무로 만든 엘리제의 나막신이 갑자기 떠올랐다. 엘리제는 쓰레기를 버리러 나가거나 우편물을 가지러 아래층으로 내려갈 때 금방 신을 수 있도록 나막신을 항상 문밖에 놓아두었다. 문을 열고 나막신을 집어 들어 안으로 가져오던 기억이 그의 머릿속에 몹시 고통스럽게 남아 있었다.

"저희가 얼마 전에 묘지에 다녀왔습니다." 세예르가 말했다. "거기 가본 지 한참 되셨습니까?"

"무슨 질문이 그렇습니까?" 요나스가 갈라진 목소리로 물었다.

"무덤에서 사라진 물건이 있다는 걸 아시는지 확인하고 싶을 뿐입니다."

"작은 새를 말씀하시는 거로군요. 예, 장례식 직후에 없어졌습니다."

"새로 사 놓아야겠다는 생각을 해보셨습니까?"

"정말 알고 싶은 게 많은 모양입니다. 당연히 생각해봤습니다. 하지만 그 일을 또 겪는 걸 참을 수가 없어서 그냥 그대로 내버려두기로 했습니다."

"그걸 누가 가져갔는지 아십니까?"

"당연히 모르죠!" 그가 말했다. 목소리가 날카로웠다. "알았다면 즉시 신고했을 겁니다. 기회가 있었으면, 그놈을 죽지 않을 만큼 패줬을 테고요."

"그냥 말로 패줬을 거라는 뜻입니까?" 그가 심술궂게 웃었다.

"아뇨, 그런 뜻이 아닙니다."

"그걸 가져간 사람은 아니입니다." 세예르가 별일 아니라는 듯이 말했다.

요나스의 눈이 휘둥그레졌다.

"아니의 소지품에서 그걸 찾아냈습니다. 이게 맞습니까?" 그는 주머니에서 새를 꺼냈다. 요나스는 떨리는 손가락으로 그것을 받아들었다.

"그런 것 같습니다. 비슷하게 생겼어요. 하지만 왜……."

"우리도 모릅니다. 선생이 그 이유를 밝혀내는 데 도움이 될 거라고 생각했는데요."

 "제가요? 세상에, 전 아무것도 모릅니다. 이해할 수가 없군요. 아니가 도대체 왜 이걸 가져갔단 말입니까? 원래 물건을 훔치는 버릇이 있는 아이도 아니었는데. 적어도 제가 아는 아니는 그랬습니다."

 "그러니까 틀림없이 그럴 만한 이유가 있었을 겁니다. 그냥 물건을 훔치고 싶다는 충동보다 훨씬 중요한 동기가 있었겠죠. 무슨 일로든 아니를 화나게 한 적이 있습니까?"

 요나스는 자리에 앉아 새를 뚫어지게 바라보았다. 너무 놀라서 멍해진 것 같았다.

 저 사람은 이 사실을 몰랐군. 세예르는 얼굴을 찌푸리며 스카레를 바라보았다. 그의 옆에 앉은 스카레는 유리처럼 파란 눈으로 요나스의 일거수일투족을 유심히 살피고 있었다.

 "아니가 이걸 갖고 있었다는 걸 그 애 부모도 압니까?" 요나스가 마침내 입을 열었다.

 "그런 것 같지는 않습니다."

 "쉴비가 아닌 게 확실합니까? 아시다시피 쉴비는 조금 독특한 아이잖습니까. 까치처럼 뭐든 반짝이는 걸 가져가는 버릇이 있어요."

 "쉴비가 아닙니다." 세예르는 잔의 밑동을 잡고 들어 올려 포도주스를 마셨다. 순한 포도주 같은 맛이 났다.

 "그럼 아니한테도 남모르는 비밀이 있었던 모양입니다. 누구나 그런 비밀이 있으니까. 아니가 좀 비밀스럽게 굴기는 했습니다. 특히 나이를 먹으면서 더 심해졌죠."

"아니가 충격을 많이 받았습니까? 에스킬이 죽었을 때."

"차마 우리를 만나러 오지도 못했습니다. 그럴 만도 하죠. 저도 다른 사람들하고 오랫동안 함께 있지 못했으니까요. 아스트리드와 마그네가 제 곁을 떠났고, 너무 많은 일들이 한꺼번에 일어났습니다. 말로 형언할 수 없을 정도였어요." 그가 중얼거렸다. 그때의 일을 떠올리며 다시 움찔거리는 것 같았다.

"그래도 서로 이야기를 나눈 적은 있겠죠?"

"그냥 길에서 마주쳤을 때 가볍게 목례를 하는 정도였습니다. 어차피 이웃에 살고 있었으니까요."

"아니가 선생을 피하던가요?"

"뭐랄까, 곤혹스러워하는 것 같았습니다. 우리 모두한테 힘든 일이었어요."

"그것뿐만이 아니죠." 세예르가 말했다. 마치 방금 새로운 사실이 기억났다는 듯이. "에스킬이 죽기 직전에 아이와 싸우셨죠? 그러니 더 견디기 힘드셨을 겁니다."

"에스킬을 자꾸 끌어들이지 마세요!" 그가 날카로운 목소리로 말했다.

"라이몬 로케를 아십니까?"

"콜렌산 근처에 사는 이상한 녀석 말입니까?"

"그 친구를 아시느냐고 물었습니다."

"라이몬을 모르는 사람은 없습니다."

"그냥 그렇다, 아니다로만 대답해주십시오."

"전 그 친구를 모릅니다."

"하지만 그 친구가 어디 사는지는 아시죠?"

"예, 압니다. 낡아빠진 오두막에서 살죠. 그 녀석은 그런 집도 괜찮다고 생각하는 것 같지만. 바보처럼 행복한 표정을 짓고 있는 걸 보면 말입니다."

"바보처럼 행복하다고요?" 세예르는 잔을 옆으로 밀면서 일어섰다. "저는 바보도 다른 사람들과 마찬가지로 주위 사람들이 선의를 보여주어야 행복을 느낀다고 생각합니다. 우리가 절대 잊지 말아야 할 것은, 라이몬이 우리와 같은 방식으로 세상을 해석할 수는 없다 해도, 시각에는 아무 문제가 없다는 점입니다."

요나스의 얼굴이 약간 굳었다. 그는 두 사람을 문까지 배웅했다. 계단을 내려올 때 세예르는 카메라 렌즈가 자신의 목덜미를 레이저광선처럼 쏘아보고 있다는 느낌을 받았다.

두 사람은 세예르의 아파트로 가서 콜베르크를 데리고 나와 자동차 뒷좌석에 태웠다. 녀석은 차 안에서 몸을 쭉 펴고 앉았다. 세예르는 마른 생선을 한 조각 더 던져주면서 녀석이 혼자 지내는 시간이 너무 많다는 생각을 했다. 그래서 저 녀석이 저렇게 제멋대로 구는 거야.

"저 녀석한테서 악취가 나는 것 같아?"

스카레가 고개를 끄덕였다. "녀석한테 어부의 친구라는 과자를 주셔야겠어요."

두 사람은 루네비를 향해 차를 몰다가 로터리에서 방향을 꺾어 우편함 옆에 차를 세웠다. 세예르는 스물한 채의 주택에 사는 주민들이 모두 자신을 볼 수 있다는 것을 강하게 의식하면서 거리를 따라 걸었다. 다들 그가 홀란드를 만나러 왔다고 생각할 것이다. 하지만 길이 끝나는 곳에서 그는 걸음을 멈추고 뒤돌아서서 요나스의 집을 바라보았다. 반쯤 비어 있는 집처럼 보였다. 커튼이 내려진 창문이 많았다. 그는 천천히 온 길을 되짚어갔다.

"스쿨버스는 매일 아침 7시 10분에 로터리에 서." 그가 말했다. "크리스탈렌에서 학교에 다니는 아이들이 전부 그 차를 타지. 그러니까 애들이 버스를 타려고 집을 나서는 시각은 아침 7시쯤이야."

가벼운 산들바람이 불었지만 그의 머리카락은 한 올도 흐트러지지 않았다.

"에스킬의 목에 음식이 걸린 건 마그네 요나스가 집을 나선 직후일 거야."

스카레는 아무 말 없이 기다렸다. 인내심을 간절히 구하는 기도문이 그의 머리를 스치고 지나갔다.

"아니는 다른 아이들보다 조금 늦게 집을 나섰어. 홀란드가 그날 식구들이 늦잠을 잤다고 말했으니까. 아니는 이 집을 지나갔어. 아마 그때 에스킬이 의자에 앉아서 아침을 먹고 있었을 거야."

"그래서요?" 스카레는 요나스의 집을 바라보았다. "거실과 침실 창문만 거리를 향하고 있어요. 요나스와 에스킬은 부

옆에 있었고요."

"나도 알아, 안다고." 그가 짜증스럽게 말했다. 그는 계속 걸어서 그 집으로 가까이 다가가며 그날 일을 상상해보려고 했다. 11월의 그날 아침 7시에 일어났던 일을. 11월에는 아침 7시에도 아직 어둡지.

"아니가 혹시 집 안으로 들어갔을까?"

"저야 모르죠."

두 사람은 걸음을 멈추고 요나스의 집을 잠시 바라보았다. 부엌 창문은 이웃집과 면한 측면에 있었다.

"저 빨간 집에는 누가 살죠?" 스카레가 물었다.

"이르마크. 아내와 아이가 있어. 저거 두 집 사이로 난 길인가?"

스카레는 그쪽을 바라보았다. "예, 그런데요. 누가 그 길로 오고 있어요."

두 집 사이에 어떤 사내아이가 나타났다. 아이는 고개를 숙이고 걷고 있었기 때문에 두 남자를 아직 발견하지 못했다.

"토르비외른 하우겐이군. 랑힐을 찾아 나섰던 아이 말이야."

세예르는 가만히 서서 샛길을 따라 씩씩하게 걸어오는 아이를 기다렸다. 아이는 어깨에 검은색 가방을 메고 있었고, 이마에는 지난번과 똑같은 띠를 두르고 있었다. 두 사람은 아이가 요나스의 집을 지나치는 모습을 주의 깊게 지켜보았다. 토르비외른은 키가 컸기 때문에 머리가 부엌 창문 중간쯤까지 이르렀다.

"지름길로 오는 거냐?" 세예르가 물었다.

"예?" 토르비외른이 걸음을 멈췄다. "이 길이 그네이스베이엔으로 곧장 통하거든요."

"사람들이 주로 이 길을 이용해?"

"그럼요. 5분을 절약할 수 있는데요."

세예르는 샛길을 따라 몇 걸음 걸어 들어가서 창문 밖에 멈춰 섰다. 그는 토르비외른보다 키가 컸으므로 쉽사리 부엌 안을 들여다볼 수 있었다. 지금은 부엌에 높은 의자가 없었다. 그냥 평범한 식탁용 의자 두 개가 있고, 식탁 위에 재떨이와 커피 잔이 놓여 있을 뿐이었다. 그것만 빼면 아무도 살지 않는 집 같았다. 11월 7일이라. 밖은 칠흑같이 어둡고, 안에는 불이 밝게 켜져 있었겠지. 밖에 있는 사람은 쉽게 안을 들여다볼 수 있지만, 안에 있는 사람은 밖이 전혀 보이지 않았을 거야.

"요나스 아저씨는 우리가 이 길로 다니는 걸 안 좋아하세요." 토르비외른이 말했다. "이 지름길이 자기 집 옆을 지나는 게 싫다나요. 하지만 아저씨는 곧 이사 갈 거예요."

"그러니까 학생들이 스쿨버스를 타러 갈 때 전부 이 지름길을 이용한단 말이지?"

"중학생과 고등학생은 전부 그래요."

세예르는 토르비외른에게 고개를 끄덕여주고 스카레에게 시선을 돌렸다. "홀란드가 내 사무실에서 한 말이 있어. 에스킬이 죽은 날 아니가 아프다면서 학교를 조퇴하고 집에 일찍

왔다더군. 집에 오자마자 침대에 누워버렸대. 그래서 홀란드가 아니의 방으로 가서 사고 이야기를 해줬다고 했어."

"어디가 어떻게 아팠는데요?" 스카레가 물었다. "아니는 아픈 적이 없는 줄 알았는데요."

"홀란드는 아니가 몸이 좋지 않았다고 했어."

"아니가 뭔가를 봤다고 생각하시는 거죠? 저 창문을 통해서."

"그거야 모르지. 어쩌면 그랬을지도……."

"그럼 왜 아무 말도 안 했을까요?"

"차마 용기가 나지 않았는지도 모르지. 자기가 본 것의 의미를 완전히 파악하지 못했을 수도 있고. 어쩌면 할보르한테 털어놓았는지도 몰라. 그 친구가 자기가 아는 걸 우리한테 다 말하지 않았다는 느낌이 들었거든."

"경감님," 스카레가 말했다. "그랬다면 할보르가 우리한테 털어놓지 않았을까요?"

"그건 그렇게 확신할 수 없어. 이상한 녀석이라. 가서 그 녀석을 만나봐야겠어."

그 순간 그의 호출기가 울렸다. 그는 자동차로 가서 호출기에 찍힌 번호로 전화를 걸었다. 홀테만이 전화를 받았다.

"악셀 비외르크가 낡은 엔필드 권총으로 자기 머리를 쐈어."

세예르는 쓰러지지 않으려고 차에 몸을 기댔다. 쓴 약이라도 삼킨 듯 목구멍이 바짝 죄어들어서 기분이 좋지 않았다.

"유서가 발견됐습니까?"

"시체에는 없었어. 지금 경찰이 아파트를 뒤지고 있네. 하지만 그 친구 분명히 뭔가 죄책감을 느꼈던 것 같지 않나?"

"잘 모르겠습니다. 워낙 문제가 많은 사람이었으니까요."

"무책임한 알코올중독자였지. 아다 홀란드에게 맺힌 게 많아서 상어처럼 이빨을 갈았고."

"그냥 불행한 사람이었을 뿐입니다."

"증오와 절망을 혼동하기가 쉬운 법이야. 사람들은 자기한테 가장 편한 모습만 내보이지."

"잘못 생각하고 계신 것 같습니다. 그 사람은 그냥 삶을 포기해버린 겁니다. 그래서 모든 걸 끝장냈을 거예요."

"혹시 아다를 같이 데려가려고 했을까?"

세예르는 고개를 저으며 거리 아래쪽에 있는 홀란드의 집을 흘깃 바라보았다. "쎨비와 에디한테 그런 짓을 할 사람은 아닙니다."

"자네 살인범을 잡고 싶기는 한 거야?"

"살인범을 제대로 잡고 싶어서 이러는 겁니다." 그는 전화를 끊고 스카레를 바라보았다. "악셀 비외르크가 죽었어. 아다 홀란드가 무슨 생각을 할지 궁금하군. 아버지가 돌아가셨을 때 할보르가 느낀 감정하고 같을지도 모르지. 안도감 말이야."

15

할보르는 벌떡 일어났다. 그가 갑자스레 창문 쪽으로 몸을 돌리는 바람에 의자가 넘어졌다. 그는 창문 너머 아무도 없는 마당을 뚫어지게 바라보았다. 그렇게 한참을 서 있었다. 넘어진 의자와 협탁에 놓인 아니의 사진이 시야의 가장자리에 들어왔다. 그렇게 된 거였어. 아니가 그걸 본 거였어. 그는 다시 컴퓨터 앞에 앉아 아니의 글을 처음부터 끝까지 읽었다. 아니의 글 속에는 그의 이야기도 있었다. 그가 비밀스럽게 그녀에게 털어놓았던 이야기. 미쳐 날뛰던 아버지, 헛간에서 울린 총성, 12월 13일. 그건 아니의 죽음과 아무런 상관이 없는 이야기였다. 그는 깊이 숨을 들이쉬고 문제의 부분을 마우스로 지정해서 지워버렸다. 그러고는 플로피디스크를 컴퓨터에 넣고 그 글을 복사했다. 작업이 끝나자 그는 조용히 방을 나와 부엌을 지나갔다.

"무슨 일이냐, 할보르?" 그가 청재킷을 입으며 거실로 나오자 할머니가 큰 소리로 물었다. "나가는 거야?" 그는 대답하지 않았다. 할머니의 목소리를 듣기는 했지만, 말의 내용은 귀에 들어오지 않았다. "어디 가는 거야? 영화 보러 가니?"

그는 오토바이에 시동이 걸릴지 모르겠다는 생각을 하면서 재킷의 단추를 잠갔다. 시동이 걸리지 않으면 버스를 타야 하는데, 그러면 목적지까지 한 시간이 걸릴 터였다. 한 시간은 너무 길었다. 그는 그곳에 빨리 도착해야 했다.

"언제 올 거니? 저녁은 집에서 먹을 거야?"

그는 걸음을 멈추고 할머니를 바라보았다. 자기 앞에 서서 잔소리를 하는 할머니를 이제야 발견한 사람처럼.

"저녁이요?"

"어디 가는 거냐, 할보르? 저녁때가 다 됐어!"

"누굴 좀 만나러 가는 거예요."

"그게 누군데? 너 얼굴이 하얗게 질렸어. 빈혈에 걸린 모양이다. 네가 병원에 가서 진찰을 받은 게 언제지? 아마 기억도 안 날 만큼 오래됐을 거다. 누구라고 했지?"

"전 누구라고 말 안 했어요. 그 사람 이름은 요나스예요." 할보르의 목소리가 전에 없이 결의에 차 있었다. 문이 쾅 하고 닫혔다. 할머니가 창밖을 내다보니 할보르가 오토바이 위로 몸을 수그리고 성난 사람처럼 시동을 걸고 있었다.

1층의 카메라는 위치가 별로 좋지 않았다. 너무 빛이 많은 곳에 달려 있어서 손님들이 거의 유령처럼 희미한 윤곽으로만 나타날 뿐이었다. 그는 손님을 맞이하러 나가기 전에 누가 왔는지 미리 알아보고 싶었다. 조명이 더 나은 2층에서는 사람들의 얼굴과 옷차림을 알아볼 수 있었다. 만약 가게에 들어온 손님이 단골이라면 사무실을 나서기 전에 그 손님에게 딱 맞는 태도를 미리 준비할 수 있었다. 그는 화면을 한 번 더 바라보았다. 가게 안에 어떤 사람이 혼자 서 있었다. 남자인 것 같았다. 어쩌면 짧은 재킷을 입은 십 대 소년일 수도 있었다. 별로 중요한 손님 같지는 않았지만, 그는 빠르게 성장하고 있는 이 가게의 명성을 지키려고 여느 때처럼 서비스 만점의 표정을 준비했다. 게다가 사람의 외양만 보고는 돈이 있는지 없는지 확실히 알 수 없는 법이었다. 요즘은 그랬다. 모르긴 몰라도, 어쩌면 이 사람이 더럽게 돈이 많은 부자일지도 몰랐다. 그는 조용히 계단을 내려갔다. 발소리가 거의 들리지 않을 정도였다. 그는 원래 가볍고 신중하게 걷는 편이었다. 또한 장난감 가게 점원처럼 급하게 사방을 돌아다니는 것은 그의 방식이 아니었다. 이곳은 전시장이었다. 사람들이 숨을 죽이고 이야기를 나누는 곳. 가게 안에는 가격표도 금전등록기도 없었다. 그가 손님에게 청구서를 보내는 것이 일상적이었다. 때로는 손님이 신용카드로 물건 값을 지불하기도 했다. 그는 1층에 거의 이르렀을 때 걸음을 멈췄다.

"안녕하세요?" 그가 말했다.

젊은이는 반대편을 바라보다가 몸을 돌렸다. 그의 눈에는 경악과 의심이 뒤섞여 있었다. 그는 아무 말도 않고 그냥 빤히 바라보기만 했다. 마치 뭔가를 찾는 사람처럼. 비밀이나 수수께끼의 해답을 찾는 사람처럼.

요나스는 그를 알아보았다. 그래서 잠시 자신이 그를 알아보았다는 사실을 드러내야 하는지 고민했다. "어떻게 오셨습니까?"

할보르는 대답하지 않았다. 그는 요나스를 샅샅이 훑어보았다. 요나스가 자신을 알아보았다는 사실을 알고 있었다. 요나스가 그를 본 적이 많았으니까. 그가 아니와 함께 온 적도 있었고, 길에서 만난 적도 있었다. 이제는 요나스가 수세에 몰렸다. 그의 몸을 감싸고 있던 어둡고 부드러운 것, 플란넬과 벨벳과 갈색 곱슬머리가 모두 딱딱한 껍질처럼 굳어졌다.

"올 만하니까 왔죠." 할보르가 이렇게 말하면서 가게를 가로질러 요나스에게 다가갔다. 요나스는 한 손으로 난간을 짚은 채 여전히 계단에 서 있었다.

"카펫을 파시는군요." 그가 주위를 둘러보며 말했다.

"그렇습니다."

"카펫을 사고 싶어요."

"그렇군요!" 그가 미소를 지으며 말했다. "그럴 줄 알았습니다. 어떤 물건을 찾으십니까? 특별히 생각하시는 거라도 있나요?"

카펫을 사러 온 것 같지는 않아. 요나스는 생각했다. 게다가 저 녀석은 그만한 돈이 없어. 뭔가 다른 꿍꿍이가 있을 거야. 어쩌면 순전히 호기심 때문에 와본 건지도 모르지. 젊은 애들은 원래 갑작스레 변덕을 부리는 법이니까. 아마 카펫 값이 얼마나 되는지도 모를걸. 하지만 곧 알게 되겠지. 그럼, 그렇고말고.

"큰 것을 원하십니까, 작은 것을 원하십니까?" 그가 마지막 계단을 내려오면서 말했다. 젊은이의 키는 그의 어깨에 미치는 정도였고, 몸은 불쏘시개처럼 비쩍 말랐다.

"바닥 전체를 다 덮을 만큼 커다란 카펫이 좋겠어요. 의자를 맨 바닥에 놓기 싫으니까. 청소하기가 너무 귀찮거든요."

요나스는 고개를 끄덕였다. "2층으로 가시죠. 제일 큰 카펫은 거기 있습니다." 그는 계단을 오르기 시작했다.

할보르는 뒤를 따랐다. 이 기회를 이용해서 물어보고 싶은 것을 물어보자는 생각은 미처 하지 못했다. 마치 미지의 힘이 그를 휘두르는 것 같았다. 자신이 어두운 산 속으로 난 길을 미끄러지듯 올라가는 것 같았다.

요나스가 샹들리에 여섯 개의 불을 켰다. 샹들리에는 유리를 입으로 불어서 모양을 내는 베네치아의 공방에 주문해서 만든 물건이었다. 타르를 바른 천장의 들보에 매달린 샹들리에가 따스하면서도 강렬한 빛으로 커다란 방을 밝혀주었다.

"어떤 색이 좋으십니까?"

할보르는 계단 꼭대기에 멈춰 서서 방을 바라보았다. "전부 빨간색이네요." 그가 중얼거렸다.

요나스는 너그럽게 웃었다. "제가 잘난 척하는 것처럼 들릴지도 모르지만," 그가 상냥한 목소리로 말했다. "카펫 값이 얼마나 되는지 알고 계십니까?"

할보르는 눈을 가늘게 뜨고 그를 바라보았다. 과거에서 찾아온 어떤 감정이 머릿속에서 고개를 들었다. 그가 오랫동안 느껴보지 못한 감정이었다. "내가 별로 부자처럼 보이지 않는 모양이죠?" 그가 무미건조한 목소리로 말했다. "통장이라도 보여드릴까요?"

요나스가 머뭇거렸다. "죄송합니다. 하지만 아무 생각 없이 들어왔다가 곤혹스러워하시는 분들이 많아서요. 그냥 손님이 난처한 일을 당할까 봐 해본 말입니다."

"배려가 깊으시네요." 할보르가 말했다.

그는 방으로 들어와서 요나스의 옆을 성큼성큼 지나 벽에 걸린 커다란 카펫으로 곧장 다가갔다. 그러고는 손을 뻗어 카펫 가장자리를 만지작거렸다. 카펫 무늬 속에 남자, 말, 무기들이 그려져 있었다.

"2.5 곱하기 3미터입니다." 요나스가 말했다. "이런 말을 해도 되는지 모르겠지만, 정말 잘 고르셨습니다. 여기 이 무늬는 두 유목 부족 사이의 전쟁을 묘사한 겁니다. 아주 묵직하죠."

"이거 배달해주실 수 있죠?"

"당연하죠. 제가 배달 트럭을 갖고 있습니다. 하지만 제가 무겁다고 말씀드린 건 청소할 때를 얘기한 겁니다. 저걸 털려면 남자 여러 명이 달려들어야 하거든요."

"저걸로 하겠어요."

"뭐라고요?" 요나스는 몇 걸음 더 가까이 다가와서 정말이냐는 듯이 그를 바라보았다. 이 젊은이의 행동이 이상했다.

"이건 저희 가게의 제품 중에서도 가장 비싼 축에 속합니다. 7만 크로네예요." 그는 가격을 말하면서 청년을 주의 깊게 살펴보았다. 할보르는 눈 하나 깜짝하지 않았다.

"분명히 그만한 가치가 있겠죠." 할보르가 말했다.

요나스는 꺼림칙했다. 뭔가 수상쩍다는 생각이 차가운 뱀처럼 등골을 타고 기어 올라왔다. 이 아이가 원하는 것이 무엇인지, 이렇게 이상한 행동을 하는 이유가 무엇인지 알 수가 없었다. 저 아이가 그만한 돈을 갖고 있을 리가 없었다. 설사 그런 돈이 있다 해도, 그걸 카펫 사는 데 쓸 사람이 아니었다.

"포장해주세요." 할보르가 팔짱을 끼면서 말했다. 그는 접이식 마호가니 탁자에 몸을 기댔다. 탁자가 그의 몸무게 때문에 위험스럽게 삐걱거렸다.

"포장을 해요?" 요나스가 입술을 말아 올리며 미소를 지었다. "저는 보통 카펫을 둘둘 말아서 비닐을 씌우고 테이프로 붙이는데요."

"좋아요. 그렇게 해주세요." 할보르는 상대의 반응을 기다렸다.

"저걸 벽에서 내리려면 조금 힘듭니다. 제가 오늘 저녁에 배달해드리는 게 어떨까요? 카펫을 까는 것도 도와드릴 수 있습니다."

"아뇨, 안 돼요. 지금 가져가고 싶어요."

요나스는 머뭇거렸다. "지금 가져가고 싶으시다고요. 무례한 질문을 해서 죄송합니다만, 지불은 어떻게 하시겠습니까?"

"현찰로요. 그래도 괜찮다면." 그는 뒷주머니를 툭툭 두드렸다. 그는 끝이 해어지고 색이 바랜 청바지를 입고 있었다. 요나스는 여전히 의심쩍다는 시선으로 그를 바라보았다.

"무슨 문제라도 있나요?" 할보르가 말했다.

"글쎄요, 그럴지도 모르죠."

"무슨 문제요?"

"난 네가 누군지 알아." 요나스가 단호한 태도를 취하기로 마음을 정하고 말했다. 모르는 척하지 않아도 된다는 사실에 마음이 편안해졌다.

"우리가 서로 아는 사이인가요?"

요나스는 양손을 엉덩이에 얹고 앞뒤로 몸을 흔들면서 고개를 끄덕였다. "그래, 알아, 할보르. 당연히 아는 사이지. 이제 그만 여기서 나가줬으면 좋겠는데."

"왜요? 무슨 문제라도 있나요?"

"헛소리는 집어치워, 당장!" 요나스가 이렇게 말하고서 입을 앙다물었다.

"나도 같은 생각이야!" 할보르가 고함을 질렀다. "저 카펫을 내려, 빨리!"

"다시 생각해보니, 저걸 팔고 싶지 않아. 곧 이사를 갈 건데

저걸 내가 쓰고 싶거든. 게다가 저건 너한테 너무 비싼 물건이야. 솔직히 말해서 너한테 그만한 돈이 없다는 건 너도 알고 나도 알아."

"저걸 당신이 직접 쓰시겠다?" 할보르는 발꿈치를 축으로 몸을 돌렸다. "뭐, 그럴 수도 있겠지. 그럼 난 다른 걸 가져갈게." 그는 다시 벽을 바라보다가 금세 분홍색과 초록색이 섞인 카펫을 가리켰다. "저걸 가져가겠어. 저걸 내려주고 나한테 영수증을 줘."

"저건 4만 4,000크로네야."

"상관없어."

"그래?" 그는 여전히 팔짱을 낀 채 상대의 반응을 기다렸다. 그의 눈동자가 총알처럼 단단했다. "네가 정말로 그만한 돈을 갖고 있는지 보자고 한다면 너무 주제넘은 소린가?"

할보르는 고개를 저었다. "그럴 리가. 요즘은 겉만 보고는 그 사람이 돈이 있는지 없는지 알 수가 없잖아." 그는 엉덩이 쪽 주머니에서 찍찍이로 닫는 낡은 나일론 지갑을 꺼냈다. 지갑은 팬케이크처럼 납작했다. 그가 손가락을 지갑 안으로 집어넣자 동전이 짤랑거리는 소리가 났다. 그는 동전 몇 개를 꺼내 탁자 위에 놓았다.

요나스는 5크로네, 10크로네, 1크로네 동전들이 탁자 위에 점점 쌓이는 것을 의심스러운 시선으로 바라보았다. "됐어, 이제 그만해." 그가 거칠게 말했다. "내 시간을 그만큼 뺏었으면 됐어. 당장 나가!"

할보르는 하던 일을 멈추고 그를 흘깃 바라보았다. 그의 얼굴은 분노에 차 있었다. "아직 돈을 다 꺼내지 않았어. 더 있다고." 그는 지갑 속으로 손가락을 더 깊숙이 집어넣었다.

"네가 무슨 돈이 있어! 할머니랑 같이 낡은 오두막에 살면서 아이스크림이나 배달하는 주제에! 저건 4만 4,000크로네짜리야." 그가 날카롭게 소리를 질렀다. "네가 그만한 돈을 당장 토해내지 않으면……."

"그러니까 내가 어디 사는지 안단 말이지?" 할보르는 그를 바라보았다. 일이 점점 위험해지고 있었지만 그는 무섭지 않았다. 왠지 조금도 겁이 나지 않았다. "나한텐 이게 있어." 그가 지폐를 넣는 칸에서 뭔가를 꺼내며 불쑥 말했다. 요나스는 수상쩍은 시선으로 그를 바라보며 그가 손에 들고 있는 물건을 바라보았다. "이건 디스크야." 할보르가 말했다.

"디스크는 필요 없어. 4만 4,000크로네를 내놔." 요나스가 쏘아붙였다. 두려움이 가슴을 찔러대기 시작했다.

"아니의 일기야." 할보르가 디스크를 흔들면서 말했다. "아니가 일기를 쓴 지 꽤 됐어. 사실, 11월부터야. 그동안 여러 사람이 이걸 찾아 헤맸어. 여자애들이 어떤지 당신도 알지? 항상 속 이야기를 털어놓아야 직성이 풀리잖아."

요나스의 호흡이 거칠었다. 그는 화살 같은 시선으로 할보르를 겨냥하고 있었다.

"난 이걸 다 읽었어." 할보르가 말했다. "당신에 관한 내용이야."

"이리 내놔!"

"지옥이 얼어붙기 전에는 안 돼!"

요나스는 화들짝 놀랐다. 할보르의 목소리가 갑자기 더 묵직하게 변해 있었다. 마치 악령이 아이의 입을 빌어 말하고 있는 것 같았다.

"내가 이걸 복사해뒀어. 그러니까 카펫을 얼마든지 살 수 있어. 새 카펫을 사고 싶을 때마다 그냥 복사본을 하나 더 만들기만 하면 되니까. 이게 무슨 뜻인지 알겠어?"

"이 정신병자 같은 새끼! 너 어느 병원에서 도망쳤어?" 요나스는 마음을 굳게 먹었다. 할보르의 눈에는 그의 상체가 순식간에 부풀어 오르는 것처럼 보였다. 그가 달려들 준비를 하고 있다는 의미였다. 그는 할보르보다 20킬로그램쯤 몸무게가 더 나갔다. 게다가 그는 지금 화가 나서 제정신이 아니었다. 할보르가 옆으로 몸을 피하자 목표물을 놓쳐버린 요나스가 돌바닥에 넘어져 미끄러지다가 머리부터 탁자와 충돌했다. 동전이 사방으로 흩어져 짤랑거리며 바닥에 떨어졌다. 요나스는 할보르가 듣도 보도 못한 추악한 욕설들을 내뱉기 시작했다. 심지어 난폭했던 아버지에게서도 들어본 적이 없는 욕설이었다. 그는 순식간에 다시 일어섰다. 할보르는 그의 사악한 얼굴을 한 번 흘깃 바라본 것만으로도 자신이 싸움에서 졌다는 것을 깨달았다. 그의 몸집이 너무 컸다. 할보르는 계단으로 달아났지만 요나스가 서너 걸음 만에 그를 따라잡아 앞으로 몸을 날렸다. 그의 몸이 할보르의 어깨에 부딪혔다.

할보르는 본능적으로 고개를 쳐들었지만, 몸이 맹렬한 기세로 돌바닥과 충돌하는 것을 막을 길이 없었다.

"날 건드리지 마, 이 새끼야!" 요나스는 할보르의 몸을 뒤집었다. 할보르의 얼굴에 요나스의 숨결이 끼쳐왔고, 할보르의 목을 조르고 있는 손에 힘이 더 들어갔다. "넌 미쳤어!" 그가 말했다. "넌 이제 끝났어! 네 맘대로 해봐 어디. 넌 이미 끝장났어!" 요나스는 듣지도 보지도 못하는 것 같았다. 그는 주먹을 들어 올려 할보르의 여윈 얼굴을 겨냥했다. 할보르는 맞아본 적이 있기 때문에 이제 자신이 어떤 일을 겪을지 알고 있었다. 요나스의 손마디가 할보르의 턱 밑을 갈기자 그의 연약한 턱이 마른 나뭇가지처럼 툭 꺾였다. 아랫니와 윗니가 세게 부딪히면서 깨진 사기질 조각들이 입에서 콸콸 흐르고 있는 피와 섞였다. 요나스는 주먹질을 멈추지 않았다. 이제는 겨냥을 하지도 않고 마구잡이로 주먹질을 해댔다. 할보르는 좌우로 몸을 움직이며 주먹을 피하려고 했다. 그 때문에 주먹으로 돌바닥을 치고 만 요나스가 울부짖으며 벌떡 일어서서 자신의 손을 바라보았다. 그는 숨을 헐떡이고 있었다. 사방에 피가 낭자했다. 그는 바닥에 쓰러져 있는 할보르를 바라보며 길고 깊게 숨을 들이쉬었다. 몇 분이 지나자 심장박동이 정상으로 돌아왔고 머리도 맑아졌다.

"우리 애는 지금 집에 없어요." 세예르와 스카레가 할보르를 만나야겠다며 문간에 나타나자 할머니가 깜짝 놀라며 말했다. "누구 만날 사람이 있다고 나갔어요. 이름이 요나스였던 것 같은데. 아이가 굉장히 흥분한 상태였어요. 그동안 아무것도 안 먹었는데. 무슨 일인지 도통 모르겠어요. 너무 늦어서 당최 뭘 따라갈 수가 있어야지."

세예르는 할머니의 말을 듣고 주먹으로 문틀을 두 번 내리쳤다. "전화 같은 걸 받고 나간 겁니까?"

"우리한테 전화하는 사람이 어디 있다고. 가끔 아니가 전화한 게 전부예요. 할보르는 오후 내내 제 방에 앉아서 컴퓨터로 뭘 하고 있었어요. 그러다가 갑자기 뛰어나와서 나가버렸지."

"저희가 할보르를 찾아내겠습니다. 이만 실례하겠습니다. 저희가 좀 바빠서요."

"하필이면," 그가 자동차 문을 쾅 하고 닫으면서 스카레에게 말했다. "하고 많은 짓 중에서 이런 짓을 저지르다니."

"일이 어떻게 된 건지 곧 알 수 있을 거예요." 스카레는 이렇게 말하고 나서 입을 꾹 다물고 마당에서 차를 돌렸다.

"할보르의 오토바이가 안 보이는데요." 스카레가 차에서 뛰어내렸다. 세예르는 여전히 뒷좌석에 누워 있는 콜베르크를 돌아보며 주머니에서 개 비스킷을 꺼냈다.

문을 잡아당겼더니 천천히 문이 열렸다. 두 사람은 천장 근처의 감시 카메라를 자기도 모르게 노려보았다. 요나스는 부엌에 있다가 두 사람의 모습을 발견했다. 그는 배에서 떼어온 것 같은 식탁에 잠시 차분히 앉아 다친 손마디에 입김을 불었다. 서두를 필요가 없었다. 한 번에 하나씩 처리하면 되니까. 한꺼번에 여러 가지 일이 벌어진 것은 사실이지만, 그는 모든 일을 알아서 처리하는 데 익숙했다. 그는 아주 유능한 사람이었다. 문제가 튀어나오는 대로 한 번에 하나씩 처리하면 되었다. 그는 그런 일에 도사였다. 그는 차분하게 일어서서 계단으로 향했다.

"정말 많이 돌아다니시는군요." 그가 말했다. "이제 점점 저를 괴롭히시는 것 같다는 생각이 듭니다."

"정말로 그렇게 생각합니까?" 세예르가 거대한 기둥처럼 그의 앞에 섰다. 모든 것이 아무 문제없어 보였다. 가게 안에 다른 손님도 없었다.

"사람을 찾고 있습니다. 여기 오면 만날 줄 알았는데."

요나스는 무슨 소리냐는 듯이 그를 바라보다가 몸을 돌려 가게 안을 둘러보더니 양손을 들어 올렸다. "지금 여기 있는 사람은 저뿐입니다. 그렇지 않아도 방금 문을 닫으려던 참이었습니다. 시간이 늦어서요."

"우리가 한번 둘러보고 싶습니다. 빨리 끝내겠습니다."

"솔직히 말해서……."

"어쩌면 선생이 못 보는 사이에 그 친구가 몰래 들어와서 어디 숨었는지도 모릅니다. 얼마든지 그럴 수 있죠."

세예르는 부들부들 떨고 있었다. 스카레가 보기에는 그의 셔츠 밑에서 엄청난 폭풍이 점점 힘을 모으고 있는 것 같았다.

"지금 문을 닫을 겁니다!" 요나스가 말했다.

두 사람은 그의 옆을 지나쳐 계단을 올라가서 주위를 샅샅이 살폈다. 사무실로 들어가 화장실 문도 열어보고 다시 다락방으로 향했다. 아무도 보이지 않았다.

"여기서 누굴 만날 줄 아셨다는 겁니까?" 요나스는 난간에 몸을 기대고 서서 한쪽 눈썹을 치켜세운 채 두 사람을 유심히 살폈다. 그의 가슴이 눈에 띄게 오르락내리락했다.

"할보르 문츠."

"그게 누군데요?"

"아니의 남자 친구입니다."

"그 아이가 여길 왜 옵니까?"

"그건 잘 모르겠습니다." 세예르는 요나스의 항의에도 눈 하나 깜짝하지 않고 가게 안을 이리저리 돌아다녔다. "하지만 할보르가 여기 올 거라는 암시를 남겼습니다. 혼자서 탐정 놀이를 했던 모양인데, 우리가 그 아이를 막아야 합니다."

"저도 같은 생각입니다." 요나스가 선심을 베풀 듯이 웃으며 말했다. "하지만 탐정 흉내를 내는 녀석이 여기 온 적은 없습니다."

세예르는 둘둘 말아놓은 카펫들을 구두코로 차보았다. "이 건물에 지하실이 있습니까?"

"없습니다."

"밤에는 이 카펫들을 어떻게 하십니까? 그냥 놔두고 가시나요?"

"대개는 그렇죠. 하지만 값비싼 물건들은 창고에 넣어둡니다."

"그렇군요."

그때 갑자기 작은 마호가니 탁자가 눈에 들어왔다. 탁자 밑에 동전 한 움큼이 흩어져 있었다. "동전을 항상 이렇게 아무 데나 흘리고 다니십니까?" 세예르가 물었다.

요나스는 어깨를 으쓱했다. 세예르는 가게 안이 너무 조용한 것이 마음에 걸렸다. 요나스의 표정도 마음에 들지 않았다. 방 한쪽 구석에 분홍색 양동이와 솔이 나란히 놓여 있었다. 바닥이 축축하게 젖어 있었다.

"바닥 청소를 하셨습니까?" 그가 물었다.

"가게를 닫기 전에 항상 바닥을 청소합니다. 제가 직접 하면 돈을 많이 절약할 수 있거든요. 보시다시피," 그가 잠시 후에 말을 이었다. "여긴 아무도 없습니다."

세예르는 그를 바라보았다. "창고를 보여주십시오."

요나스는 잠시 거절할 것처럼 서 있다가 이내 생각을 바꿔 계단으로 걸어갔다. "창고는 1층에 있습니다. 경감님이 창고를 보시는 거야 문제가 아니지만, 창고는 당연히 항상 잠가두니까 누가 그 안으로 들어가 숨지는 못했을 겁니다."

두 사람은 요나스를 따라 1층으로 내려가서 계단 밑 구석으로 향했다. 그곳에 강철로 된 문이 있었다. 문의 높이는 아주 낮았지만 폭은 일반적인 문보다 훨씬 넓었다. 요나스가 문으로 다가가 자물쇠 다이얼을 이리저리 돌렸다. 그가 자물쇠를 한 번 돌릴 때마다 찰칵 하는 소리가 자그맣게 들렸다. 그가 왼손을 쓰고 있었기 때문에 움직임이 조금 서투르게 보였다.

"그 아이가 그렇게 중요합니까? 제가 이 안에 그 녀석을 숨겨두었을지도 모른다고 생각하실 만큼?"

"아마 그럴 겁니다." 세예르는 서투르게 자물쇠를 돌리는 요나스의 왼손을 바라보며 말했다. 요나스가 육중한 문의 손잡이를 움켜쥐고 힘껏 잡아당겼다.

"양손을 다 쓰면 일이 훨씬 쉬울 텐데요." 세예르가 말했다.

요나스는 무슨 말인지 모르겠다는 듯 한쪽 눈썹을 치켜세웠다. 세예르는 좁은 창고 안을 들여다보았다. 작은 금고가 하나 있었고, 그림 두세 점이 벽에 세워져 있었으며, 바닥에는 둘둘 말아놓은 카펫들이 통나무처럼 쌓여 있었다.

"창고 안에 있는 건 이게 전붑니다." 그가 호전적인 시선으로 두 사람을 바라보았다. 천장에 달린 기다란 형광등 두 개가 창고를 밝게 밝혀주었다. 벽에는 아무 장식도 없었다.

세예르가 미소를 지었다. "그래도 그 청년이 여기 오기는 했죠? 와서 뭐라고 했습니까?"

"아무도 안 왔습니다. 당신들 외에는."

세예르는 고개를 끄덕이고는 창고에서 나왔다. 스카레는 불안한 시선으로 그를 바라보다가 그의 뒤를 따라 밖으로 나왔다.

"혹시 그 청년이 나타나거든 즉시 우리한테 연락해주시겠습니까?" 세예르가 말했다. "최근 일어난 사건 때문에 힘들어하고 있습니다. 누가 그 청년을 도와줘야 해요."

"그럼요."

창고 문이 쾅 하고 닫혔다.

주차장에서 세예르는 스카레에게 운전대를 맡으라는 신호를 보냈다.

"저기 언덕으로 올라가서 꼭대기의 진입로에 차를 대. 보이지?"

스카레는 고개를 끄덕였다.

"거기다 차를 세워. 저놈이 가게에서 나올 때까지 기다렸다가 뒤를 쫓는 거야. 놈이 어디로 가는지 봐야겠어."

기다림은 길지 않았다. 겨우 5분이 지났을 때 요나스가 갑자기 문간에 나타났다. 그는 문을 잠그고 경보장치를 작동시킨 다음 주차된 시트로엥 옆을 지나 뒷마당 쪽으로 사라졌다. 그러고는 잠시 후 낡은 트럭을 몰고 다시 나타났다. 그는 거리에 멈춰 서서 좌회전 깜빡이를 켰다. 엔진이 부르릉거리는 소리가 세예르에게도 또렷이 들렸다.

"그렇지, 배달 트럭이 있었군요." 스카레가 말했다.

"한쪽 실린더가 나갔어. 낡은 낚싯배처럼 부르릉거리잖아. 우리도 출발하지. 하지만 조심해. 놈은 저 아래 교차로로 향하고 있어. 너무 가까이 붙지 마."

"놈이 백미러를 보고 있는지 혹시 보이세요?" 스카레가 말했다.

"안 보고 있어. 저 볼보가 우리를 추월하게 해, 스카레. 저 초록색 볼보 말이야!"

볼보의 운전자가 브레이크를 밟았지만, 스카레는 먼저 가라고 손짓을 했다. 볼보의 운전자가 고맙다는 듯 경례를 했다.

"놈이 우회전 깜빡이를 켰어요. 오른쪽으로 차선을 바꿀게요! 도대체 어디로 가는 걸까요?"

"오스카르스가텐으로 가는 것 같은데. 조금 있으면 이사 간다고 했지? 이제 조심해. 놈이 속도를 늦추고 있어. 저 맥주 트럭 조심해. 저 트럭이 우리 앞으로 끼어들면 놈을 놓칠 거야!"

"말은 쉽죠. 언제쯤 더 힘 좋은 차를 사실 거예요?"

"놈이 또 속도를 늦추고 있어. 틀림없이 뵈레센스가텐으로 가는 길일 거야. 저 볼보도 같은 방향이면 좋겠는데."

요나스는 커다란 트럭을 부드럽고 매끄럽게 몰았다. 사람들의 시선을 끌지 않으려고 애쓰는 것 같았다. 오스카르스가텐이 가까워지자 그는 깜빡이를 켜고 기어를 바꿨다. 요나스가 여러 번 백미러를 보는 모습이 두 사람의 눈에 분명히 보였다.

"놈이 저 노란색 건물 앞에서 멈췄어. 15번지야. 차 세워, 스카레!"

"여기서요?"

"시동 꺼. 놈이 차에서 내리고 있어."

요나스는 트럭에서 뛰어내려 주위를 둘러보더니 성큼성큼

길을 건넜다. 세예르와 스카레는 그가 걸음을 멈춘 문을 바라보았다. 그는 공구상자를 들고 열쇠로 문을 열고 있었다.

"자기 아파트로 올라가려는 거야. 여기서 잠시 기다리지. 놈이 안으로 들어가자마자 조용히 차에서 내려서 놈의 트럭으로 뛰어가는 거야. 자네가 뒷좌석 창문을 들여다봐."

"트럭 안에 뭐가 있을까요?"

"차마 짐작조차 못하겠어. 좋았어, 지금이야. 서둘러!"

스카레는 노인처럼 몸을 수그리고 주차된 자동차들 뒤로 몸을 숨기면서 달렸다. 그는 트럭 뒤에서 안을 들여다보려고 얼굴 양쪽을 손으로 막았다. 그러고는 몇 초 만에 돌아서서 다시 달려오더니 운전석에 뛰어들어 문을 쾅 닫았다.

"카펫이 쌓여 있어요. 할보르의 오토바이처럼 생긴 물건도 있고요. 핸들에 헬멧이 걸린 채로 트럭 안에 있어요. 아파트로 올라갈까요?"

"절대 안 돼. 그냥 여기 앉아 있으면 돼. 내 생각이 맞는다면, 놈이 금방 다시 나올 거야."

"그럼 놈을 계속 미행하는 거예요?"

"그건 상황에 따라 다르지."

"지금 이 근처에 가로등이 없는 거죠?"

"하나도 안 보이는군. 놈이 나왔어!"

두 사람은 몸을 숙이고 요나스를 바라보았다. 그는 인도에 서 있다가 왼쪽에 주차된 자동차들과 거리 위아래를 살펴보았다. 사람이 타고 있는 자동차는 한 대도 없었다. 그는 트럭으로 다가가서 올라타더니 시동을 켜고 후진하기 시작했다. 스카레는 대시보드 위로 고개를 내밀었다.

"놈이 뭘 하고 있어?" 세예르가 물었다.

"후진하고 있어요. 이제 다시 전진하는데요. 도로를 가로질러서 아파트 입구 바로 앞에 차를 세웠어요. 놈이 내려서 트럭 뒷문으로 가요. 뒷문을 열고 말아놓은 카펫을 꺼내고 있어요. 몸을 숙이면서 카펫을 어깨에 메는데요. 무거워서 몸이 휘청거려요. 엄청나게 무거운 모양이에요!"

"젠장, 저러다 넘어지겠어!"

요나스는 카펫의 무게 때문에 휘청거렸다. 무릎이 푹 꺾어질 것 같았다.

세예르가 문손잡이를 잡았다. "놈이 다시 안으로 들어가고 있어. 아마 저걸 엘리베이터에 실을 생각일 거야. 건물 앞을 계속 살펴봐, 스카레. 놈이 아파트에 들어가서 불을 켜는지 잘 봐!"

콜베르크가 낑낑거리기 시작했다.

"조용히 해!" 세예르가 몸을 돌려 개를 쓰다듬었다. 두 사람은 건물 정면과 불 꺼진 창문들을 바라보며 기다렸다.

"4층에 불이 켜졌어요. 놈의 아파트가 저기예요. 저기 불쑥 튀어나온 부분 바로 아래. 보이세요?"

세예르는 위를 올려다보았다. 노란색 불이 켜진 창문에는 커튼이 없었다.

"올라가 봐야 하는 것 아니에요?" 스카레가 물었다.

"성급하게 굴지 마. 요나스는 영리한 놈이야. 좀 더 기다려야 돼."

"뭘 기다려요?"

"불이 다시 꺼졌어. 아마 놈이 밖으로 나오고 있을 거야. 고개 숙여, 스카레!"

두 사람은 몸을 숙였다. 콜베르크가 또 낑낑거렸다.

"짖기만 해봐, 1주일 내내 먹이를 안 줄 테니까!" 세예르가 숨죽인 소리로 속삭였다.

요나스가 밖으로 나왔다. 기진맥진한 모습이었다. 그는 이번에는 거리를 살펴보지 않고 곧장 트럭에 올라 문을 쾅 닫고는 시동을 걸었다.

세예르가 문을 살짝 열었다. "녀석을 미행해. 너무 가까이 붙지 말고. 난 놈의 아파트에 가볼게."

"어떻게 안으로 들어가시려고요?"

"자물쇠 따는 강의를 들었어. 자넨 안 들었나?"

"당연히 들었죠."

"놈을 놓치지만 마! 놈이 저 모퉁이를 돌아간 다음에 시동을 걸고 쫓아가. 아마 놈은 날이 어두워질 때까지 기다릴 거야. 놈이 집으로 향하거든 본부로 가서 지원병력을 데려와. 그리고 집에서 놈을 체포해. 놈이 옷을 갈아입거나 물건을 치울 기회를 주면 안 돼. 그리고 이 아파트에 대해서도 한마디도 하지 마. 만약 놈이 중간에 멈춰 서서 오토바이를 버리더라도 곧장 체포하지 마. 무슨 소린지 알겠어?"

"예. 그런데 왜 체포하면 안 되는데요?"

"놈의 덩치가 자네 두 배잖아!"

세예르는 콜베르크의 목줄을 쥐고 녀석과 함께 차에서 내렸다. 요나스가 트럭의 기어를 넣고 거리 아래쪽으로 사라질 때까지 그는 자동차 뒤에 숨어 있었다. 스카레는 몇 초쯤 기다리다가 요나스의 뒤를 쫓기 시작했다. 미행에 성공할 수 있을지 별로 자신이 없었다.

세예르는 길을 건너가서 아무 초인종이나 누른 다음 인터콤을 향해 '경찰'이라고 고함을 질렀다. 문이 윙 하는 소리와 함께 열리자 그는 안으로 들어가 엘리베이터를 거들떠보지도 않고 4층까지 뛰어 올라갔다. 4층에는 문이 두 개 있었지만, 그는 자동적으로 거리 쪽을 향한 문으로 갔다. 그가 스카레와 함께 불빛을 본 곳이었다. 문에 이름은 붙어 있지 않았다. 그는 자물쇠를 살펴보았다. 걸쇠를 걸게 되어 있는 단순한 구조였다. 그는 지갑을 열어 신용카드를 찾았다. 은행카드를 사용하는 것은 내키지 않았다. 하지만 은행카드 바로 옆에 그의 이름과 번호가 적힌 도서관 카드가 있었다. 카드 뒷면에는 '책이 모든 문을 열어준다'는 말이 적혀 있었다. 그가 그 카드를 문틈으로 집어넣자 문이 스르르 열렸다. 자물쇠는 아무 짝에도 쓸모가 없었다. 하지만 아마 요나스가 이 자물쇠를 곧 바꿀 터였다. 불을 켜자 바닥 한가운데에 공구상자가 있었고, 창가에 등받이가 없는 의자 두 개가 있었다. 부엌의 싱크대 밑에는 페인트 통들이 피라미드 모양으로 쌓여 있었고, 5리터 들이 테레빈유 통도 있었다. 요나스가 집 안의 장식을 바꾸고 있는 모양이었다. 세예르는 까치발로 들어가 무슨 소리가 나지 않는지 귀를 기울였다. 아파트는 밝고 전망이 좋았다. 밖으로 불룩한 커다란 창문들 덕분에 거리가 잘 내다보였지만, 4층이라 도로의 소음은 들리지 않았다. 이 아파트는 20세기 초에 지어진 낡은 건물이었다. 건물 정면은 멋지게 장식되었고, 천장에는 회반죽으로 만든 장미꽃 장식이 있었다. 창가에 서니 브루어리 거리까지 보였다. 그 거리가 그 아래로 조금 떨어진 곳에 있는 강물 위에서 어른거렸다.

그는 이 방 저 방을 조용히 돌아다니며 살펴보았다. 아직 전화도 없고 가구도 없었다. 벽에 마분지 상자 몇 개가 놓여 있었는데, 각각 검은 매직으로 침실, 부엌, 거실, 복도라고 적혀 있었다. 그림 두어 점도 눈에 띄었다. 부엌 조리대에는 반쯤 빈 술병이, 거실 창문 밑에는 둘둘 말아 놓은 카펫 여러 개가 놓여 있었다. 콜베르크가 허공을 향해 코를 킁킁거렸다. 아마 페인트 냄새와 도배용 풀 냄새, 그리고 테레빈유 냄새를 맡은 모양이었다. 세예르는 아파트를 한 바퀴 더 돌아보다가 창가에 서서 밖을 내다보았다. 콜베르크는 안절부절못하면서 혼자 돌아다녔다. 세예르는 녀석의 뒤를 따라다니며 여기저기 벽장을 열어 보았다. 그 무거운 카펫은 어디에도 보이지 않았다. 콜베르크가 낑낑거리더니 아파트 안쪽으로 깊숙이 들어가버렸다. 세예르는 그 뒤를 따랐다.

마침내 콜베르크가 어떤 문 앞에서 걸음을 멈췄다. 녀석의 털이 곤두섰다.

"왜 그래?"

콜베르크가 문에 코를 대고 맹렬하게 쿵쿵거리면서 발톱으로 문을 긁어댔다. 세예르는 무슨 일인지 몰라 어깨 너머로 뒤를 돌아보다가 갑자기 이상한 느낌에 사로잡혔다. 누군가가 가까이 있었다. 그는 문손잡이를 잡고 아래로 누른 다음 문을 잡아당겨 열었다. 누군가가 엄청난 힘으로 그의 가슴을 때렸다. 혼란스러운 소리가 들리고 통증이 느껴졌다. 덩치 큰 개가 그의 가슴을 발톱으로 긁어대며 으르렁거리는 소리, 정신없이 짖어대는 소리. 콜베르크가 뛰어올라 상대를 무는 순간 세예르는 요나스의 도베르만을 알아보았다. 하지만 두 개가 모두 그의 몸에 올라탔기 때문에 바닥으로 쓰러지고 말았다. 그는 손으로 머리를 감싸고 본능적으로 몸을 굴려 엎드렸다. 그가 일어서자 두 개가 바닥으로 굴러 떨어졌다. 그는 뭔가 무기로 쓸 만한 것을 찾아 사방을 두리번거렸다. 그러다가 욕실로 뛰어 들어가서 빗자루를 발견하고는 그것을 들고 나왔다. 두 마리의 개는 서로 겨우 10여 센티미터 간격을 두고 서서 으르렁거리며 이를 드러내고 있었다.

"콜베르크!" 세예르가 소리쳤다. "저놈은 암컷이야, 젠장!" 헤라의 눈이 검은 얼굴에서 노란 등불처럼 빛났다. 콜베르크는 다시 귀를 눕혔지만, 헤라는 여전히 표범처럼 서 있었다. 언제라도 공격할 태세였다. 세예르는 빗자루를 치켜들고 몇 걸음 앞으로 나아갔다. 땀과 피가 등을 타고 흘러내렸다. 콜베르크는 그를 바라보느라 순간적으로 적을 감시해야 한다는 사실을 잊어버렸다. 도베르만이 입을 벌리고 검은 미사일처럼 달려들었다. 세예르는 눈을 감고 빗자루로 녀석을 내려쳤다. 그러고는 목덜미를 맞은 개가 쓰러지는 모습을 보고 당황해서 눈을 깜박였다. 도베르만이 바닥에 누워서 낑낑거렸다. 세예르는 녀석에게 달려가 목걸이를 붙들고 침실로 끌고 갔다. 그러고는 침실 문을 열고 녀석을 거칠게 안으로 던진 다음 쾅 하고 문을 닫았다. 그는 벽에 등을 기댄 채 주르르 미끄러지듯 앉으면서 콜베르크를 바라보았다. 녀석은 여전히 방 한가운데에서 방어자세를 취하고 있었다.

"젠장, 콜베르크. 저놈은 암컷이라니까!" 그는 이마를 훔쳤다. 콜베르크가 다가와서 그의 얼굴을 핥았다. 문 뒤에서 헤라가 낑낑거리는 소리가 들렸다. 세예르는 손에 얼굴을 묻고 잠시 앉아서 정신을 차리려고 애썼다. 그는 자신의 몸을 내려다보았다. 옷이 개털과 피투성이였다. 콜베르크의 한쪽 귀에서 피가 흐르고 있었다.

그는 일어서서 터벅터벅 욕실로 들어갔다. 그런데 샤워실 안에 있는 담요에서 뭔가 비단처럼 부드럽고 검은 것이 애처롭게 울어댔다.

"저놈이 우리를 공격할 만한 이유가 있었군." 세예르가 속삭이듯 말했다. "제 새끼들을 지키려고 그런 거였어."

둘둘 만 문제의 카펫이 한쪽 벽 앞에 놓여 있었다. 그는 쪼그리고 앉아 그것을 바라보았다. 단단하게 말아 놓은 카펫에 비닐을 씌웠고, 비닐에는 테이프가 붙어 있었다. 세예르는 그 검은색 카펫용 테이프를 떼어내기가 힘들다는 것을 알고 있었다. 그가 테이프를 이리저리 잡아당기자 셔츠 안으로 땀이 흘러내렸다. 콜베르크가 발톱으로 테이프를 긁으며 주인을 도우려고 했지만 세예르는 녀석을 밀쳐버렸다. 마침내 테이프를 떼어낸 그는 비닐을 찢기 시작했다. 그러고는 일어서서 카펫을 끌고 거실로 들어갔다. 침실에서 헤라가 낑낑거리는 소리가 들렸다. 그는 허리를 숙여 카펫을 세게 밀었다. 카펫이 천천히 무겁게 풀리기 시작했다. 그 안에 무게에 짓눌린 사람이 누워 있었다. 얼굴이 엉망이었다. 입에는 테이프가 붙어 있었고, 코도 마찬가지였다. 코라고 해봤자 남은 것도 별로 없었지만. 세예르는 약간 휘청거리면서 할보르를 내려다보았다. 몸을 돌려 잠시 벽에 몸을 기댈 수밖에 없었다. 그는 허리띠에서 전화기를 꺼내 창가에 서서 강을 따라 움직이는 바지선을 지켜보며 번호를 눌렀다. 브레멘에서 온 헥사곤 호였다. 배의 경적소리가 들리더니 우울하게 한참 동안 고동이 울렸다. 내가 간다는 뜻이었다. 내가 간다. 하지만 서두를 필요는 없어.

"콘라드 세예르, 오스카르스가텐 15번지." 그는 전화기를 향해 말했다. "지원이 필요하다."

16

"헤닝 요나스?" 세예르는 손가락으로 펜을 빙빙 돌리며 그를 뚫어지게 바라보았다. "당신이 왜 체포되었는지 아나?"

"무슨 그런 질문이 있어요?" 그가 갈라진 목소리로 말했다. "분명히 말하는데 참는 데도 한도가 있습니다. 만약 이게 아니와 관련된 일이라면, 난 더 할 말 없어요."

"아니 얘기는 안 할 거야." 세예르가 말했다.

"그래요?"

그는 의자를 앞뒤로 살짝 흔들었다. 세예르가 보기에는 그의 얼굴에 안도감이 슬며시 나타났다 사라진 것 같았다.

"할보르 문츠가 이 지상에서 감쪽같이 사라져버린 것 같아. 정말로 그 친구를 못 봤나?"

요나스는 입술에 힘을 주었다. "못 봤어요. 난 그 친구를 알지도 못합니다."

"확실해?"

"당신은 믿지 않을지도 모르지만, 난 경찰한테 거듭 괴롭힘을 당했는데도 아직 정신이 꽤 멀쩡해요."

"할보르의 오토바이가 왜 당신 차고에 있었는지 궁금해서 말이야. 당신 트럭 뒷좌석에 실려 있던데."

요나스는 겁이 나는지 일부러 코웃음을 쳤다. "뭐라고요? 뭐라고 했죠?"

"할보르의 오토바이 말이야."

"그건 마그네 겁니다. 내가 오토바이 수리를 도와주고 있어요." 그는 세예르의 시선을 피하며 재빨리 말했다.

"마그네의 오토바이는 가와사키야. 게다가 당신은 오토바이에 대해 아무것도 모르잖아. 아무리 좋게 말해도, 당신은 다른 분야 사람이야. 다른 변명을 대봐, 요나스."

"좋아요, 좋습니다!" 그가 마침내 화가 나서 이성을 잃고 양손으로 탁자를 움켜쥐었다. "그 녀석이 가게로 와서 날 괴롭혔어요. 제기랄, 얼마나 귀찮게 굴던지! 카펫을 사고 싶다면서 약 먹은 애처럼 굴었습니다. 물론 수중에는 돈 한 푼 없었죠. 내 가게를 찾아오는 이상한 녀석들이 워낙 많기 때문에 내가 참지 못하고 화를 내며 그 자식 뺨을 때렸습니다. 문제 아답게 잽싸게 도망치더군요. 오토바이며 뭐며 그냥 다 내버려두고. 그래서 내가 낑낑거리며 그걸 트럭으로 끌고 가서 집으로 싣고 갔습니다. 녀석한테 벌을 주려고요. 오토바이를 찾고 싶으면 녀석이 직접 와서 가져가야 할 겁니다. 나한테 오토바이를 돌려달라고 애원해야 할 거예요."

"뺨만 한 대 때린 것치고는 손이 너무 엉망인 것 같지 않아?" 세예르는 살갗이 다 까진 그의 손마디를 빤히 바라보았다. "문제는 그 친구가 어디 있는지 아무도 모른다는 거야."

"그럼 꼬리를 말고 도망쳤나 보죠. 뭔가 양심에 걸리는 게 있어서 그랬을 겁니다."

"그게 뭔지 짐작 가는 게 있나?"

"경감님이 지금 그 녀석 여자 친구의 살인사건을 수사 중이잖아요. 그러니까 그쪽을 한번 생각해보시죠."

"당신이 아주 자그마한 동네에 살고 있다는 사실을 잊으면 안 될 것 같은데, 요나스. 그런 데서는 소문이 빨리 퍼지거든."

요나스는 셔츠가 가슴에 달라붙을 정도로 땀을 많이 흘리고 있었다. "그래서요? 난 곧 이사 갈 겁니다."

"그 얘기는 당신이 전에도 했지. 시내로 간다고. 맞나? 그러니까 당신이 할보르한테 본때를 보여주었으니…… 우리는 그 녀석을 한동안 그대로 내버려두어야 한다?" 세예르는 기분이 좋지 않았다. "혹시 쉽게 불끈하는 편 아닌가, 요나스? 그 얘기를 좀 해보지." 그는 다시 손가락으로 펜을 빙빙 돌렸다. "에스킬 얘기부터 해보자고."

요나스는 운이 좋았다. 세예르가 이 말을 할 때 마침 상의 주머니에서 담배를 꺼내려고 고개를 숙였던 요나스는 일부러 천천히 고개를 들었다. "싫습니다." 그가 신음하듯이 말했다. "에스킬 얘기를 할 기운이 없어요."

"시간은 충분해." 세예르가 말했다. "그날 얘기부터 시작해 봐. 11월의 그날. 당신이 일어난 순간부터 아들과 무엇을 어떻게 했는지."

요나스는 고개를 저으며 불안한 표정으로 입술을 핥았다. 지금 그의 머릿속에 떠오르는 것은 할보르가 말한 디스크뿐이었다. 그는 아직 그 안에 들어 있는 글을 읽지 못했다. 어쩌면 세예르가 그걸 찾아내서 아니가 쓴 글을 모두 읽어보았는지도 모른다. 이런 생각만으로도 그는 기절할 것 같았다.

"얘기하기가 쉽지 않아요. 난 그 일을 잊어버리려고 노력했습니다. 이미 오래된 일에 왜 그렇게 관심이 많은 겁니까? 더 급하게 해결해야 하는 일들이 있지 않나요?"

"말하기가 쉽지 않다는 건 나도 알지만, 그래도 해봐. 당신이 힘들었다는 것도 알고, 전문적인 상담을 받아야 할 정도였다는 것도 알아. 에스킬 이야기를 해봐."

"왜 에스킬 얘기를 들으려고 하는 겁니까?"

"그 아이는 아니의 삶에서 중요한 부분을 차지하고 있었어. 우린 아니와 관련된 모든 일을 밝혀낼 필요가 있어."

"알아요, 압니다. 그냥 좀 혼란스러워서 그래요. 순간적으로 경감님이 나를 의심하는 게 아닐까 하는…… 아시죠? 아니의 죽음과 모종의 관련이 있을 것 같다는 의심 말입니다."

세예르는 미소를 지었다. 그의 얼굴에서 자주 볼 수 없는 솔직한 미소였다. 그러고 나서 그는 깜짝 놀란 얼굴로 요나스를 바라보며 고개를 절레절레 저었다. "당신한테 아니를 죽일 만한 동기가 있었나?"

"그럴 리가 있나요." 그가 말했다. "하지만 솔직히 말해서, 경감님께 전화를 걸어 아니가 내 차에 탔다고 말할 때까지 많이 망설였습니다. 그게 의심을 자초하는 짓이라는 걸 알았으니까요."

"당신이 말 안 했어도 어차피 우리가 알아냈을 거야. 당신을 본 사람이 있으니까."

"나도 그래서 미리 털어놓은 겁니다. 그래서 경감님께 전화한 거예요."

"에스킬 얘기를 해봐." 세예르의 태도는 변함이 없었다.

요나스는 몸을 앞으로 늘어뜨리며 담배를 한 모금 빨았다. 혼란스러워 보였다. 그의 입술은 움직이고 있었지만, 입에서는 아무 소리도 나오지 않았다.

그의 머릿속에서는 모든 것이 명확했다. 하지만 이 방이 그의 숨통을 조이고 있었다. 그의 귀에 들리는 것이라고는 탁자 맞은편에 앉은 남자의 숨소리뿐이었다. 그는 생각을 정리하려고 벽에 걸린 시계를 흘깃 바라보았다. 아직 초저녁이었다. 오후 6시.

에스킬은 아침 6시에 즐거운 듯이 소리를 지르며 깨어났어. 그러고는 우리 침대에서 이리저리 몸을 던지며 돌아다녔지. 난 곧장 일어나려고 했어. 아스트리드가 잠을 더 자야 했으니까. 밤에 잠을 잘

못 잤거든. 그래서 내가 일어나야 했어. 에스킬은 내 잠옷바지를 붙들고 침실에서 욕실로 나를 따라왔어. 어딜 가도 녀석이 팔다리로 나를 붙들고 늘어졌지. 게다가 쉬지 않고 종알거렸어. 갖가지 소리와 고함이 한도 없이 쏟아져 나왔어. 내가 옷을 입히려고 했더니 녀석은 뱀장어처럼 꿈틀거리면서 피해 다녔어. 기저귀도 차기 싫다, 내가 꺼내준 옷도 입기 싫다…… 녀석은 뭐든 바닥에 고정되지 않은 물건만 보이면 손을 뻗었어. 그러다 결국은 변기 뚜껑 위로 기어 올라가서 거울 밑 선반에 있는 물건들을 끌어내리기 시작했지. 아스트리드의 화장품 병들이 바닥으로 떨어져서 깨졌어. 나는 녀석을 안아서 내려놨어. 그러고는 곧장 매일 되풀이하던 일들을 똑같이 했지. 난 녀석을 꾸짖었어. 처음에는 좋은 말로. 그러고는 녀석의 입에다 리탈린(주의력 결핍 과잉행동장애 치료약 - 옮긴이) 한 알을 넣어줬는데, 녀석은 약을 그대로 뱉어버리고는 샤워 커튼을 붙잡고 끌어내렸어. 난 옷을 입으면서 에스킬이 아무것도 망가뜨리지 못하게 하려고 안간힘을 썼어. 결국 우리 둘 다 옷을 입었지. 나는 녀석을 의자에 앉히려고 안아서 부엌으로 데려갔어. 그런데 가는 길에 녀석이 갑자기 고개를 젖히더니 내 입을 머리로 박아버린 거야. 입술이 찢어져서 피가 났지. 나는 녀석을 의자에 앉히고 안전띠를 매고는 빵에 버터를 발랐어. 그런데 녀석은 내가 만들어준 음식을 안 먹겠다는 거야. 고개를 마구 흔들어대면서 접시를 던졌어. 소시지를 달라고 떼를 쓰면서.

"요나스?" 세예르가 말했다. "에스킬 얘기를 해봐."

요나스는 정신을 차리고 세예르를 바라보았다. 그러고는 마침내 결단을 내렸다. "좋습니다. 그렇게 듣고 싶으시다면야. 11월 7일이었습니다. 그냥 평범한 날이었어요. 특별히 설명할 게 없는 날이었다는 뜻입니다. 에스킬은 폭탄이었어요. 그 녀석 때문에 가정이 파탄 날 지경이었으니까요. 마그네는 성적이 점점 떨어지고 집에 붙어 있지를 못했습니다. 저녁마다 친구들하고 놀러 나가버렸죠. 아스트리드는 항상 잠이 모자랐고, 저는 가게를 제때 열고 닫을 수 없었습니다. 식사시간은 항상 시련이었어요. 아니는," 그가 불쑥 아니의 이름을 언급하고는 슬픈 미소를 지었다. "아니는 우리 집의 유일한 빛이었습니다. 아니는 시간이 나면 항상 우리 집에 와서 에스킬을 봐줬어요. 그러면 폭풍의 눈 같은 정적이 찾아왔죠. 우리는 아무 데서나 그대로 쓰러져서 넋을 놓곤 했습니다. 완전히 녹초가 돼서 절망적인 기분이었어요. 우리를 도와주는 사람도 없었고요. 의사는 에스킬이 자라도 그런 증세가 없어지지 않을 것이라고 분명하게 말했습니다. 항상 집중력에 문제가 있을 것이고, 평생 동안 과잉행동장애에 시달릴 거라고요. 그러니 앞으로도 오랫동안 온 가족이 에스킬을 참고 견뎌야 할 판이었습니다. 오랜 세월 동안. 그게 어떤 상황인지 짐작이라도 가십니까?"

"그럼 그날 에스킬과 싸웠나?"

요나스가 미친 듯이 웃어댔다. "우린 항상 싸웠습니다. 우리 집에서는 그게 일종의 노이로제 같았어요. 에스킬의 증세가 악화되는 데 우리도 틀림없이 일조했겠죠. 그 아이를 어떻게 다뤄야 할지 도무지 알 수 없었으니까요. 우린 소리를 지르고 악을 써댔습니다. 그 녀석의 삶은 온통 욕설과 불쾌한 일들로 가득 차 있었어요."

"그날 무슨 일이 있었는지 말해봐."

"마그네가 부엌으로 고개를 내밀고 큰소리로 다녀오겠다고 말하고는 가방을 어깨에 둘러메고 버스를 타러 가버렸습니다. 밖은 아직 어두웠죠. 나는 다른 빵에다 버터를 발라 소시지를 얹었습니다. 그러고는 그걸 잘게 잘랐죠. 에스킬이 빵 껍질도 쉽게 씹어 먹을 수 있는데도요. 그동안 내내 에스킬은 컵으로 식탁을 두드리며 악을 써댔습니다. 웃거나 화를 내는 게 아니라 그냥 한없이 소리만 질러댄 거예요. 그러다 갑자기 전날 먹고 남은 와플이 조리대 위에 있는 걸 보고는 그걸 달라고 졸랐습니다. 나는 결국 그 녀석한테 지고 말 거라는 걸 알면서도 안 된다고 했습니다. 그런데 그 말이 그 녀석의 화를 더 돋웠죠. 그래서 녀석은 계속 컵으로 식탁을 두드리면서 의자를 앞뒤로 흔들어댔습니다. 금방이라도 의자가 쓰러질 것 같았어요. 나는 조리대 앞에서 등을 돌린 채 서서 몸을 부들부들 떨었습니다. 그러다가 결국 와플 접시에서 랩을 벗겨내고 와플 한 판을 꺼냈습니다. 잘게 자른 소시지는 쓰레기통에 던져버리고 녀석 앞에 와플을 놓고는 하트 모양 두 개를 손으로 뜯어냈죠. 녀석이 그걸 조용히 먹지 않으리라는 걸 나는 알고 있었습니다. 말썽 부릴 일이 한참 더 남아 있었죠. 에스킬은 원래 그런 녀석이니까요. 에스킬은 나더러 와플에 잼을 발라달라고 했습니다. 나는 너무 화가 나서 손을 부들부들 떨면서 두 개의 하트에 나무딸기 잼을 발랐습니다. 그랬더니 녀석이 방긋 웃더군요. 지금도 눈에 선합니다. 그 마지막 미소가. 녀석은 자기가 이겼다며 좋아했습니다. 나는 지금 발작을 일으킬 지경인데 녀석은 그렇게 좋아하고 있다는 사실을 참을 수가 없었습니다. 녀석은 와플 접시를 들어서 그걸로 탁자를 내려치기 시작했습니다. 사실은 와플을 먹고 싶은 게 아니었던 겁니다. 와플을 별로 좋아하지도 않았으니까요. 녀석이 원하는 것이라고는 떼를 써서 뭐든 제 뜻대로 하는 것뿐이었습니다. 와플이 접시에서 미끄러져 바닥으로 떨어졌죠. 나는 걸레를 찾으려고 사방을 둘러보았지만 찾을 수가 없었습니다. 그래서 바닥에 떨어진 와플을 주워서 깨끗하게 폈습니다. 내가 그걸 커다란 덩어리로 만드는 동안 녀석은 아주 흥미로운 눈으로 지켜보더군요. 녀석의 작은 얼굴에는 앞으로 어떤 일이 생길지 무서워하는 기색이 조금도 없었습니다. 나는 속이 부글부글 끓어서 어떻게든 화를 좀 풀어야 했지만 방법을 알 수가 없었습니다. 그러다 갑자기 식탁 위로 몸을 숙이고 와플을 녀석의 입에 쑤셔 넣었습니다. 더 이상 들어가지 않을 때까지 밀어 넣은 겁니다. 녀석의 깜짝 놀라는 표정과, 눈에 눈물이 맺히던 것이 지금도 기억에 생생합니다.

'당장 먹어!' 나는 화가 나서 고함을 질렀습니다. '이 망할 놈의 와플을 당장 먹으란 말이야!'"

요나스가 부러진 나뭇가지처럼 풀썩 쓰러졌다. "그럴 생각은 아니었습니다!" 그의 담배가 재떨이에서 연기를 피워 올리고 있었다. 세예르는 침을 꿀꺽 삼키며 창가로 시선을 돌렸지만, 머릿속에 떠오른 모습을 떨쳐버릴 수 없었다. 입에 와플이 가득 찬 채 겁에 질려 눈이 휘둥그레진 아이.

그는 요나스를 바라보았다. "우린 아이들을 있는 그대로 받아들여야 돼. 그렇지 않나?"

"다들 그렇게 말하죠. 하지만 그건 몰라서 하는 말입니다. 아무도 그게 어떤 건지 몰라요. 이제 난 아이를 학대해서 결국 죽음에 이르게 한 죄로 기소되겠죠. 하지만 나 자신이 이미 오래전에 내게 유죄판결을 내렸습니다. 경찰이 무슨 짓을 해도 지금보다 상황이 나빠지지는 않을 겁니다."

세예르는 그를 바라보았다. "당신이 정확히 무슨 혐의로 유죄판결을 내린 건데?"

"에스킬이 죽은 건 전적으로 내 잘못입니다. 내가 그 아이를 책임지고 돌봤어야 하는 건데. 변명의 여지가 없습니다. 하지만 녀석을 죽일 생각은 없었습니다. 그냥 우발적인 행동이었어요."

"당신한테는 정말 끔찍한 일이었겠군. 그 절망적인 심정을 누구한테 털어놓을 수도 없었을 테니. 게다가 어떤 벌을 받아도 충분하지 않다는 생각이 들었을지도 모르지. 그런 건가?"

요나스는 말이 없었다. 그의 시선이 방 안을 훑었다.

"막내아들을 잃은 다음에 아내마저 장남을 데리고 떠나버렸지. 당신은 곁에 아무도 없이 혼자 남았고."

 요나스가 울기 시작했다. 목에 죽이 걸려서 그걸 토해내려고 애쓰는 것 같은 울음소리를 내면서.

 "그래도 당신은 꿋꿋이 버텼어. 개를 말동무 삼아서. 사업도 확장했고. 지금도 사업은 잘되고 있지. 그렇게 새로 삶을 시작하는 데 힘이 많이 들었을 거야."

 요나스는 고개를 끄덕였다. 세예르의 말이 따스한 물 같았다.

 세예르는 조준을 끝내고 마침내 방아쇠를 당겼다. "그런데, 이제야 겨우 마음을 잡고 정상적인 삶을 시작했는데, 갑자기 아니가 나타난 거야. 그렇지?"

 요나스가 화들짝 놀랐다.

 "어쩌면 아니가 길에서 당신을 만났을 때 비난하는 시선으로 바라봤는지도 모르지. 당신은 저 아이가 왜 저러나, 왜 저렇게 나를 적대시하나 생각했을 거야. 그래서 아니가 가방을 메고 뛰어가는 걸 보고는 이유를 알아내야겠다고 생각한 거야. 그렇지?"

 어떤 여자 아이가 언덕을 뛰어 내려왔어. 그 애가 나를 금방 알아보고는 걸음을 멈췄지. 그러고는 딱딱하게 굳은 얼굴로 차갑게 나를 바라봤어. 온몸으로 나를 거부하면서. 고집스럽다 못해 공격적으로 보이는 그 태도가 무서울 정도였어.

 그 애가 발을 재게 놀리면서 다시 걷기 시작했어. 뒤도 돌아보지 않고. 내가 그 애를 불렀지. 끈질기게. 그 아이가 도대체 왜 그러는지 알고 싶었으니까. 결국 그 애가 조금 누그러져서 차에 탔어. 무릎

에 놓인 가방을 양팔로 감싸 안고 앉았지. 나는 이야기를 하고 싶어서 천천히 차를 몰았지만, 무슨 말을 어떻게 시작해야 할지 알 수가 없었어. 이게 우리 둘 다에게 위험한 일인지 아닌지도 알 수 없었고. 그래서 계속 차를 몰았어. 곁눈질로 그 애가 잔뜩 긴장하고 있는 모습을 바라보면서. 그 애는 부들부들 떨면서 나를 비난하고 있었어.

"같이 이야기할 사람이 있으면 좋겠어." 내가 양손으로 운전대를 꽉 움켜쥐고 머뭇거리면서 입을 열었어. "요즘 좀 힘들어서 말이야."

"저도 알아요."

그 애가 창밖을 내다보면서 말했어. 그러다가 갑자기 고개를 돌려 나를 잠시 바라보았어. 조금 틈이 생긴 것 같아서 나는 긴장을 풀려고 애썼지. 뒤로 물러서서 그 문제를 건드리지 않을 기회가 아직 남아 있었지만, 이제 그 애가 내 말에 귀를 기울이고 있었어. 어쩌면 저 애가 벌써 모든 걸 이해할 수 있을 만큼 자란 건지도 모른다, 어쩌면 일종의 고백이나 용서해달라는 애원만으로 충분할지도 모른다는 생각이 들었어. 아니는 정의를 이야기하고 있었으니까.

"어디 가서 얘기 좀 할까, 아니? 차 안에서는 하기 어려운 이야기야. 그냥 몇 분이면 돼. 이야기를 마친 다음에 내가 너를 목적지까지 데려다줄게."

나는 힘없는 목소리로 애원했어. 그게 아니의 마음을 움직였지. 아니가 천천히 고개를 끄덕이면서 조금 긴장을 푸는 것 같았어. 아니는 의자에 등을 기대면서 다시 창밖을 바라보았지. 얼마 후 우리는 호르겐의 가게를 지나갔어. 가게 옆에 오토바이 한 대가 서 있는 게 보였지. 오토바이 운전자는 운전대 위로 고개를 숙이고 뭔가를 열심히 들여다보고 있었어. 아마 지도였을 거야. 나는 천천히 조심스럽게 콜렌 산으로 통하는 거친 도로를 올라가서 빈터에 차를 세웠어. 아니가 갑자기 걱정스러운 표정을 짓더군. 그 애는 가방을 내 자동차 바닥에 그냥 놔두고 내렸어. 그때 내가 무슨 생각을 하고 있었는지 떠올려보려고 해도 기억이 안 나. 기억나는 거라고는 우리가 잡초가 무성한 오솔길을 터벅터벅 걸어 올라갔다는 것뿐이야. 키가 큰 아니가 등을 꼿꼿이 세우고 내 옆에서 걷고 있었어. 젊고 강인한 모습. 하지만 남의 말에 휘둘릴 수도 있는 아이. 그 애가 나와 함께 물가로 내려가서 머뭇거리며 바위에 앉았어. 그러고는 한동안 제 손가락을 잡아 뜯었지. 아니의 짤막한 손톱과 왼손에 끼고 있던 반지가 기억나.

"제가 봤어요." 아니가 조용히 말했어. "창문으로 봤어요. 아저씨가 식탁 위로 몸을 숙일 때. 저는 그대로 도망쳤어요. 나중에 아빠한테서 에스킬이 죽었다는 얘길 들었어요."

"네가 날 비난한다는 걸 알아." 내가 우울한 표정으로 말했어. "네 행동을 보고 알았어. 매일 길이나 우편함 옆이나 차고 앞에서 마주칠 때마다 넌 날 비난했어."

난 울기 시작했어. 앞으로 몸을 숙여 무릎에 얼굴을 묻고 울었지. 아니는 내 옆에 앉아서 꼼짝도 하지 않았어. 말도 없었고. 하지만 울음이 그쳤을 때 고개를 들어봤더니 아니도 울고 있었어. 오랜만에 마음이 좀 편안해지더군. 정말로. 따스한 산들바람이 내 등을 어루만지고 있었고, 아직 희망이 남아 있었으니까.

"내가 어떻게 해야 되겠니?" 내가 속삭이듯 물었어. "이 괴로움을 떨쳐버리려면 어떻게 해야 할까?"

아니가 그 회색 눈으로 나를 바라보았어. 마치 깜짝 놀란 것 같은 표정이었지.

"경찰에 자수해야죠, 당연히. 가서 사실대로 말하세요. 그러지 않으면 절대 마음이 편안해지지 않을 거예요!"

내 심장이 돌로 변했어. 나는 양손을 주머니에 넣고는 다시 꺼내지 않으려고 애썼어. "그 일을 누구한테 얘기했니?" *내가 물었어.*

"아뇨." *아니가 말했어.* "아직 안 했어요."

"넌 네 일이나 알아서 해, 아니!"

나는 절망적인 심정으로 소리를 질렀어. 갑자기 내가 저 바닥의 어둠 속에서 몸을 일으켜 빛 속으로 올라오는 것 같은 기분이 들었어. 온몸이 마비될 만큼 끔찍한 생각이 떠올랐어. 이 세상에서 그 일을 아는 사람은 아니뿐이다. 마치 바람이 방향을 바꿔 내 귓가에서 으르렁거리는 것 같았어. 모든 게 끝장난 거야. 아니가 에스킬처럼 깜짝 놀란 표정을 지었어.

일이 끝난 후에 나는 재빨리 숲 속을 걸어 나왔어. 단 한 번도 아니가 있는 곳을 돌아보지 않고.'

요나스는 천장에 달린 형광등과 창가의 커튼을 유심히 바라보며 뭐라고 말을 하려고 입술을 오물거렸지만 끝내 말이 나오지 않았다.

세예르가 그를 바라보았다. "우리가 당신 집을 수색해서 증거를 확보했어. 당신은 아들 에스킬 요나스를 방치해서 죽게 한 혐의와 아니 소피 홀란드를 계획적으로 살해한 혐의로 기소될 거야. 내 말이 무슨 뜻인지 알겠어?"

"잘못 아신 겁니다!" 가늘고 찢어질 것 같은 목소리였다. 혈관이 몇 개 터졌는지 그의 눈이 붉게 빛났다.

"당신이 죄가 있는지 없는지 판단하는 사람은 내가 아냐."

요나스는 손을 셔츠 주머니에 넣고 뭔가를 찾았다. 몸을 워낙 심하게 떨고 있어서 노인처럼 보였다. 마침내 그가 납작한 금속상자를 꺼냈다. "입이 말라서요." 그가 말했다.

세예르는 그 상자를 빤히 바라보았다. "아니를 꼭 죽일 필요는 없었어."

"무슨 소리입니까?" 그가 꺼질 듯한 목소리로 말했다.

"아니를 죽일 필요가 없었다고. 당신이 조금만 더 기다렸으면 아니는 저절로 죽었을 거야."

"지금 농담하는 겁니까?"

"아니." 세예르가 말했다. "난 암에 관한 농담은 절대 안 해."

"잘못 아신 겁니다. 세상에 아니만큼 건강한 사람은 없었어요. 내가 일어나서 그 자리를 떠났을 때 아니는 물가에 서 있었습니다. 제가 마지막으로 들은 건 아니가 물속에 돌을 던지는 소리였어요. 처음에는 감히 말하지 못했지만, 아니가 나랑 같이 호수로 올라간 건 사실입니다. 하지만 그게 전부예요! 아니가 제 차를 타기 싫다면서 그냥 걷겠다고 했습니다. 아니가 호숫가에 서 있는 동안 누구 다른 사람이 나타난 거라고요. 여자 아이가 혼자 숲 속에 있었으니까요. 콜렌 산에는 관광객들이 득실거립니다. 경감님이 잘못 판단했을지도 모른다는 생각이 한 번도 안 들던가요?"

"드물지만 그런 생각이 들 때가 있기는 하지. 하지만 당신은 이미 싸움에서 졌어. 우리가 할보르를 찾아냈거든."

요나스의 얼굴이 일그러졌다. 마치 누가 그의 귀에 바늘을 찔러 넣은 것 같았다.

"슬픈 일이야, 그렇지?"

세예르는 무릎에 손을 놓고 가만히 앉아 있었다. 결혼반지를 문지르고 싶었지만 참았다. 할 일이 별로 없었다. 게다가 이 작은 방 안이 무척 조용하고 어두웠다. 가끔 그는 시선을 들어 엉망이 된 할보르의 얼굴을 바라보았다. 의사의 치료를 받았지만, 여전히 원래 얼굴을 알아보기가 어려웠다. 할보르의 살짝 벌어진 입술 사이로 부러진 이빨이 여러 개 보였다. 입가의 흉터는 보이지 않았다. 할보르의 얼굴은 지나치게 익은 과일처럼 벌어져 있었다. 하지만 이마는 멀쩡했다. 누군가가 그의 머리를 뒤로 빗어 넘겨주어서 매끈한 이마가 드러나 있었다. 그가 원래는 얼마나 미남인지를 그것으로 조금이나마 짐작할 수 있었다. 세예르는 고개를 숙이고 양손을 조심스레 시트 위에 놓았다. 탁자에 놓인 등의 불빛 덕분에 손이 잘 보였다. 들리는 소리라고는 세예르 자신의 숨소리와 멀리서 엘리베이터가 삐걱거리는 소리뿐이었다. 갑자기 손 밑에서 뭔가가 움직이는 바람에 그는 깜짝 놀랐다. 할보르가 한쪽 눈을 뜨고 그를 바라보았다. 다른 쪽 눈은 해파리처럼 축축한 붕대로 칭칭 감겨 있었다. 그가 뭐라고 말을 하려고 했지만, 세예르는 손가락으로 그의 입술을 막고 고개를 저었다. "네가 웃는 걸 보니 기쁘구나. 하지만 말은 하지 마. 꿰맨 자리가 터질지도 모르니까."

"코맙스니다." 할보르가 불분명한 발음으로 말했다.

두 사람은 오랫동안 서로를 바라보았다. 세예르는 몇 번 고개를 끄덕였고, 할보르는 초록색 눈을 계속 깜박였다.

"우리가 요나스의 집에서 찾아낸 디스크 말인데," 세예르가 말했다. "아니의 일기를 그대로 복사한 거니?"

"예."

"아무것도 안 지우고?"

그는 고개를 끄덕였다.

"바꾸거나 수정한 것도 없어?"

그가 또다시 고개를 끄덕였다.

"알았다." 세예르가 말했다.

"코맙스니다." 할보르의 눈에 눈물이 가득 고였다. 그가 훌쩍거리기 시작했다.

"그러지 마!" 세예르가 말했다. "꿰맨 자리가 터질지도 몰라. 너 콧물 흐른다." 그는 일어서서 싱크대 옆에 있는 휴지를 찾아내 청년의 코에서 흐르는 콧물과 피를 닦았다. "가끔은 아니가 까다롭게 굴었을 거야. 하지만 이제는 그럴 만한 이유가 있었다는 걸 너도 알겠지. 사실 우리 모두 그래. 그건 아니가 혼자 감당하기에는 너무 무거운 짐이었어. 이게 바보 같은 말인 줄은 안다만," 그는 할보르를 위로하려고 애쓰면서 말을 이었다. 엉망이 된 얼굴로 침대에 누워 있는 이 아이가 너무 안쓰러웠다. "넌 아직 젊어. 지금은 네가 잃은 것이 많지. 또 지금은 아니 말고 다른 사람을 곁에 두고 싶은 생각이 안 들 거다. 하지만 시간이 흐르면 모든 것이 변하게 마련이야. 언젠가 너도 생각이 달라질 거다."

세상에, 말 한번 잘하는 군.

할보르는 아무 말도 하지 않았다. 그는 시트 위에 놓인 세예르의 손을 물끄러미 바라보았다. 그가 오른손에 끼고 있는 커다란 결혼반지도. 그가 표정으로 세예르를 비난하고 있는 것 같았다.

"네가 지금 무슨 생각을 하는지 알아." 세예르가 말했다. "이렇게 커다란 결혼반지를 낀 당신은 그런 말을 쉽게 할 수 있을 거라는 생각을 하고 있겠지. 엄청나게 크고 번쩍거리는 반지니까. 하지만 말이다," 그가 슬픈 미소를 지으며 말했다. "이건 사실 반지 두 개를 하나로 만든 거야." 그가 반지를 돌려서 보여주었다. "아내는 죽었어……. 알겠니?"

할보르는 눈을 감았다. 피와 눈물이 또다시 그의 얼굴을 타고 흘러내렸다. 그가 입을 열자 부러진 이가 보였다.

"죄송하니다."

마침내 태양이 한껏 빛을 내뿜고 있었다. 세예르와 스카레는 천천히 거리를 걸었다. 콜베르크는 두 사람 사이에서 꼬리를 깃발처럼 높이 쳐들고 기쁜 듯이 걷고 있었다.

세예르의 손목에 묶은 끈에 꽃다발이 매달려 있었다. 빨갛고 파란 아네모네를 포장지로 싼 것이었다. 그는 양복저고리를 어깨에 걸치고 있었다. 오랜만에 습진도 많이 나왔다. 그는 편안하고 유연하게 성큼성큼 걸었고, 스카레는 그 옆에서 펄쩍펄쩍 뛰듯이 걸었다. 개의 걸음걸이는 놀라울 정도로 씩씩했다. 속도는 그리 빠르지 않았다. 두 사람은 새로 다린 셔츠를 입고 있었기 때문에 목적지에 도착하기도 전에 땀을 많이 흘리기는 싫었다.

마테우스는 잔뜩 신이 나서 사방을 뛰어다녔다. 검은색과 하얀색 펠트로 만든 무서운 고래를 품에 안고서. 고래의 이름은 프리윌리였는데 몸집이 거의 마테우스만 했다. 세예르는 마테우스를 보자마자 달려가서 안아 올리며 커다란 소리로 기쁨을 표시하고 싶었다. 모름지기 아이들을 만날 때는 그렇게 해야 하는 법이다. 진심으로 기뻐하며 그것을 열정적으로 표현해야 하는 것이다. 하지만 세예르는 그럴 위인이 못 되었다. 그는 아이를 조심스레 무릎에 앉히고 잉그리드를 바라보았다. 잉그리드는 새 원피스를 입고 있었다. 빨간색 나무딸기가 그려진, 버터 색깔의 여름 원피스였다. 그는 딸에게 생일 축하 인사를 건네고 손을 꽉 쥐었다. 조금 있으면 딸이 식구들과 함께 지구 반대편으로 떠날 것이다. 더위와 전쟁이 있는 곳으로. 그렇게 딸네 식구들이 곁에 없는 시간이 세예르에게는 영원처럼 길게 느껴질 터였다. 그는 마테우스를 꼭 끌어안은 채 사위와 악수를 나눴다. 그러고는 조용히 앉아 음식이 나오기를 기다렸다.

마테우스는 뭘 조르는 법이 없었다. 녀석은 예의가 발랐으며, 반항적으로 굴거나 고집을 부리지도 않았다. 참으로 다행한 일이었다. 세예르의 식구들과 다른 점이 있다면, 마테우스한테는 장난꾸러기 기질이 있다는 것뿐이었다. 마테우스의 하루하루는 온통 웃음과 사랑으로 가득 차 있었다. 식구들이 잘 알지 못하는 마테우스의 친부모는 비정상적인 행동을 유발해서 다른 식구들을 미치게 만들거나 자기도 모르게 끔찍한 짓을 하게 만드는 유전자를 그에게 물려주지 않은 모양이었다. 세예르의 머릿속에 이런저런 생각들이 제멋대로 떠올랐다. 자신이 어렸을 때 살았던 로스킬데 외곽의 감레 묄레베이가 생각났다. 그는 그렇게 오랫동안 추억에 잠겨 있었다. 그러다가 마침내 다른 사람들의 말소리가 귀에 들어오기 시작했다.

"뭐라고 했니, 잉그리드?" 그는 놀란 듯이 딸을 바라보았다. 딸은 아버지에게만 보여주는 특별한 미소를 지으며 이마로 흘러내린 금발머리를 쓸어 올렸다.

"콜라 드실래요, 아빠? 콜라 드실 거예요?"

같은 시각에 다른 곳에서는 흉한 몰골의 승합차 한 대가 기어를 낮게 놓고 덜컹거리며 길을 달리고 있었다. 머리카락이 제멋대로 뻗친 커다란 남자가 운전대에 몸을 웅크리고 있었다. 그는 산기슭에서 차를 세웠다. 이제 막 앞으로 두 걸음 걸어 나온 여자 아이가 길을 다 건널 때까지 기다릴 생각이었다. 그런데 아이가 갑자기 걸음을 멈췄다.

"안녕, 랑힐!" 그가 소리쳤다.

아이가 한 손을 흔들었다. 다른 손에는 줄넘기를 들고 있었다.

"산책하러 가는 거야?"

"집으로 가는 거예요." 아이가 단호하게 말했다.

"할 얘기가 있어!" 라이몬이 시끄러운 엔진 소리 때문에 목소리를 높여 날카롭게 말했다. "카이사르는 죽었지만 포산은 새끼를 낳았어!"

"걔는 수컷이잖아요."

"토끼는 수컷인지 암컷인지 구분하기가 힘들어. 털이 워낙 많아서. 어쨌든 걔가 새끼를 낳았어. 다섯 마리야. 보고 싶으면 언제든지 와."

"어른들이 못 가게 할 거예요." 아이가 풀이 죽은 표정으로 길바닥을 내려다보며 말했다. 아기 토끼들이라는 이 유혹적인 주문에서 자기를 구원해줄 사람이 나타났으면 좋겠다는 생각이 어렴풋이 들었다. "걔들도 털이 있어요?"

"털도 있고 눈도 떴어. 내가 나중에 널 집까지 태워줄게, 랑힐. 어서 타. 걔들이 얼마나 빨리 자라는지 몰라!"

아이는 도로 아래쪽을 한 번 더 흘깃 바라보며 눈을 질끈 감았다가 떴다. 그러고는 재빨리 길을 건너서 차에 올랐다.

랑힐은 레이스 칼라가 달린 하얀 블라우스와 자그마한 빨간색 반바지를 입고 있었다. 아이가 차에 타는 모습을 본 사람은 없었다. 다들 자기 집 뒤뜰에서 나무를 심거나, 잡초를 뽑거나, 장미와 클레마티스의 가지를 묶고 있었다. 세예르의 낡은 잠바를 입은 라이몬은 날아갈 것 같았다. 그는 기어를 넣었다. 옆자리에 앉은 아이는 신이 나 있었다. 그는 즐겁게 휘파람을 불며 주위를 살펴보았다. 두 사람을 본 사람은 아무도 없었다.

돌아보지 마
ⓒ 들녘 2007

초판 1쇄 발행일 2007년 6월 20일

지은이 카린 포숨
옮긴이 김승욱
펴낸이 이정원

책임편집 정미정

펴낸 곳 도서출판 들녘
등록일자 1987년 12월 12일
등록번호 10-156
주소 경기도 파주시 교하읍 문발리 파주출판단지 513-9
전화 마케팅 031-955-7374 편집 031-955-7381
팩시밀리 031-955-7393
홈페이지 www.ddd21.co.kr

값은 뒤표지에 있습니다. 잘못된 책은 구입하신 곳에서 바꿔드립니다.
ISBN 978-89-7527-574-6(03890)

**1997년 북셀러상 수상작
유럽과 미국 등 15개국에서 출간!**

범죄소설의 여왕, 노르웨이의 작가
카린 포숨의 최고 걸작!

어느 날 한적한 숲 속에서 한 노인이 얼굴에 괭이가 박힌 채로 발견된다. 이 사건을 목격한 열두 살 소년은 살인용의자로 에르키를 지목한다. 그는 이 마을에 불행한 일만 몰고 다니는 불길한 존재다. 그런데 다음 날 아침 은행강도 사건이 일어나고 그 강도가 인질을 끌고 갔는데, 그 인질이 하필이면 에르키다.
마을 사람들은 에르키가 진짜 살인범이기를 바라고, 그래서 그를 영원히 가둬둘 수 있기를 바란다. 왜일까? 왜 사람들은 에르키를 싫어하고 또 두려워하는 걸까?
카린 포숨은 매순간 '보이지 않는 괴물의 날카로운 발톱이 심장을 긁어대는' 듯한 공포심을 자극하면서도 살인사건으로 인해 변해갈 수밖에 없는 인물의 내면으로 집요하게 파고든다. 그리고 그들이 맞닥뜨리고 싶지 않았던 공포의 실체를, 어두운 진실을 들여다보게 한다.

· 범죄소설의 걸작! 사회성 짙은 탁월한 범죄소설 _ Aftenposten
· 포숨은 전율을 느끼게 하는 감성적인 작가다. 특히 인물묘사가 탁월하다. 현대 소설에서 이렇게 현실감 있는 인물들은 찾아보기 어렵다. _ The plan dealer
· 충격적이면서도 모호함으로 가득 찬 결말! 독자들을 소설 속 마을 사람들과 똑같이 불안에 떨게 만든다. 특별한 유럽식 탐정소설! _ Booklist

누가 사악한 늑대를 두려워하는가
카린 포숨 지음 | 김승욱 옮김 | 416쪽 | 값 10,000원